初級

# 文法重點
## 教師指導用書

韓語教育推廣研究會／著

張亞薇／審譯

열린
한국어

您好！
韓國語

笛藤出版

## 千成玉

梨花女子大學國際研究院韓語學系韓國教育碩士
韓文學會外國人韓語教育研究課程的韓國文化聘邀講師
國立韓京大學國際語學院韓語講師
現任仁德大學國際語學院韓語講師
現任韓國國際交流財團文化中心韓語教室組長

## 丁美珍

天主教大學韓語教育學系博士課程
現任法務部社會統合計畫基本素養評鑑口語考試官
現任天主教大學韓語教育中心結婚新移民者韓語教室講師
前任韓國國際交流財團文化中心韓語教室教師

國家圖書館出版品預行編目（CIP）資料

您好！韓國語・初級：文法重點・教師指導用書
／韓語教育推廣研究會 著；張亞薇 審譯
-- 初版 .-- 臺北市 ： 笛藤，2016.12
面 ； 公分

ISBN 978-957-710-681-0（平裝）
1. 韓語 2. 文法
803.26 　　　　　　　　　　 105020383

한국어 교실 엿보기 초급：교사용 지침서
By Open Association of Korean Language Education ( 한국어교육열린연구회 )
Copyright © 2013 by Open Association of Korean Language Education
( 한국어교육열린연구회 )
All rights reserved.
Chinese complex translation copyright
© Bafun Publishing Co., Ltd., (Dee Ten), 2016
Published by arrangement with Hawoo Publishing
through LEE's Literary Agency

## 您好！韓國語《初級》
## 文法重點・教師指導用書　　　定價 360 元

2016 年 12 月 22 日 初版第 1 刷

| | |
|---|---|
| 著　　者 | 韓語教育推廣研究會 |
| 翻　　譯 | 張亞薇 |
| 封　　面 | 王舒玗 |
| 內頁排版 | 亞樂設計有限公司 |
| 總 編 輯 | 賴巧凌 |
| 發 行 所 | 笛藤出版圖書有限公司 |
| 發 行 人 | 林建仲 |
| 地　　址 | 台北市中正區重慶南路三段 1 號 3 樓之 1 |
| 電　　話 | (02)2358-3891 |
| 傳　　真 | (02)2358-3902 |
| 總 經 銷 | 聯合發行股份有限公司 |
| 地　　址 | 新北市新店區寶橋路 235 巷 6 弄 6 號 2 樓 |
| 電　　話 | (02)2917-8022・(02)2917-8042 |
| 製 版 廠 | 造極彩色印刷製版股份有限公司 |
| 地　　址 | 新北市中和區中山路 2 段 340 巷 36 號 |
| 電　　話 | (02)2240-0333・(02)2248-3904 |

| | |
|---|---|
| 訂書郵撥帳戶 | 八方出版股份有限公司 |
| 訂書郵撥帳號 | 19809050 |

# 您好！韓國語

## 文法重點・教師指導用書

### 初級

─本書結構─

1. 課程目標和學習文法

2. 課程準備

3. 文法訣竅

4. 小心！避免誤用

5. 文法放大鏡

6. 活動設計

7. 課堂日誌

# 《文法重點・教師指導用書》的特點和使用方法

這本書是針對《您好！韓國語》系列教材所寫成的課程指導用書，對於教材內容有詳盡的說明，有助於運用在課程當中。即使不使用《您好！韓國語》系列教材，本書也可以做為幫助學習韓語必備文法的技巧用書，對於初次從事韓語教學的老師來說，是一本很有幫助的指南書。

## 1 課程目標和學習文法

列出每個單元將學習的文法項目和課程的學習目標，針對各個單元所使用的詞彙、表達和用法，事先準備課程資料。

## 2 課程準備

老師在上課之前必須先預備的詳細內容，以及事前要了解的各個項目和注意事項。

## 3 文法訣竅

**引導和說明：**說明每個單元的文法之前，先以背景知識自然引導出將要學習的內容，並列出要教授的內容、圖片或圖卡，作為引導。

**練習：**運用學習的詞彙和文法，作為複習。

**注意：**舉出各個文法容易犯的錯誤，避免誤用。

## 4 小心！避免誤用

列出學習者容易出現的誤用並詳加解釋，或列出各個文法類似的表達並加以比較，說明文法所具備的特別意義和用途，以避免產生誤用。

## 5 文法放大鏡

以每個單元學到的文法為基礎，更進一步補充內容，提高課程難度和水準，對於想要更深入了解文法的人來說，是非常有用的知識。

## 6 課堂活動

針對每個單元設計教室活動，幫助教師進行更多元化的課堂教學。

**7** **授課日誌**

生動描述出教室裡發生的情況和對話，並透過教師們的課後感想，彼此交流。

## 『您好！韓國語』系列教材的結構和課程安排

**文法重點**：揭示該單元的學習文法。

**學習準備**：進入單元之前，說明需事先思考的背景知識。

**確認課文**：讀完課文，確認內容。

**詞彙和表達**：列出課文出現的新單字和表達。

**認識詞彙／認識表達**：學習配合單元主題的新詞彙（初級）和表達（中級）。

**認識文法**：根據單元的學習文法，列舉相關例句，學習如何運用和形態變化。

**熟悉文法**：根據單元的學習文法，列出練習問題，加強熟練度。

**聽力**：內容包括和單元主題相關的學習文法，練習解答問題。

**口語**：練習和單元主題相關的內容，提升口語能力。

**閱讀寫作**：根據主題或文法，練習閱讀和寫作，均衡運用語言功能。

**展翅高飛**：根據單元主題，編排活動，讓學習過程更加活潑生動。

**拓展表達**：介紹更多和主題相關的慣用句，獲得更豐富的知識。

**認識文化（初級）**：介紹和主題相關的韓國文化習俗，讓學習更有趣。

**發音（初級）**：揭示初級所必備的發音訣竅，進行發音練習。

# 目錄

| 1-1 | 打招呼 | 10 |
|-----|--------|-----|
| 1-2 | 日常生活 | 20 |
| 1-3 | 日期和星期 | 32 |
| 1-4 | 位置 | 42 |
| 1-5 | 一天生活 | 52 |
| 1-6 | 買東西 | 62 |
| 1-7 | 周末 | 72 |
| 1-8 | 休假 | 84 |
| 2-1 | 約定 | 96 |
| 2-2 | 場所和方向 | 106 |
| 2-3 | 旅行 | 118 |
| 2-4 | 交通 | 130 |
| 2-5 | 餐廳 | 142 |
| 2-6 | 興趣 | 154 |
| 2-7 | 家人 | 164 |
| 2-8 | 電話 | 174 |
| 3-1 | 醫院 | 186 |
| 3-2 | 失物招領 | 198 |
| 3-3 | 換貨和退貨 | 208 |
| 3-4 | 天氣和季節 | 218 |
| 3-5 | 預約 | 230 |
| 3-6 | 銀行 | 242 |
| 3-7 | 打工 | 254 |
| 3-8 | 找房子 | 264 |

| 單元 | 主題 | 題目 | 學習文法 | 相關用法 |
|---|---|---|---|---|
| 1-1 | 打招呼 | 안녕하세요？<br>你好嗎？ | 은／는 主格助詞<br>이에요／예요 是的非格式體語尾<br>네／아니요 是／不是<br>이／가 아니에요 不是的非格式體語尾 | 自我介紹<br>彼此打招呼 |
| 1-2 | 日常生活 | 한국어를 공부해요<br>學習韓語 | －아／어요 非格式體語尾<br>을／를 目的格助詞<br>안 不、沒，도 也 | 敘述日常生活<br>否定句 |
| 1-3 | 日期和<br>星期 | 생일이 몇 월<br>며칠이에요？<br>生日是幾月幾號呢？ | 이／가 主格助詞，몇 幾<br>－에（시간）的時候（時間）<br>무슨 什麼的～ | 日期問答<br>星期問答 |
| 1-4 | 位置 | 극장은 위층에<br>있어요<br>電影院在樓上 | 이／가 있다／없다 有／沒有<br>에 있다／없다 在／不在<br>위치명사 位置名詞，에서 在 | 位置問答 |
| 1-5 | 一天生活 | 저는 한국어 교실에<br>가요<br>我去韓語教室 | 부터 까지 從～到<br>에 가다／오다 去／來<br>－고（순서）－然後」（順序）<br>ㄷ 불규칙 ㄷ 不規則變化 | 時間問答<br>一天生活問答 |
| 1-6 | 買東西 | 이 책갈피 한 개에<br>얼마예요？<br>這個書籤一個多少錢？ | 단위명사 單位名詞<br>이／그／저 這／那／那<br>에（단위）值（單位）<br>하고 和 | 詢問價格<br>買東西 |
| 1-7 | 周末 | 친구하고 쇼핑을<br>했어요<br>和朋友購物 | －았어요／었어요 過去式<br>－고 還有（羅列），－아／어서 因為<br>「으」탈락『으』脫落<br>빈도부사 頻率副詞，하고 和 | 敘述周末做過<br>的事<br>時間順序<br>說明理由 |
| 1-8 | 休假 | 친구들하고 동해에<br>갈 거예요<br>要和朋友去東海 | －을 거예요 將要<br>－아／어서 之後<br>－고 싶다 想要，－지만 可是<br>ㅂ 불규칙 ㅂ 不規則變化 | 敘述計畫<br>敘述希望 |

## 您好！韓國語 初級2 單元構成

| 單元 | 主題 | 題目 | 學習文法 | 相關用法 |
|---|---|---|---|---|
| 2-1 | 約定 | 같이 영화를 보러 갈까요？<br>要不要一起去看電影？ | ―을까요？ ～好嗎？<br>―으러 가다／오다 去／來<br>―을 수 있다／없다 會、可以／不會、不可以<br>못 不能 | 約定<br>更改約定 |
| 2-2 | 場所和方向 | 사거리에서 왼쪽으로 가면 있어요 .<br>從十字路口向左轉就是了 | ―으세요 請，으로 往<br>―으면 的話，―으니까 因為<br>ㄹ 탈락 ㄹ脫落 | 問路和回答<br>說明理由 |
| 2-3 | 旅行 | 휴가 때 갔는데 정말 좋았어요 .<br>休假時去過，真的很棒。 | ―으려고 하다 打算<br>―아／어 보다 做過<br>―은／는데 不過<br>―으면서 一邊，―을 때 時候 | 敘述不確定的計畫<br>敘述經驗 |
| 2-4 | 交通 | 고속터미널에 가려면 어떻게 가요？<br>高速巴士轉運站怎麼去？ | ―으로 手段／工具<br>에서 까지 從～到<br>―으려면 要～的話<br>이나 或、還是，―겠― （推測）應該 | 到目的地的方法和所需時間<br>推測 |
| 2-5 | 餐廳 | 돌솥비빔밥을 드셔 보세요 .<br>請吃看看石鍋拌飯吧！ | ―을래요 要<br>―거나 或者<br>―어 보다 （推薦）試試看<br>만 只有、只要<br>―지 않다 不、沒 | 點菜<br>決定餐廳、食物推薦 |
| 2-6 | 興趣 | 케이크도 만들 줄 알아요？<br>你也會做蛋糕嗎？ | ―네요 ～呢、耶<br>―을 줄 알다／모르다 會／不會<br>―고 나서 做完～然後，<br>―기로 하다 決定<br>르불규칙 르不規則變化 | 表達感嘆<br>敘述能力<br>下決心和約定 |
| 2-7 | 家人 | 어머님 연세가 어떻게 되세요？<br>您母親貴庚？ | 의 ～的，―으시― 敬語<br>에게／한테 給、向<br>에게서／한테서 從、由 | 使用敬語<br>介紹家人 |
| 2-8 | 電話 | 에린 씨 좀 바꿔 주시겠어요？<br>可以轉艾琳聽電話嗎？ | ―지요？ ～吧?，―아／어 주다 幫忙～<br>―아／어 주시겠어요？ 可以幫忙～嗎？<br>―아／어 드릴게요 我幫您～<br>접속부사 接續副詞 | 電話問答<br>用電話點菜<br>確認<br>請求和回答 |

| 單元 | 主題 | 題目 | 學習文法 | 相關用法 |
|------|------|------|----------|----------|
| 3-1 | 醫院 | 몸을 따뜻하게 하시고 무리하지 마세요 . <br> 請多保暖，不要太勉強。 | －아／어도 되다 可以 <br> －으면 안 되다 不可以 <br> －지 마세요 請勿 <br> －게 ～地（副詞化）<br> ㅅ불규칙 ㅅ不規則 | 許可 <br> 禁止 <br> 説明症狀 |
| 3-2 | 失物招領 | 모양은 비슷한데 색이 달라요 . <br> 樣子很像，但顏色不同。 | －은／는데 可是（對照）<br> －은／ ～的，ㅎ불규칙 ㅎ不規則 <br> 어떤＋名詞 怎樣的～，보다（더）<br> 比～更 | 描述 <br> 比較 <br> 找東西 |
| 3-3 | 換貨和退貨 | 조금 높은 걸로 바꾸고 싶은데요 <br> 想換鞋跟高一點的 | －은／는데요 説明情況語尾 <br> －아／어야 되다／하다 必須～ <br> －아／어 보이다 看起來～ <br> －아／어 드릴까요 ? 需要為您～嗎 ? | 説明義務 <br> 推測 <br> 換物品 <br> 退錢 |
| 3-4 | 天氣和季節 | 날씨가 점점 더워지고 비도 많이 올 거예요 <br> 天氣漸漸變熱，也會下大雨。 | 처럼／같이 像 <br> －아／어야겠어요 得做 <br> －아／어지다 變得，－기 전에 之前 <br> －을까요 ? ／（아마）－을 거예요 <br> 會～嗎 ?（也許）會 | 敘述時間順序 <br> 敘述決心 <br> 推測 <br> 比喻 |
| 3-5 | 預約 | 바꾸실 날짜를 말씀해 주시겠습니까 ? <br> 可以告訴我您要改的日期嗎 ? | －았／었으면 좋겠다 真希望 <br> －은／는／을 動詞冠形詞型 <br> －습니다／습니까 ? 格式體語尾 <br> 밖에 只有 | 敘述希望事項 <br> 修飾用法 <br> 格式體語尾 <br> 預約和變更預約 |
| 3-6 | 銀行 | 통장하고 체크카드를 만들려고요 <br> 想要申請存摺和金融卡 | －으려고（요）打算，－은 후에 之後 <br> 이든지 無論 <br> －（아무리）아／어도 無論～也要 <br> －지 못하다 不能、無法 | 説明時間順序 <br> 表達不可能 |
| 3-7 | 打工 | 아르바이트를 한 적이 있어요 ? <br> 有打過工嗎 ? | －았／었을 때 時候 <br> －은 적이 있다／없다 曾經／不曾 <br> －겠－ 會～（意志）<br> 명사 때문에 名詞＋因為 <br> －기 때문에 因為 | 表達經驗 <br> 説明理由 <br> 找打工 |
| 3-8 | 找房子 | 하숙집이 좋을 것 같아요 <br> 寄宿家庭應該不錯 | －고 있다 正在，－기 動詞名詞化 <br> －은 지（시간）이／가 되다 做～已經 <br> －는 것같다 好像 | 敘述進行狀況 <br> 説明證據 <br> 找房子 |

# 1-1

# 안녕하세요 ?
## 你好嗎 ?

| 學習文法 | | |
|---|---|---|
| 은 / 는 | 主格助詞 | 이에요 / 예요 「是~」的非格式體語尾 |
| 네 / 아니요 | 是/不是 | 이 / 가 아니에요 「不是~」的非格式體語尾 |

| 課程目標 | |
|---|---|
| 인사를 나눌 수 있다 . 學會打招呼。 | |
| 자기소개를 할 수 있다 . 學會自我介紹。 | |
| 나라와 직업 관련 어휘를 활용하여 말할 수 있다 . 能夠運用國家和職業相關詞彙進行對話。 | |

 **課程準備**

| | 需確認的內容 |
|---|---|
| 1 | 說明「이에요 / 예요」（是~）的含意和結合型態。 |
| 2 | 解釋「이 / 가」與「은 / 는」（主格助詞）的不同之處。 |
| 3 | 介紹各種情況下所使用的韓語招呼用語。 |

## 1. 説明「이에요/예요」的含意和結合型態

　　「이에요/예요」加在體言（即名詞）之後，意思為「是」，作為句子的終結語尾，屬於現在式時態。在較為正式的場合或特別表達禮貌時，通常在體言（名詞）的後面使用「입니다」（是）作為語尾，而如果是非正式的場合，或熟人之間的對話時，則使用「이에요/예요」（是）作為語尾。

　　저는 한국 사람**이에요**. 我是韓國人。（非正式場合）　　저는 한국 사람**입니다**. 我是韓國人。（正式場合）

## 2. 解釋「이/가」與「은/는」的不同之處

| 이/가 主格助詞 | 은/는 助詞 |
|---|---|
| 加在句子當中和謂語＊對應的<u>主語</u>後面。（＊謂語是陳述説明主語的字詞。） <br><br> 가 : 누**가** 한국어를 공부해요 ? <br> 　誰（主語）在學韓語（謂語）？ <br><br> 나 : 제**가** 한국어를 공부해요 . <br> 　我(主語)在學韓語(謂語)。 | 加在特別強調或説明的對象，即欲<u>突顯的主語</u>後面。 <br> 저**는** 한국어를 공부해요 . <br> 　我（主語）在學韓語。 |
| 加在作為<u>新話題的主語</u>後面，或句子中出現的<u>另一個主語</u>後面。 <br><br> 책**이** 있어요 . 有書（主語）。 <br><br> 바트 씨**는** 키**가** 커요 . <br> 巴特（主語1）個子（主語2）很高。 | 之前已提過的主語再次被提起時，或以説話者和聽者都認識的對象為話題時使用。 <br><br> 책**이** 있어요 . 有書。 <br><br> 그 책**은** 한국어 책이에요 . <br> 那本書（已提過的主語）是韓語書。 |
| 加在説話的一方所提問的<u>資訊</u>之後，或句子的焦點停留在<u>主語</u>時使用。 <br><br> 가 : 누**가** 밥을 먹어요 ? 誰（提問資訊）在吃飯？ <br> 나 : 철수**가** 밥을 먹어요 . 哲修（句子焦點）在吃飯。 | 當説話的一方提問資訊之後，句子的回答焦點停留在謂語＊時使用。（＊謂語是陳述説明主語的字詞。） <br><br> 가 : 철수**가** 무엇을 해요 ? 哲修在做什麼？ <br> 나 : 철수**는** 책을 읽어요 . 哲修在讀書（句子焦點）。 |

## 3. 介紹各種情況下所使用的韓語招呼用語

　　外國人學習韓語或第一次接觸韓國生活時，最感到困難的部分，就是不同情況下的招呼用語。雖然不建議用背誦的方式記憶制式化的招呼語，但將依據不同情況而有所變化的招呼語加以分類的話，便能夠在實際生活中多用韓語練習，也就更能獲得成就感。（＊以下招呼用語皆為尊敬語氣。）

| | |
|---|---|
| **見面時** | 안녕하세요 ? / 안녕하십니까 ? / 처음 뵙겠습니다 . 你好嗎？ / 您好嗎？ / 很榮幸認識您。 |
| **告別時** | 안녕히 가세요 . / 안녕히 계세요 . 再見、請慢走。 / 再見、請留步。 / 주말 잘 보내세요 . / 또 만나요 . / 祝你周末愉快。 / 改天見。 |
| **道歉時** | 미안합니다 . / 죄송합니다 . 對不起。 / 對不起。 |
| **感謝時** | 고맙습니다 . / 감사합니다 . / 수고하셨습니다 . 謝謝。 / 謝謝。 / 您辛苦了。 |
| **用餐時** | 잘 먹겠습니다 . / 잘 먹었습니다 . 我要開動了。 / 我吃飽了。 |
| **就寢時** | 안녕히 주무세요 . 晚安。 |

 **文法訣竅**

| 引導和説明 | 1. 主語最後一個字**無尾音**時，後面加上**는**。 |
|---|---|

1. 主語最後一個字**無尾音**時，後面加上**는**。

제임스 , 미국 사람　　　　　　　　　　詹姆士 , 美國人

제임스**는** 미국 사람이에요 .　　　　　詹姆士是美國人。

2. 主語最後一個字**有尾音**時，後面加上**은**。

샤오진 , 중국 사람　　　　　　　　　　小真 , 中國人

샤오진**은** 중국 사람이에요 .　　　　　小真是中國人。

| 尾音X | 는 | 제임스는 |
| 尾音O | 은 | 샤오진은 |

**練習**

제 이름**은** 호민이에요 . 저**는** 베트남 사람이에요 . 저**는** 기자예요 .

我的名字是浩民。我是越南人。我是記者。

\*「**은／는**」前面出現的主語為整個句子的主題，當自我介紹時和提及事物的名稱時使用，也會在説明主題時使用。

**注意**

自我介紹的開頭，需使用「**저는**」（**我**）或「**제 이름은**」（**我的名字**）作為開場，**不能使用「이／가**」。

**제가** 마틴이에요 . (X)　→ **저는** 마틴이에요 . (O)

我是馬丁。

**제가** 프랑스 사람이에요 . (X)　→ **저는** 프랑스 사람이에요 . (O)

我是法國人。

| 引導和説明 | 體言（即名詞）最後一個字**無尾音**時，後面加上**예요**。 |
|---|---|

體言（即名詞）最後一個字**無尾音**時，後面加上**예요**。

유카　　　　　　　由夏
유카**예요**.　　　　是由夏。

體言（即名詞）最後一個字**有尾音**時，後面加上**이에요**。

마이클　　　　　　麥可
마이클**이에요**.　　是麥可。

| 尾音X | 예요 | 유카예요 |
|---|---|---|
| 尾音○ | 이에요 | 마이클이에요 |

**練習**

| ＿＿＿ 예요 | 是 | ＿＿＿ 이에요 | 是 |
|---|---|---|---|
| 기자 | 記者 | 경찰관 | 警察 |
| 배우 | 演員 | 군인 | 軍人 |
| 요리사 | 廚師 | 선생님 | 老師 |
| 의사 | 醫生 | 학생 | 學習者 |
| 주부 | 主婦 | 회사원 | 上班族 |

**注意**

「**이에요／예요**」（是）雖然根據尾音的有無而有不同的使用方式，但在發音上並沒有太大差異，其中有尾音的字會連到「**이에요**」（是）來發音，因此最後音節的發音須注意。

例）**책이에요**.　發音 [ **채기에요** ]

| 引導和說明 | 1. **肯定句**<br><br>선생님**이에요** ?          是老師嗎？<br>네 , 선생님**이에요** .          是的，是老師。<br><br>2. **否定句**中，主語最後一個字**無尾音**時，後面加上**가 아니에요**，<br>   主語最後一個字**有尾音**時，後面加上**이 아니에요**。<br><br>중국 사람**이에요** ?          是中國人嗎？<br><br>아니요 , 중국 사람**이 아니에요** . 한국 사람이에요 .<br><br>不是的，不是中國人。是韓國人。 |

**引導和說明**

1. **肯定句**

선생님**이에요** ?　　　　是老師嗎？
네 , 선생님**이에요** .　　　是的，是老師。

2. **否定句**中，主語最後一個字**無尾音**時，後面加上**가 아니에요**，
　主語最後一個字**有尾音**時，後面加上**이 아니에요**。

중국 사람**이에요** ?　　　　是中國人嗎？

아니요 , 중국 사람**이 아니에요** . 한국 사람이에요 .

不是的，不是中國人。是韓國人。

| 尾音X | **가 아니에요** | 의사**가** 아니에요<br>不是醫生。 |
| --- | --- | --- |
| 尾音O | **이 아니에요** | 학생**이** 아니에요<br>不是學生。 |

**練習**

회사원**이에요** ?　　　　是上班族嗎？
네 , 회사원**이에요** .　　　是的，是上班族。

미국 사람**이에요** ?　　　　是美國人嗎？
아니요 , 미국 사람**이 아니에요** .　不是的，不是美國人。

**注意**

當句子中出現「**어느**」（哪一個）或「**누구**」（誰）的疑問代名詞時，**無法使用**「네（是的）／아니요（不是的）」來回答。

最後音節**有尾音**時加上「**이 아니에요**」（不是～），**無尾音**時加上「**가 아니에요**」（不是～），注意「아니에요」容易誤寫為「아니예요」。

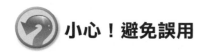

## 小心！避免誤用

### 은／는 助詞

將應該使用「은／는」的情況誤寫為「이／가」，是經常出現的誤用。

　　① 지수**는** 한국 사람이에요 . 지수**가** 학생이에요 . ( X )

　　② 지수**는** 한국 사람이에요 . 지수**는** 학생이에요 . ( O )

　　　　智秀是韓國人。智秀是學生。

① 句中，「지수」（智秀）在後面的句子被重複提及，成為被說明的對象，因此反覆陳述的對象必須使用「은／는」作為助詞。學習者未能掌握「은／는」的正確用法時，很容易產生這類的錯誤。

「은／는」是標示出句中主題或話題的助詞，也會根據句子的脈絡，帶有對照或強調語意，但經常和加在名詞後面，作為句子主語的助詞「이／가」混淆，尤其在自我介紹時經常出現以下的錯誤。

　　제**가** 마틴이에요 .　　　　( X )　저는 마틴이에요 .　　　( O )　我是馬丁。

　　제**가** 프랑스 사람이에요 . ( X )　저는 프랑스 사람이에요 . ( O )　我是法國人。

「**제가 마틴이에요 .**」（我是馬丁。）做為「**누가 마틴이에요 ?**」（誰是馬丁？）的回答句較為妥當，當對別人進行自我介紹時，使用「**저는 마틴이에요.**」（我是馬丁。）才是比較自然的用法。「은／는」加在特別想要強調或說明的對象和主題後面使用，因此自我介紹的過程中，使用「은／는」更為恰當。

### 이에요／예요 是～

寫作時如果不能掌握「**이에요**」和「**예요**」的正確寫法，就會出現以下的錯誤。

　　바트**이에요** . ( X )　　바트**에요** . ( X )　　바트**예요** . ( O )

聽力和口語中，很難分辨兩者發音上的差異，因此必須在開始學習文法時便牢記拼法，才不會在寫作時出錯。

謹記「**이에요／예요**」（是～）的寫法之後，也要注意是否將「**아니에요**」（不是～）誤寫為「**아니예요**」。

　　한국 사람**이 아니예요** . ( X )　한국 사람이 아니에요 . ( O )　不是韓國人。

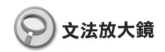

## 文法放大鏡

### 「은／는」與「이／가」

助詞「은／는」與「이／가」是即使學到高階韓語，仍然常被誤用的文法。雖然助詞是韓語的主要特徵，但韓國人在實際的口語對話當中，經常會省略助詞。再加上初級韓語的授課過程中，老師們為了使句子簡單明瞭，往往會省略助詞，這可以說是導致高階韓語仍出現助詞誤用情形的主要原因。因此最好能在一開始學習時，便清楚掌握助詞的正確用法。

但是若一開始就列出「은／는」與「이／가」的差異與規則來背誦，並非好方法，較理想的學習方式是，先舉出「은／는」常用的情況，例如自我介紹中常使用的例句，先徹底理解它在句中的寫法和作用。另外，在強調說話的對象和話題時，則以實際行動進行口語練習，例如用手指著自己和說話的對象，說出「저는 선생님입니다.」（我是老師。），「지연 씨는 학생입니다.」（智妍是學生），反覆多次來練習，是很有效的方法。（這時也要注意文化上的差異，若用手指著別人是不禮貌的，則須避免。）此外，也要留意前面的名詞是否有尾音，區分何時該加「은」，何時該加「는」。

### 이에요／예요 是

「이에요／예요」和陳述句一樣，可以加在疑問句使用，意思是「是～嗎？」。韓語疑問句和陳述句的語法順序是一樣的，不同之處在於疑問句在語尾的聲調會上揚。

　　　제임스 씨는 선생님**이에요**. 호민 씨는 기자**예요**.　　　　　詹姆士是老師。浩民是記者。

　　　제임스 씨는 선생님**이에요**？ 호민 씨는 기자**예요**？（↗）詹姆士是老師嗎？浩民是記者嗎？

練習時可以列出數個名詞，如職業等，根據名詞尾音的有無，選擇加上「이에요／예요」，即使寫法不同，在唸法上兩者的差異不大，而若名詞有尾音時，尾音須連到後面的「이에요」來發音，稱為「連音法則」。

## 課堂活動

教室用語

### 教室用語

여기를 보세요 .

잘 들으세요 .

따라 하세요 .

말하세요 . 쓰세요 . 읽으세요 .

손을 드세요 .

잘했어요 .

첫 수업 때 카드를 오려서 칠판에 붙이거나 학습자에게 보여 주고 시작하세요 .

---

은/는 主格助詞

### 自我介紹

안녕하세요 .

제 이름은 _____이에요 / 예요 .

저는 _____ 사람이에요 .

저는 _____이에요 / 예요 .

만나서 반갑습니다 .

① 자기소개를 해 보세요 .

② 직업 카드를 보고 자신의 직업을 말하세요 .

③ 자신의 직업을 말하고 다른 사람에게 물어보세요 .

〈 도움말 〉

표현이 익숙해질 때까지 연습한 다음 다른 사람에게 질문하는 것으로 확장시킵니다 .

# 尋找朋友

나와 짝인 친구를 찾아 나라와 직업을 물어봅시다 .

① 학생에게 나와 친구의 가상의 이름이 적힌 종이를 나누어 준다 .
② 종이에 '나'에 대한 정보를 스스로 쓴다 .
③ 종이에 적힌 친구의 이름으로 내 친구를 찾는다 .
④ 친구를 찾으면 친구의 나라와 직업을 묻고 종이에 쓴다 .

|  | 나 | 친구 |
|---|---|---|
| 이름 | 평강 | 온달 |
| 나라 | 한국 |  |
| 직업 | 의사 |  |

|  | 나 | 친구 |
|---|---|---|
| 이름 | 평강 | 온달 |
| 나라 | 한국 | 한국 |
| 직업 | 의사 | 군인 |

가 : 온달 씨는 어느 나라 사람이에요 ?

나 : 저는 한국 사람이에요 .

가 : 온달 씨는 군인이에요 ? / 학생이에요 ?

나 : 네 , 저는 군인이에요 . /
　　아니요 , 저는 학생이 아니에요 . 저는 군인이에요 .

〈 도움말 〉

학생들에게 종이를 나누어 주고 활동 방식을 설명해 주세요 .

'나'에 대한 부분은 스스로 적고 '친구'에 대한 부분은 친구와 대화를 통해 써야 함을 정확히 말해 주세요 .

종이에 표를 채운 후에 배운 인사와 문법을 통해 친구와 인사하는 시간을 갖도록 해 주세요 .

모두 여섯 쌍의 짝이 준비되어 있습니다 . 학습자가 자신의 짝을 찾을 수 있도록 도와주세요 .

① 로미오 - 줄리엣　　② 슈렉 - 피오나　　③ 이도령 - 춘향
④ 톰 - 제리　　⑤ 흥부 - 놀부　　⑥ 미녀 - 야수

---

# 是哪一國人呢？

유명한 사람의 사진을 보고 어느 나라 사람인지 말해 봅시다 .

가 : 어느 나라 사람이에요 ?

나 : 한국 사람이에요 .

〈 도움말 〉

'어느 나라 사람이에요 ?'를 묻기 전에 '누구예요 ?'를 먼저 물어봅니다 .

학습자의 흥미를 끌 만한 유명한 배우나 가수 , 운동선수를 미리 준비하여 제시하는 것도 좋습니다 .

안녕하세요 . _____이에요 . _____사람이에요 . 만나서 반갑습니다 .

일부 '저는_____입니다 .'로 말하는 사람들이 있는데 일단은 특별히 언급하지 않았어요 . 그런데 생각해 보면 누구든지 다른 언어의 인사말을 제일 먼저 통째로 외우게 되고 문법적으로는 잘 따지지 않으니까 그냥 '저는'을 붙여서 가르치면 어떨까도 싶네요 . 오히려 '저는'을 빼서 말하는 것이 이상하게 보이지는 않을까도 싶어요 . 자기소개를 할 때 종종 '제가_____입니다 .'라고 말하는 어색한 표현 오류를 방지하기 위해서라도 아예 통으로 외워서 사용하게 하는 것이 좋을 것 같아요 . 이번 학생들의 직업은 매니저 , 판매원 등 좀 특이한 경우가 많네요 . 매니저를 관리자로 알려 주려다가 한국에서도 많이 사용하는 어휘이기 때문에 그만두었습니다 . 활동으로 나눠 준 종이를 가지고 이름이 무엇인지 물으면서 자기 파트너 찾기를 해 보았어요 . 파트너를 찾아서 국적과 직업을 묻고 답하기를 한 후에 잠깐 휴식 .

휴식 시간에 보조 교사들이 출석부 정리를 위해 이름 , 전화번호 , 이메일을 기입하는 종이를 나눠 줬는데 활동의 연장인 줄 알고 서로 묻고 답하기를 하는 학생들이 있었습니다 .

교실 용어 알려 주기
쓰세요 . 따라 읽으세요 . 크게 말하세요 . 잘 들으세요 .

학습할 문장 등을 적은 스케치북을 이용하여 집중력을 높였습니다 . 급하게 만드느라 손으로 썼는데 , 다음 시간에는 컴퓨터로 작업해서 예쁘게 다시 만들어야겠어요 . 교실 용어를 미리 알려 주는 게 수업하기에 편한 것 같습니다 . 학생들도 처음에는 어려워하더니 나중에는 눈치껏 따라옵니다 . 일부러 제가 말을 하면서 그때그때 그림을 같이 들어서 말 한 번 하고 행동을 보여 주면서 한 번 더 말하면서 진행을 했습니다 .

한글을 겨우 떼고 온 학생들이라 문장 수업을 조금 힘들어하긴 하지만 하나의 문장을 완성한다는 데에 아주 신기해하며 열심히 하는지라 수업 분위기가 아주 좋습니다 .

## 老師們的留言

....▶ 웃음이 넘치는 교실이 그려지네요 . 문장 만들기를 시작하는 때라 학생들이 재미있어하겠어요 .

....▶ 네 , 어떻게든 배운 것을 한 번이라도 더 말하려고 하는 모습이 더 보기 좋더군요 .

....▶ 교실 용어를 잘 찾으셨군요 . 첫 수업에서 먼저 가르쳐 주는 것이 수업할 때 편리하겠네요 .

# 한국어를 공부해요
## 學習韓語

**1-2**

| 學習<br>文法 | - 아 / 어요 非格式體語尾 | 을 / 를 目的格助詞 |
| --- | --- | --- |
| | 안　　　不、沒～ | 도　　　也 |

| 課程<br>目標 | 學會敘述日常生活。<br>學會敘述日常生活的基本動詞和事物。 |
| --- | --- |

 **課程準備**

| | 需確認的內容 | 已準備 | 未準備 |
| --- | --- | --- | --- |
| 1 | 說明「 - 아 / 어요」（非格式體語尾）的正確使用型態。 | | |
| 2 | 「을 / 를」（目的格助詞）的含意和結合型態。 | | |
| 3 | 詳細說明「안」（不、沒～）的含意。 | | |
| 4 | 「도」（也）的含意和結合型態。 | | |

## 1. 說明「-아/어요」的正確使用型態

動詞和形容詞的原型語幹母音為「ㅏ」或「ㅗ」時，後面加上「-아요」（「하다」例外），原型語幹為其他母音時，後面加上「-어요」，若語幹為「하다」則改為「해요」型態。陳述句和疑問句的寫法相同，依據說話時的語調來區分。

| ㅏ , ㅗ （○） | - 아요 | 가（다）+ 아요 → **가요** 去<br>보（다）+ 아요 → 보아요 → **봐요** 看 |
| --- | --- | --- |
| ㅏ , ㅗ （×） | - 어요 | 먹（다）+ 어요 → 먹어요 吃<br>배우（다）+ 어요 → 배우어요 → **배워요** 學習<br>마시（다）+ 어요 → 마시어요 → **마셔요** 喝 |
| 하다 | **해요** | 공부（하다）+ 해요 → **공부해요** 學習 |

## 2. 「을/를」的含意和結合型態

「을/를」加在體言（即名詞）後面，是「**읽다**（閱讀）、**보다**（看）、**먹다**（吃）、**마시다**（喝）、**공부하다**（學習）」等動詞的目的語，屬於目的格助詞。名詞最後一個字有尾音時，加上「**을**」，無尾音時加上「**를**」。

| 尾音（○） | 을 | 빵 + 을 → 빵을　麵包<br>신문 + 을 → 신문을　報紙 | 빵을 먹어요 .　吃麵包。<br>신문을 읽어요 .　讀報紙。 |
| --- | --- | --- | --- |
| 尾音（×） | 를 | 사과 + 를 → 사과를　蘋果<br>우유 + 를 → 우유를　牛奶 | 사과를 사요 .　買蘋果。<br>우유를 마셔요 .　喝牛奶。 |

像「**공부하다**（學習）、**운동하다**（運動）、**청소하다**（打掃）」等以名詞「**공부**（學習）、**운동**（運動）、**청소**（清掃）」結合「**하다**（做）」的動詞，也可以寫成「**을/를 하다**」型態。

공부하다 , 공부**를** 하다　學習　　운동하다 , 운동**을** 하다　運動　　청소하다 , 청소**를** 하다　打掃

## 3. 詳細說明「안」的含意

「**안**（不、沒〜）」和「**-지 않다**（不、沒〜）」一樣，都是表達否定意志或否定意圖的副詞，意思是「沒有發生〜、不〜」，不同於表達能力不足的「**못**（不能、無法〜）」和「**-지 못하다**（不能、無法〜）」。「**안**」加在動詞或形容詞前面，如果動詞是「名詞＋**하다**（做）」，則「**안**」加在名詞和「**하다**」之間。然而「**있다**（有、在）」的否定為「**없다**（沒有、不在）」，「**이다**（是）」的否定為「**아니다**（不是）」。

## 4. 「도」的含意和結合型態

當某事物和其他事物相同，或者在某種事物存在的情況下，再加上別的事物時，使用「**도**」作為輔助詞，意思是「**也**」，加在名詞、助詞、副詞、語幹之後。

지수 씨는 학생이에요 . 바트 씨**도** 학생이에요 .　智秀是學生。巴特也是學生。
한국어를 공부해요 . 중국어**도** 공부해요 .　　學習韓語。也學習中文。

| | **ー아／어요 非格式體語尾** | 教材 30 頁 |
|---|---|---|

**引導和說明**

1. 動詞裡的「**다**」為基本原型，去掉「**다**」的語幹母音為「**ㅏ**」、「**ㅗ**」時，後面加上「**ー아요**」。
2. 原型語幹母音**非**「**ㅏ**」、「**ㅗ**」」時，後面加上「**ー어요**」。
3. 原型語幹為「**하다**」時，將「**하다**」改為「**ー해요**」。

| 사다 買 | 사 + **아요** | **사요** |
|---|---|---|
| 먹다 吃 | 먹 + **어요** | **먹어요** |
| 공부하다 學習 | 공부 + **해요** | **공부해요** |

**練習**

| ＿＿＿＿ 아요 | ＿＿＿＿ 어요 | ＿＿＿＿ 해요 |
|---|---|---|
| 보다 | 먹다 | 공부하다 |
| 看 | 吃 | 學習 |
| 사다 | 읽다 | 운동하다 |
| 買 | 讀 | 運動 |
| 가다 | 배우다 | 일하다 |
| 去 | 學習 | 工作 |
| 오다 | 마시다 | 전화하다 |
| 來 | 喝 | 打電話 |
| 만나다 | 기르치다 | 수영하다 |
| 見面 | 教導 | 游泳 |

**注意**

在尚未學習「**을／를**」（**助詞**）的情況下，只要先知道「**무엇을 해요？**」代表「**在做什麼呢？**」以此來練習回答，也就是先將重點放在「**ー아／어요**」，經由反覆練習直到能夠自然活用，是學習的重點。也許在練習的過程中會覺得有些乏味，此時可以尋找更多的詞彙來練習使用，直到熟悉為止。

**引導和說明**

1. 練習時先問問「在做什麼呢？」再進一步問動作的對象是什麼，
並加入「<u>－을／를</u>」（<u>**助詞**</u>）來練習。

老　師：무엇을 해요 ?        在做什麼呢？

學習者：먹어요 .        吃。

老　師：무엇을 먹어요 ?        吃什麼呢？

學習者：밥 먹어요 .        吃飯。

老　師：네 , 밥을 먹어요 .        是的，在吃飯。

針對「무엇」（什麼）的回答，也可以換成「**찌개（湯）、빵（麵包）**」等名詞。

2. 在**動作的目的語後面**加上「**－을／를**」，當名詞最後一個字為**子音結尾**（即有尾音時，例如「신문（報紙）」），後面加上「**－을**」，若最後一個字為**母音結尾**（即無尾音時，例如「커피（咖啡）」），後面加上「**－를**」。

| 받침O<br>有尾音 | 을 | 밥을<br>飯 | 밥을 먹어요.<br>吃飯。 |
| --- | --- | --- | --- |
| 받침X<br>有尾音 | 를 | 한국어를<br>韓語 | 한국어를 공부해요.<br>學習韓語。 |

**練習**

① 練習時須注意正確選擇「**－을／를**」，並嘗試寫出含有目的語的句子。

②「**무엇을（什麼）**」在口語時經常省略為「**뭐**」。

老　師：**무엇을** 해요 ?（**뭐** 해요 ? )        在做什麼呢？

學習者：손을 씻어요 .        洗手。

**注意**

雖然韓語在口語經常會省略助詞「**－을／를**」，**但在學習初期最好還是不要省略**，才能有助瞭解基本型態。初級階段如何正確區分「**－을／를**」是很重要的，口語練習時也要經常將「**－을／를**」放入句子中使用，才能更加熟悉表達方式。

| | |
|---|---|
| 引導<br>和<br>說明 | 1. 學習時導入以「**아니요**」（**不**）回答的句子，集中練習「**안**」（不、沒～）的用法。 |

老　　師：OO 씨 , 술을 마셔요 ? 　　　　　OO 你喝酒嗎？

學習者：네 , 술을 마셔요 . 　　　　　　是的，我喝酒。

老　　師：OO 씨는 술을 마셔요 . 　　　　OO 喝酒。

　　　　　△△ 씨 , 태권도를 배워요 ? 　　△△你學跆拳道嗎？

學習者：아니요 . 　　　　　　　　　　不。

老　　師：△△ 씨는 태권도를 안 배워요 . 　△△沒學跆拳道。

---

저는 술을 **안** 마셔요 . 我不喝酒。

OO 씨는 태권도를 **안** 배워요 . OO沒學跆拳道。

마틴 씨는 운동을 **안** 해요 . 馬丁不運動。

---

2. 試著將句子寫出來，引導加入否定語氣「**안**」（不、沒～）的句子，並注意句子結構。

---

| | |
|---|---|
| 練習 | 先列出基本句子，再使用否定語氣的「**안**」（不、沒～）來置換。 |

老　　師：밥을 먹어요 . 　　　　吃飯。

學習者：밥을 **안** 먹어요 . 　　不吃飯。

---

| | |
|---|---|
| 注意 | 動詞的**否定句**有在動詞前面加上「**안**」（不、沒～）的簡短寫法，也有在動詞語幹後加上「**－지 않다**」（不、沒～）的長句寫法。簡短寫法的情況，基本上**在動詞前面加上**「**안**」，例如「안 봐요（不看）」、「안 먹어요（不吃）」。但是像「**일하다（工作）**」這類結合「**하다（做）**」的動詞，由於可以加上**助詞**「**을／를**」，分開寫成「일을 해요（工作）」，因此否定句的寫法是將「**안（不、沒～**）」放在「**하다（做）**」的前面，寫成「**일을 안 해요**」（**不工作**）、「**운동을 안 해요**」（**不運動**）。 |

1. 以國籍提出問題，接著以相同國籍的例子，加入「**도**」（也）來回答。

老　　師：OO 씨는 어느 나라 사람이에요？　　　　OO 是哪一國人？

學習者 1：저는 중국 사람이에요．　　　　　　　　我是中國人。

老　　師：△△ 씨는 어느 나라 사람이에요？　　　　△△是哪一國人？

學習者 2：저는 중국 사람이에요．　　　　　　　　我是中國人。

老　　師：네，OO 씨는 중국 사람이에요．　　　　好，OO 是中國人。

　　　　　△△ 씨도 중국 사람이에요．　　　　　△△也是中國人。

> OO 씨는 중국 사람이에요.　　△△ 씨**도** 중국 사람이에요.
> OO是中國人。　　　　　　　　△△也是中國人。
>
> 저는 한국어를 배워요.　　　　저는 영어**도** 배워요.
> 我學習韓語。　　　　　　　　我也學習英文。

2. 將句子中的「**도**（也）」以不同顏色標註出來，學習時看著句子推敲它的意思。「**도**（也）」前面所加的**名詞具有相同情況或相同屬性**的含意，同時也有針對前述的事實，加入補充説明的用法。

練習造句，將原本「**은／는**」（**主格助詞**）、「**을／를**」（**目的格助詞**）的位置改寫成「**도**」（也）。

OO 씨는 책을 읽어요．△△ 씨**도** 책을 읽어요．

OO 讀書。△△也讀書。

OO 씨는 책을 읽어요．신문**도** 읽어요．

OO 讀書。也讀報紙。

找出和朋友的共同點，練習對話。

저는 한국어를 배워요．친구**도** 한국어를 배워요．

我學韓語。朋友也學韓語。

## 小心！避免誤用

### ㅡ아／어요 非格式體語尾

現在式時態的「ㅡ아／어요」，是表達某個對象和事物的行為，或呈現某種情況，屬於非格式體的敬語，因此主要在口語中使用。① 是描述吃飯的普通敘述句，如果像 ② 改為疑問句型態時，寫法相同，但語尾的音調會往上揚。

① 밥을 먹어요.　　　　　　　　吃飯。

② 밥을 먹어요？（↗）　　　　　吃飯嗎？

學生在將動詞的基本型改成現在式句型時，會覺得母音的省略或合併有困難。如③和④句中，動詞「마시다（喝）」、「기다리다（等待）」或其他形容詞，當語幹**母音為「ㅣ」結尾**時，後面連接「ㅡ어요」，最後會合併成「**여요**」，這是在學習時較難理解的部分，也是練習時需要反覆多加強的部分。

③ 물을 마시어요.（X）　　　　喝水。

④ 물을 마셔요.（O）　　　　　喝水。

### ㅡ을／를 目的格助詞

① 공부했어요.（X）　　　　　念了書。

② 공부를 했어요.（O）　　　　念了書。

① 是口語中經常使用的句型，但在書寫體（寫作時）② 才是正確的寫法。學習者當遇到必須使用「ㅡ을／를」的情況而未使用時，對以韓語作為母語的人們來説，可能會有語法不對勁的感覺。「ㅡ을／를」在口語對話中雖然經常被省略，但如果一開始學習時就習慣省略它，到了高階韓語，可能會因為省略助詞而造成錯誤用法，因此學習者必須練習不省略「ㅡ을／를」的句子。

## －안 不、沒～

「－안」（不、沒～）適用於<u>動詞和形容詞</u>，意思是無關外在的條件或情況，而是根據個人意志，不從事某種行為或針對某種情況加以否定，可以稱為意志否定或意圖否定，有「**안**」（不、沒～）和「**－지 않다**」（不、沒～）兩種寫法。其中「**안**」的句型經常會出現如 ① 句的錯誤。

較短的否定句「**안**」，由於是加在動詞前面，因此會產生這類錯誤。在初期學習階段就必須及時改正，並再次回想「**안**」的使用規則。如 ② 中「**名詞＋하다（做）**」動詞的情況，則「**안**」必須加在名詞和「**하다（做）**」之間。

① 안 운동을 해요 .（X）　　　不運動。
② 운동을 안 해요 .（O）　　　不運動。

「**안**」（不、沒～）是在一般敘述句中對動詞或形容詞的否定，③ 和 ④ 是否定動詞「**먹다（吃）**」，⑤ 和 ⑥ 是否定形容詞「**비싸다（貴）**」。但 ⑦ 和 ⑧ 中，「**있다（有、在）**」的否定不是「**안 있다**」，而是「**없다（沒有、不在）**」，而若要否定「**名詞＋이다（是）**」動詞的情況，則如 ⑨ 使用「**名詞＋아니다（不是）**」，這是需要注意的重點。

③ 아침을 안 먹어요 .　　　沒吃早餐。
④ 아침을 먹지 않아요 .　　　沒吃早餐。
⑤ 가방이 안 비싸요 .　　　包包不貴。
⑥ 가방이 비싸지 않아요 .　　　包包不貴。
⑦ 사과가 안 있어요 .（X）　　　沒有蘋果。
⑧ 사과가 없어요 .（O）　　　沒有蘋果。
⑨ 선생님이 아니에요 .　　　不是老師。

再次整理文法，<u>意志否定</u>分為「**안＋動詞／形容詞**」和「**動詞／形容詞＋－지 않다**」，相較於這種意志否定，若要表達因受外在條件左右，或能力不足的否定句型則有「**못（不能、無法）**」和「**－지 못하다（不能、無法）**」。

由於「**안**」（不、沒～）是<u>直接否定後面的動詞</u>，使用上較帶有限制性，相較之下「**－지 않다**」（不、沒～）<u>幾乎適用於所有的動詞和形容詞</u>，因此使用範圍較廣。另外比起「**안 하다（不做）**」，「**－지 않다**」的語氣比較間接，也會給人較<u>委婉柔和</u>的感覺。

 **文法放大鏡**

## 韓語的語順

韓語是具有「主語＋目的語＋敘述語」句子結構的語言。和韓語有相同語順的語言有日文、蒙古文、土耳其文、緬甸文、印度文等。雖然韓語的基本語順是「主語＋目的語＋敘述語」，但組成元素在句子中有自由移動的可能。

① 수미가 밥을 먹어요. 秀美吃飯。　② 밥을 수미가 먹어요. 秀美吃飯。
　　秀美　飯　吃　　　　　　　　　　　　飯　秀美　吃

① 是「主語（秀美）＋目的語（飯）＋敘述語（吃）」的基本語順。而 ② 是將目的語（飯）放在主語（秀美）前面，這代表了韓語只要基本意思不變，目的語可以移到主語前面。

但是改變語順之後，語意也可能會產生些許的變化。① 的焦點是「秀美」，② 的焦點是放在「飯」。

但是並非所有組成元素都可以自由移動。例如否定句的「안」（不做～）、「못」（不會做～），就一定要擺在敘述語的前面，如 ③，而 ④ 和 ⑤ 便是不正確的句子。

③ 수미가 밥을 **안** 먹어요.（ｏ）
　　秀美　飯　不　吃

④ 수미가 **안** 밥을 먹어요.（ｘ）　⑤ 수미가 밥을 먹어요, **안**.（ｘ）
　　秀美　不　飯　吃　　　　　　　　秀美　飯　吃　不

## 도 也

針對某個對象或狀況作額外補充，或表達包含的語意。

① 저는 한국어를 배워요. 친구도 한국어를 배워요. 我學韓語。朋友也學韓語。

② 저는 한국어를 배워요. 태권도도 배워요. 我學韓語。也學跆拳道。

① 是「저（我）」和「친구（朋友）」處在「相同的狀況」下，② 是在前句的事實之外，再補充另一個事實。這時助詞「도（也）」是擺在「이／가（主格助詞）」或「을／를（目的格助詞）」的位置，擔任主語或目的語的角色。

另外，也有像「아침에도（早上時也）」、「너까지도（連你也）」一樣和助詞「에（時）」、「까지（連）」結合的用法，或是「빨리도（也真快）」、「많이도（也真多）」這種和副詞「빨리（很快）」、「많이（很多）」結合的情況，表示「強調」之意。而如果將兩個以上的對象或情況羅列出來時也會使用，如 ③ 或 ④ 例句，無論屬性類似、相同，或彼此呈現對比的情況都可以使用。

③ 저 식당은 값도 싸고 맛도 좋아요. 那家餐廳的價格便宜，也好吃。

④ 앉지도 서지도 못해요. 既不能坐，也沒辦法站。

 **課堂活動**

## ㅡ아／어요 ㅡ非格式體語尾（一天生活）

## 賓果遊戲

① 제시된 동사를 빙고판에 한 개씩 쓰세요 .

② 한 사람씩 순서대로 ' - 아 / 어요'를 말하세요 .

③ 다른 사람이 말하는 동사를 내 빙고판에서 지우세요 .

④ 먼저 세 줄을 만들면 '빙고 !'를 외치세요 .

〈 도움말 〉

교사가 작은 선물을 준비하여 1 등을 한 사람에게 상으로 주면 성취도가 한결 높아집니다 .

## 을ㅡ을／를 受格助詞

## 造句練習

명사와 동사 카드를 이용해서 문장을 만들어 봅시다 .

명사 카드와 동사 카드를 나누어 주고 문장을 만드는 게임을 합니다 . 문장을 다 만들면 앞에 나와서 쓰고 발표하게 합니다 .

| | |
|---|---|
| 영화 , 텔레비전 , 사진 , 그림 , …… | 보다 |
| 커피 , 주스 , 우유 , 술 , …… | 마시다 |
| 한국어 , 태권도 , 피아노 , 운전 , …… | 배우다 |
| 밥 , 찌개 , 김치 , 빵 , …… | 먹다 |
| 책 , 신문 , 편지 , 잡지 , …… | 읽다 |

# 問答練習

친구들이 무엇을 하는지 안 하는지 질문하고 돌아가면서 이야기하도록 합니다 .

술을 마셔요 ? / 김치를 먹어요 ? / 잡지를 읽어요 ? / 영어를 가르쳐요 ?
한국 영화를 봐요 ? / 우유를 좋아해요 ? / 태권도를 배워요 ?

가 : 유카 씨 , 커피를 좋아해요 ?
나 : 아니요 , 안 좋아해요 .
가 : 무엇을 좋아해요 ?
나 : 저는 주스를 좋아해요 .

# 利用圖片練習敘述

그림을 보고 사람들이 무엇을 하는지 말해 봅시다 .

가 : 무엇을 해요 ?
나 : 밥을 먹어요 .

# 教室的某日－授課日誌

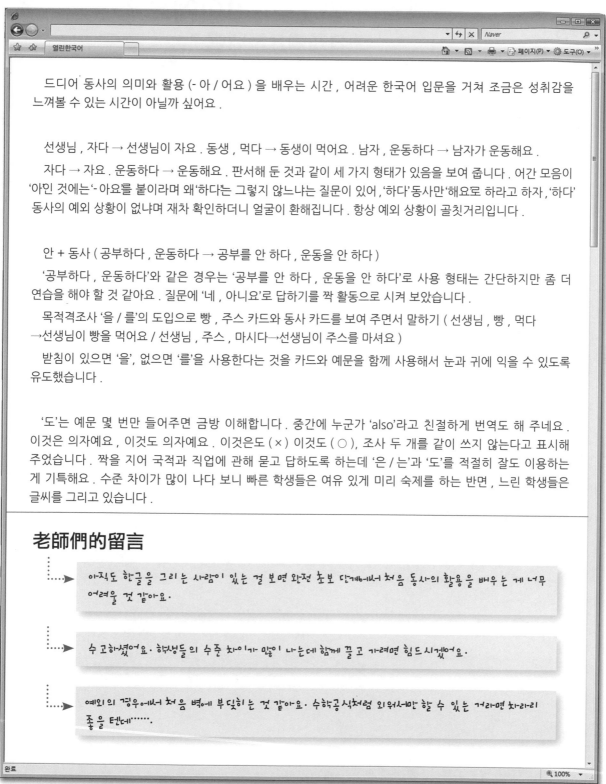

열린한국어

드디어 동사의 의미와 활용 (- 아 / 어요 ) 을 배우는 시간 , 어려운 한국어 입문을 거쳐 조금은 성취감을 느껴볼 수 있는 시간이 아닐까 싶어요 .

선생님 , 자다 → 선생님이 자요 . 동생 , 먹다 → 동생이 먹어요 . 남자 , 운동하다 → 남자가 운동해요 .

자다 → 자요 . 운동하다 → 운동해요 . 판서해 둔 것과 같이 세 가지 형태가 있음을 보여 줍니다 . 어간 모음이 '아인 것에는 '- 아요를 붙이라며 왜 '하다는 그렇지 않느냐는 질문이 있어 , '하다' 동사만 '해요로 하라고 하자 , '하다' 동사의 예외 상황이 없냐며 재차 확인하더니 얼굴이 환해집니다 . 항상 예외 상황이 골칫거리입니다 .

안 + 동사 ( 공부하다 , 운동하다 → 공부를 안 하다 , 운동을 안 하다 )

'공부하다 , 운동하다'와 같은 경우는 '공부를 안 하다 , 운동을 안 하다'로 사용 형태는 간단하지만 좀 더 연습을 해야 할 것 같아요 . 질문에 '네 , 아니요'로 답하기를 짝 활동으로 시켜 보았습니다 .

목적격조사 '을 / 를'의 도입으로 빵 , 주스 카드와 동사 카드를 보여 주면서 말하기 ( 선생님 , 빵 , 먹다 →선생님이 빵을 먹어요 / 선생님 , 주스 , 마시다→선생님이 주스를 마셔요 )

받침이 있으면 '을', 없으면 '를'을 사용한다는 것을 카드와 예문을 함께 사용해서 눈과 귀에 익을 수 있도록 유도했습니다 .

'도'는 예문 몇 번만 들어주면 금방 이해합니다 . 중간에 누군가 'also'라고 친절하게 번역도 해 주네요 . 이것은 의자예요 , 이것도 의자예요 . 이것은도 ( × ) 이것도 ( ○ ), 조사 두 개를 같이 쓰지 않는다고 표시해 주었습니다 . 짝을 지어 국적과 직업에 관해 묻고 답하도록 하는데 '은 / 는'과 '도'를 적절히 잘도 이용하는 게 기특해요 . 수준 차이가 많이 나다 보니 빠른 학생들은 여유 있게 미리 숙제를 하는 반면 , 느린 학생들은 글씨를 그리고 있습니다 .

## 老師們的留言

▶ 아직도 한글을 그리는 사람이 있는 걸 보면 완전 초보 단계에서 처음 동사의 활용을 배우는 게 너무 어려울 것 같아요 .

▶ 수고하셨어요 . 학생들의 수준 차이가 많이 나는데 함께 끌고 가려면 힘드시겠어요 .

▶ 예외의 경우에서 처음 벽에 부딪히는 것 같아요 . 수학공식처럼 외워서만 할 수 있는 거라면 차라리 좋을 텐데 …… .

# 1-3

## 생일이 몇 월 며칠이에요?
### 生日是幾月幾號呢？

| 學習文法 | 이 / 가 | 主格助詞 | 몇 | 幾～ |
|---|---|---|---|---|
| | - 에 | −的時候（時間） | 무슨 | 什麼的～ |

| 課程目標 | 學會日期和星期的問答。<br>學會讀説數字。 |
|---|---|

 **課程準備**

| | 需確認的內容 | 已準備 | 未準備 |
|---|---|---|---|
| 1 | 説明「이 / 가」（主格助詞）的含意和結合型態。 | | |
| 2 | 説明「에」（的時候）的使用情境。 | | |
| 3 | 説明「몇」（幾～）的使用法。 | | |

## 1. 說明「이／가」 的含意和結合型態

「이／가」是主格助詞，加在體言（名詞）後面，表示前述的名詞是句子的主語。「이／가」是最普遍的主格助詞，前面名詞有尾音時加上「이」，無尾音時加上「가」。

| 尾音 ○ | 이 | 동생＋이 → 동생이　弟弟／妹妹<br>이름＋이 → 이름이　名字 | 동생이 책을 읽어요. 弟弟／妹妹讀書。<br>이름이 뭐예요? 名字是什麼？ |
|---|---|---|---|
| 尾音 × | 가 | 친구＋가 → 친구가　　朋友<br>유카 씨＋가 유카 씨가　由夏 | 친구가 밥을 먹어요　朋友吃飯。<br>카 씨가 주스를 마셔요. 由夏喝果汁。 |

## 2. 說明「에」 的使用情境

「에（的時候）」以「時間＋에」的形式出現，表示某個動作或行為、狀態產生的時間點。

　　월요일에 한국어를 배워요. 星期一的時候學習韓語。
　　생일에 미역국을 먹어요. 生日的時候吃海帶湯。

　　雖然「에（的時候）」是表示事情發生的時間點，但有些情況並不使用，如「어제（昨天），오늘（今天），내일（明天）」，以及「이제（如今），금방（剛才），지금（現在）」等表達時間的副詞後面不加「에（的時候）」。學習時先學會該如何將「　」加在句子中，之後再了解例外情況，才不會誤用。

　　오늘에 친구를 만나요.（ × ）　今天見朋友。
　　지금에 텔레비전을 봐요.（ × ）　我看電視。

## 3. 說明「몇」 的使用法

「몇（幾）」經常使用在疑問句中，詢問後面所接名詞的數量。當表達日期時，將原本敘述句結構中的數字以「몇」（幾）來取代，便成為疑問句。根據詢問的種類不同，加入不同的單位名詞，譬如可以使用「몇 월（幾月）」、「몇 번（幾號）」等。

　　가 : 전화번호가 몇 번이에요? 電話號碼是幾號？
　　나 : 010-1234-6789 예요. 是 010-1234-6789。

　　問「월（月份）」時，在月份前面數字的位置填入「몇（幾）」，成為疑問句「　월이에요?」（是幾月呢？），但是問「일（日）」時，不使用「몇일」，而是改寫為「며칠（幾日）」，這一點需要注意。而發音部分，「몇 월」（幾月）發為「며뭘」，而「몇 일」（幾日）的發音不是「며딜」，而是「며칠」，根據「當字根不明顯時，不標示原型寫法」的韓語語法規則，將「幾日」按照發音念法寫成了「며칠」。

　　가 : 몇 월 며칠이에요? 是幾月幾日？
　　나 : 3 월 20 일이에요. 是 3 月 20 日。

 **文法訣竅**

**1.** 製作動詞圖卡，專注於卡片上**做動作的人是誰**，進行練習。

| | |
|---|---|
| 老　師：（指著吃飯的圖卡）동생이에요．무엇을 해요？ | 是弟弟。在做什麼呢？ |
| 學習者：밥을 먹어요．　吃飯。 | |
| 老　師：동생이에요．밥을 먹어요．동생이 밥을 먹어요． | |

是弟弟。在吃飯。弟弟在吃飯。

**引導和說明**

| 尾音 〇 | 이 | 동생이<br>弟弟 | 동생이 밥을 먹어요．<br>弟弟吃飯。 |
|---|---|---|---|
| 尾音 × | 가 | 친구가<br>朋友 | 친구가 공부해요．<br>朋友念書。 |

**2.** 在加入動詞之前，先說出圖卡中做動作的人物是誰，練習加上「**이／가**」。主語**有尾音時加上**「**이**」，**無尾音時加上**「**가**」。

**練習**

① 將可做為主語的名詞加上「**이／가（主格助詞）**」，藉此熟悉結合方式。

| ＿＿＿＿ 이 | ＿＿＿＿ 가 |
|---|---|
| 동생 (弟弟／妹妹) | 친구 (朋友) |
| 선생님 (老師) | 어머니 (媽媽) |
| 학생 (學生) | 아버지 (爸爸) |
| 마틴 (馬丁) | 지수 (智秀) |
| 호민 (浩民) | 유카 (由夏) |

**注意**

和「**나（我）**」結合時，不寫成「**나가**」，而寫成「**내가**」，須特別注意。

나가 먹어요．（×）　我吃。
내가 먹어요．（〇）　我吃。

學會讀月曆前，須先充分練習閱讀數字。熟悉後，再利用月曆問今天的日期。

| | | | |
|---|---|---|---|
| 老　師： | (指著月份) **몇** 월이에요？ | 是幾月呢？ | |
| 學習者： | 칠이에요. | 是 7。 | |
| 老　師： | 7 월（칠월）이에요. | 是 7 月。 | |
| 老　師： | (指著日期) **며칠**이에요？ | 是幾號呢？ | |
| 學習者： | 십일이에요. | 是 11。 | |
| 老　師： | 11 일（십일일）이에요. | 是 11 號。 | |

**引導 和 說明**

> **몇** 월이에요？　　　 - 7 월（칠월）이에요.
> 是幾月呢？　　　　 - 是 7 月。
> **며칠**이에요？　　　 - 11 일（십일일）이에요.
> 是幾號呢？　　　　 - 是 11 號。

準備一份月曆，一起練習口語。

| | | | |
|---|---|---|---|
| 老　師： | (拿著數字月曆) 1. 20. **몇** 월 **며칠**이에요？ | 是幾月幾號？ | |
| 學習者： | 일월 이십일이에요. | 是 1 月 20 號。 | |
| 老　師： | (拿著數字月曆) 3. 15. **몇** 월 **며칠**이에요？ | 是幾月幾號？ | |
| 學習者： | 삼월 십오일이에요. | 是 3 月 15 號。 | |
| 老　師： | (拿著數字月曆) 6. 28. **몇** 월 **며칠**이에요？ | 是幾月幾號？ | |
| 學習者： | 육월 이십팔일이에요. | 是 6 月 28 號。（×） | |
| 老　師： | **유월** 이십팔일이에요. | 是 6 月 28 號。（○） | |

**練習**

**注意**

6 月要讀做「**유월**」，10 月要讀做「**시월**」，且寫法也按照讀音來標記。而**數字加上「月（月）」時經常需要連音**，最好能夠反覆練習，熟悉標記和發音的差異。

例）일월 [ 이뤌 ] / 삼월 [ 사뭘 ] / 칠월 [ 치뤌 ] /
　　　1 月　　　　　　3 月　　　　　　7 月
　　팔월 [ 파뤌 ] / 십일월 [ 시비뤌 ] / 십이월 [ 시비월 ]
　　　8 月　　　　　　11 月　　　　　　12 月

問日期時，雖然可以完整使用「몇 월 며칠이에요？」（是幾月幾號？），**但通常更常使用「며칠이에요？」（是幾號呢？）**

**引導和說明**

在特定的時間做些什麼事？試著回答看看。

老　師：토요일이에요 . 무엇을 해요 ?　　　　　是星期六。做什麼呢 ?

學習者：친구를 만나요 .　　　　　　　　　　見朋友。

老　師：토요일**에** 친구를 만나요 .　　　　　星期六的時候見朋友。

　　　　월요일이에요 . 무엇을 해요 ?　　　　是星期一。做什麼呢 ?

學習者：공부해요 .　　　　　　　　　　　　念書。

老　師：월요일**에** 공부해요 .　　　　　　　星期一的時候念書。

寫下「**토요일에 뭐 해요 ?**」（**星期六的時候做什麼呢 ?**），將「**에（的時候）**」用不同顏色標記出來，集中焦點來練習。

> 토요일**에** 친구를 만나요 .　　　星期六的時候見朋友。
> 월요일**에** 공부해요 .　　　　　星期一的時候念書。

**練習**

1. 列出表達**時間的名詞**和後面接續的句子，反覆練習「**에（的時候）**」。

　_____ 에　　　　_____

　월요일　（星期一）　　한국어를 배워요 .　（學習韓語。）

　주말　　（周末）　　　영화를 봐요 .　　　（看電影。）

　생일　　（生日）　　　미역국을 먹어요 .　（吃海帶湯。）

2. 以不同星期造問句，使用「**에（的時候）**」練習回答。

老　師：월요일**에** 무엇을 해요 ?　　　　　星期一的時候做什麼 ?

學習者：월요일**에** 영화를 봐요 .　　　　　星期一的時候看電影。

老　師：화요일**에** 무엇을 해요 ?　　　　　星期二的時候做什麼 ?

學習者：화요일**에** 수영을 해요 .　　　　　星期二的時候游泳。

**注意**

「**어제（昨天）、오늘（今天）、내일（明天）**」後面不使用「**에（的時候）**」。

|  |  |
|---|---|

**引導和說明**

利用月曆問問看今天星期幾。

老　師：（指著星期）무슨 요일이에요 ? 　　　　　　是星期幾 ?

學習者：월요일이에요 . 　　　　　　　　　　　　是星期一。

老　師：（指著隔日）무슨 요일이에요 ? 　　　　　是星期幾 ?

學習者：화요일이에요 . 　　　　　　　　　　　　是星期二。

使用「**무슨**」（**什麼的**）提出關於 **星期的問句**，再將「**무슨**」（**什麼的**）和其他名詞結合，引導出其他句子。

老　師：OO 씨 , 운동을 좋아해요 ? 　　　　　　OO 喜歡運動嗎 ?

學習者：네 , 좋아해요 . 　　　　　　　　　　　　是，我喜歡。

老　師：무슨 운동을 좋아해요 ? 축구 ? 야구 ? 테니스 ?

　　　　　喜歡什麼運動呢 ? 足球 ? 棒球 ? 網球 ?

學習者：저는 축구를 좋아해요 . 　　　　　　　　我喜歡足球。

> **무슨** 요일이에요 ? 월요일이에요 .
> 是星期幾 ? 是星期一。
>
> **무슨** 운동을 좋아해요 ? 축구를 좋아해요 .
> 喜歡什麼運動 ? 喜歡足球。

**練習**

| 일 | 월 | 화 | 수 | 목 | 금 | 토 |
|---|---|---|---|---|---|---|
| 친구를 만나요 | 한국어를 배워요 | 일을 해요 | 영어를 가르쳐요 | 쇼핑을 해요 | 피아노를 배워요 | 영화를 봐요 |

看著月曆，練習問答。由老師先提問之後，每個人輪流問問題。

① 老　　師：오늘은 월요일이에요 . 내일은 무슨 요일이에요 ? 今天星期一。明天星期幾 ?

　學習者 1：내일은 화요일이에요 . 　　　　　　　　　　明天星期二。

　　　　　　오늘은 수요일이에요 . 내일은 무슨 요일이에요 ? 今天星期三。明天星期幾 ?

　學習者 2：내일은 목요일이에요 . 　　　　　　　　　　明天星期四。

② 老　　師：무슨 요일에 친구를 만나요 ? 　　　　　　星期幾的時候見朋友 ?

　學習者 1：일요일에 친구를 만나요 . 　　　　　　　星期日的時候見朋友。

　　　　　　무슨 요일에 일을 해요 ? 　　　　　　　　星期幾的時候工作 ?

　學習者 2：화요일에 일을 해요 . 　　　　　　　　　星期二的時候工作。

**注意**

「**무슨（什麼的）**」是在**各種對象當中詢問出對象是什麼**，在回答問句之前，最好先想想看有哪些可以回答的名詞，正確掌握回答句型和含意。

## 무슨 什麼的

| | |
|---|---|
| 무슨 좋아해요？（×） | 你喜歡什麼？ |
| 뭐 좋아해요？（○） | 你喜歡什麼？ |

針對某個目標提出具體性疑問時，在名詞前面加上「**무슨**」（什麼的）來提問。在各種目標中針對某個對象的種類提出疑問時，也使用「**무슨**」（什麼的）。「**무슨**（什麼的）」用來修飾名詞，因此必須放在名詞前面，而「**뭐**」（什麼事物）是當疑問名詞使用，因此必須放在動詞前面。

學習時有可能難以分辨「**뭐**」（什麼事物）和「**무슨**」（什麼的）的用法，因此最好使用問答方式的例句來區分。

| | |
|---|---|
| 가：**무슨** 운동을 좋아해요？ | 喜歡什麼運動呢？ |
| 나：축구를 좋아해요. | 喜歡足球。 |
| 가：**뭐** 해요？ | 做什麼呢？ |
| 나：청소해요. | 打掃。 |

## 이／가 主格助詞

| | | | |
|---|---|---|---|
| 차를 있어요.（×） | 有車。 | 꽃을 많아요.（×） | 很多花。 |

「**있다**」（有）的前面沒有加上「**이／가**」，而是加上目的語助詞「**을／를**」，像這類「**있다**」（有）、「**없다**」（沒有）、「**많다**」（多）等表達歸屬的形容詞，很容易犯下加上「**을／를**」的錯誤。代表歸屬的「**있다**」（有）翻成英文是「to have」，對使用英文的外國人士來說，可能會誤認「**있다**」（有）是要求目的語的動詞，因此容易產生這種錯誤。

| | | | |
|---|---|---|---|
| 꽃이 좋아요.（○） | 喜歡花。 | 꽃을 좋아요.（×） | 喜歡花。 |

通常目的語助詞「**을／를**」是加在「及物動詞」的目的語之後，上述例句是未能分辨主格助詞「**이／가**」和目的語助詞「**을／를**」的用法而產生誤用。想要避免這類錯誤，首先必須了解韓語敘述語中的助詞種類。也就是說，句子出現「不及物動詞」或「形容詞」時，通常名詞會使用主格助詞「**이／가**」，句子出現「及物動詞」時，則使用目的語助詞「**을／를**」。上述例句中的「**좋다**」（喜歡／很好）屬於形容詞，因此必須使用「**이／가**」。而韓語的「**좋다**」（喜歡／很好）翻成英文是「to like」，很容易誤認為是需要目的語的及物動詞。「**좋다**」（喜歡／很好）屬於形容詞，學習時最好先區分詞性是動詞或形容詞，接下來再謹記出現形容詞時，名詞使用主格助詞「**이／가**」。

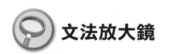

## 文法放大鏡

### 이/가 主格助詞

主格助詞「**이/가**」和「**은/는**」有時可以互換使用，但也有不能通用的情況。通常在導入新話題時，使用「**이/가**」（如①）。而在原有的句子中作為另一個句子的主語時，也會使用「**이/가**」（如③）。

① 동생**이** 음식을 먹었는데 맛있대요 . ( O )　　　弟弟／妹妹吃東西，説很好吃。

② 동생**은** 음식을 먹었는데 맛있대요 . ( X )　　　弟弟／妹妹吃東西，説很好吃。

③ 친구**가** 한국에 왔다고 해서 기뻤다 . ( O )　　　我聽説朋友來到韓國，很開心。

④ 친구**는** 한국에 왔다고 해서 기뻤다 . ( X )　　　我聽説朋友來到韓國，很開心。

主格助詞「**이/가**」和「**은/는**」是學生最常出現的誤用，但初級階段若直接列出兩者的差異之處，很容易產生混淆，最好能以大量的例句作為循序漸進的理解工具。

### 숫자 읽기 數字讀法

① 하나 , 둘 , 셋 , 넷 , 다섯…… 1, 2, 3, 4, 5

② 일 , 이 , 삼 , 사 , 오…… 一、二、三、四、五

數字可分為 ① 的固有數字和 ② 的漢字數字。

韓語中的日期是使用漢字數字。

③ 2011 년 5 월 9 일이에요 .　　　是 2011 年 5 月 9 日。

④ 010-1234-5678 이에요 .　　　是 010-1234-5678。

③ 讀法是漢字數字「**이천십일년 오월 구일**」，④ 讀法是**漢字數字**「**공일공 일이삼사 오육칠팔**」。電話號碼通常只以漢字數字來閱讀，而「**一**」會讀成「**의**」或「**에**」，有時也會省略。

數字「0」會讀成「**영**」（零），但出現在電話號碼、身分證號和帳號時，則讀成「**공**」（球）。

**課堂活動**

**이／가 主格助詞**

## 朋友在做什麼呢？

친구의 행동을 보고 무엇을 하는지 이야기해 봅시다 .

① 교사는 미리 동사 카드를 준비한 후 학생들에게 동사 카드를 나누어 줍니다.
② 한 학생이 동사 카드를 다른 친구들에게 보여 줍니다.
③ 나머지 학생들은 친구의 이름과 동사 카드를 보면서 '이/가' 포함된 문장을 만듭니다.

　　　예) 호민이 공부를 해요.
　　　유카가 책을 읽어요.

**몇 幾**

## 詢問數字

몇 번이에요 ?
몇 월 며칠이에요 ?

배달 주문을 해 봅니다 .
기념일을 말해 봅니다 .

**에 1 〜 的時候 1**

## 説説一周計畫

나의 일주일 계획을 친구와 이야기해 봅시다.

① 교사는 일주일 동안의 계획표를 학생들에게 나누어 줍니다.
② 학생들은 자신의 일주일 계획을 표에 간단히 메모합니다.
③ 작성한 계획표를 바탕으로 다른 친구들과 묻고 대답합니다.

　　　가: ○○ 씨, 월요일에 뭐 해요?
　　　나: 저는 월요일에 한국어를 배워요.
　　　　△△ 씨는 월요일에 뭐 해요?
　　　가: 저는 월요일에 친구를 만나요.

④ 친구들이 무엇을 하는지 안 하는지 질문하고 돌아가면서 이야기하도록 합니다.

## 教室的某日－授課日誌

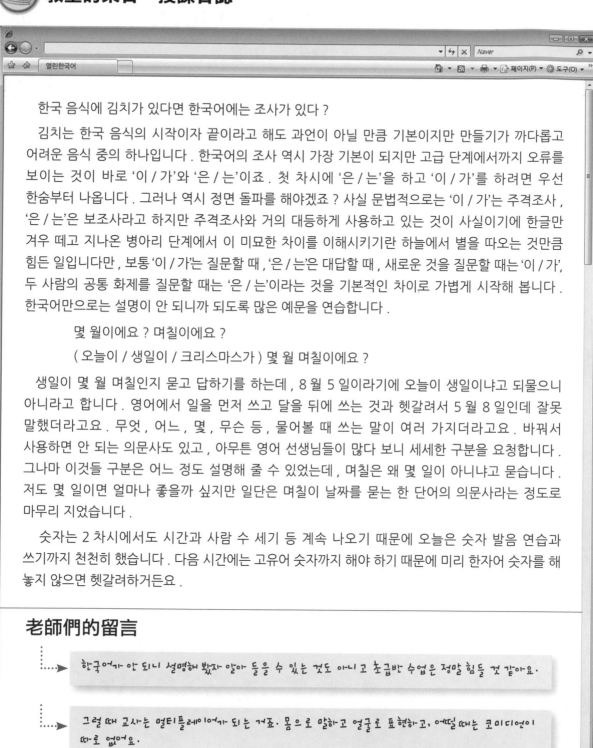

한국 음식에 김치가 있다면 한국어에는 조사가 있다 ?

김치는 한국 음식의 시작이자 끝이라고 해도 과언이 아닐 만큼 기본이지만 만들기가 까다롭고 어려운 음식 중의 하나입니다 . 한국어의 조사 역시 가장 기본이 되지만 고급 단계에서까지 오류를 보이는 것이 바로 '이 / 가'와 '은 / 는'이죠 . 첫 차시에 '은 / 는'을 하고 '이 / 가'를 하려면 우선 한숨부터 나옵니다 . 그러나 역시 정면 돌파를 해야겠죠 ? 사실 문법적으로는 '이 / 가'는 주격조사 , '은 / 는'은 보조사라고 하지만 주격조사와 거의 대등하게 사용하고 있는 것이 사실이기에 한글만 겨우 떼고 지나온 병아리 단계에서 이 미묘한 차이를 이해시키기란 하늘에서 별을 따오는 것만큼 힘든 일입니다만 , 보통 '이 / 가'는 질문할 때 , '은 / 는'은 대답할 때 , 새로운 것을 질문할 때는 '이 / 가', 두 사람의 공통 화제를 질문할 때는 '은 / 는'이라는 것을 기본적인 차이로 가볍게 시작해 봅니다 . 한국어만으로는 설명이 안 되니까 되도록 많은 예문을 연습합니다 .

몇 월이에요 ? 며칠이에요 ?

( 오늘이 / 생일이 / 크리스마스가 ) 몇 월 며칠이에요 ?

생일이 몇 월 며칠인지 묻고 답하기를 하는데 , 8 월 5 일이라기에 오늘이 생일이냐고 되물으니 아니라고 합니다 . 영어에서 일을 먼저 쓰고 달을 뒤에 쓰는 것과 헷갈려서 5 월 8 일인데 잘못 말했더라고요 . 무엇 , 어느 , 몇 , 무슨 등 , 물어볼 때 쓰는 말이 여러 가지더라고요 . 바꿔서 사용하면 안 되는 의문사도 있고 , 아무튼 영어 선생님들이 많다 보니 세세한 구분을 요청합니다 . 그나마 이것들 구분은 어느 정도 설명해 줄 수 있었는데 , 며칠은 왜 몇 일이 아니냐고 묻습니다 . 저도 몇 일이면 얼마나 좋을까 싶지만 일단은 며칠이 날짜를 묻는 한 단어의 의문사라는 정도로 마무리 지었습니다 .

숫자는 2 차시에서도 시간과 사람 수 세기 등 계속 나오기 때문에 오늘은 숫자 발음 연습과 쓰기까지 천천히 했습니다 . 다음 시간에는 고유어 숫자까지 해야 하기 때문에 미리 한자어 숫자를 해 놓지 않으면 헷갈려하거든요 .

### 老師們的留言

> 한국어가 안 되니 설명해 봤자 알아 들을 수 있는 것도 아니고 초급반 수업은 정말 힘들 것 같아요 .

> 그럴 때 교사는 멀티플레이어가 되는 거죠 . 몸으로 말하고 얼굴로 표현하고 , 어떨 때는 코미디언이 따로 없어요 .

# 극장은 위층에 있어요.
## 電影院在樓上

**1-4**

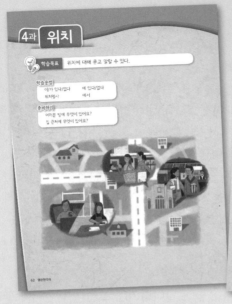

| 學習<br>文法 | 이 / 가 있다 / 없다 | 有~/沒有~ | 위치명사 | 位置名詞 |
|---|---|---|---|---|
| | 에 있다 / 없다 | 在~/不在~ | 에서 | 在~ |
| 課程<br>目標 | 學會說明事物存在與否。<br>學會位置的相關問答。 | | | |

## 課程準備

| | 需確認的內容 | 已準備 | 未準備 |
|---|---|---|---|
| 1 | 說明「이 / 가 있다 / 없다」（有~/沒有~）的含意和結合型態。 | | |
| 2 | 說明位置名詞的意義和使用情境。 | | |
| 3 | 說明「에서」（在）和「에」（在）的差異。 | | |

## 1. 說明「이/가 있다/없다」(有～/沒有～)的含意和結合型態

表達事物或人的存在與否時使用。當人事物存在時,使用「이/가 있다」(有～),當人事物不存在時,使用「이/가 없다」(沒有～)。

① 우산이 있어요.　　　　　　　有雨傘。
② 지우개가 없어요.　　　　　　沒有橡皮擦。

① 是表達雨傘存在的句子,② 是表達橡皮擦不存在的句子。作為主題的名詞有尾音時,加上「이」,無尾音時,加上「가」,後面再連接「있다/없다」(有～/沒有～)。

## 2. 說明「위치명사」(位置名詞)的意義和使用情境

位置名詞是指某個主題在特定空間的具體位置,也就是「위(上面)」、「아래(下面)」等表達地點的名詞。構成句子時,在「위(上面)」、「아래(下面)」等具體的特定空間後面加上「에」(在～)。當「位置名詞+에」加在其他名詞後面時,是以該名詞為基準,表達出事物的位置,學習時可以列舉出各種不同的名詞,練習位置名詞的用法。

① 사과가 상자 위에 있어요.　　蘋果在箱子上面。
② 공이 의자 아래에 있어요.　　球在椅子下面。

① 是以箱子(상자)為基準,指出蘋果(사과)在上方(위)的位置。② 是以椅子(의자)為基準,指出球(공)在下方(아래)的位置。

## 3. 說明「에서」(在～)的意義,以及和「에」(在～)的差異

「에 있다」中的「에」(在～),以及表達場所的「에서」(在～)的差異在於,「에」是動作或狀態標示出的「位置」,而「에서」是動作發生的場所。因此「에」是使用於表達移動、位置或存在與否的動詞,而「에서」則適用於各種強調動作的動詞。

① 학교에 공부해요. (✕)　　　在學校學習。
② 학교에서 공부해요. (○)　　在學校學習。
③ 저는 한국에 살아요.　　　　我在韓國生活。
④ 저는 한국에서 살아요.　　　我居住在韓國。

由於「공부하다(學習)」是強調動作的動詞,必須加上動作發生的場所,因此 ① 是錯誤的,② 才是正確的。另外,③ 和 ④ 都是「居住/生活在韓國」的意思,但 ④ 更強調「居住」的動作。學習的初級階段很難分辨「에」和「에서」的差異,因此不妨先謹記「에 있다/없다」(在～/不在～)的限定用法。

# 文法訣竅

**引導和說明**

1. 先以離自己近的東西來了解「있다/없다」（有／沒有）的概念。

| | | |
|---|---|---|
| 老　師： | （手裡拿著書）**뭐예요 ?** | 是什麼呢？ |
| 學習者： | **책이에요 .** | 是書。 |
| 老　師： | （把書拿到前面）**책이 있어요 .** | 有書。 |
| | （把書拿到後面藏起來）**책이 없어요 .** | 沒有書。 |

2. 準備幾張圖卡，先拿出書的圖卡，問問看是什麼，再以**名詞有無尾音**來判斷該加上何種助詞，完成「**이/가 있다/없다（有～/沒有～）**」句子。

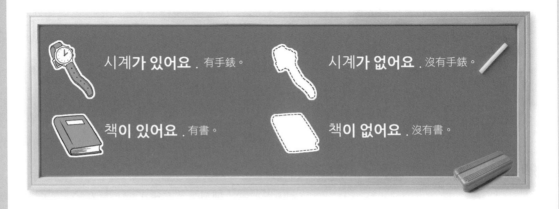

시계가 있어요 . 有手錶。　시계가 없어요 . 沒有手錶。

책이 있어요 . 有書。　책이 없어요 . 沒有書。

**練習**

利用圖卡，問問看**物品是否存在**。

있다 : 책상 / 의자 / 컴퓨터 / 가방 / 시계 / 휴대폰

有：書桌／椅子／電腦／包包／手錶／手機

없다 : 지갑 / 열쇠 / 모자 / 책 / 볼펜 / 안경

沒有：皮夾／鑰匙／帽子／書／原子筆／眼鏡

| | | |
|---|---|---|
| 老　師： | **책상이 있어요 ?** | 有書桌嗎？ |
| 學習者： | **네 , 책상이 있어요 .** | 是，有書桌。 |
| 老　師： | **지갑이 있어요 ?** | 有皮夾嗎？ |
| 學習者： | **아니요 , 지갑이 없어요 .** | 不，沒有皮夾。 |

**引導和說明**

先針對周遭的物品提出問題，再詢問**位置**。

| 老　師：（指著書桌）뭐예요？ | 是什麼呢？ |
| 學習者：책상이에요. | 是書桌。 |
| 老　師：여기는 어디예요？ | 這裡是哪裡？ |
| 學習者：교실이에요. | 是教室。 |
| 老　師：책상은 어디**에 있어요?** | 書桌在哪裡？ |
| 學習者：교실 있어요. | 在教室。 |
| 老　師：교실에 있어요. | 在教室裡。 |

책상이 교실**에 있어요**. 　書桌在教室裡。
책이 가방**에 있어요**. 　書在包包裡。
친구가 도서관**에 있어요**. 　朋友在圖書館裡。

**練習**

看著建築物的圖片，練習說看看位於幾樓。

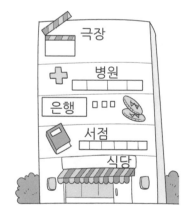

| 老　師：병원이 몇 층**에 있어요?** | 醫院在幾樓？ |
| 學習者：병원이 4 층**에 있어요**. | 醫院在 4 樓。 |
| 老　師：서점이 몇 층**에 있어요?** | 書店在幾樓？ |
| 學習者：서점이 2 층**에 있어요**. | 書店在 2 樓。 |

**注意**

表達事物的位置時，「**에**」（**在**）和表示存在與否的「**있다／없다**」（**在／不在**）會同時使用，代表某個對象存在或位於特定空間的意思。造句時，主格助詞「**이／가**」可以放在「**에**（在）」之前，如「**책상이 교실에 있어요.**」（**書桌在教室裡**），也可以放在「**에**（在）」之後，如「**교실에 책상이 있어요.**」（**教室裡有書桌**）。如果是英文為母語的學習者，可能會覺得韓語的語順變化很困難，因此最好先固定使用一種語法順序。等到熟悉句型之後，再變更副詞的位置，自然引導出**副詞可以移動**的概念。

**引導和說明**

1. 一邊換位置，一邊教導各種位置名詞。

　　老　師：（站在學習者前面）저는 ○○ 씨 앞에 있어요 .　　我在○○前面。

　　　　　　（站在學習者旁邊）저는 △△ 씨 옆에 있어요 .　　我在△△旁邊。

　　老　師：（把書放在書桌上）책이 책상 위에 있어요 .　　書在書桌上面。

2. 準備一顆球和箱子，實際擺設在各種方位。

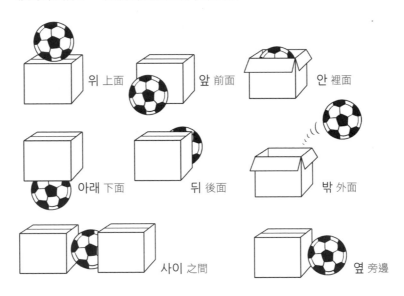

위 上面　　앞 前面　　안 裡面

아래 下面　　뒤 後面　　밖 外面

사이 之間　　옆 旁邊

**練習**

列出學習過的單字或準備圖卡，使用位置名詞來練習問答。

　　老　師：（把包包放在書桌上）가방이 어디에 있어요 ?　　包包在哪裡？

　　學習者：가방은 책상 위에 있어요 .　　包包在書桌上。

　　老　師：（把包包打開，出示裡面的皮夾）지갑이 어디에 있어요 ?　　皮夾在哪裡？

　　學習者：지갑은 가방 안에 있어요 .　　皮夾在包包裡面。

② 配合《您好！韓國語》教材的練習問題 2，看圖使用位置名詞來練習回答問題。

**注意**

讀出位置名詞時，必須注意**需要連音的單字**，如**앞에**[**아페**]（**前面**）、**옆에**[**여페**]（**旁邊**）、**밖에**[**바께**]（**外面**）等，並且反覆多讀幾遍。

**引導和說明**

1. 針對正在做的事情提出問題，再集中焦點在「**場所**」，導入新文法。

老　　師：여러분 무엇을 해요 ?　各位做什麼呢 ?

學習者：공부해요 .　學習。

老　　師：여기는 어디예요 ?　這裡是哪裡 ?

學習者：교실이에요 .　是教室。

老　　師：네 , 교실**에서** 공부해요 .　是的，在教室學習。

> 집**에서** 청소를 해요 .　在家打掃。
> 백화점**에서** 옷을 사요 .　在百貨公司買衣服。

2. 將「**에서（在～）**」和**場所名詞**結合，並結合動作動詞來造句。

**練習**

拿出寫有場所名詞的圖卡，使用「**에서（在～）**」表達在該場所中所做的事情。

老　　師：（拿著在家打掃的圖卡）여기는 어디예요 ?　　　　　這裡是哪裡 ?

學習者：집이에요 .　　　　　　　　　　　　　　　　　　是家裡。

老　　師：（拿著在家打掃的圖卡）집에서 무엇을 해요 ?　　在家裡做什麼 ?

學習者：집에서 청소를 해요 .　　　　　　　　　　　　在家裡打掃。

列出各種場所名詞，練習使用「**에서（在～）**」造句。

_____ 에서 _____

| 학교 | （學校） | 공부를 해요 . | （學習） |
|---|---|---|---|
| 도서관 | （圖書館） | 책을 읽어요 . | （讀書） |
| 집 | （家） | 청소를 해요 . | （打掃） |
| 극장 | （電影院） | 영화를 봐요 . | （看電影） |
| 백화점 | （百貨公司） | 옷을 사요 . | （買衣服） |
| 커피숍 | （咖啡廳） | 커피를 마셔요 . | （喝咖啡） |
| 화사 | （公司） | 일을 해요 . | （工作） |
| 서점 | （書店） | 책을 사요 . | （買書） |

**注意**

當「－에서（在～）」和代表**場所**的名詞結合時，是表示某件具有意義的動作所發生的地點，因此後面連接的敘述句中只能使用**動詞**。

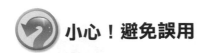 **小心！避免誤用**

## 이／가 있다／없다 有～／沒有～

책을 있어요 . （×）　　　　　　　　有書。

책이 있어요 . （○）　　　　　　　　有書。

「**있다**」代表「**有沒有**」或「**在不在**」的意思，外國人在學習這個文法時，很容易受到母語的影響，將事物後面加上「**을／를**」（**受格助詞**），取代正確的「**이／가（主格助詞）**」。即使意思是「**擁有某個事物**」，也要使用「**이／가**」（**主格助詞**）才是正確的，這一點必須多注意。

## 에 있다／없다 在～裡／不在～裡

가：가방이 어디에 있어요 ?　　　　包包在哪裡？

나：교실 있어요 . （×）　　　　　　教室有。

　　교실에 있어요 . （○）　　　　　在教室裡。

通常學習者會覺得韓語助詞在使用上很困難，如果一開始學習時沒有正確了解文法形態和意義的話，很容易會省略不用。韓語助詞雖然在口語中可以省略，但學習初期最好還是不要省略，必須學習正確的使用方法。

　　　　　↗
학교에 있어요 . （x）　　　　　　　在學校裡。

　　　　　→
학교에 있어요 . （o）　　　　　　　在學校裡。

有時由於太過強調助詞的存在，而容易在唸法上將助詞的語調拉高，這一點必須避免，如果在初級階段學習到錯誤的語調習慣，很容易唸錯，因此需要多留意。

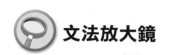

## 文法放大鏡

### 에 和 에서（在）

如果比較「**에**」和「**에서**」，「**에**」指的是動作或狀態出現的場合，而「**에서**」指的是某個行為或動作發生的地點，因此「**에**」使用在表達移動或存在的動詞，而由於「**에서**」是表達一般的行為或動作所產生的地點，因此可以使用在許多的動詞。

　　① 도서관에 공부를 해요 .（×）
　　② 도서관에서 공부를 해요 .（○）

「**공부를 하다**」（學習）是表達特定動作的動詞，因此必須使用「**에서**」。學習時如果無法分辨「**에**」和「**에서**」的區別，很容易會產生誤用。初級階段在學習和場所結合的「**에**」時，最好也一併學習和動詞「**가다（去）、오다（來）、다니다（往返、通行）**」結合的句子，此時「**에**」可以表示「朝向」。也就是說，學習時需要注意含有「**에**」和「**에서**」的句子在意義上的差異。

　　③ 친구가 한국에 왔어요 .　　　　　朋友來了韓國。
　　④ 친구가 한국에서 왔어요 .　　　　朋友從韓國來了。

③ 意思是朋友來到的場所是韓國，④ 意思是朋友出發的地點是韓國。但是「**에**」和「**에서**」如果和動詞「**살다**」（居住、生活）結合使用的話，就沒有太大的差別。「**에**」是表示某個動作的狀態持續下去，「**에서**」是強調產生某個動作變化，因此「**에**」帶有靜態的特質，「**에서**」帶有動態的特質。

　　⑤ 저는 서울에 살아요 .　　　　　　我住在首爾。
　　⑥ 저는 서울에서 살아요 .　　　　　我住在首爾。

⑤ 是表達在首爾生活，或人在首爾的事實，⑥ 是強調居住在首爾，或在首爾過日子的動作。

　　⑦ 동생이 문 앞**에** 있어요 .　　　　弟弟／妹妹在門前面。
　　⑧ 동생이 문 앞**에서** 있어요 .　　　弟弟／妹妹在門前面。

「**에**」和「**에서**」雖然都可以和場所名詞結合，但由於後面句子的敘述語是代表存在的「**있다**」（有／在），因此 ⑦ 是對的，⑧ 則是錯誤用法。

 **課堂活動**

## 이 / 가 있다 / 없다 有／沒有

### 有什麼呢？

친구 가방에 무엇이 있는지 이야기해 봅시다 .

① 활동지에 제시된 가방에 모자 , 지갑 , 열쇠 , 책 , 볼펜 , 시계 , 안경 , 휴대폰이 있는지 없는지 이야기할 수 있도록 지도합니다 .

② 가방에 물건이 있으면 '이 / 가 있다', 없으면 '이 / 가 없다'를 이용해서 말하는 연습을 합니다 .

## 에 있다／없다 在／不在

### 朋友們在哪裡呢？

그림을 보고 친구들이 어디에 있는지 이야기해 봅시다 .

① 그림 속 인물이 어디에 있는지 장소를 파악할 수 있게 지도합니다 .

② 장소 명사와 함께 '에 있다'를 말하는 연습을 합니다 .

## 위치명사 位置名詞

### 房間裡的東西在哪裡呢？

방 안에 무엇이 있는지 그리고 어디에 있는지 이야기해 봅시다 .

① 그림에 제시된 방에 무슨 물건이 있는지 '이 / 가 있다'를 이용해 이야기합니다 .

② 방에 있는 사물이 어디에 있는지 '위치명사'를 이용하여 구체적으로 말하는 연습을 합니다 .

## 에서 在

### 人們在哪裡做什麼呢？

사람들이 어디에서 무엇을 하는지 이야기해 봅시다 .

① 그림 속 인물이 어디에 있는지 '에 있다'를 통해 확인합니다 .

② 특정 장소에서 무엇을 하는지 '에서'를 이용해서 말하는 연습을 합니다 .

**教室的某日－授課日誌**

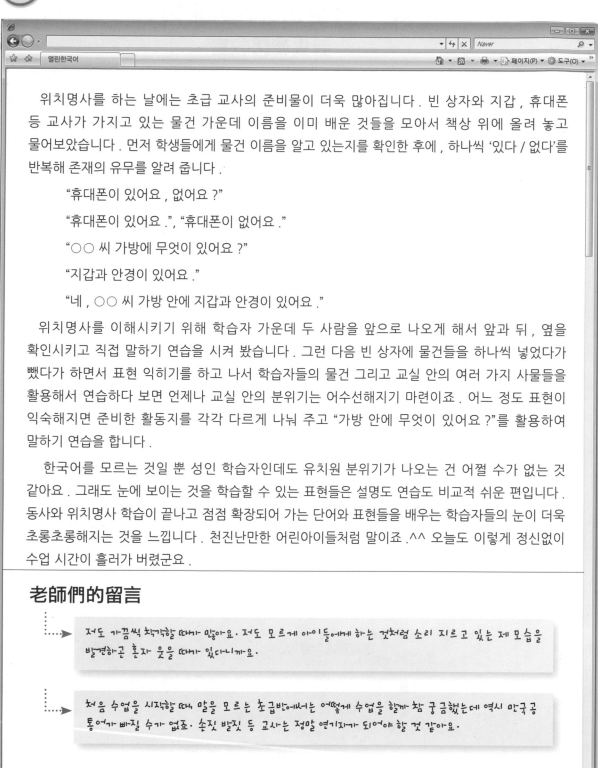

위치명사를 하는 날에는 초급 교사의 준비물이 더욱 많아집니다 . 빈 상자와 지갑 , 휴대폰 등 교사가 가지고 있는 물건 가운데 이름을 이미 배운 것들을 모아서 책상 위에 올려 놓고 물어보았습니다 . 먼저 학생들에게 물건 이름을 알고 있는지를 확인한 후에 , 하나씩 '있다 / 없다'를 반복해 존재의 유무를 알려 줍니다 .

"휴대폰이 있어요 , 없어요 ?"

"휴대폰이 있어요 ." , "휴대폰이 없어요 ."

"○○ 씨 가방에 무엇이 있어요 ?"

"지갑과 안경이 있어요 ."

"네 , ○○ 씨 가방 안에 지갑과 안경이 있어요 ."

위치명사를 이해시키기 위해 학습자 가운데 두 사람을 앞으로 나오게 해서 앞과 뒤 , 옆을 확인시키고 직접 말하기 연습을 시켜 봤습니다 . 그런 다음 빈 상자에 물건들을 하나씩 넣었다가 뺐다가 하면서 표현 익히기를 하고 나서 학습자들의 물건 그리고 교실 안의 여러 가지 사물들을 활용해서 연습하다 보면 언제나 교실 안의 분위기는 어수선해지기 마련이죠 . 어느 정도 표현이 익숙해지면 준비한 활동지를 각각 다르게 나눠 주고 "가방 안에 무엇이 있어요 ?"를 활용하여 말하기 연습을 합니다 .

한국어를 모르는 것일 뿐 성인 학습자인데도 유치원 분위기가 나오는 건 어쩔 수가 없는 것 같아요 . 그래도 눈에 보이는 것을 학습할 수 있는 표현들은 설명도 연습도 비교적 쉬운 편입니다 . 동사와 위치명사 학습이 끝나고 점점 확장되어 가는 단어와 표현들을 배우는 학습자들의 눈이 더욱 초롱초롱해지는 것을 느낍니다 . 천진난만한 어린아이들처럼 말이죠 .^^ 오늘도 이렇게 정신없이 수업 시간이 흘러가 버렸군요 .

## 老師們的留言

저도 가끔씩 착각할 때가 많아요 . 저도 모르게 아이들에게 하는 것처럼 소리 지르고 있는 제 모습을 발견하곤 혼자 웃을 때가 있다니까요 .

처음 수업을 시작할 때 , 말을 모르는 초급반에서는 어떻게 수업을 할까 참 궁금했는데 역시 만국 공통어가 빠질 수가 없죠 . 손짓 발짓 등 교사는 정말 연기자가 되어야 할 것 같아요 .

# 1-5

# 저는 한국어 교실에 가요.
## 我去韓語教室

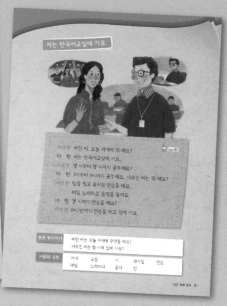

| 學習文法 | 부터 까지 | 「從～到～」 | 에 가다 / 오다 | 「去～/來～」 |
|---|---|---|---|---|
| | - 고 (순서) | 「一然後」（順序） | ㄷ 불규칙 | 「不規則變化」 |
| 課程目標 | 學會一天生活的問答。<br>學會時間的問答。 | | | |

 ## 課程準備

| | 需確認的內容 | 已準備 | 未準備 |
|---|---|---|---|
| 1 | 説明「부터 까지」（從～到～）的含意。 | | |
| 2 | 説明「에 가다」（去）和「에 오다」（來～）的差異。 | | |
| 3 | 説明「 - 고 （순서）」（然後）的限制用法。 | | |
| 4 | 説明「ㄷ 불규칙」（ 不規則）的種類和變化。 | | |

## 1. 說明「부터 까지」(從～到～)的含意

　　「부터 까지」(從～到～)加在場所和時間名詞後面一起使用，表示某件事情的起始時間，或地點的起始位置。

　　　　아침부터 밤까지　從早上到晚上
　　　　서울부터 부산까지　從首爾到釜山

## 2. 說明「에 가다」(去)和「에 오다」(來～)的差異

　　「에 가다／오다」(去～／來～)和表示場所的句子一起使用，這裡的「에」是敘述句中的動作發生的地點，如果動作是朝向說話者進行，加上「오다」(來)，如果動作是遠離說話者，則加上「가다」(去)，但由於兩者的差異不容易理解，最好以行動或圖片來學習正確的概念。

학교에 **가요** 去學校。（動作遠離說話者）

학교에 **와요** 去學校。（動作朝向說話者）

## 3. 說明「－고（순서）」(然後)的限制用法

　　「－고」(然後)表示時間的先後順序，在連接兩個句子時使用。當「－고」作為「然後」的意思時，所連接的動詞不能加上過去式時態「－았／었」。當「－고」表示羅列兩件事情，意思是「還有、以及」時，則可以加上過去式。

　　　　밥을 먹고 약을 먹었어요.　(○)　吃飯然後吃了藥。
　　　　밥을 먹었고 약을 먹었어요.　(×)　吃飯然後吃了藥。

　　當「－고」表示時間順序「然後」，連接兩個句子時，若前後句子對調，意思就會改變。學習例句時，必須了解前後句子發生的時間先後，以及前後句子的主語必須是同一人。

　　　　운동하고 샤워해요.　≠　　　　　.
　　　　運動然後洗澡。　　　　　　洗澡然後運動。

## 4. 說明「ㄷ불규칙」(ㄷ 不規則)的種類和變化

　　學習不規則動詞時，必須了解在哪些情況下動詞會產生不規則變化。以「ㄷ」做為尾音的動詞中，有些屬於不規則動詞，須將尾音「ㄷ」改為「ㄹ」，有些則屬於規則動詞，不需要變化。因此學習時先列出各種尾音「ㄷ」的動詞，再分辨規則、不規則和變化方式。

# 文法訣竅

**引導和說明**

將能夠使用「**부터 까지**」（從~到~）的情況以例句來做説明。

| | |
|---|---|
| 老　師：○○ 씨는 몇 시에 자요 ? | ○○ 幾點睡呢？ |
| 學習者：11 시에 자요 . | 11 點睡。 |
| 老　師：몇 시에 일어나요 ? | 幾點起床呢？ |
| 學習者：7 시에 일어나요 . | 7 點起床。 |
| 老　師：○○ 씨는 11 시**부터** 7 시**까지** 자요 . | ○○ 11 點到 7 點睡覺。 |

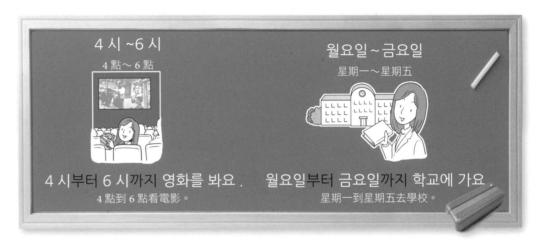

4 시 ~6 시
4 點～ 6 點

4 시부터 6 시까지 영화를 봐요 .
4 點到 6 點看電影。

월요일~금요일
星期一～星期五

월요일부터 금요일까지 학교에 가요 .
星期一到星期五去學校。

**練習**

將時間名詞加上「**부터 까지**」（從~到~），並使用動詞來練習句子。

_____ 부터 _____ 까지 _____
　　　　從~　　　　　　到~

| | | |
|---|---|---|
| 8 시 | 10 시 | 운동을 해요 |
| 8 點 | 10 點 | 運動 |
| 월요일 | 금요일 | 공부를 해요 |
| 星期一 | 星期五 | 念書 |
| 3 월 | 8 월 | 피아노를 배워요 |
| 3 月 | 8 月 | 學鋼琴 |

**引導和說明**

1. 學習「**에 가다／오다**」（**去～／來～**）如何和**場所**的概念結合。

| 老　師：여기가 어디예요 ? | 這裡是哪裡？ |
| 學習者：집이에요 . | 是家裡。 |
| 老　師：（拿著人形紙板朝家移動）어디**에** 가요 ? | 去哪裡呢？ |
| 學習者：집 가요 . | 回家。 |
| 老　師：네 , 집**에** 가요 . | 對，回家去。 |

> 집**에** 가요 . 回家去。
> 한국**에** 와요 . 來韓國。

2. 説明移動場所時，在「**에**」的前面加上**場所名詞**，並且根據離説話者位置的遠近來使用「**가다（遠離）／오다（靠近）**」。

**練習**

1. 使用圖卡來進行問答練習。

| 老　師：어디에 가요 ? | 去哪裡呢？ |
| 學習者：식당에 가요 . | 去餐廳。 |
| 老　師：어디에 가요 ? | 去哪裡呢？ |
| 學習者：회사에 가요 . | 去公司。 |

2. 一開始先利用圖卡，練習「**에 가다**」（**去**）的例句，等到「**에 가다**」（**去**）熟練之後，再了解「**가다**」（**去**）和「**오다**」（**來**）的差異，加上「**에**」和表示移動的動詞來練習句子。

**注意**

在了解「**에 가다／오다**」（**去～／來～**）當中「**가다**」（**去**）和「**오다**」（**來**）的差異之前，最好先充分理解「**에**」和場所名詞，以及表示移動的動詞結合造句時的含意。

**引導和說明**

1. 老師自身為例，舉出今天早上做過的兩件事以「－고」（然後）來造句。

老　師：저는 아침 7 시에 운동을 했어요 . 8 시에 샤워를 했어요 .

我早上 7 點運動。8 點洗澡。

저　　　　　는 운동을 하고 샤워를 했어요 .　　　　我運動然後洗澡。

○○ 씨는 아침에 무엇을 했어요 ?　　　○○你早上做了什麼呢？

學習者：아침을 먹었어요 . 학교에 갔어요 .　　　吃了早餐。去了學校。

老　師：아침을 먹고 학교에 갔어요 .　　　吃早餐然後去了學校。

> 아침을 먹고 학교에 가요 . 吃早餐然後去學校。
> 세수를 하고 이를 닦아요 . 洗臉然後刷牙。

2. 寫下「－고」（然後）的句子，將「－고」（然後）用不同的顏色標記，注意它的位置，並且將各種不同的動詞用「－고」（然後）連接，有助於了解它在句中的連結方式。

**練習**

把畫有運動和洗澡的圖卡分別列出來，並且註記時間，根據**時間的前後順序**，使用「－고」（然後）來造句。接著一起使用動詞圖卡來練習，先將圖卡上的動作寫成句子，再練習連結兩個句子。

① 아침을 먹어요 . 신문을 봐요 .　아침을 먹고 신문을 봐요 .

吃早餐。讀報紙。　吃早餐然後讀報紙。

② 청소를 해요 . 쉬어요 .　청소를 하고 쉬어요 .

打掃。休息。　打掃然後休息。

③ 세수를 해요 . 자요 .　세수를 하고 자요 .

洗臉。睡覺。　洗臉然後睡覺。

**注意**

「－고」（然後）同時具有**羅列兩件事情**，以及**表達先後順序**的意思。必須注意「－고」（然後）作為羅列時和表達時間差異時的不同含意。學習時建議以**標註時間**的方式，會更了解動作先後順序的概念。

1. 介紹「ㄷ불규칙」（ㄷ不規則變化）的動詞，並說明變化方法。

老　師：（緩緩走路）저는 무엇을 해요？　　　　我做什麼呢？

學習者：걷다　　　　　　　　　　　　　　　　走

老　師：걷다, 걸어요.

　　　　（側耳傾聽）저는 무엇을 해요？　　　走，我走路。我做什麼呢？

學習者：듣다　　　　　　　　　　　　　　　　聽

老　師：듣다, 들어요.　　　　　　　　　　　聽，我聽。

**引導和說明**

2. 先用聽的方式熟悉含有「ㄷ불규칙」（ㄷ不規則變化）動詞的各種句子，再將句子列出來，了解變化方式。

걷다 + 어요 → 걸 + 어요 → 걸어요. 走路。
듣다 + 어요 → 들 + 어요 → 들어요. 聽。

3. 當「ㄷ불규칙」（ㄷ不規則變化）動詞加在**母音**之前時，**尾音「ㄷ」會改為「ㄹ」**，將改變之處用不同顏色標記出來，透過視覺幫助記憶。

**練習**

① 介紹「ㄷ불규칙」（ㄷ不規則變化）動詞之後，再加上「**아／어요**」（**非格式體語尾**）來充分練習。

걷다 → **걸어요**.　　　　　　　　　走路。
듣다 → **들어요**.　　　　　　　　　聽。
묻다 → **물어요**.　　　　　　　　　問。

② 練習完變化方式之後，利用「ㄷ불규칙」（ㄷ不規則變化）動詞來練習造句。

**注意**

雖然「ㄷ불규칙」（ㄷ不規則變化）動詞加在**母音**之前時，尾音「ㄷ」會改為「ㄹ」，但尾音「ㄷ」結尾的動詞有一類是屬於**規則動詞**，即使加在母音之前，也不會產生變化。一開始先學習屬於**不規則動詞**的「**걷다（走路）、듣다（聽）、묻다（問）**」，等到熟練變化之後，再認識屬於**規則動詞**，不會產生變化的「**닫다（關）、받다（獲得）**」。

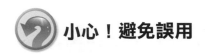

## 小心！避免誤用

### 에 在～

副詞格助詞「에」和主格助詞「은／는」是學生最常出錯的助詞之一。「에」的意思和作用相當多元，很容易和意思相近的「에서」混淆。為了避免誤用，必須正確掌握「에」的意思和作用（參考 P49 **文法放大鏡**單元「에」和「에서」的比較）。

① 내일 2 시에 만나요 . 　　　　　明天 2 點見面。

② 아침에 운동을 해요 . 　　　　　早上運動。

③ 어제에 친구를 만났어요 . (×) 　昨天見了朋友。

④ 지금에 밥을 먹어요 . (×) 　　　現在吃飯。

如 ① 和 ② 表示時間的情況，「에」加在「2 시」（2 點）、「아침」（早上）的時間名詞後面，用來表示某個動作或狀態發生的時間點。但 ③ 和 ④ 則是經常會出現的錯誤，原因是時間名詞「어제（昨天）」、「지금（現在）」屬於例外，後面不能加上「에」，因此需小心避免誤用。

⑤ 학생들이 교실에 있어요 . 　　　　學生們在教室。

⑥ 학생들이 교실에서 있어요 . (×) 　學生們在教室。

⑦ 책상 위에 책이 있어요 . 　　　　　書桌上有書。

⑤ 和 ⑦ 表示人和事物存在的位置，⑤ 指的是人，⑦ 指的是事物，這時會在位置名詞後面加上「에」來使用。但在表達場所的語意上，經常會將「에」和「에서」混淆，因此須注意「에」會和表示移動（來、去等動作）、存在和位置的動詞結合使用。

⑧ 저는 오늘 학교에 가요 . 　　　　我今天去學校。

⑨ 1 년 전에 한국에 왔어요 . 　　　1 年前來到韓國。

⑧ 和 ⑨ 表示移動的前進方向和目的地，動詞通常是「가다」（去）、「오다」（來）一類的來去動詞，⑧ 的目標是學校，⑨ 的目的地是韓國，這時會在目標和目的地名詞的後面加上「에」。

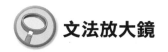 **文法放大鏡**

## ‑고（順序）然後～

「‑고」（**然後**）和動詞結合，表達動作發生的時間順序。

① 아침에 세수를 하고 이를 닦아요. ㅤㅤㅤㅤㅤ早上洗臉然後刷牙。

② 밥을 먹고 약을 드세요. ㅤㅤㅤㅤㅤㅤㅤ吃飯之後請服藥。

③ 운동을 하고 힘들어졌어요. ㅤㅤㅤㅤㅤ運動之後變得很累。

①是指早上洗完臉之後再刷牙，②是要求別人吃完飯之後再吃藥。而③表達「運動完之後」，以及表達「變得很累」的原因。

當「‑고」（**然後**）表示時間前後順序時，雖然可以和「‑아／어서」（**之後**）互換，但是意思上會有些差異。「‑고」（**然後**）單純指時間先後順序，而「‑아／어서」（**之後**）前面句子的動作是後面句子的前提，也就是後面的句子成了目的，這一點是不同之處。

④ 친구를 만나고 영화를 봤다. ㅤㅤㅤㅤㅤ見朋友然後看了電影。

⑤ 친구를 만나서 영화를 봤다. ㅤㅤㅤㅤㅤ見朋友之後（一起）看了電影。

④使用「‑고」（**然後**），意思是「見朋友」和「看電影」兩件事情是先後發生。但⑤使用「‑아／어서」（**之後**），是指「見朋友」是為了「看電影」的目的而做的前提動作。

像這樣在語意上的微妙差異，如果學習者的母語並沒有這種類似情況的話，會不容易理解，因此在學習時，先了解「‑고」（**然後**）表示時間的前後順序，以及避免不能和「‑아／어서」（**之後**）互換的句子。

⑥ 일어나고 세수를 해요.（×）ㅤㅤㅤㅤㅤ起床然後洗臉。

⑦ 일어나서 세수를 해요.（○）ㅤㅤㅤㅤㅤ起床然後洗臉。

上面的例句中，⑥是不符合語法的例句。「일어나다」（**起床**）和「세수하다」（**洗臉**）一般來說是具有時間差的動作，使用「‑아／어서」（**之後**）較為妥當。在學習的初期階段，最好避免使用像這樣容易出錯的例句。

 **課堂活動**

**부터 까지 從~到**

## 今天做什麼呢？

일과표를 작성하고 무엇을 하는지 이야기해 봅시다 .

① 일과표에 하루 동안 무엇을 하는지 씁니다 .
② 작성한 일과표를 보면서 친구와 이야기하며 '부터 까지'를 연습합니다 .

---

**에 가다／오다 1,2 往~去／往~來 1,2**

## 去哪裡呢？

그림을 보면서 짝에게 어디에 가는지 이야기해 봅시다 .

① 두 명의 학습자에게 각각 〈 가 〉 와 〈 나 〉 활동지를 나누어 줍니다 .
② 그림을 보면서 짝에게 어디에 가는지 묻고 대답하며 '에 가다 / 오다'를 연습합니다 .

---

**ー고 1 ー然後 1**

## 使用順序來造句

그림을 보고 '- 고'를 넣어 문장을 만들어 봅시다 .

① 활동지를 나누어 주고 무엇을 하는지 말하는 연습을 합니다 .
② 동사를 말하는 연습이 끝나면 '- 고'를 이용해서 두 문장을 연결하여 말하는 연습을 합니다 .

**教室的某日－授課日誌**

"선생님 , 저는 매일에 한국어를 공부해요 ."

"식당에 밥을 먹어요 ."

"백화점에서 가요"

학습자 발화에서 조사 오류가 가장 많은 것이 '이 / 가'나 '을 / 를'이기는 하지만 , 시간을 나타내는 '매일'이나 '지금'과 같은 표현에도 과감하게 '에'를 넣는다든지 또 '에'와 '에서'의 혼란도 만만치 않습니다 . 동사를 공부해서 서술어를 익히고 나면 한마디라도 더 말하고 싶어서 어떻게든 문장을 만들어 보려고 하는 학생들을 보면 기특하고 대견하지만 , 위에서처럼 마구 오류를 쏟아내는 걸 보면 교사로서 반성을 많이 하게 됩니다 .

그래서 오늘은 방향을 나타내는 조사 '에 가다 / 오다'를 시작하는 날이라 아예 방향을 나타내는 손가락 지시봉을 준비했습니다 . 다들 아시죠 ? 손가락으로 지시하면 자칫 문화 차이에서 생기는 실수를 할 수도 있어서 하나 장만했는데 아주 유용하게 사용하고 있답니다 .

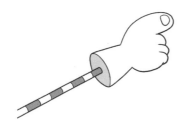

학교에 가다 / 백화점에 가다 / 한국에 오다

칠판에 여러 가지 장소를 나타내는 그림이나 사진을 붙여놓고 지시봉을 가지고 방향을 가리키며 '가다 , 오다'를 익히도록 했어요 . 이쯤 되면 똑똑한 학생의 질문이 나옵니다 .

"선생님 , 학교로 가요 . 한국으로 와요 . 이것도 같아요 ?"

"네 , 맞아요 . '( 으 ) 로 가다 / 오다'가 같아요 ."

지속적으로 오류를 보이기 쉬운 항목이므로 한 가지 용법이라도 확실하게 하기 위한 노력이 필요한 것 같습니다 . 오늘 수업은 성공 ?!

## 老師們的留言

⋯⋯▶ '에' 는 워낙 용법이 다양해서 하나씩 익힐 때마다 확실하게 해 두고 넘어가지 않으면 안 돼요 .

⋯⋯▶ 그러나 아무리 연습을 하고 넘어가도 다음 항목이 바로 계속되니까 헷갈려하더라고요 .

⋯⋯▶ 손가락 지시봉 , 좋은 아이디어네요 . 여러 교실 활동에도 활용할 수 있겠어요 . 저도 하나 준비해야겠는데요 .

# 1-6

# 이 책갈피 한 개에 얼마예요?
## 這張書籤一張多少錢？

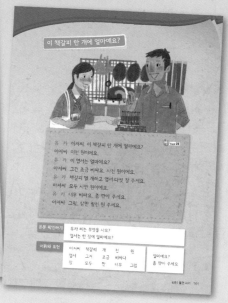

| 學習<br>文法 | 단위명사 | 單位名詞 | 이 / 그 / 저 | （這／那／那） |
|---|---|---|---|---|
| | 에 （단위） | 值（單位） | 하고 | 和 |
| 課程<br>目標 | 學會物品的名稱和算術。<br>學會問物品的價格並購買。 | | | |

 **課程準備**

| | 需確認的內容 | 已準備 | 未準備 |
|---|---|---|---|
| 1 | 説明「에 （단위）」（值）（單位）的含意。 | | |
| 2 | 説明「이 / 그 / 저」（這 / 那 / 那）的含意。 | | |
| 3 | 説明「와 / 과」（和）和「하고」（和）的含意和結合型態。 | | |

## 1. 説明「에 (단위)」(值)(單位)的含意

「에」(值)加在單位名詞或依存名詞後面使用,表示在計算價格和定價時的標準。

| | |
|---|---|
| 사과 한 개**에** 천 원이에요. | 蘋果 1 顆值 1 千元。 |
| 천 원**에** 두 개입니다. | 1 千元含有兩個。 |
| 바지를 삼만 원**에** 샀어요. | 以 3 萬元買了褲子。 |

## 2. 説明「이/그/저」(這／那／那)的含意

「**이/그/저**」(這／那／那)是冠形詞形,當所指的人事物離説話者近時,使用「**이**」(這)。使用「**그**」(那)的情況是人事物離聽者近,而離説話者遠,或者之前已經提過的人事物再次提起時,以及所指的是説話者和聽者都知道的對象,都會使用「**그**」(那)。如果所指的人事物離聽者和説話者都很遠的話,則使用「**저**」(那)。

| | |
|---|---|
| **이** 사과 좀 주세요. | 麻煩給我這個蘋果。 |
| 아저씨, **그** 바지 얼마예요? | 老闆,那件褲子多少錢? |

## 3. 説明「와/과」(和)和「하고」(和)的含意和結合型態

「**와/과**」(和)是連接兩個或兩個以上的名詞時使用。名詞最後一個字沒有尾音時,加上「**와**」,有尾音時,加上「**과**」。

| 尾音(×) | **와** 和 | 우유**와** 빵 牛奶和麵包 |
|---|---|---|
| 尾音(○) | **과** 和 | 빵**과** 우유 麵包和牛奶 |

口語中「**하고**」(和)比「**와/과**」(和)更常使用。

| | |
|---|---|
| 사과**와** 우유 = 사과**하고** 우유 | 蘋果和牛奶 |
| 책상**과** 책 = 책상**하고** 책 | 書桌和書 |

| 단위명사 單位名詞 | 教材 104 頁 |
| --- | --- |

**引導和說明**

1. 先介紹最常使用的單位名詞**「개」（個）**，並模擬數算東西時的情況。

| 老　師：（手裡拿著筆）뭐예요？ | 是什麼？ |
| --- | --- |
| 學習者：펜이에요． | 是筆。 |
| 老　師：（拿著一支筆）펜 한 개 | 一支筆 |
| 　　　　（拿著兩支筆）펜 두 개 | 兩支筆 |
| 老　師：（書本的圖片）뭐예요？ | 是什麼？ |
| 學習者：책이에요． | 是書。 |
| 老　師：（拿著一本書）책 한 권 | 一本書 |
| 　　　　（拿著兩本書）책 두 권 | 兩本書 |

2. 利用圖卡，學習單位名詞，同時熟悉各種單字。

**練習**

1. 練習說出單字，並使用適合的單位名詞一起作口語練習。

| 老　師：（拿著蘋果圖卡）사과 | 蘋果 |
| --- | --- |
| 學習者：사과 한 **개** | 一顆蘋果 |
| 老　師：（拿著咖啡圖卡）커피 | 咖啡 |
| 學習者：커피 한 **잔** | 一杯咖啡 |

2. 熟悉單位名詞之後，再加入金額數字來練習。

**注意**

學習單位名詞時，如果將物品名詞、數字通通一起學習的話，可能會有負擔感，因此先學習最常使用的單位名詞**「개」（個）**，充分了解它的意思和使用方法之後，再逐步學習其他的單位名詞。想要熟悉單位名詞，必須投入大量的時間，慢慢學習。

**引導和說明**

1. 以老師的位置為基準，指出教室裡學生們的位置。

老　師：（指著離自己較近的學習者）**이** 학생은 누구예요 ?　　這位學生是誰 ?

學習者：호민이에요 .　　　　　　　　　　　　　　　　是浩民。

老　師：**이** 학생은 호민이에요 .　　　　　　　　　　　這位學生是浩民。

　　　　（指著離自己較遠的學習者）**저** 학생은 누구예요 ?　那位學生是誰 ?

學習者：샤오진이에요 .　　　　　　　　　　　　　　　是小珍。

　　이 책　　　　　저 책　　　　　그 책
　　這書　　　　　那書　　　　　那書

2. 移動位置，用上述的方法根據說話者和聽者的位置來使用「**이／그／저**」（這／那／那）。

**練習**

在教室裡準備畫有價格表的圖卡，練習使用「**이／그／저**」（這／那／那）。

老　師：（老師和學習者一起指著較近的書桌）**이** 책상은 얼마예요 ?　這個書桌多少錢 ?

學習者：**이** 책상은 오만 원이에요 .　　　　　　　　　　這個書桌 5 萬元。

老　師：（老師和學習者一起指著較遠的時鐘）**저** 시계는 얼마예요 ?　那個時鐘多少錢 ?

學習者：**저** 시계는 이만 원이에요 .　　　　　　　　　　那個時鐘 2 萬元。

老　師：（指著離老師近，離學習者遠的書）이 책은 얼마예요 ?　這本書多少錢 ?

學習者：**그** 책은 만 오천 원이에요 .　　　　　　　　　　那本書 1 萬 5 千元。

**注意**

進行詢問時，由於對象的位置不同，答案也會不一樣。離說話者較近的人，會用「**이**」（這）來回答，但是離說話者較遠的人，會用「**저**」（那）來回答。過程中最好盡量多舉例，充分掌握「**이／그／저**」（這／那／那）的概念。

## 引導和說明

藉由詢問物品的價格，學習文法。

老　師：（拿著貼有價格標籤的蘋果圖卡）사과 한 개 얼마예요 ? 　　1 顆蘋果多少錢？

學習者：천 원이에요 . 　　1 千元。

老　師：사과 한 개**에** 천 원이에요 . 　　1 顆蘋果值 1 千元。

　　　　사과 두 개 얼마예요 ? 　　2 顆蘋果多少錢？

學習者：이천 원이에요 . 　　2 千元。

老　師：사과 두 개**에** 이천 원이에요 . 　　2 顆蘋果值 2 千元。

> 사과 한 개에 천 원이에요 . 1 顆蘋果值 1 千元。
> 책 한 권에 만 삼천 원이에요 . 1 本書值 1 萬 3 千元。

## 練習

① 一開始先使用一種單位名詞，後面加上「**에**」（值）來練習。

老　師：（拿著 1 張貼有價格標籤的原子筆圖卡）얼마예요 ? 　　多少錢？

學習者：볼펜 한 개에 오백 원이에요 . 　　1 支原子筆值 500 元。

老　師：（拿著 2 張貼有價格標籤的原子筆圖卡）얼마예요 ? 　　多少錢？

學習者：볼펜 두 개에 천 원이에요 . 　　2 支原子筆值 1000 元。

② 加入前面學到的單位名詞，加上「**에**」（值）來練習。可和朋友分組後，一人負責問「~**에 얼마예요 ?**」（~值多少錢？），一人回答**價格**。

老　師：（모자 帽子 1 ／ 20,000 元）

學習者 1：모자 한 개**에** 알마예요 ? 　　1 頂帽子多少錢？

學習者 2：모자 한 개**에** 이만 원이에요 . 　　1 頂帽子 2 萬元。

老　師：（커피 咖啡 1 ／ 5,800 元）

學習者 1：커피 한 잔**에** 얼마예요 ? 　　1 杯咖啡多少錢？

學習者 2：커피 한 잔**에** 오천 팔백 원이에요 . 　　1 杯咖啡 5 千 8 百元。

## 注意

介紹「**에**」（值）的使用方法時，最好能舉出**完整的例句**來幫助學習，例如「**책 한 권에 얼마예요 ?**」（1 本書值多少錢？）、「**책 한 권에 만 오천 원이에요 .**」（1 本書值 1 萬 5 千元。）。

| | |
|---|---|
| 引導和說明 | 1. 將幾種物品擺在桌上，先問問有哪些東西，接著再加入助詞「**와／과**」（**和**）來造句。 |

1. 將幾種物品擺在桌上，先問問有哪些東西，接著再加入助詞「**와／과**」（**和**）來造句。

老　　師：책상 위에 무엇이 있어요 ?　　　　　書桌上有什麼？

學習者：책이 있어요 . 지우개가 있어요 .　　有書。有橡皮擦。

老　　師：（拿起書和橡皮擦）**책과** 지우개가 있어요 .　有書和橡皮擦。

像這樣將兩個以上的物品擺放在一起，用問答的方式造句，很容易就能瞭解「**와／과**」（**和**）的含意。

2. 準備圖卡，先説出物品的名稱，再將有尾音的字和無尾音的字列出來。

> 의자 + 책상 → 의자와 책상
> 椅子＋書桌 → 椅子和書桌
> 옷 + 모자 → 옷과 모자
> 衣服＋帽子 → 衣服和帽子

3. 練習完「**와／과**」（**和**）與名詞的結合方式之後，再練習「**하고**」（**和**）。在「**와／과**」的旁邊畫上「＝」，並寫上「**하고**」。無論名詞是否有尾音，<u>都一律加上「**하고**」</u>，同時將原本使用「**와／과**」的例句補充寫上使用「**하고**」的例句。

**練習**

① 準備各種圖卡，練習回答問題。

老　　師：（拿著書桌和椅子的圖卡）뭐예요 ?　　是什麼呢？

學習者：책상과 의자예요 .　　　　　　　　　是書桌和椅子。

老　　師：（拿著蘋果和香蕉的圖卡）뭐예요 ?　　是什麼呢？

學習者：사과와 바나나예요 .　　　　　　　　是蘋果和香蕉。

② 上述的練習結束之後，再加入動詞圖卡，練習回答。

老　　師：（拿著買麵包和牛奶的圖卡）무엇을 사요 ?　買什麼呢？

學習者：빵과 우유를 사요 .　　　　　　　　　買麵包和牛奶。

**注意**

「**와／과**」（**和**）須根據名詞最後一個字**有無尾音**而做出選擇，但「**하고**」（**和**）一律加在名詞後面即可，**不需考慮是否有尾音**。

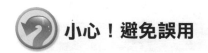 **小心！避免誤用**

## 단위 명사 單位名詞

韓語在計算人數或事物時，會使用各式各樣的單位名詞。表達事物數量最基本的方式，就是在事物後面加上單位名詞。

① 한 **잔** 커피에 오천 원이에요 . （×） 　一杯咖啡 5 千元。

② 커피 한 **잔**에 오천 원이에요 . （○） 　一杯咖啡 5 千元。

① 是在事物前面加上單位名詞，此為錯誤用法，會出現這種錯誤是因為雖然知道事物和單位名詞，但不懂如何正確使用在句子當中。最好能多多練習事物和單位名詞的連結方式，以及放在句子中的順序，可以多造例句來確認並加以熟悉。

③ 커피 **일** 잔 주세요 . （×） 　　　　請給我一杯咖啡。

④ 커피 **한** 잔 주세요 . （○） 　　　　請給我一杯咖啡。

計算個數時，單位名詞前面必須使用「**한 , 두 , 세 , 네**」（**1, 2, 3, 4**）等固有數字，而不能使用「**일 , 이 , 삼 , 사**」（一、二、三、四）等漢字數字。如果是計算人和事物時，通常將固有數字和單位名詞結合使用。固有數字使用在計算數量，漢字數字使用在閱讀號碼，這一點需要明確分辨。

⑤ 한 사람이 있어요 . （○） 　　　　有一個人。

⑥ 두 책이 있어요 . 　（×） 　　　　有兩書。

⑦ 책이 두 권 있어요 . （○） 　　　　有兩本書。

和「**이／가 있다／없다**」（有～／沒有～）結合使用時，如果計算的對象是人的話，可以像⑤一樣使用「**한 사람 , 두 사람**」（一人、兩人），但對象是事物的話，不能使用「**한 책 , 두 책**」（一書、兩書），造句時必須留意是否出現這種錯誤。

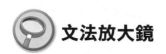

**文法放大鏡**

## 와/과、하고 和

「**와/과、하고**」（和）使用在體言（名詞）和體言（名詞）之間，在陳列兩個或兩個以上的名詞時使用。名詞最後一個字有尾音時加上「**과**」，無尾音時加上「**와**」，而「**하고**」無論名詞有無尾音，都可以直接使用。「**와/과**」比起「**하고**」較常使用在書寫方面或文章中。

한국어**와** 일본어를 공부해요 .　　　　　學習韓語和日語。
한국어**하고** 일본어를 공부해요 .　　　　學習韓語和日語。

與「**하고**」（和）具有相同意思的還有「**（이）랑**」（跟）。「**하고**」和「**（이）랑**」一樣在日常對話中經常使用。

빵**하고** 우유를 먹었어요 .　　　　　　吃了麵包和牛奶。
빵**이랑** 우유를 먹었어요 .　　　　　　吃了麵包跟牛奶。

「**하고**」（和）在口語發音上愈來愈多人會念成 [ 하구 ]，這是不正確的發音，需要加以糾正。「**하고**」和「**와/과**」還有一個不同之處，就是「**하고**」可以做為名詞與名詞連結的詞尾。

사과하고 배하고 살까요？（ O ）　　要不要買蘋果和梨子？
사과와 배와 살까요？　　（ X ）　　要不要買蘋果和梨子？

「**와/과**」和「**하고**」除了在陳列名詞時使用之外，也可以使用在和某人或夥伴同行的時候。這時「**와/과**」和「**하고**」有同伴的意思，可以加上「**같이**」（一起）。

친구**와**（같이）영화를 봤습니다 .　　和朋友一起看了電影。
친구**하고**（같이）영화를 봤습니다 .　　和朋友一起看了電影。

 **課堂活動**

**단위명사** 單位名詞

# 有什麼呢？

그림을 보고 무엇이 있는지 이야기해 봅시다 .

① 활동지를 보고 무엇이 있는지 '이 / 가 있다'를 사용하여 이야기합니다 .
② 무엇이 있는지 확인이 끝나면 얼마나 있는지 개수를 확인하여 적으며 단위명사를 연습합니다 .

**에 2 －値 ( 價錢 ) 2**

# 詢問物品價格並回答

그림을 보면서 물건 값을 묻고 답해 봅시다 .

① 두 명의 학습자에게 각각 〈 가 〉와 〈 나 〉 활동지를 나누어 줍니다 .
② 가격을 모르는 물건을 다른 학습자에게 물어보고 적으면서 '에'를 연습합니다 .
③ 학습자가 빈칸을 모두 채우면 교사는 학습자 전체에게 질문하여 물건 값을 맞게 적었는지 확인합니다 .

**하고 , 주세요 , 쇼핑하기** 和、請給我、購物

# 練習買東西

쇼핑 목록을 보고 물건을 사 봅시다 .

① 두 명의 학습자에게 각각 〈 가 〉와 〈 나 〉 활동지를 나누어 줍니다 .
② 학습자는 사야 할 물건의 가격을 다른 학습자에게 묻습니다 .
③ '하고'와 '주세요'를 사용하여 물건을 사는 연습을 합니다 .

**教室的某日－授課日誌**

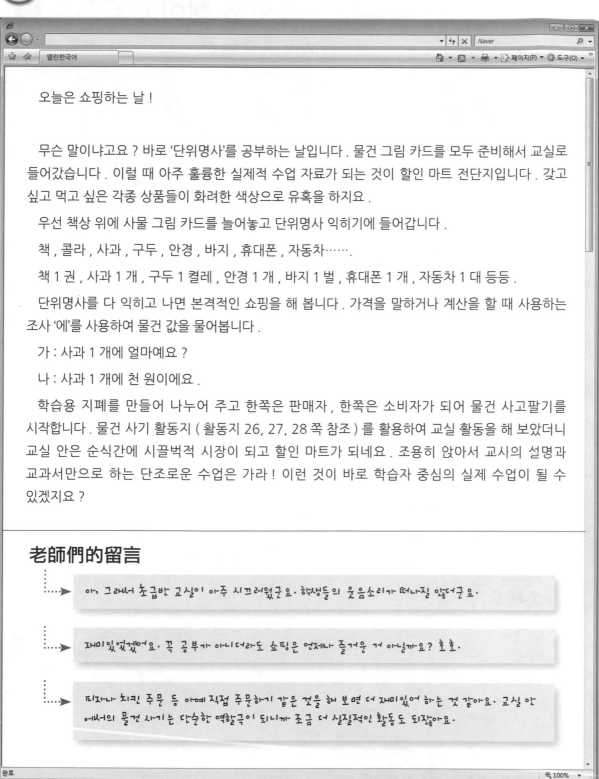

오늘은 쇼핑하는 날 !

무슨 말이냐고요 ? 바로 '단위명사'를 공부하는 날입니다 . 물건 그림 카드를 모두 준비해서 교실로 들어갔습니다 . 이럴 때 아주 훌륭한 실제적 수업 자료가 되는 것이 할인 마트 전단지입니다 . 갖고 싶고 먹고 싶은 각종 상품들이 화려한 색상으로 유혹을 하지요 .

우선 책상 위에 사물 그림 카드를 늘어놓고 단위명사 익히기에 들어갑니다 .

책 , 콜라 , 사과 , 구두 , 안경 , 바지 , 휴대폰 , 자동차…….

책 1 권 , 사과 1 개 , 구두 1 켤레 , 안경 1 개 , 바지 1 벌 , 휴대폰 1 개 , 자동차 1 대 등등 .

단위명사를 다 익히고 나면 본격적인 쇼핑을 해 봅니다 . 가격을 말하거나 계산을 할 때 사용하는 조사 '에'를 사용하여 물건 값을 물어봅니다 .

가 : 사과 1 개에 얼마예요 ?

나 : 사과 1 개에 천 원이에요 .

학습용 지폐를 만들어 나누어 주고 한쪽은 판매자 , 한쪽은 소비자가 되어 물건 사고팔기를 시작합니다 . 물건 사기 활동지 ( 활동지 26, 27, 28 쪽 참조 ) 를 활용하여 교실 활동을 해 보았더니 교실 안은 순식간에 시끌벅적 시장이 되고 할인 마트가 되네요 . 조용히 앉아서 교시의 설명과 교과서만으로 하는 단조로운 수업은 가라 ! 이런 것이 바로 학습자 중심의 실제 수업이 될 수 있겠지요 ?

## 老師們的留言

▶ 아, 그래서 초급반 교실이 아주 시끄러웠군요. 학생들의 웃음소리가 떠나질 않더군요.

▶ 재미있었겠어요. 꼭 공부가 아니더라도 쇼핑은 언제나 즐거운 거 아닐까요? 호호.

▶ 피자나 치킨 주문 등 아예 직접 주문하기 같은 것을 해 보면 더 재미있어 하는 것 같아요. 교실 안에서의 물건 사기는 단순한 역할극이 되니까 조금 더 실질적인 활동도 되잖아요.

# 1-7

# 친구하고 쇼핑을 했어요.
## 和朋友購物逛街

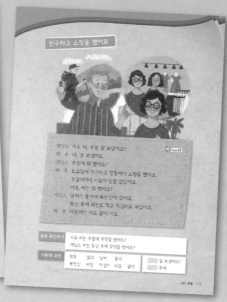

| 學習文法 | | | | | |
|---|---|---|---|---|---|
| - 았어요 / 었어요 | 過去式句型 | - 고 | 還有（羅列） |
| - 아 / 어서 （단위） | 因為 | 「으」탈락 | 『으』脫落 |
| 빈도부사 | 頻率副詞 | 하고 | 和 |

| 課程目標 | 學會問答周末做過的事情。<br>學會敍述兩件以上的行為或事實。<br>學會說明理由或原因。 |
|---|---|

 **課程準備**

| | 需確認的內容 | 已準備 | 未準備 |
|---|---|---|---|
| 1 | 說明過去式文法「 - 았 / 었 - 」的含意和結合型態。 | | |
| 2 | 說明「 - 고」（還有）的意義和作用。 | | |
| 3 | 說明「 - 아 / 어서（因為）的意義和可能的誤用情況。 | | |
| 4 | 用言（即動／形容詞）中「으」脫落的正確用法。 | | |

## 1. 說明過去式文法「-았/었-」的含意和結合型態

過去式文法「-았/었-」在句子中代表的含意是動作行為在現在或過去已經完成。

① 지하철이 지금 막 도착**했**어요.       地鐵現在正好到達了。
② 어제 친구와 영화를 **봤**어요.       昨天和朋友看了電影。
③ 약국 문이 닫**혔**어요.       藥局關門了。
④ 어제는 비가 **왔**어요.       昨天下雨了。

① 表示現在完成，② 表示過去完成。③ 表示動作完成，並保持持續的狀態。④ 是敍述過去發生的事情。「-았/었-」的結合方式如下。

| | | | | | | | |
|---|---|---|---|---|---|---|---|
| **動詞 形容詞** | ㅏ, ㅗ 母音（○） | 가다 | 走 | - 았어요 | 갔어요 | 走了 |
| | ㅏ, ㅗ 母音（×） | 먹다 | 吃 | - 었어요 | 먹었어요 | 吃了 |
| | 하다 系列 | 운동하다 | 運動 | 했어요 | 운동했어요 | 運動了 |
| **名詞** | 尾音（○） | 학생 | 學習者 | 이었어요 | 학생이었어요 | 曾是學生 |
| | 尾音（×） | 의사 | 醫生 | 였어요 | 의사였어요 | 曾是醫生 |

## 2. 說明「-고」（還有）的意義和作用

① 저는 한국 사람이**고** 유카 씨는 일본 사람이에요.       我是韓國人，由夏是日本人。
② 전화를 받**고** 밖에 나갔어요.       接電話之後出去了。
③ 택시를 타**고** 가는 게 어때요?       搭計程車去怎麼樣？
④ 자**고** 또 자도 졸려요.       睡了又睡還是很睏。

① 與時間前後順序無關，只是單純表示羅列，② 是前面句子的情況與後面句子的情況依序發生，③ 是前面句子的行為一直延續到後面的句子，④ 是指某種行為反覆發生。

## 3. 說明「-아/어서」（因為）的意義和可能的誤用情況

表示理由和原因的連結詞尾有「-아/어서」（因為）和「-으니까」（因為），為了避免兩者在使用上的誤用，最好將正確句子和錯誤句子陳列出來做明確的比較。「-아/어서」前面的句子不能與過去式文法結合，而後面的結果句不能是命令句和勸誘句。另外「-으니까」不能與「**죄송합니다**（對不起），**미안합니다**（對不起），**감사합니다**（謝謝），**고맙습니다**（謝謝）」等招呼問候語，或表達情緒的詞結合，而後面的結果句主要以命令句和勸誘句為主。這兩個文法的差別必須正確加以區分，最好能夠多多練習造句（參考**文法放大鏡**單元）。

## 4. 用言（動/形容詞）中「으」脫落的正確用法

「으」是屬於規則性的脫落，和其他用言（即動/形容詞）的不規則變化不同，必須明確了解「으」的脫落規則和使用方法（參考 2-2 單元的**不規則變化**）。

**引導和說明**

1. 將之前學過的動詞先用現在式說明，再導入過去式文法。

老　師：지금 공부를 해요. (看著學習者) 지금 뭐해요？
現在在念書。　　　　　　　　　　現在做什麼呢？

學習者：지금 공부를 해요.　　　　　　　　　現在在念書。

老　師：(吃麵包的圖片) 아침에 뭐 먹어요？　早上吃什麼呢？

學習者：아침에 빵을 먹어요.　　　　　　　　早上吃麵包。

老　師：○○ 씨는 아침에 빵을 먹었어요.　　○○早上吃了麵包。

| 가다 去 | 가요 去 | 가 + 았어요 | 갔어요 去了 |
| 읽다 讀 | 읽어요 讀 | 읽 + 었어요 | 읽었어요 讀了 |
| 배우다 學習 | 배워요 學習 | 배우 + 었어요 | 배웠어요 學了 |
| 하다 做 | 해요 做 | 하 + 였어요 | 했어요 做了 |

2.「－았－」和「－었－」的使用方法，以及**根據有無尾音而省略或合併的方式**，都需要正確學習。

3. 加上表示過去式的單字**「어제（昨天），오늘 아침（今天早上），주말（周末）」** 一起造句練習。

**練習**

利用動詞和形容詞的單字或圖片，說明昨天和今天的時態差異，讓學習者反覆練習過去式的使用法，接著再用問答方式進行練習。

老　師：아침에 몇 시에 일어났어요？　　　　早上幾點起床？

學習者：7 시에 일어났어요.　　　　　　　　7 點起床。

老　師：어제 저는 영화를 봤어요. 어제 뭐 했어요？　昨天我看了電影。昨天做了什麼？

學習者：친구를 만났어요.　　　　　　　　　見了朋友。

**注意**

過去式「－았／었－」代表過去發生的某種情況已完成，而那狀態**在完成後一直持續到現在**，學習時要正確掌握句中出現的情況和事件所代表的過去式意義。

<table>
<tr><td rowspan="1">引導<br>和<br>說明</td><td>

1. 連結兩種以上的狀態、狀況、事實等，舉出「**ㅡ고**」作為**羅列**的例句。

老　師：○○ 씨는 미국 사람이**고**, ○○ 씨는 중국 사람이에요.

○○是美國人，而○○是中國人。

老　師：△△ 씨는 일본 사람이**고**, 주부예요.

△△是日本人，而且是主婦。

老　師：서울은 어때요?　　　首爾怎麼樣？

學習者：커요. 사람이 많아요.　很大。人很多。

老　師：서울은 커요. 사람도 많아요. 서울은 크**고** 사람도 많아요.

首爾很大。人也很多。首爾很大，而且人也多。

</td></tr>
</table>

빵도 먹**고** 밥도 먹었어요. 吃了麵包，也吃了飯。
김밥은 싸**고** 맛있어요. 紫菜飯捲便宜又好吃。
서울은 크**고** 사람이 많아요. 首爾很大，而且人很多。

2. 練習將敘述**兩種以上事實**的兩個句子合併成一句話。

---

**練習**

1. 輪流說出自己的國家和職業，將兩種以上的事實連結起來。並且說出身邊同學的國家和國籍，反覆練習。

學習者 1：에린 씨는 러시아 사람이**고** 회사원이에요. 愛琳是俄羅斯人，是上班族。

學習者 2：유카 씨는 일본 사람이**고** 주부예요. 由夏是日本人，是主婦。

2. 熟悉形容詞之後，使用「**ㅡ고**」以一句話表達兩種狀態。

學習者：백화점은 커요. 물건이 많아요. 백화점은 크**고** 물건도 많아요.

百貨公司很大。東西很多。百貨公司很大，東西又多。

學習者：에린 씨는 예쁘**고** 친절해요. 愛琳漂亮又親切。

陳述班上同學們的國家和國籍、職業，以及特徵。透過填寫教材的練習題來練習回答各種狀況。

---

**注意**

「**ㅡ고**」也可以用於表達**時間順序**。先熟悉單純的羅列例句之後，再練習進行時間順序的例句。但是須注意的是，單純的羅列例句可以使用動詞和形容詞，而表達時間順序時，**只能使用動詞**。

1. 説明某種事實或情況的原因，連結兩個句子。

老　師：머리가 아파요. 어떻게 해요？ 頭痛。該怎麼辦？

學習者：약을 먹어요. 吃藥。

老　師：네, 머리가 아파서 병원에 가요. 對，因為頭痛去醫院。

　　　　머리가 아파서 약을 먹어요. 因為頭痛吃藥。

| 먹다＋어서 | 먹어서 | 밥을 많이 먹**어서** 배가 불러요.<br>因為吃很多飯，肚子很飽。 |
| 아프다＋아서 | 아파서 | 배가 아파**서** 병원에 가요.<br>因為肚子痛去醫院。 |
| 하다＋여서 | 하여서 → 해서 | 피곤해서 쉬어요.<br>因為很累而休息。 |

2. 如上述方式，列出句型的活用形態。在「**먹다（吃）,쉬다（休息）,공부하다（學習）**」等**動詞的動作前面説明理由**。

배가 고프다 肚子餓 → 빵을 먹다 吃麵包 → 배가 **고파서** 빵을 먹어요. 因為肚子餓而吃麵包。

머리가 아프다 頭痛 → 쉬다 休息 → 머리가 **아파서** 쉬어요. 因為頭痛而休息。

시험이다 是考試 → 열심히 공부하다 認真念書 → 시험**이어서** 열심히 공부해요. 因為是考試，而認真念書。

列舉各種狀況來練習造句。

**비빔밥을 좋아해요. 자주 먹어요.** 喜歡拌飯。常吃。

老　師：왜 비빔밥을 자주 먹어요？ 為什麼常吃拌飯？

學習者：비빔밥을 좋아**해서** 자주 먹어요. 因為喜歡拌飯而常吃。

서울은 차가 많아요. 복잡해요. → 서울은 차가 많아서 복잡해요.

首爾車多。很擁擠。　　　　　　　　　首爾因為車多而擁擠。

어제 많이 걸었어요. 피곤해요. → 어제 많이 걸어서 피곤해요.

昨天走太久。很累。　　　　　　　　　因為昨天走太久，很累。

教師先舉例後，讓學習者自行思考自己或身邊的情況，引導他們做造句練習。

**注意** 「**－아／어서**」**前面不能使用過去式「－았／었」**，同時**後面的句子不能使用命令句或勸誘句**。

**引導 和 說明**

1. 在紙卡上寫下相關單字的基本原型之後，用口說方式說明脫落型態。這時不妨加入前面學過的「－고」（還有）、「－아／어서」（因為），一起練習。

　　＿＿＿＿＿＿＿ 아요　　　　　＿＿＿＿＿＿＿ 어요

　바쁘다 → **바빠요**　　크다 → **커요**
　　　　　 忙碌　　　　　　　　 大

　아프다 → **아파요**　　쓰다 → **써요**
　　　　　 不舒服　　　　　　　 寫

　나쁘다 → **나빠요**　　슬프다 → **슬퍼요**
　　　　　 很差　　　　　　　　 難過

　배고프다 → **배고파요**　　예쁘다 → **예뻐요**
　　　　　　 肚子餓　　　　　　　 漂亮

寫出如下的表格，列出變化形態。

| 바쁘다 | - 아요 | **바빠요**忙碌 |
|--------|--------|-------------|
| 쓰다   | - 어요 | **써요**寫    |

2.「으」脫落是在**連接「ㅏ」或「ㅓ」時產生**，這時「으」會一致產生脫落現象。

**練習**

使用「－고」（還有）、「－아／어서」（因為）一起練習。

　老　師：서울은 어때요 ? 커요 ? 작아요 ?　　　首爾怎麼樣 ? 大嗎 ? 小嗎 ?

　學習者：커요 . 사람도 많아요 .　　　　　　　很大。人也很多。

　老　師：네 , 서울은 크고 사람도 많아요 .　　對，首爾很大，人也多。

　　　　　서울은 **커서** 복잡해요 .　　　　　首爾因為大而擁擠

**注意**

基本原型產生脫落現象並改變寫法，並非一定表示不規則。像「으」在某種情況下會形成規則性脫落，因此不屬於不規則脫落，教師最好能夠引導學習者正確了解規則和不規則型態的差異點。

| 引導和說明 | 將運動日標在月曆，每天、一周三次、一周一次，或沒運動，說明 **일／날마다（每天）**、**자주（經常）**、**가끔（有時）**、**거의 안（幾乎不）**、**전혀 안（完全不）**。 |
|---|---|

將運動日標在月曆，每天、一周三次、一周一次，或沒運動，說明 **일／날마다（每天）**、**자주（經常）**、**가끔（有時）**、**거의 안（幾乎不）**、**전혀 안（完全不）**。

매일 (날마다)　每天　　자주　經常　가끔　有時
거의 안　　　　幾乎不　전혀 안　完全不

老　師：○○ 씨는 **매일（날마다）/ 자주 / 가끔** 운동을 해요 .
　　　　○○ 每天／經常／有時 運動。

　　　　운동을 **거의 안** 해요 . / 운동을 **전혀 안** 해요 . 幾乎不運動。／完全不運動。

| 練習 | 詢問有關運動、打掃、洗衣等家事，以及興趣或喜歡的事，練習回答次數。 |
|---|---|

## 하고 和

| 引導和說明 | 老師給學生看照片，說明和誰照相，自然使用「**하고**」（和）作練習。<br><br>老　師：아버지 , 어머니 , 동생과 사진을 찍었어요 . 和爸爸、媽媽、弟弟照相。<br>　　　　아버지하고 어머니**하고** 동생**하고** 사진을 찍었어요 . 和爸爸、媽媽、弟弟照相。<br>　　　　○○ 씨는 언제 가족 사진을 찍었어요 ? 누구**하고** 찍었어요 ?<br>　　　　○○什麼時候和家人照相？和誰照相？<br><br>學習者：작년에 사진을 찍었어요 . 부모님**하고** 사진을하고찍었어요 . 去年照相。和父母照相。 |
|---|---|

老師給學生看照片，說明和誰照相，自然使用「**하고**」（和）作練習。

老　師：아버지 , 어머니 , 동생과 사진을 찍었어요 . 和爸爸、媽媽、弟弟照相。

　　　　아버지하고 어머니**하고** 동생**하고** 사진을 찍었어요 . 和爸爸、媽媽、弟弟照相。

　　　　○○ 씨는 언제 가족 사진을 찍었어요 ? 누구**하고** 찍었어요 ?

　　　　○○什麼時候和家人照相？和誰照相？

學習者：작년에 사진을 찍었어요 . 부모님**하고** 사진을하고찍었어요 . 去年照相。和父母照相。

친구**하고** 극장에 갔어요 . 和朋友去電影院。
주말에 친구**하고** 같이 숙제해요 . 周末和朋友一起寫作業。

老　師：○○ 씨는 언제 극장에 갔어요 ? 누구**하고** 영화를 봤어요 ?
　　　　○○什麼時候去電影院？和誰看了電影？

學習者：어제 극장에 갔어요 . 친구**하고** 영화를 봤어요 . 昨天去電影院。和朋友看了電影。

| 練習 | 「**하고**」（和）的後面經常連接**動詞**。　친구**하고** 이야기했어요 . 和朋友說話。<br>　　　　　　　　　　　　　　　　　　동생**하고** 놀았어요 . 和弟弟（妹妹）玩。 |
|---|---|

| 注意 | 說話時加入羅列語意的連接詞除了「**하고**」之外，還有「**와／과**」、「**（이）랑**」，但最好一開始先學習使用結合型態比較簡單的「**하고**」即可。 |
|---|---|

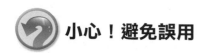 **小心！避免誤用**

## －아/어서 和 －으니까

「－아/어서」和「－으니까」經常被拿來做比較，這兩種表示原因和理由的連結語幹是最常被誤用的文法之一。以下將說明兩者的使用限制。

1.「－아/어서」不能結合過去式時態「－았/었」或未來式時態「－겠」使用，只能使用現在式，時態只能加在後面的句子。

　　　머리가 **아파서** 쉬었어요.（○）　　　　　　　因為頭痛就休息。

　　　머리가 아팠어서 쉬었어요.（×）　　　　　　　因為頭痛就休息。

2. 如果是說明原因並表達結果的普通敘述句，使用「－아/어서」或「－으니까」都可以，而使用「－으니까」會給人較強烈的感覺，因果關係的語氣更加確定，因此當想要強調自己個人的想法時，使用「－으니까」會比「－아/어서」更好。

　　　시험**이어서** 열심히 공부했어요.（○）　　　　因為考試，認真念了書。

　　　시험이어서 열심히 공부하겠습니다.（×）　　　因為考試，我一定會認真念書。

　　　시험**이니까** 열심히 공부하겠습니다.（○）　　因為考試，我一定會認真念書。

3. 當後面連接的句子是命令句或勸誘句時，不能使用「－아/어서」。這是因為這類句子是強調說話者的個人意志和喜好，因此使用「－으니까」更為自然。

　　　시간이 없어서 택시를 탈까요?（×）　　　　　因為沒時間，（我們）搭地鐵好嗎？

　　　시간이 없**으니까** 택시를 탈까요?（○）　　　因為沒時間，（我們）搭地鐵好嗎？

　　　내일이 시험이어서 열심히 공부하세요.（×）　明天考試，請認真念書。

　　　내일이 시험**이니까** 열심히 공부하세요.（○）　明天考試，請認真念書。

4. 當後面的句子是連接「**미안해요**（對不起）、**고마워요**（謝謝）、**반가워요**（很高興）、**기뻐요**（很開心）」等表達情緒感受的形容詞時，則不能使用「－으니까」。

　　　**늦어서** 죄송해요.（○）　　　　　　　　　　很抱歉我遲到了。

　　　**만나서** 반가워요.（○）　　　　　　　　　　很高興見到你。

　　　늦었으니까 죄송해요.（×）　　　　　　　　　很抱歉我遲到了。

　　　만났으니까 반가워요.（×）　　　　　　　　　很高興見到你。

即使「－아/어서」和「－으니까」可以互換使用，但很多時候意思上會有微妙差異，因此在初級階段的例句中，最好各自舉出只能使用「－아/어서」或「－으니까」的例句，避免一次性列出太多的陳列說明。

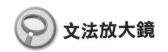

## 文法放大鏡

### －았／었－ 過去式

非格式體的敬語文法有表達現在式的「－아／어요」和過去式的「－았／었어요」。由於在用言語幹後面所加的型態是相同的,因此在學習時,可以將「－아／어요」直接改為「－ㅆ어요」即代表過去式。此外,練習時最好一併加入表達時間概念的句子,藉此導入過去式。

　　지금 빵을 먹어요 ＋ㅆ어요　　어제 빵을 먹었어요.

　　現在吃麵包。　　　　　　　　昨天吃了麵包。

但是「이다」(是)的語尾「이에요／예요」改成過去式時可能會誤寫為「이엤어요／옜어요」,因此必須另外練習正確的寫法「이었어요／였어요」。

### －고 還有、然後 (羅列)

表達羅列兩個句子的文法「－고」,雖然可以連接動詞和形容詞,但必須要了解「－고」也含有時間先後順序的意思。由於在連接動詞時,會有先後順序的語意,因此學習時最好先練習「形容詞＋形容詞」的句子,接下來再學習「形容詞＋動詞」和「動詞＋動詞」的句子。

　　① 김밥은 싸고 맛있어요.　　　　　紫菜飯捲便宜又好吃。

　　② 빵도 먹고 밥도 먹었어요.　　　　吃麵包,也吃了飯。

　　③ 의자에 앉고 차를 마셔요.(X)　　坐在椅子上喝茶。

①是「形容詞＋形容詞」,②是「動詞＋動詞」的句子。而如果是像③的「앉다」(坐),或是「서다」(站)等動詞行為持續進行的情況,由於前句的行為會影響後面的句子,因此不能使用「－고」,應使用「－아／어서」才可以(參考**文法放大鏡**)。

　　밥을 먹고 커피를 마셔요. 운동하고 샤워해요.

　　吃飯還有／然後喝咖啡。運動還有／之後洗澡。

上面的句子可能代表各自不同的行為,也可能先做完前面的行為之後,再進行後面的行為。然而具有時間順序語意的句型中,也可能不只是單純連結和羅列的情況,而是前面的行為影響後面的行為,這時就必須使用「－아／어서」。

　　친구를 만나고 영화를 봤어요.　　　見朋友還有／然後(我)看了電影。

　　친구를 만나서 영화를 봤어요.　　　見朋友然後(我們一起)看了電影。

 **課堂活動**

## 模擬情況來練習

선생님 , 가방 , 식당 , 아파트 , 백화점

_____은 어때요 ?

① 위의 명사의 상황을 질문합니다 .

② '- 고'를 사용하여 두 개 이상의 형용사를 연결합니다 .

③ 제시된 단어 외에도 다른 형용사를 이야기해 봅니다 .

〈 도움말 〉

성질이나 유형이 같은 형용사끼리 나열해야 합니다 .

예를 들어 '크고 나빠요'나 '맛없고 깨끗해요'라고 연결하면 어색합니다 .

## 連接兩個句子

① 불완전한 문장이 쓰여 있는 카드를 각각 1 장씩 나누어 줍니다 .

② 각각 짝이 맞는 문장 카드를 가지고 있는 사람을 찾아 완전한 문장을 만들어 봅니다 .

③ 완전한 문장을 만들어 발표하게 합니다 .

〈 도움말 〉

이유나 원인만 주고 뒤의 문장을 만들게 하거나 뒤의 문장만 주고 이유나 원인을 찾도록 합니다 .

# 問答練習

① 교사는 질문지를 나눠 주고 반 친구들에게 질문하고 빈도부사를 사용하여 답하게 합니다 .

② 질문자는 응답자가 대답하는 빈도부사를 자신의 인터뷰지에 씁니다 .

③ 점수를 합산하여 가장 많은 점수를 얻은 사람을 인터뷰한 사람이 1 등입니다 .

〈 도움말 〉

두 팀으로 나누어 해도 좋고 개인별로 해도 좋습니다 .

**教室的某日－授課日誌**

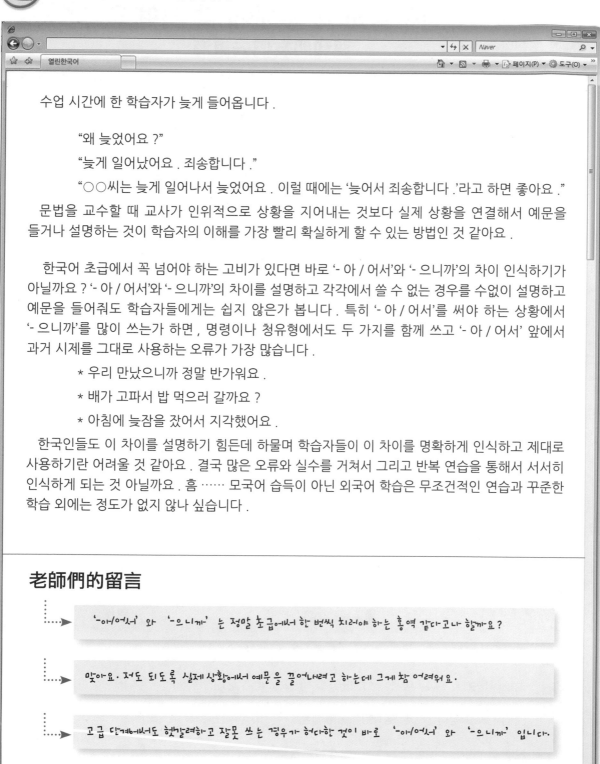

수업 시간에 한 학습자가 늦게 들어옵니다.

"왜 늦었어요?"

"늦게 일어났어요. 죄송합니다."

"○○씨는 늦게 일어나서 늦었어요. 이럴 때에는 '늦어서 죄송합니다.'라고 하면 좋아요."

문법을 교수할 때 교사가 인위적으로 상황을 지어내는 것보다 실제 상황을 연결해서 예문을 들거나 설명하는 것이 학습자의 이해를 가장 빨리 확실하게 할 수 있는 방법인 것 같아요.

한국어 초급에서 꼭 넘어야 하는 고비가 있다면 바로 '- 아 / 어서'와 '- 으니까'의 차이 인식하기가 아닐까요? '- 아 / 어서'와 '- 으니까'의 차이를 설명하고 각각에서 쓸 수 없는 경우를 수없이 설명하고 예문을 들어줘도 학습자들에게는 쉽지 않은가 봅니다. 특히 '- 아 / 어서'를 써야 하는 상황에서 '- 으니까'를 많이 쓰는가 하면, 명령이나 청유형에서도 두 가지를 함께 쓰고 '- 아 / 어서' 앞에서 과거 시제를 그대로 사용하는 오류가 가장 많습니다.

　　　* 우리 만났으니까 정말 반가워요.

　　　* 배가 고파서 밥 먹으러 갈까요?

　　　* 아침에 늦잠을 잤어서 지각했어요.

한국인들도 이 차이를 설명하기 힘든데 하물며 학습자들이 이 차이를 명확하게 인식하고 제대로 사용하기란 어려울 것 같아요. 결국 많은 오류와 실수를 거쳐서 그리고 반복 연습을 통해서 서서히 인식하게 되는 것 아닐까요. 흠…… 모국어 습득이 아닌 외국어 학습은 무조건적인 연습과 꾸준한 학습 외에는 정도가 없지 않나 싶습니다.

## 老師們的留言

　　▶ '-어/어서'와 '-으니까'는 정말 초급에서 한 번씩 치러야 하는 홍역 같다고나 할까요?

　　▶ 맞아요. 저도 되도록 실제 상황에서 예문을 끌어내려고 하는데 그게 참 어려워요.

　　▶ 고급 단계에서도 헷갈려하고 잘못 쓰는 경우가 허다한 것이 바로 '-어/어서'와 '-으니까' 입니다.

# 1-8 친구들하고 동해에 갈 거예요.
## 要和朋友們去東海

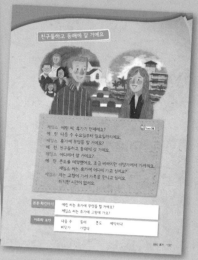

| | 學習文法 | | |
|---|---|---|---|
| - 을 거예요 | 將要 | - 아 / 어서 | 之後 |
| - 고 싶다 | 想要 | - 지만 | 可是 |
| ㅂ 불규칙 | ㅂ 不規則變化 | | |

**課程目標**

學會敍述計畫。
學會表達希望。
學會旅行相關表達。

##  課程準備

| | 需確認的內容 | 已準備 | 未準備 |
|---|---|---|---|
| 1 | 表達意志或推測「 - 을 거예요」（將要）的含意和結合型態。 | | |
| 2 | 表達順序的「 - 아 / 어서」（之後）和「 - 고」（然後）的差異。 | | |
| 3 | 説明「 - 고 싶다」（想要）的主語限制。 | | |
| 4 | 説明「 - 지만」（可是）的正確含意和結合型態。 | | |
| 5 | 「ㅂ 불규칙」（ 不規則變化）的種類和變化型態。 | | |

## 1. 表達意志或推測「－을 거예요」（將要）的含意和結合型態

　　當主語是第一人稱時，表達出強烈的自我意志或計畫，而當主語不是第一人稱時，則為推測語氣，因此需要透過例句來說明。另外，動詞或形容詞原型有尾音時，須像 ① 和 ② 一樣連音，以及「거」的讀法需以「**꺼**」來發音。

　　① 먹을 거예요　/ 머글 꺼예요 / 要吃
　　② 읽을 거예요 / 일글 꺼예요 / 要讀
　　③ 살 거예요　　/ 살 꺼예요 /　要住

　　如 ③ 中「**살다**」（居住）的尾音為「　」時，後面不加「－을」，而只直接加上「**거예요**」，必須特別注意。

## 2. 表達順序的「－아／어서」（之後）和「－고」（然後）的差異

　　「－아／어서」（之後）除了有表達理由和原因的意思之外，還有時間順序差異的意思，這時必須和「－고」（然後）做區分。① 是單純羅列出時間順序，② 則是前句的狀況持續影響後句。也就是說，「－고」（然後）是單純表達時間的先後順序，前後的行為本身沒有連貫性。

　　① 친구를 만나고 영화를 봤어요．（我）見了朋友，然後看了電影。
　　② 친구를 만나서 영화를 봤어요．（我）見了朋友，之後（我們）看了電影。

## 3. 說明「－고 싶다」（想要）的主語限制

　　「－고 싶다」（想要）是表達某種希望，這時主語必須是第一人稱，如果主語是第三人稱時，必須使用「－고 싶어하다」（想要）。

## 4. 說明「－지만」（可是）的正確含意和結合型態

　　① 是單純的對照句子，② 是與期待相反的對照句子。首先練習單純的對照句之後，再學習造語意相反的句子。

　　① 에린은 회사원이**지만** 바트는 학생이에요．
　　艾琳是上班族，可是巴特是學生。
　　② 열심히 공부했**지만** 성적이 안 좋아요．
　　認真念了書，可是成績不好。

## 5.「ㅂ불규칙」（ㅂ不規則變化）的種類和變化型態

　　「입다」（穿）、「좁다」（窄）是屬於規則的動詞，學習時容易混淆，因此一開始只列出不規則的變化，等到熟練之後，再加入規則的動詞來練習（參考 2-2 單元的**不規則變化**）。

## －을 거예요 將要

**引導和說明**

1. 將寫有月曆等標示時間的單字卡給學生看，問他們昨天或上周末做過哪些事，接著引導出未來式的句子。

老　師：어제 뭐 했어요?　　　　　　　　昨天做了什麼？

學習者：친구를 만났어요.　　　　　　　見了朋友。

老　師：○○ 씨는 내일은 뭐 해요?　　　○○你明天做什麼呢？

學習者：내일은 영화를 봐요.　　　　　　明天看電影。

老　師：○○ 씨는 내일 영화를 **볼 거예요**.　○○明天要看電影。

| 尾音 ✕ | 보다 + ㄹ 거예요 | 내일 영화를 볼 거예요.<br>明天要看電影。 |
| 尾音 ○ | 읽다 + 을 거예요 | 내일 책을 읽을 거예요.<br>明天要讀書。 |

2. 「**－을 거예요**」是表達**未來計畫或狀況**，最好和未來時間相關的句型一起學習。

내일 저녁에 비빔밥을 먹을 거예요.　　　明天晚上要吃拌飯。

주말에 바다에 **갈 거예요**.　　　　　　周末要去海邊。

내년에 고향에 돌아**갈 거예요**.　　　　明年要回家鄉。

**練習**

1. 比較過去式和未來式句型，列出時間的各種表達方式來熟悉句型。

| 어제<br>昨天 | 오늘<br>今天 | 내일<br>明天 |
|---|---|---|
| 밥을 먹었어요<br>吃了飯 | 밥을 먹어요<br>吃飯 | 밥을 **먹을 거예요**<br>要吃飯 |
| 도서관에 갔어요<br>去了圖書館 | 도서관에 가요<br>去圖書館 | 도서관에 **갈 거예요**<br>要去圖書館 |

2. 根據有無尾音練習各種變化型態之後，和身邊的朋友針對周末的計畫進行問答。

學習者 1：주말에 뭐 **할 거예요**?　　　周末要做什麼？

學習者 2：주말에 친구와 쇼핑을 **할 거예요**.　周末要和朋友購物。

**注意**

主語是**第一人稱**時，表達的是**個人意志**，通常連接動詞，當主語**不是第一人稱**時，和形容詞或動詞連接，表示**推測某件事的進行或狀態**。

# -아/어서 (順序)

**引導和說明**

「**-아/어서**」在上一單元是連接原因和結果的「**因為**」之意，這裡是指某種行為或狀況的時間順序，意思是「**之後**」。

老　師：아침에 일어나요. 그리고 뭐 해요? 早上起床。還有做什麼？

學習者：세수를 해요. 洗臉。

老　師：네, 아침에 일어나**서** 세수를 해요 對，早上起床之後洗臉。

老　師：도서관에 가요. 그리고 뭐해요? 去圖書館。還有做什麼？

學習者：책을 읽어요. 讀書。

老　師：네, 도서관에 가**서** 책을 읽어요. 對，去圖書館讀書。

| 씻다 + 어서 洗 | 씻어서 | 딸기를 씻**어서** 먹어요.<br>洗草莓吃。 |
| --- | --- | --- |
| 가다 + 아서 去 | 가서 | 도서관에 **가서** 공부를 해요.<br>去圖書館之後念書。 |
| 하다 + 여서 做 | 하여서→해서 | 운동**해서** 살을 빼요.<br>運動減肥。 |

**練習**

以明確表達出先後順序的行為來練習造句。

① 시장에 가요. 딸기를 사요. 去市場。買草莓。 → 시장에 가**서** 딸기를 사요. 去市場買草莓。

② 딸기를 씻어요. 먹어요. 洗草莓。吃。 → 딸기를 씻**어서** 먹어요. 洗草莓吃。

③ 서점에 가요. 책을 사요. 去書店。買書。 → 서점에 가**서** 책을 사요. 去書店買書。

④ 책을 사요. 읽어요. 買書。讀。 → 책을 사**서** 읽어요. 買書來讀。

以上句子是羅列並連接兩種的行為或狀況，但是必須明確了解其中含有時間先後的語意，不妨利用圖片或動作來幫助理解。尤其**먹다（吃）**、**읽다（讀）**、**마시다（喝）**、**보다（看）**等動詞經常會直接使用在「**-아/어서**」之後，很適合作為時間順序的例句。

**注意**

表達時間順序的連接詞還有「**-고**」，但是當前句的行為**繼續影響後句時**，必須使用「**-아/어서**」。因此練習時須正確掌握先後順序的語意，才能更容易理解。

**引導和說明**

1. 讓學習者說出想做的事和希望事項，自然而然引導出句子。

老　師：무슨 과일을 좋아해요?　　　　　　　　喜歡什麼水果?

學習者：오렌지를 좋아해요.　　　　　　　　　喜歡柳丁。

老　師：저는 사과를 좋아해요. 지금 사과가 먹**고 싶어요**.　我喜歡蘋果。現在想吃蘋果。

　　　　지금 오렌지가 먹**고 싶어요**?　　　　現在想吃柳丁嗎?

學習者：네, 오렌지가 먹**고 싶어요**.　　　　　對，想吃柳丁。

> 음악을 듣고 싶어요. 想聽音樂。
> 방학에 제주도에 가고 싶어요. 放假時想去濟州島。

2. 與其刻意製造某種狀況，不如利用學習者本身能夠實際感受的情況來造句。

老　師：방학에 어디에 가**고 싶어요**?　放假時想去哪裡?

學習者：방학에 고향에 가**고 싶어요**.　放假時想回家鄉。

3. 除此之外，詢問學習者想做的事情、想去的地方、想擁有的東西等，藉此練習回答。

**練習**

「－고 싶다」（想要）只能連接動詞，型態和連接「－고」時一樣，語幹不做任何變化，直接加上「－고」。「－고 싶다」（想要）的主語**必須是第一人稱**，而韓語在口語上經常會省略主語，因此很容易忽略主語的限制。因此一開始需使用第一人稱當主語來練習，直到熟練。

저는 영화를 보**고 싶어요**.　　我想看電影。

저는 아이스크림이 먹**고 싶어요**.　我想吃冰淇淋。

저는 여행을 가**고 싶어요**.　　我想去旅行。

**注意**

「－고 싶다」（想要）的主語通常是話者表達本身的希望或想做的事情，因此主語須為第一人稱，而當主語是第三人稱時，必須改為「－고 싶어하다」（想要）。

**引導和說明**

1.「－지만」（可是）的後句連接與前句**相反的內容**，單純陳述兩項**對照的事實**或**呈現對比**，以及敘述**與期待相反的內容**時使用。

老　師：서울에서 인천은 가까워요. 부산은 어때요?　首爾到仁川很近。釜山呢?

學習者：멀어요.　很遠。

老　師：네, 서울에서 인천은 가깝**지만** 부산은 멀어요.　對，首爾到仁川近，可是釜山遠。

老　師：한국에서 일본은 가꺼워요. 미국은 어때요?　韓國到日本近。美國呢?

學習者：일본은 가깝**지만** 미국은 멀어요.　到日本近，可是美國遠。

老　師：회사원은 일을 해요. 학생은 뭐 해요?　上班族要工作。學生要做什麼呢?

學習者：공부해요.　念書。

老　師：네, 맞아요. 회사원은 일을 하**지만** 학생은 공부해요.
　對，沒錯。上班族要工作，可是學生念書。

　학생이**지만** 저녁에는 일을 해요.　是學生，可是晚上工作。

2. 不是單純的對照，而是呈現與期待相反的狀況時，也可用「－지만」（可是）。

> 모자는 싸**지만** 가방은 비싸요.　帽子貴，可是包包便宜。
> 바다에 가고 싶**지만** 시간이 없어요.　想去海邊，可是沒時間。
> 저는 학생이**지만** 친구는 회사원이에요.　我是學生，可是朋友是上班族。

**練習**

1. 使用**相反的形容詞**來練習單純的對照句。

여름은 덥**지만** 겨울은 추워요.　夏天熱，可是冬天冷。

김밥은 싸**지만** 불고기는 비싸요.　紫菜飯捲便宜，可是烤肉貴。

아이는 키가 작**지만** 어른은 키가 커요.　小孩個子矮，可是大人個子高。

2. 練習**與期待相反**的內容句型。

한국어가 어렵**지만** 재미있어요.　韓文難，可是有趣。

가방이 싸**지만** 아주 좋아요.　包包便宜，但非常好。

여행을 가고 싶**지만** 시간이 없어요.　想去旅行，可是沒時間。

**注意**

連接兩個句子時，事先多練習**接續副詞**的話，更能幫助理解句型的連結。

**引導和說明**

1. 說明不規則用言的情況，導入不規則變化。

老　　師：겨울에는 날씨가 **추워요**. 여름은 어때요? 　冬天天氣冷。夏天呢？

學習者：여름에는 **더워요**. 　　　　　　　　　　　　　夏天熱。

2. 利用寫有不規則單字和文法的圖卡，逐步說明變化的型態。

춥다 冷 → 추**우**니까 因為冷 → 추**워**서 因為冷

덥다 熱 → 더**우**니까 因為熱 → 더**워**서 因為熱

| 춥다 冷 | 추 +우+ 어요 | 날씨가 **추워요**. 天氣冷。 |
| 무겁다 熱 | 무거 +우+ 어요 | 가방이 **무거워요**. 包包重。 |

3. 「　不規則變化」中的「　」脫落之後，後面加上「**우**」，將「**우**」用紅筆圈選出來，利用醒目的視覺標示了解變化的型態。

**練習**

1. 列出屬於不規則的動詞，以及產生變化的情況，以提問方式引導出回答。

방이 **추워요**.　　　→ 방이 **추워서** 창문을 닫아요.

房間冷。　　　　　　　　因為房間冷，所以關窗戶。

학교가 **가까워요**. → 학교가 **가까워서** 좋아요.

學校近。　　　　　　　　因為學校近，很好。

한국어가 **어려워요**. → 한국어가 **어려워서** 힘들어요.

韓文難。　　　　　　　　因為韓文難，很辛苦。

제주도가 **아름다워요**. → 제주도가 **아름다워서** 가고 싶어요.

濟州島很美。　　　　　　因為濟州島很美，想要去。

2. 之後再利用學過的字詞，多多練習造各種句子。

**注意**

大部分的「ㅂ 不規則變化」是加上「**우**」，但「**돕다、곱다**」（幫助、美）的情況是加上「**오**」，因此需要學習例外的情況。除此之外，「**입다**」（穿）是屬於<u>規則動詞</u>，不須做變化，最好一起學習，以避免混淆（參考 2-2 單元的**不規則變化**）。

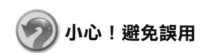 **小心！避免誤用**

## －아／어서 之後（順序）

學習過上述表達原因的句型之後，現在來了解依時間順序表達羅列語意的「－아／어서」（之後）。與其相似的句型是「고」（然後），也可以表達時間的羅列。

① 친구를 **만나고** 저녁을 먹어요 .　　　　　　　　見朋友然後晚餐。

② 친구를 **만나서** 저녁을 먹어요 .　　　　　　　　見朋友之後一起吃晚餐。

① 是單純表示時間先後的羅列，對於見了朋友之後，是否一起吃晚餐並沒有明確的說明，而② 則是見了朋友之後，明確具有和朋友一起吃晚餐的意思。由於「－아／어서」（之後）的前後句子具有關聯性，在學習時最好注意以避免混淆。

③ 학교에 **가고** 공부를 해요 .　　　　　　　　　去學校，還有念書。

④ 학교에 **가서** 공부를 해요 .　　　　　　　　　去學校之後，接著念書。

③ 中的「**학교에 가다**」（去學校）和「**공부를 하다**」（念書）給人的感覺是前後個別獨立的句子，而 ④ 是明確具有去學校之後，接著念書的語意，是具有時間先後順序的行為。

## －고 싶다 想要

表達希望的句型「－**고 싶다**」（想要）只能連接動詞。「**듣다、먹다、마시다、보다**」（聽、吃、喝、看）等部分動詞以「－**아／어요**」（非格式體語尾）作結尾句型時，前面的受詞必須加上「**을／를**」（受格助詞）作為助詞，但是當以「－**고 싶다**」（想要）作結尾句型時，也可以使用「**이／가**」（主格助詞）為助詞。

① 음악을 들어요 .（○）　　　　　　　　　　聽音樂。

　 음악이 들어요 .（×）　　　　　　　　　　聽音樂。

② 음악을 듣고 싶어요 .（○）　　　　　　　　想聽音樂。

　 음악이 듣고 싶어요 .（○）　　　　　　　　想聽音樂。

由於初級階段對於助詞的使用有其難度，因此以「－**고 싶다**」（想要）造句時，一開始先使用「**을／를**」（受格助詞）作為受詞的助詞，等到熟練之後，再自然導入助詞「**이／가**」（主格助詞）和「－**고 싶다**」（想要）結合的句型，會更容易理解。

## －지만 可是

當表達與前句相反的內容時，可以使用「－지만」（可是）語幹表達對照語意。「－지만」（可是）可以連接「動詞」、「形容詞」、「이다」（是），結合時不需考慮有無尾音，直接加上即可。

對於初階的學習者來說，哪些語幹可以和時態結合，哪些語幹不能結合，認知上會有困難。加上前面學過「－아／어서」（因為）不能結合時態，很容易會誤以為「－지만」（可是）也不能加上時態，因而產生如 ① 的錯誤。因此學習時首先要了解「－지만」（可是）的前面有時像 ② 一樣，必須加上過去式時態「－았／었－」。

① 어제 시험공부를 열심히 **하지만** 시험이 너무 어려워요 . ( x )
② 어제 시험공부를 열심히 **했지만** 시험이 너무 어려워요 . ( o )

　　昨天很認真準備了考試，可是考試好難。

③ 한국어는 처음에는 **어렵지만** 지금은 재미있어요 . ( x )
④ 한국어는 처음에는 **어려웠지만** 지금은 재미있어요 . ( o )

　　韓語一開始很難，可是現在覺得很有趣。

③ 乍看之下覺得沒有錯，但是由於表達的是起初很難，現在很有趣的意思，因此必須加上過去式，如 ④ 才是正確的句子。像這樣前後對照或相反的內容，在造句之前，必須先明確了解真正的語意，才能正確使用句型來表達對照狀況或與期待相反的句子。尤其在初期學習階段，和流暢度比起來，很多人更強調正確性，只不斷反覆練習如何變化型態，但這種學習方式很容易在實際使用時產生語意上的錯誤，要特別注意。

除此之外，由於「－지만」（可是）相對來說較能自由和時態做結合，因此也可以加上未來時態，如 ⑤ 加上「－겠」（將要）。而「－았／었－」（過去式）也可以和「－겠」（將要）結合，如 ⑥ 的「－았／었겠－」（應該已經）意思是對過去情況的推測。必須透過充分的練習才能理解，也能減少誤用。

⑤ 많이 **바쁘겠지만** 휴일에는 좀 쉬세요 . 　將會很忙碌，但休假的時候請多休息。

⑥ 많이 **바빴겠지만** 몸을 챙기세요 . 　一定很忙吧，請照顧身體。

表達否定句型時，如 ⑦⑧ 在動詞或形容詞前面加上「**안**」（不），或在後面「－**지 않지만**」（雖然不）即可，而「名詞＋**이다**」（是）的否定句如 ⑨ 加上「**아니지만（雖然不是）**」。

⑦ 아침을 안 먹지만 점심을 꼭 먹어요 . 　不吃早餐，可是一定吃午餐。

⑧ 아침을 먹지 않지만 점심을 꼭 먹어요 . 　不吃早餐，可是一定吃午餐。

⑨ 학생이 아니지만 공부를 열심히 해요 . 　不是學生，可是很認真念書。

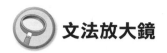
**文法放大鏡**

## －을 거예요 將要

「－을 거예요」（將要）是表達未來本身要做某種行為的意志，或表達推測情況的句型，也是「－을 것이에요」（將要）的省略寫法。與其相似的句型有「－겠」（將要），但是「－겠」比「－을 거예요」帶有更強烈的判斷或意志。

① 내일 여행을 **갈 거예요** . 　　　　　　　　明天要去旅行。

② 내일 여행을 **가겠습니다** . 　　　　　　　明天要去旅行。

③ 비가 **올 거예요** . 　　　　　　　　　　　可能會下雨。

④ 비가 **오겠습니다** . 　　　　　　　　　　可能會下雨。

① 是單純表示計畫，② 是表達堅定意志。③ 對於判斷或資訊的正確性較為薄弱，④ 則較為強烈。而 ① 和。③ 屬於非格式體的句型，通常在口語中經常使用，另外 ② 和 ④ 屬於格式體，在文章中或正式場合時使用。

⑤ 내일 등산 **가요** . （○） 　　　　　　　明天爬山。

⑥ 내일 등산 **갈 거예요** . （○） 　　　　　明天要爬山。

⑦ 10 년 후에 집을 **사요** . 　　　　　　　　10 年後買房子。

⑧ 10 년 후에 집을 **살 거예요** . 　　　　　　10 年後要買房子。

⑤ 和 ⑥ 都是表達未來的計劃。韓語中對於時間較接近的未來可以使用現在式，但較遙遠的未來則主要使用「－을 거예요」（將要）。而 ⑦ 雖然不是錯誤的句子，但像 ⑧ 一樣加上未來式「－을 거예요」（將要）會更為自然。然而當主語不是第一人稱時，並非表達意志或計畫，而是更接近推測語氣。

⑨ 내일 에린 씨가 **올 거예요** . 　　　　　　明天艾琳會來。

⑩ 유카 씨가 **전화할 거예요** . 　　　　　　由夏會打電話。

⑨ 和 ⑩ 的主語不是第一人稱，因此表達的是推測之意。

**올 거예요 －會**

# 十年後的我

자신의 10 년 후의 계획을 말해 봅시다 .

> 1. 어떤 일을 할 거예요 ?
> 2. 어떤 집에서 살 거예요 ?
> 3. 어떤 사람과 결혼할 거예요 ?
> 4. 어느 나라에서 살 거예요 ?

① 학습자들을 2 명씩 짝지어 앉게 하고 위의 질문을 하고 답하게 합니다 .
② 위의 질문 외에도 자유롭게 10 년 후의 계획을 물어보게 합니다 .

---

**아／어서 2 －之後 2**

# 敍述一天作息

두 가지의 그림을 보고 시간 순서대로 문장 만들기

① 한 사람씩 하루 일과를 이야기하게 합니다 .
② 학습자 전체를 두 팀으로 나누어 더 많은 문장을 만들어내는 팀이 이깁니다 .

---

**－지만 －可是**

# 完成句子

그림을 보고 문장을 완성해 봅시다 .

공부를 열심히 했지만 시험 문제가 너무 어려워요 .

〈 도움말 〉
문장 한 가지씩 이야기를 시켜 봐도 좋습니다 .
두 사람씩 짝을 지어 먼저 문장을 완성하는 팀이 이기는 게임을 해도 좋습니다 .

**教室的某日－授課日誌**

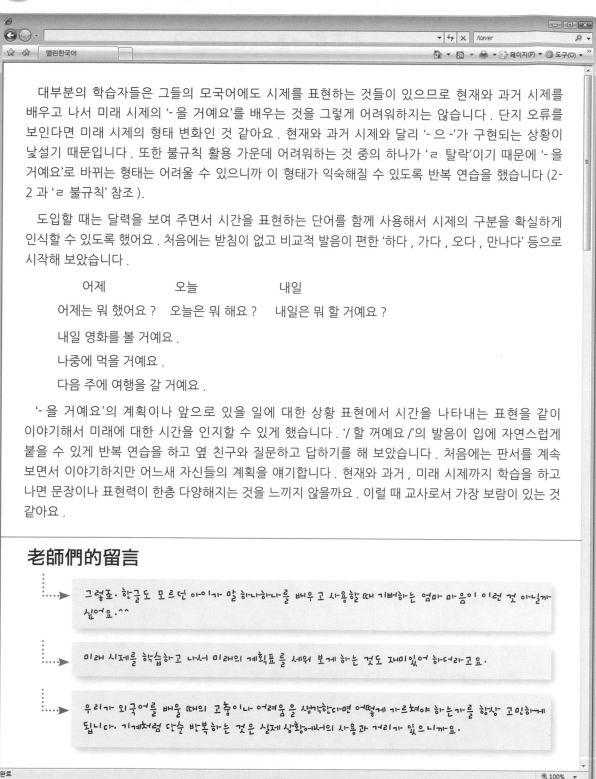

대부분의 학습자들은 그들의 모국어에도 시제를 표현하는 것들이 있으므로 현재와 과거 시제를 배우고 나서 미래 시제의 '- 을 거예요'를 배우는 것을 그렇게 어려워하지는 않습니다 . 단지 오류를 보인다면 미래 시제의 형태 변화인 것 같아요 . 현재와 과거 시제와 달리 '- 으 -'가 구현되는 상황이 낯설기 때문입니다 . 또한 불규칙 활용 가운데 어려워하는 것 중의 하나가 'ㄹ 탈락'이기 때문에 '- 을 거예요'로 바뀌는 형태는 어려울 수 있으니까 이 형태가 익숙해질 수 있도록 반복 연습을 했습니다 (2-2 과 'ㄹ 불규칙' 참조 ).

도입할 때는 달력을 보여 주면서 시간을 표현하는 단어를 함께 사용해서 시제의 구분을 확실하게 인식할 수 있도록 했어요 . 처음에는 받침이 없고 비교적 발음이 편한 '하다 , 가다 , 오다 , 만나다' 등으로 시작해 보았습니다 .

　　　　　어제　　　　　　오늘　　　　　　　내일

어제는 뭐 했어요 ?　　오늘은 뭐 해요 ?　　내일은 뭐 할 거예요 ?

내일 영화를 볼 거예요 .

나중에 먹을 거예요 .

다음 주에 여행을 갈 거예요 .

'- 을 거예요'의 계획이나 앞으로 있을 일에 대한 상황 표현에서 시간을 나타내는 표현을 같이 이야기해서 미래에 대한 시간을 인지할 수 있게 했습니다 . '/ 할 꺼예요 /'의 발음이 입에 자연스럽게 붙을 수 있게 반복 연습을 하고 옆 친구와 질문하고 답하기를 해 보았습니다 . 처음에는 판서를 계속 보면서 이야기하지만 어느새 자신들의 계획을 얘기합니다 . 현재와 과거 , 미래 시제까지 학습을 하고 나면 문장이나 표현력이 한층 다양해지는 것을 느끼지 않을까요 . 이럴 때 교사로서 가장 보람이 있는 것 같아요 .

## 老師們的留言

▶ 그렇죠 . 한글도 모르던 아이가 말 하나하나를 배우고 사용할 때 기뻐하는 엄마 마음이 이런 것 아닐까 싶어요 .^^

▶ 미래 시제를 학습하고 나서 미래의 계획표를 세워 보게 하는 것도 재미있어 하더라고요 .

▶ 우리가 외국어를 배울 때의 고충이나 어려움을 생각한다면 어떻게 가르쳐야 하는가를 항상 고민하게 됩니다 . 기계처럼 단순 반복하는 것은 실제 상황에서의 사용과 거리가 있으니까요 .

# 2-1 같이 영화를 보러 갈까요?
## 要不要一起去看電影？

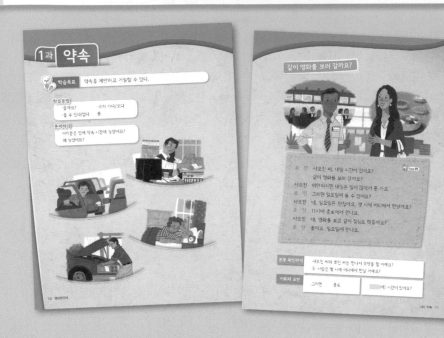

| 學習<br>文法 | - 을까요? ～好嗎？ | - 으러 가다 / 오다 去～/來～ |
|---|---|---|
| | - 을 수 있다 / 없다) 會、可以～/不會、不可以～ 못 | 不能 |
| 課程<br>目標 | 學會提議或改變約定。<br>學會取消或拒絕約會。 | |

 **課程準備**

| | 需確認的內容 | 已準備 | 未準備 |
|---|---|---|---|
| 1 | 説明「- 을까요?」（～好嗎？）的含意和用途。 | | |
| 2 | 了解「- 으러」（目的）和「- 으려고」（打算）的差異。 | | |
| 3 | 説明「- 을 수 있다 / 없다」（會、可以／不會、不可以）的含意。 | | |
| 4 | 明確説明「안」（不）和「못」（不能）的差異。 | | |

## 1. 説明「一을까요?」(～好嗎?)的含意和用途

「一을까요?」(～好嗎?)是在向對方提出某種提議或詢問意見時使用。經常省略主語,實際使用時會放在句子語尾,必須提高語調説話,才能明確表達出意思。經常使用在提議時,只能使用現在式,也可以結合「같이」、「함께」(一起)使用,而這些副詞的語順相對來説比較能夠自由移動。

    ① 오늘 점심을 뭐 **먹을까요**？            今天午餐要吃什麼呢？
    ② 같이 영화를 보러 **갈까요**？          一起去看電影好嗎？
    ③ 영화 보러 **같이 갈까요**？          電影一起去看好嗎？

    ① 是針對午餐吃什麼而詢問對方的意見,② 和 ③ 是提議一起去看電影,副詞「같이」(一起)加在「영화」(電影)的前後都不會影響句子整體意思。

## 2. 了解「一으러」(目的)和「一으려고」(打算)的差異

「一으러」(為了～)結合動詞,表達行為的目的,主要和「가다、오다、다니다、나오다、들어가다」(去、來、走動、出來、進去)等象徵移動的動詞一起使用。雖然「一으려고」(打算～)與它類似,但是「一으려고」包含明確的意圖和目的兩種意義。而「一으러」(為了～)只單純表示移動目的,因此只和表達移動的動詞結合。「一으려고」可以和大部分的動詞結合。如 ① 和 ② 的例句,勸誘或命令句型無法使用「一으려고」,而「一으러」則沒有這樣的限制。

    ① 도서관에 같이 **공부하러** 갈까요？(○)    要不要一起去圖書館念書？
    ② 도서관에 같이 **공부하려고** 갈까요？(X)  要不要打算一起去圖書館念書？

## 3. 説明「一을 수 있다／없다」(會、可以／不會、不可以)的含意

當表達有無能力時,「一을 줄 알다／모르다」(會／不會)和「一을 수 있다／없다」(會、不會)可以交換使用,但兩者有一種明顯的差異。

    ① 운전할 줄 알아요？           會開車嗎？
    ② 운전할 수 있어요？           會開車嗎？
    ③ 내일 만날 수 있어요？(○)     明天可以見面嗎？
    ④ 내일 만날 줄 알아요？(X)     明天可以見面嗎？

    ① 的「一을 줄 알다／모르다」(會／不會)主要針對行為的方法,也就是如何開車做詢問,② 的「一을 수 있다／없다」(會、不會)是針對某種行為的可能性,也就是是否有可能進行開車這件事,在實際對話時,兩者沒有太大的差異。然而 ③ 和 ④ 並非是指了解方法或擁有能力,而是問一般的行為是否有可行性,這時就會產生明確的差異,只能使用「一을 수 있다／없다」(可以、不可以)。

## 4. 明確説明「안」(不)和「못」(不能)的差異

表達否定的「안」(不)和「못」(不能、不會)在意思上具有差異。「안」(不)無關能力或外在條件,表示不想做某件事的個人意志,而「못」(不能、不會)是指沒有能力,或能力不足的意思,這時可以和「一을 수 없다」(不會)替換使用。

## 文法訣竅

| －을까요？ ～好嗎？ | 教材 14 頁 |

**引導和說明**

1. 「**－을까요？**」主要用於提議或詢問對方意見，以「提議」來做練習。

老　師：수업이 끝나면 뭐 해요？저는 커피를 마시고 싶어요．

下課後要做什麼呢？我想喝咖啡。

學習者：저도 커피를 마시고 싶어요．　　　　我也想喝咖啡。

老　師：우리 같이 커피를 **마실까요**？　　　我們一起喝咖啡好嗎？

學習者：네，좋아요．　　　　　　　　　　好，好啊。

老　師：어떤 커피를 **마실까요**？저는 아메리카노가 좋아요．

喝什麼咖啡好呢？我喜歡美式咖啡。

學習者：저는 아이스커피를 마실 거예요．　　我要喝冰咖啡。

2. 與**有尾音**的動詞結合，接「**－을까요？**」，**無尾音**則接「**－ㄹ까요？**」。

| 먹다<br>吃 | 먹 ＋ 을까요？ | 무엇을 먹**을까요**？<br>吃什麼好呢？ |
|---|---|---|
| 켜다<br>開 | 켜 ＋ 까요？ | 방이 어두우니까 불을 켤**까요**？<br>房間很暗，開燈好嗎？ |

**練習**

1. 「**마시다、가다、보다**」等沒有尾音的動詞，以及「**먹다、찍다**」等有尾音的動詞，會呈現不同的型態變化，以此進行練習。而當提議對方一起做某件事時，最好加上「**같이**」、「**함께**」的副詞，會讓語意顯得更加明確。

수업 후에 **같이** 녹차를 **마실까요**？　　　下課後一起喝綠茶好嗎？

주말에 **같이** 공원에 **갈까요**？　　　　　周末一起去公園好嗎？

우리 **함께** 사진을 **찍을까요**？　　　　　我們一起拍照好嗎？

저녁 때 **함께** 불고기를 **먹을까요**？　　　晚上一起吃烤肉好嗎？

2. 這類問句的回答有表示同意的「**좋아요**」（好）、「**알겠어요**」（是）等，以及表示拒絕的「**죄송해요**」（很抱歉）、「**미안해요**」（對不起）等。

**注意**

表示**提議**的「**－을까요？**」主語不能是第三人稱，當主語是第三人稱時，意思是**推測**。

같이 커피를 마실까요？　　　　　　　　　（提議）一起喝咖啡好嗎？

영수 씨가 커피를 마실까요？　　　　　　（推測）英秀要喝咖啡嗎？

**引導和說明**

1. 以行為的理由或目的來練習造句。利用學校或百貨公司、市場等場所的圖片來造問句。

| | |
|---|---|
| 老　師：학교에서 뭘 해요？ | 在學校做什麼？ |
| 學習者：공부를 해요． | 學習。 |
| 老　師：네，학교에 공부하**러 가요**． | 對，去學校學習。 |
| 老　師：백화점에서는 뭘 해요？ | 在百貨公司做什麼？ |
| 學習者：쇼핑을 해요． | 買東西。 |
| 老　師：네，백화점에 쇼핑하**러 가요**． | 對，去百貨公司買東西。 |

1. 列出**動詞有無尾音**的型態變化。

| 먹다 | 먹 + **으러** | 식당에 **먹으러 가요**． 去餐廳吃。 |
|---|---|---|
| 만나다 | 만나 + **러** | 친구를 **만나러 가요**． 去見朋友。 |

**練習**

為了理解動作的目的，以各種場所和在那裡進行的動作來練習造句。

| 在（場所） | | 目的 | | 動作 | |
|---|---|---|---|---|---|
| 식당 | 餐廳 | 밥을 먹으러 | 吃飯 | 가요 | 去 |
| 도서관 | 圖書館 | 책을 빌리러 | 借書 | 가요 | 去 |
| 시장 | 市場 | 과일을 사러 | 買水果 | 가요 | 去 |
| 극장 | 電影院 | 영화를 보러 | 看電影 | 가요 | 去 |
| 남산 | 南山 | 서울의 경치를 보러 | 看首爾風景 | 가요 | 去 |
| 한국어교실 | 韓語教室 | 한국어를 배우러 | 學韓語 | 와요 | 來 |

**注意**

表達行為的目的或意圖的文法除了「－으러」（為了）之外，還有「－으려고」（打算）。但由於一次提出兩種文法可能會造成混淆，因此學習時必須明確了解其差異「－으러」（為了）必須和「가다、오다」（去、來）等表示方向的動詞結合使用。

**引導和說明**

1. 表示能力和可行性與否的「-**을 수 있다/없다**」（會／不會）在學習時必須明確區分其意義，可以利用實際情況做説明。

老　師：저는 한국 사람이에요. 한국어를 **할 수 있어요**. 　我是韓國人。會説韓語。

○○ 씨는 미국 사람이에요. 영어를 **할 수 있어요**? 　○○是美國人。會説英語嗎？

學習者：네, 저는 영어를 **할 수 있어요**. 　是，我會説英語。

老　師：저는 프랑스어를 **할 수 있어요**. 　我會説法語。△△你呢？

學習者：저는 프랑스어를 **할 수 있어요**. 　我會説法語。

2. 列出**動詞有無尾音**時的型態變化，以視覺效果來加強記憶。

**練習**

1. 以詢問是否具備能力為例句進行練習。

피아노를 **칠 수 있어요**? 　會彈鋼琴嗎？

스키를 **탈 수 있어요**? 　會滑雪嗎？

김치를 **먹을 수 있어요**? 　敢吃泡菜嗎？

2. 熟悉上述的例句之後，接著以是否可以約定或進行某件事情來練習。

같이 식사를 **할 수 있어요**? 　可以一起吃飯嗎？

내일 **만날 수 있어요**? 　明天可以見面嗎？

3. 同時練習以「**못해요**」（不能）或「**할 수 없다**」（不行）的否定句做為回答。

**注意**

當詢問能力時，只能結合**動詞**，當詢問是否可行時，則沒有限制。表達不可能時，可以使用「**못**」（不能），這時只能連接**動詞**。

**引導和說明**

1.「**안**」（不）與本身能力或外在情況無關，**單純表達否定意思**，而「**못**」（**不會、不能**）是指**能力不足，或本身想做卻無法如願**的情況，需透過例句來做練習。

老　　師：비가 많이 와요.　　　　　　　　　下大雨。

　　　　　무엇을 **할 수 없어요**?　　　　　　不能做什麼？

學習者：자전거를 **탈 수 없어요**.　　　　　不能騎腳踏車。

學習者：조깅을 **할 수 없어요**.　　　　　　不能慢跑。

老　　師：네, 자전거를 **못 타요**.　　　　　對，不能騎腳踏車。

　　　　　조깅을 **못 해요**.　　　　　　　不能慢跑。

2. 表示不可能或不會的「**못**」（**不會、不能**）只能和**動詞**結合，以及必須加在**動詞前面**。

자전거를 타요.　　　騎腳踏車。
자전거를 **못 타요**.　　不能騎腳踏車。

**練習**

利用前面學過的「**－을 수 있어요?**」（會～嗎？），練習造回答句，更能有效幫助理解。

피아노를 **칠 수 있어요**?　　　　　　　會彈鋼琴嗎？

→ 아니요, (피아노를) **칠 수 없어요**.　　不，不會彈（鋼琴）。

→ 피아노를 **못 쳐요**.　　　　　　　　不會彈鋼琴。

스노보드를 **탈 수 있어요**?　　　　　　會玩滑雪板嗎？

→ 아니요, (스노보드를) **탈 수 없어요**.　不，不會玩滑雪板。

→ 스노보드를 **못 타요**.　　　　　　　不會玩滑雪板。

프랑스어를 **할 수 있어요**?　　　　　　會説法語嗎？

→ 아니요, (프랑스어를) **할 수 없어요**.　不，不會説法語。

→ 프랑스어를 **못해요**.　　　　　　　　不會説法語。

**注意**

「**名詞＋하다**」（做～）時，「**못**」（**不會、不能**）必須加在**名詞和「하다」之間**，以及「**못**」（**不會、不能**）只能連接**動詞**，位置是放在**動詞前面**。

### －을까요？ ～好嗎？

向對方提議或詢問意見時使用的「－을까요？」（～好嗎？）句型，也可以用於推測。根據意思的不同，主語有其限制。但是如果一次列出兩種意義，學習者可能會產生混淆，最好先學習其中一種，等到熟悉之後再學習第二種。

① 오늘 저녁에 같이 영화를 **볼까요**？　　　　今天晚上一起看電影好嗎？

② 방이 어두우니까 불을 **켤까요**？　　　　　房間很暗，開燈好嗎？

③ 오늘 영수 씨가 **올까요**？　　　　　　　　今天英秀會來嗎？

① 是向對方提出一起看電影的提議，② 因為房間很暗，詢問對方對於開燈的意見，③ 對於英秀是否會來的推測。當用於提議時，說話者只能使用第一人稱，對方只能使用第二人稱，而無法使用第三人稱。如 ③ 表示推測語意時，則主語為第三人稱，但學習時最好循序漸進，避免一次列出全部的例句。

### 못 不行、不能

1. 詢問是否具有能力或可行性的句型「－을 수 있다」（會、可以），以「－을 수 없다」（不會、不可以）作為否定的回答，能夠與它替換的是「못」（不會、不能），但是學生最常犯的錯誤就是在形容詞的前面加上「못」（不會、不能），參考①～⑥。另一種否定句型「안」（不）可以自由加在形容詞或動詞前面，但「못」（不會、不能）只能加在動詞前面。

① 학교에 **안 가요**.（○）　　　　　　　不去學校。

② 학교에 **못 가요**.（○）　　　　　　　不能去學校。

③ 내일은 **안 추워요**.（○）　　　　　　明天不冷。

④ 내일은 **못 추워요**.（×）　　　　　　明天不能冷。

⑤ 말 **못 해요**.（○）　　　　　　　　　不會說。

⑥ **못** 말해요.（×）　　　　　　　　　不會說。

2. 以「못」（不能）來說，先學習「할 수 없다」（不能）之後，再學習在動詞前面加上「못」（不能）的否定句，謹記不能像「못 좋아요」（不能好）一樣，在形容詞前面使用「못」（不能），以避免錯誤。

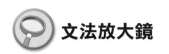 **文法放大鏡**

## －을 수 있다／없다 會／不會

前面提過「－을 수 있다／없다」（會／不會）和動詞結合時，如 ① 是詢問某件事的能力，或者如 ③ 表達某種情況的可行性。這時如果擁有做某件事情的能力，或具有可行性時，以「－을 수 있다」（可以）作回答，如果能力不足或不可行時，使用「－을 수 없다」（不可以）作回答。

① 한국어를 **할 수 있어요**？　　　　　　　會說韓語嗎？

② 한국어를 **할 수 있어요**.　　　　　　　會說韓語。

③ 가：주말에 같이 등산을 **갈 수 있어요**？　周末可以一起爬山嗎？

　　나：미안해요. 약속이 있어서 같이 **갈 수 없어요**.　對不起，因為有約不能一起去。

如 ① 和 ② 用於表達能力時，只能結合動詞使用。

除此之外，和形容詞結合時，用於表達某件事情的可能性。

④ 주사를 맞으면 **아플 수 있어요**.　　　　打針可能會痛。

⑤ 짐을 잘못 넣으면 더 **무거울 수 있어요**.　行李沒放好，可能會更重。

上述的 ④ 和 ⑤ 是針對某種情況進行假設，表示可能出現不預期的狀況。但是以下例句具有和上述不同的型態和意義。使用「**없다**」（沒有）是將前句的內容誇飾化。

⑥ 그렇게 **좋을 수（가）없어요**.　　　　好得不得了。

⑦ 그렇게 **예쁠 수（가）없어요**.　　　　美得不得了。

⑥ 和 ⑦ 的後面雖然出現「**없다**」（沒有）的否定句，但其意思是「**가장 좋다**」（最讚）、「**가장 예쁘다**」（最美）。

由於寫法相同的情況下，可能具有不同的意思，全部列出來可能會造成學習者的混淆，最好先以是否具備能力的問句來練習，等到熟悉之後，再結合形容詞，詢問事情的可行性，這樣的學習方式會更有效率。

 **課堂活動**

## 提議練習

| 수락하기 | 거절하기 |
| --- | --- |
| 가 : 수업 후에 커피를 마실까요 ?<br>나 : 네 , 좋아요 . | 가 : 수업 후에 커피를 마실까요 ?<br>나 : 미안해요 .<br>　　오늘은 바빠요 . 다음에 같이 마셔요 . |

제안할 수 있는 여러 가지 상황을 보고 '수락'과 '거절'의 경우를 말해 봅시다 .

〈 도움말 〉
교사가 정해 주는 것도 좋지만 학습자들이 스스로 여행할 곳이나 가 볼 곳을 정하는 것도 좋습니다 .

- 으러 가다 / 오다 －去做／來做

## 連接地點和動作

① 장소 그림을 보고 그곳에서 할 수 있는 일을 말해 봅니다 .
② 옆 사람과 어디에 무엇을 하러 가는지 묻고 답해 봅니다 .

〈 도움말 〉
동작이 행해질 수 있는 다양한 장소를 학생들에게 물어보고 답하게 합니다 .

－을 수 있다／없다 －可以、會／不可以、不會

## 了解能力

가 : 한국어를 할 수 있어요 ?
나 : 네 , 잘해요 .
아니요 , 못해요 .

〈 도움말 〉
활동지를 복사하여 나눠 주고 옆 사람과 인터뷰를 하게 합니다 .

# 教室的某日－授課日誌

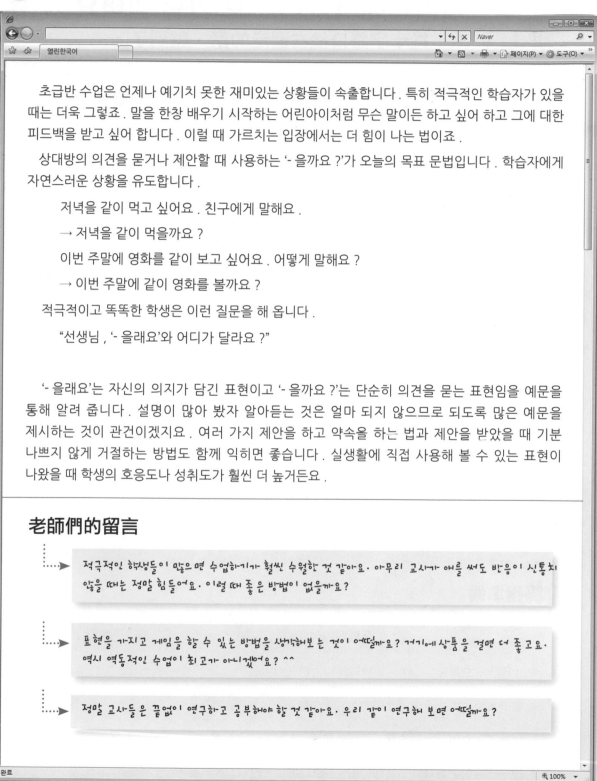

초급반 수업은 언제나 예기치 못한 재미있는 상황들이 속출합니다. 특히 적극적인 학습자가 있을 때는 더욱 그렇죠. 말을 한창 배우기 시작하는 어린아이처럼 무슨 말이든 하고 싶어 하고 그에 대한 피드백을 받고 싶어 합니다. 이럴 때 가르치는 입장에서는 더 힘이 나는 법이죠.

상대방의 의견을 묻거나 제안할 때 사용하는 '- 을까요?'가 오늘의 목표 문법입니다. 학습자에게 자연스러운 상황을 유도합니다.

저녁을 같이 먹고 싶어요. 친구에게 말해요.

→ 저녁을 같이 먹을까요?

이번 주말에 영화를 같이 보고 싶어요. 어떻게 말해요?

→ 이번 주말에 같이 영화를 볼까요?

적극적이고 똑똑한 학생은 이런 질문을 해 옵니다.

"선생님, '- 을래요'와 어디가 달라요?"

'- 을래요'는 자신의 의지가 담긴 표현이고 '- 을까요?'는 단순히 의견을 묻는 표현임을 예문을 통해 알려 줍니다. 설명이 많아 봤자 알아듣는 것은 얼마 되지 않으므로 되도록 많은 예문을 제시하는 것이 관건이겠지요. 여러 가지 제안을 하고 약속을 하는 법과 제안을 받았을 때 기분 나쁘지 않게 거절하는 방법도 함께 익히면 좋습니다. 실생활에 직접 사용해 볼 수 있는 표현이 나왔을 때 학생의 호응도나 성취도가 훨씬 더 높거든요.

## 老師們的留言

적극적인 학생들이 많으면 수업하기가 훨씬 수월한 것 같아요. 아무리 교사가 애를 써도 반응이 신통치 않을 때는 정말 힘들어요. 이럴 때 좋은 방법이 없을까요?

표현을 가지고 게임을 할 수 있는 방법을 생각해보는 것이 어떨까요? 거기에 상품을 걸면 더 좋고요. 역시 역동적인 수업이 최고가 아니겠어요? ^^

정말 교사들은 끝없이 연구하고 공부해야 할 것 같아요. 우리 같이 연구해 보면 어떨까요?

# 2-2 사거리에서 왼쪽으로 가면 있어요
## 從十字路口往左邊走的話，就到了。

| 學習<br>文法 | - 으세요 | 請～ | 으로 | 往 |
| --- | --- | --- | --- | --- |
| | - 으면 | ～的話 | - 으니까 | 因為 |
| | ㄹ 탈락 | ㄹ 脫落 | | |

| 課程<br>目標 | 學會問路和說明。<br>學會指示、命令和建議。<br>學會以假設和條件句型說明未來計畫。 |
| --- | --- |

 **課程準備**

| | 需確認的內容 | 已準備 | 未準備 |
| --- | --- | --- | --- |
| 1 | 說明「－으세요」（請～）的意義和主語限制。 | | |
| 2 | 說明表示方向的「에」（朝向）和「으로」（往）的差別。 | | |
| 3 | 說明「－으면」（～的話）的意義和結合型態。 | | |
| 4 | 說明「－아／어서」（因為）和「－으니까」（因為）的差異。 | | |

## 1. 説明「—으세요」(請～) 的意義和主語限制

　　使用在指示、命令、建議等句型的「—으세요」(請～) 主語通常是<u>第二人稱</u>，但經常會被省略。動詞語幹有尾音時，加上「—으세요」(請～)，無尾音時加上「—세요」(請～)。但這個文法和表示敬語的現在式寫法相同，為了避免混淆，最好先學習表達命令和指示的句子，這時和表示方向的「으로」(往) 一起使用，加上肢體動作，會更有學習成效。

|  |  |
| --- | --- |
| 오른쪽으로 **가세요**. | 請往左邊走。 |
| 앞으로 **오세요**. | 請往前來。 |
| 이 의자에 **앉으세요**. | 請坐這個椅子。 |

## 2. 説明表示方向的「에」(朝向) 和「으로」(往) 的差別

　　「으로」(往) 加在體言 (即名詞) 後面，表示方向、工具、手段、身分等意思，體言有尾音時加上「으로」(往)，<u>無尾音或以「ㄹ」為尾音時加上「로」</u>。當表示方向時，容易和之前學過的方向助詞「에」(朝向) 混淆。「에」(朝向) 表示前往的目的地，而「으로」(往) 主要表示方向。

|  |  |
| --- | --- |
| 나는 서울**에** 갑니다. | 我要到首爾去。 |
| 나는 서울**로** 갑니다. | 我往首爾的方向去。 |

　　由於「으로」(往) 是具有多種意義的助詞，必須透過各種例句，確實了解各個意義和特點。

## 3. 説明「—으면」(～的話) 的意義和結合型態

　　「—으면」(如果～的話) 加在動詞和形容詞之後，當前句做為後句的條件或假設時使用，有尾音時加上「—으면」(如果～的話)，無尾音時加上「—면」(如果～的話)，<u>而尾音是「ㄹ」時，也只加上「—면」</u>。<u>當主語是第二人稱</u>，而前句做為後句的條件時，後句會以<u>命令句或勸誘句</u>作結尾。

|  |  |
| --- | --- |
| 남산에 **가면** 케이블카를 타세요. | (你) 去南山的話，請搭纜車。 |
| 배가 **고프면** 식사를 하세요. | (你) 肚子餓的話，請用餐。 |

　　而當表達説話者的希望時，通常使用「—으면 좋겠어요」(希望能) 或「—었으면 좋겠어요」(如果～該有多好)。

|  |  |
| --- | --- |
| 한국어를 **잘하면／잘했으면** 좋겠어요. | 真希望韓語可以説得很好。 |
| 서울에서 **살면／살았으면** 좋겠어요. | 如果住在首爾該有多好。 |

## 4. 説明「—아／어서」(因為) 和「—으니까」(因為) 的差異

　　1-7 中表示理由和原因的連結語幹「—아／어서」(因為) 和「—으니까」(因為) 的差異請參考 79 頁，「—으니까」(因為) 用於表達説話者主觀的想法和感受，主要和命令句和勸誘句結合。「—아／어서」(因為) 不可加上過去式時態，但「—으니까」可以自由和過去式結合，加在名詞時使用「—이니까」(因為)。

**文法訣竅**

以下指令的命令句為例，使用教室裡會使用到的句型，而利用周圍事物透過肢體動作傳達也是不錯的方法。

책을 **읽으세요**.　　　　　　　　　　　　　　　　請讀書。

의자에 **앉으세요**.　　　　　　　　　　　　　　　請坐椅子。

이름을 **쓰세요**. 옆 사람과 인사를 **하세요**.　　　請寫名字。請和旁邊的人打招呼。

**引導和說明**

可以和「**안녕하세요**」（你好）或「**안녕히 가세요**」（再見）等學過的句子一起使用，並根據有無尾音學習結合型態。

| 가다 去 | 가 + 세요 | 학교에 **가**세요. 請去學校。 |
|---|---|---|
| 읽다 讀 | 읽 + 으세요 | 책을 **읽**으세요. 請讀書。 |
| 배우다 學習 | 배우 + 세요 | 한국어를 **배우**세요. 請學韓語。 |
| 하다 做 | 하 + 세요 | 운동을 **하**세요. 請運動。 |

**練習**

利用「**－으세요**」（請～）説出日常生活中學過的句子。這時最好加上照片或圖片一起練習。

老　師：여러분이 집에 가요. 뭐라고 인사해요?　　各位要回家了。該説什麼打招呼呢?

學習者：안녕히 **계세요**.　　　　　　　　　　　　再見。

老　師：네, 맞아요. **계세요**는 '있다'예요.　　　對，沒錯。「계세요」就是「請留步」。

　　　　안녕히 **가세요**는 '가요'예요　　　　　　「안녕히 가세요」就是「請慢走」的意思。

2. 學習新句型的同時，回想之前學過的表達方式會更有效率。結合動詞的基本原型，反覆練習改寫。

**注意**

使用基本動詞原型進行練習之後，接著學習「**먹다 吃／자다 睡**」需改成「**드시다 吃／주무시다 睡**」（如드세요. 請吃／**주무세요**. 請睡）的特殊用法。

**引導和說明**

助詞「**으로**」（**往**）具有好幾種意思和用途，其中之一是加上場所或方向，表示**移動或朝向的目標**。

| 老　師：이번 휴가에 뭐 할 거예요 ? | 這次休假要做什麼？ |
| 學習者：여행을 갈 거예요 . | 要去旅行。 |
| 老　師：**어디로** 가요 ? | 往哪裡去？ |
| 學習者：미국이요 . | 美國。 |
| 老　師：**미국으로** 가요 . | 往美國去。 |

2. 將學校、百貨公司、旅行場所等寫在圖卡上，想像步行或搭車的畫面來幫助學習，根據名詞有無尾音加上「**으로／로**」（**往**）。

> 수업이 끝나고 집**으로** 가요 . 下課後回家。
> 이번 휴가는 제주도**로** 가요 . 這次休假去濟州島。

**練習**

방향 - 오른쪽 , 왼쪽 , 앞쪽 , 뒤쪽 　　方向－右邊、左邊、前方、後方
장소 - 학교 , 집 　　場所－學校、家
여행지 - 서울 , 부산 , 제주도 , 미국 , 일본 , 중국 　旅行地－首爾、釜山、濟州島、美國、日本、中國

1. 利用圖卡或身體往某處移動的動作來反覆練習。

老　師：조금 **앞으로** 오세요 . **뒤쪽으로** 가요 . **오른쪽으로** 가세요 .

請往前一點。去後面。請往右邊。

學習者：저는 **어디로** 가요 ? 　我要去哪裡？

老　師：**앞쪽으로** 오세요 . 　請往前來。

2. 與其機械式地反覆記誦文法，不如模擬實際生活中常使用的表達方式，更有助於學習。

**注意**

為了避免「**으로**」（**往**）和表達方向的助詞「**에**」（**朝向**）混淆，必須透過練習以了解兩者的差異性。

**引導和說明**

1. 說明某件事情或狀態的原因和理由，利用「－으면」連結兩個句子。

老　師：이번 방학에 어디에 가요?　　　　這次放假要去哪裡?

學習者：고향에 가요.　　　　　　　　　要回家鄉。

老　師：고향에 가서 뭐 할 거예요?　　回家鄉之後要做什麼?

學習者：고향에 가서 친구도 만나고 가족들과 여행도 할 거예요.

　　　　回家鄉之後要見朋友，也要和家人們旅行。

老　師：고향에 **가면** 친구도 만나고 가족들과 여행도 할 거예요?

　　　　回家鄉的話要見朋友，也要和家人們旅行嗎?

2. 針對學習者的回答進行反問，導入新文法。根據有無尾音加上「－으면／면」（如果～的話），以及**當尾音是「ㄹ」時，只加上「－면」**。

| 먹다 吃 | 먹 + 으면 | 밥을 많이 먹으면 살이 쪄요.<br>吃太多飯的話會胖。 |
|---|---|---|
| 가다 去 | 가 + 면 | 고향에 가면 친구를 만나요.<br>回家鄉的話見朋友。 |
| 살다 住 | 살 + 면 | 아파트에 살면 좋아요.<br>住公寓的話很不錯。 |

**練習**

1. 練習前句做為後句的條件，「**돈이 많다**」、「**키가 크다**」等表達自身希望。

돈이 **많으면** 세계 여행을 하고 싶어요.　　　錢很多的話想要環遊世界。

키가 **크면** 농구선수가 되고 싶어요.　　　　個子高的話想當籃球選手。

對於前句的狀況進行假設，針對可能發生的結果以疑問句做提問。

老　師：밤에 많이 먹어요. **그러면** 살이 쪄요.　晚上吃很多。那樣的話會胖。

　　　　밤에 많이 **먹으면** 살이 쪄요.　　　晚上吃很多的話會胖。

　　　　살이 **찌면** 어떻게 해요?　　　　　變胖的話怎麼辦?

學習者：다이어트를 해요.　　　　　　　　要減肥。

老　師：네, 살이 **찌면** 다이어트를 해요.　對，變胖的話要減肥。

**注意**

使用「－으면」（如果～的話）造例句時，先以**條件或假設**作為意義，最好先避免使用下列能夠和它替換的其他文法。

비가 오면 무엇을 해요? 下雨的話做什麼呢? → 비가 올 때 무엇을 해요? 下雨時做什麼呢?

1.「－으니까」（因為）和前面學過的文法「－아／어서」（因為）都是以前句做為**理由或原因**，出現後句的結果。為了和「－아／어서」（因為）做區別，最好一開始就明確學習什麼情況下只能使用「－으니까」（因為）。

> 老　　師：내일부터 시험이에요. 어떻게 해요 ?　　　明天有考試。該怎麼做 ?
>
> 學習者：시험공부를 열심히 해요.　　　　　　　　要認真準備考試。
>
> 老　　師：네, **시험이니까** 열심히 해요.　　　　　對，因為考試，要認真準備。
>
> 老　　師：약속 시간에 늦었어요. 버스를 탈까요 ? 택시를 탈까요 ?
>
> 　　　　　約會遲到了。搭公車好呢 ? 還是搭計程車 ?
>
> 學習者：택시를 타요.　　　　　　　　　　　　搭計程車。
>
> 老　　師：네, 약속 시간에 **늦었으니까** 택시를 타세요.　對，因為約會遲到了，請搭計程車。

| 읽다 讀 | 읽 + **으니까** | 읽**으니까** 因為讀 |
| 싸다 便宜 | 싸 + **니까** | 싸**니까** 因為便宜 |
| 어렵다 難 | 어려 + **우니까** | 어려**우니까** 因為難 |
| 시험이다 是考試 | 시험 + **이니까** | 시험**이니까** 因為是考試 |

2.「ㅂ」不規則脫落時，加上「**우니까**」。

動詞、形容詞、名詞都可以使用，用來表達自身的意志或更明確的理由，進行反覆的練習。

> 오늘은 **피곤하니까** 내일 이야기해요.　　　今天很累，明天再聊吧。
>
> 배가 **고프니까** 밥을 먹으러 가요.　　　　肚子餓，去吃飯。
>
> 비가 **오니까** 우산을 쓰세요.　　　　　　下雨，請撐傘。
>
> **더우니까** 에어컨을 켜세요.　　　　　　　很熱，請開冷氣。
>
> **추우니까** 코트를 입으세요.　　　　　　　很冷，請穿外套。
>
> 지금은 **바쁘니까** 나중에 전화하세요.　　　現在很忙，晚點再打電話。

和「－아／어서」（因為）相比，「－으니까」（因為）所傳達的理由更加明確。而「－으니까」（因為）後面**不能連接「미안하다, 감사하다」（對不起、感謝）**等與情緒相關的詞，需特別注意以減少誤用。

**引導和說明**

1. 對學習者來説，產生不規則或脫落的用言是令人感到最困難的部分之一。其中「ㄹ」的脫落會伴隨型態變化，是需要特別加強的部分。

老　師：○○ 씨는 어디에 살아요?　　　　　　　○○你住在哪裡？

學習者：신촌에 살아요.　　　　　　　　　　　　我住新村。

老　師：신촌에 **사니까** 어때요?　　　　　　　住在新村覺得怎麼樣？

學習者：교통이 편리해요.　　　　　　　　　　交通很方便。

老　師：○○ 씨는 학교에서 집이 가까워요?　　○○的家離學校近嗎？

學習者：아니요, 집이 멀어요. 멀어서 힘들어요.　不，家很遠。因為遠，所以很累。

老　師：네, 집이 **머니까** 힘들어요.　　　　　對，家很遠，所以很累。

| 살다 住 | 사니까 因為住 | 살아요 住 | 사세요 請住 |
| 열다 開 | 여니까 因為開 | 열어요 開 | 여세요 請開 |
| 만들다 製作 | 만드니까 因為製作 | 만들어요 製作 | 만드세요 請製作 |

以視覺性方式讓學習者了解型態變化，並結合目前學到的表達方式來舉例。

**練習**

將之前學過的單字和「 - 으니까」（**因為**）結合之後，寫出型態變化。

팔다　　　　賣　　　→　　**파니까**　　因為賣

멀다　　　　遠　　　→　　**머니까**　　因為遠

알다　　　　知道　　→　　**아니까**　　因為知道

풀다　　　　解開　　→　　**푸니까**　　因為解開

힘들다　　　辛苦　　→　　**힘드니까**　因為辛苦

**注意**

無論是否為動詞，**尾音「ㄹ」都會有脫落現象**，沒有規則或不規則之分，因此正確來説，「ㄹ」是屬於**脫落用言**。

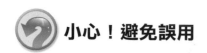

## 小心！避免誤用

### －으세요 請～

使用「－으세요」（請）最常出現的錯誤是像下列句子一樣，未考慮尾音和敬語時需改寫的單字，以及須注意尾音「 」的動詞不須加上「－으－」。

① 선생님, 많이 **먹으세요**.（×）→ 드세요.（○）　　老師，請吃。

② 아버지, **자세요**.（×）→ 주무세요.（○）　　爸爸，晚安（請就寢）。

③ 문을 **열으세요**.（×）→ 열세요.（○）　　請開門。

① 和 ② 的錯誤部分是不能直接在「**먹다**」（吃）和「**자다**」（睡）後面加上「－으세요」，也許是因為還沒有學過敬語表達，但最好先學習常用的幾種慣用語。「**먹다**」（吃）和「**마시다**」（喝）的敬語為「**드시다**」（**享用**），「**자다**」（**睡**）的敬語為「**주무시다**」（**就寢**）。

③ 的錯誤之處是雖然知道有尾音須加上「－으세요」（請），但忽略「ㄹ脫落」的用言變化。尾音「 」的動詞不須加上「－으－」，直接加上「－세요」。

### －으면 如果～的話

連結語幹「－으면」（～的話）使用在有明確事實根據的條件，也可以使用在假設不確定的事情。「－으면」（～的話）後句不能有過去式，一開始練習造句時，與其使用現在式，不如多多使用「－ㄹ 거예요」（將要、會）來表示推測和未來時態。待熟練之後，再加入現在式句型。

돈이 **있으면** 여행을 갔어요.（×）　　有錢的話去了旅行。

돈이 **있으면** 여행을 갈 거예요.　　有錢的話要去旅行。

운동을 **하면** 건강해질 거예요.　　運動的話會變得健康。

「ㄹ」用言雖然有尾音，但不加「－으면」（～的話），而是根據「ㄹ」脫落原則加上「－면」。

단어를 많이 **알으면** 좋아요.（×）　　知道愈多單字愈好。

단어를 많이 **알면** 좋아요.（○）　　知道愈多單字愈好。

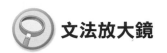
## 文法放大鏡

### 不規則活用

用言的活用型態分為「不規則」和「脫落」兩種。在維持基本型態下，根據不同規則來改寫的用言稱為「**불규칙**」（**不規則**），而在特定情況下必須一律產生脫落的用言稱為「**탈락**」（**脫落**）。不規則用言包括「ㅂ，ㄷ，ㅎ，ㅅ 불규칙」和「ㄹ 불규칙」，「으」和「ㄹ」屬於經常脫落的用言。需掌握「不規則」和「脫落」的原則，避免混淆。

| 불규칙 | 형태 | 예 | | |
|---|---|---|---|---|
| **ㅂ 불규칙**<br>（ㅂ 不規則） | ㅂ+母音 → 우/오+母音<br>*尾音ㅂ後加母音時，ㅂ省略，加上우／오再加母音。 | 춥다 | → | 추워요 | 冷 |
| | | 덥다 | → | 더워요 | 熱 |
| | | 쉽다 | → | 쉬워요 | 簡單 |
| | | 돕다 | → | 도와요 | 困難 |
| **ㄷ 불규칙**<br>（ㄷ 不規則） | ㄷ+母音 → ㄹ+母音<br>*尾音ㄷ後加母音時，ㄷ改為ㄹ再加母音 | 듣다 | → | 들어요 | 聽 |
| | | 걷다 | → | 걸어요 | 走路 |
| | | 묻다 | → | 물어요 | 問 |
| **ㅅ 불규칙**<br>（ㅅ 不規則） | ㅅ+母音 → （脫落）+母音<br>*尾音ㅅ後加母音時，ㅅ脫落再加母音 | 짓다 | → | 지어요 | 建造 |
| | | 낫다 | → | 나아요 | 痊癒 |
| | | 젓다 | → | 저어요 | 攪拌 |
| **ㅎ 불규칙**<br>（ㅎ 不規則） | ㅎ+母音 → （脫落）+母音（ㅐ/ㅒ交替）<br>*尾音ㅎ後加母音時，ㅎ脫落，母音改為ㅐ或ㅒ音 | 그렇다 | → | 그래요 | 那樣 |
| | | 파랗다 | → | 파래요 | 藍色 |
| | | 하얗다 | → | 하얘요 | 白色 |
| **르 불규칙**<br>（르 不規則） | 르+母音 →「ㅡ」脫落，尾音ㄹ，ㄹ+母音<br>*르後加母音時，ㅡ脫落，改為ㅏ或ㅓ，르前字加上尾音ㄹ，後再加母音 | 다르다 | → | 달라요 | 不同 |
| | | 모르다 | → | 몰라요 | 不知道 |
| | | 흐르다 | → | 흘러요 | 流動 |
| **으 탈락**<br>（으 不規則） | 으+母音 → （脫落）+母音<br>*으後加母音時，ㅡ脫落，改為ㅏ或ㅓ，再加母音 | 쓰다 | → | 써요 | 寫 |
| | | 예쁘다 | → | 예뻐요 | 漂亮 |
| | | 바쁘다 | → | 바빠요 | 忙碌 |
| **ㄹ 탈락**<br>（ㄹ 不規則） | ㄹ+ㄴ，ㅂ，ㅅ → （脫落）+ㄴ，ㅂ，ㅅ<br>*尾音ㄹ後加母音時，ㄹ脫落，再加ㄴ，ㅂ，ㅅ | 알다 | → | 아니까 | 因為知道 |
| | | 살다 | → | 삽니다 | 居住 |
| | | 만들다 | → | 만드세요 | 請製作 |

 **課堂活動**

## 角色扮演

· 어서 오세요 .

· 이쪽으로 오세요 .

· 맛있게 드세요 .

상황을 가정해서 '- 으세요'를 사용하여 역할극을 해 봅니다 .

〈 도움말 〉

한 사람이 앞에 나와서 명령을 하게 하고 다른 사람들이 따라 하게 연습해도 좋습니다 .

---

## 去哪個方向呢？

· 어느 쪽으로 가요 ?

· 어디로 가요 ?

· 어디로 휴가 가요 ?

· 어디로 여행 가요 ?

① 방향을 이야기합니다 .
② 가는 장소를 이야기합니다 .
③ 휴가 가는 곳을 이야기합니다 .
④ 여행 장소를 이야기합니다 .

〈 도움말 〉

'으로'에는 여러 가지 의미와 기능이 있지만 , 학습 순서에 상관없이 선행 학습한 기능을 한 번 더 복습해 주는 것이 좋습니다 . 처음 학습할 때 두 가지를 한꺼번에 제시하는 것은 바람직하지 않으므로 되도록 따로 학습한 후에 익숙해지면 두 가지를 비교해 보는 연습을 합니다 .

# 問答練習

① '- 으면'을 사용해서 가정의 상황을 묻고 답합니다 .

② 옆 사람에게 질문해도 좋고 교사가 질문해도 좋습니다 .

③ 반 친구들에게 모두 질문하게 하고 질문지에 쓴 다음 발표를 합니다 .

〈 도움말 〉

자신의 바람이나 희망 또는 미래의 계획을 말하게 해도 좋습니다 .

# 連接兩句話

'- 으니까', '- 아 / 어서' 중 알맞은 표현을 골라서 두 개의 문장을 하나로 연결합니다 .

〈 도움말 〉

활동지를 복사하여 문장 카드를 각각 잘라 학습자에게 나눠 주고 먼저 짝을 찾아서 하나의 문장으로 연결하는 게임을 해도 좋습니다 .

## 教室的某日－授課日誌

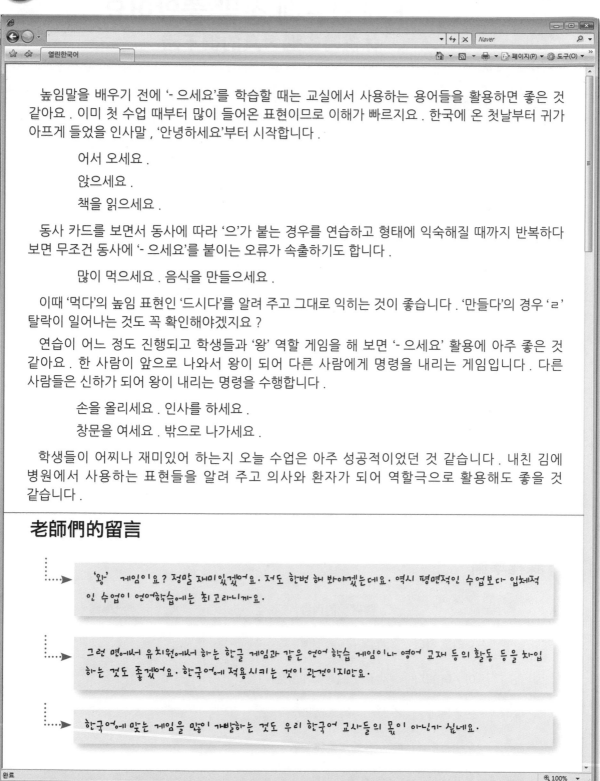

높임말을 배우기 전에 '- 으세요'를 학습할 때는 교실에서 사용하는 용어들을 활용하면 좋은 것 같아요. 이미 첫 수업 때부터 많이 들어온 표현이므로 이해가 빠르지요. 한국에 온 첫날부터 귀가 아프게 들었을 인사말, '안녕하세요'부터 시작합니다.

어서 오세요.

앉으세요.

책을 읽으세요.

동사 카드를 보면서 동사에 따라 '으'가 붙는 경우를 연습하고 형태에 익숙해질 때까지 반복하다 보면 무조건 동사에 '- 으세요'를 붙이는 오류가 속출하기도 합니다.

많이 먹으세요. 음식을 만들으세요.

이때 '먹다'의 높임 표현인 '드시다'를 알려 주고 그대로 익히는 것이 좋습니다. '만들다'의 경우 'ㄹ' 탈락이 일어나는 것도 꼭 확인해야겠지요?

연습이 어느 정도 진행되고 학생들과 '왕' 역할 게임을 해 보면 '- 으세요' 활용에 아주 좋은 것 같아요. 한 사람이 앞으로 나와서 왕이 되어 다른 사람에게 명령을 내리는 게임입니다. 다른 사람들은 신하가 되어 왕이 내리는 명령을 수행합니다.

손을 올리세요. 인사를 하세요.

창문을 여세요. 밖으로 나가세요.

학생들이 어찌나 재미있어 하는지 오늘 수업은 아주 성공적이었던 것 같습니다. 내친 김에 병원에서 사용하는 표현들을 알려 주고 의사와 환자가 되어 역할극으로 활용해도 좋을 것 같습니다.

## 老師們的留言

'왕' 게임이요? 정말 재미있었겠어요. 저도 한번 해 봐야겠는데요. 역시 평면적인 수업보다 입체적인 수업이 언어학습에는 최고라니까요.

그런 면에서 유치원에서 하는 한글 게임과 같은 언어 학습 게임이나 영어 교재 등의 활동 등을 차입하는 것도 좋겠어요. 한국어에 적용시키는 것이 관건이지만요.

한국어에 맞는 게임을 많이 개발하는 것도 우리 한국어 교사들의 몫이 아닌가 싶네요.

## 2-3 휴가 때 갔는데 정말 좋았어요.
### 休假時去過，真的很不錯

| 學習文法 | - 으려고 하다 | 打算～ | - 아 / 어 보다 | 做過（經驗） |
|---|---|---|---|---|
| | - 은 / 는데 | 不過～ | - 으면서 | 一邊～ |
| | - 을 때 | 時候 | | |

| 課程目標 | 學會説計畫或經驗。<br>學會訂立旅行計畫。<br>學會説明狀況或提議。 |
|---|---|

 **課程準備**

| | 需確認的內容 | 已準備 | 未準備 |
|---|---|---|---|
| 1 | 説明「 - 으려고 하다」（打算～）的型態。 | | |
| 2 | 説明「 - 아 / 어 보다」（做過）的意義和型態。 | | |
| 3 | 説明「 - 은 / 는데」（不過～）的意義和作用。 | | |
| 4 | 説明「 - 으면서」（一邊～）的意義和型態。 | | |
| 5 | 説明「 - 을 때」（時候）的意義和型態。 | | |

## 1. 說明「-으려고 하다」(打算～)的型態

「-으려고 하다」(打算～)前面通常加上計劃或希望發生的狀況,表達主語對於某件事的意圖和預定。其中「하다」表示「생각하다, 마음먹다」(想、下決心)等心理狀態。主語也可以是事物,這時代表預期某件事情即將發生。

① 저는 이번 주말에 영화를 **보려고 해요**. 我周末打算看電影。
② 버스가 지금 막 **떠나려고 해요**. 公車現在正要出發。

## 2. 說明「-아/어 보다」(做過)的意義和型態

「-아/어 보다」(做過)用於表達主語的經驗和嘗試。可以像 ① 和 ② 一樣表示運動或興趣活動等經驗,也可以像 ③ 一樣表達旅行或特別的經驗,或用於介紹自己的家鄉和文化等。

① 스노보드를 **타 봤어요**. 玩過滑雪板。
② 번지점프를 **해 봤어요**. 玩過高空彈跳。
③ 제주도에 **가 봤어요**. 경치가 아주 아름다웠어요.
我去過濟州島。風景非常美。

## 3. 說明「-은/는데」(不過～)的意義和作用

「-은/는데」(不過～)是說話者在說出想說的話之前,先說明背景和情況,可以使用在揭示或對照語意。最好先學習其中一種語意,等到熟悉之後,再學習另外一種。

① 어제 처음 떡볶이를 **먹어 봤는데** 너무 매웠어요.
昨天第一次吃炒年糕,很辣。
② 그 여자는 얼굴은 **예쁜데** 키는 좀 작아요.
那個女生臉蛋很漂亮,但個子矮了點。

① 是先說明吃炒年糕的經驗,再敘述炒年糕很辣的事實。② 是敘述臉蛋漂亮,個子很矮的事實,前後兩句帶有對照語意。

## 4. 說明「-으면서」(一邊～)的意義和型態

「-으면서」(一邊～)用於表達兩種動作同時產生,以及兩種狀況合併出現。如果加上「도」(也),成為「-으면서도」時,則表示強調之意。

## 5. 說明「-을 때」(時候)的意義和型態

由於時態通常放在後面的句子,當表達過去式時,即使前句「-을 때」(時候)以現在式表達,後句必須要加上過去式。而當名詞後面加上「-을 때」(時候),雖然意思是表達當下的狀況或某件事情發生的時間點,但有其限制,只能加上像「**점심 때, 생일 때, 졸업 때, 휴가 때**」(午餐時、生日時、畢業時、休假時)等出現頻率較高的情況,而不能一律套用在所有名詞後面,學習時須特別注意。

 **文法訣竅**

**引導和說明**

1. 「−으려고 하다」（打算～）用於表達主語的**意志或計畫**，主要和表示意圖的動詞結合，可以和之前學過的「−을 거예요」（將要～）交替使用。「−을 거예요」（將要～）使用在**比較確定的計畫**，而「−으려고 하다」（打算～）使用在**還不是很確定的計畫**。但是兩者差異不大，即使交替使用也無妨。

老師：오늘 저녁에 뭐 할 거예요？    今天晚上要做什麼？

學習者：친구를 만날 거예요．    要見朋友。

老師：네，○○ 씨는 오늘 저녁에 친구를 **만나려고 해요**．    好，○○今天晚上打算見朋友。

| 가다<br>去 | 가려고 하다<br>打算去 | 집에 **가려고 해요**．<br>打算回家。 |
|---|---|---|
| 읽다<br>讀 | 읽으려고 하다<br>打算讀 | 책을 **읽으려고 해요**．<br>打算讀書。 |
| 만들다<br>做 | 만들려고 하다<br>打算做 | 떡볶이를 **만들려고 해요**．<br>打算做炒年糕。 |

2. 若前面動詞以**子音結尾**時，加上「−으려고 하다」（打算～），以**母音結尾**時，加上「−려고 하다」（打算～），但尾音以「ㄹ」結尾時，也只加上「−려고 하다」（打算～）。

**練習**

1. 詢問未來想做的計畫或預定，使用「−으려고 하다」（打算～）來練習。

다음 주부터 운동을 **시작하려고 해요**．    下周開始打算運動。

내일부터 **금연하려고 해요**．    明天開始打算戒菸。

내년에는 대학원에 **입학하려고 해요**．    明年打算進大學。

졸업을 하면 취직을 **하려고 해요**．    畢業的話打算找工作。

배낭여행을 **하려고 해요**．    打算背包旅行。

2. 和朋友彼此討論周末的計畫。

가：주말에 뭐 할 거예요？    周末要做什麼？

나：친구와 영화를 **보려고 해요**．    打算和朋友看電影。

**注意**

以「 」結尾的動詞只加上「−려고 하다」（打算～）。

## 引導和說明

1. 老師先說出自己的經驗，再自然地導入文法「－아／어 보다」（試過～）。不妨利用遊樂園和遊樂設施的圖片。

老　師：여러분은 놀이공원에 **가 봤어요**？　　　各位去過遊樂園嗎？

學習者：네, **가 봤어요**.　　　有，去過。

老　師：거기서 뭐 **해 봤어요**？ 재미있었어요？　　　在那裡做了什麼？有趣嗎？

學習者：롤러코스터를 **타 봤어요**. 재미있었어요.　　　搭了雲霄飛車。很有趣。

老　師：저는 바이킹을 **타 봤어요**. 무서웠어요.　　　我搭過海盜船。很恐怖。

| 먹다＋어 보다<br>吃 | 먹어 보다<br>吃過 | 비빔밥을 먹어 봤어요.<br>吃過拌飯。 |
| 가다＋아 보다<br>去 | **가 보다**<br>去過 | 온천에 **가 봤어요**.<br>去過溫泉。 |
| 하다＋어 보다<br>做 | **해 보다**<br>做過 | 컴퓨터 게임을 **해 봤어요**.<br>玩過電玩。 |

2.「－아／어 보다」（試過～）只能和**動詞**結合，同時練習各種動詞的型態變化。

## 練習

1. 利用世界各國知名的觀光地或韓國食物的圖卡，練習造例句。

저는 프랑스 파리에 **가 봤어요**. 도시가 아름다웠어요.　　　我去過法國巴黎。都市很美麗。

만리장성에 **가 봤어**요. 아주 크고 멋있어요.　　　我去過萬里長城。非常壯觀。

제주도에 **가 봤어요**. 음식이 맛있어요.　　　我去過濟州島。食物好吃。

순두부찌개를 **먹어 봤어요**. 좀 매웠어요.　　　我吃過豆腐鍋。有點辣。

2. 熟悉句型之後，和朋友一起分享自身的經驗，並敘述優點後，利用之前學過的「－으세요」（**請**）來推薦給朋友。

## 注意

使用「－아／어 보다」（**試過～**）表達經驗時，需使用具有**較強烈動作性的動詞**。

1.「 ― 은 / 는데」（説明情況）用於 **說明背景或狀況**，以連接兩個句子來引導學習。

| 영화표가 있어요 . 같이 갈까요 ? | 我有電影票。要不要一起去？ |
| 영화표가 **있는데** 같이 갈까요 ? | 我有電影票，要一起去嗎？ |
| 날씨가 좋아요 . 같이 산책을 할까요 ? | 天氣很好。要不要散步？ |
| 날씨가 **좋은데** 같이 산책을 할까요 ? | 天氣很好，要散步嗎？ |

2. 在進行某種行為之前，先使用「 ― 은／는데」（説明情況）説明背景事實，以幫助對方理解情況。接著學習以下的型態變化。

| 가다<br>去 | 갔는데 | 제주도에 **갔는데** 정말 좋았어요 .<br>我去了濟州島，真不錯。 |
| 많다<br>多 | 많은데 | 명동에 사람이 **많은데** 다른 곳으로 갈까요 ?<br>明洞人很多，要不要去別的地方？ |
| 이다<br>是 | 인데 | 여기가 인사동**인데** 어떠세요 ?<br>這裡是仁寺洞，覺得怎麼樣？ |

首先列出兩個句子的基本原型，再練習將兩個句子連接成一個句子。由於「 ― 은／는데」（説明情況）有好幾種結合型態和用法，需要反覆練習直到熟練為止。

숙제를 하나 , 어렵다
→ 숙제를 **하는데** 어려워요 .      在寫作業，覺得很難。

김치찌개를 먹었다 , 맛있다
→ 김치찌개를 **먹었는데** 맛있어요 .      吃了泡菜鍋，很好吃。

이 사람은 내 동생이다 , 학생이다
→ 이 사람은 제 **동생인데** 학생이에요 .      這個人是我弟，是學生。

**注意**
當「 는데」（説明情況）加上「 **했는데** 」[ **핸는데** ]（ 做 ）、「 **먹는데** 」[ **멍는데** ]（ 吃 ）、「 **입는데** 」[ **임는데** ]（ 穿 ）時，會有「 **子音同化** 」的音的變化，需要特別注意發音。

|  | 1. 表達兩種以上的**行為或動作同時發生**，不妨利用圖片或實際情況。以肢體動作來說明。譬如以吃飯時的對話作為例子。 |
|---|---|

**引導和說明**

老　師：무엇을 해요？　　　　　　　　　　　　　　　做什麼呢？

學習者：밥을 먹어요. 이야기를 해요.　　　　　　吃飯。聊天。

老　師：네, 밥을 먹어요. 그리고 이야기를 해요.　好, 吃飯。還有聊天。

　　　　밥을 **먹으면서** 이야기를 해요.　　　　一邊吃飯, 一邊聊天。

老　師：책을 읽어요. 음악을 들어요. 어떻게 해요？　讀書。聽音樂。該怎麼說呢？

學習者：책을 **읽으면서** 음악을 들어요.　　　一邊讀書, 一邊聽音樂。

| 읽다 讀 | 읽＋으면서 | 읽으면서 一邊讀 |
|---|---|---|
| 듣다 聽 | 들＋으면서 | 들으면서 一邊聽 |
| 가다 去 | 가＋면서 | 가면서 一邊走 |

2. 加強**有尾音時的寫法**（＋으면서）和「ㄷ」**的不規則變化**（ㄷ改為ㄹ）來造句。

**練習**

舉出**兩種動作同時進行**的情況，練習連接兩個句子。

TV 를 보다, 과자를 먹다

→ TV 를 **보면서** 과자를 먹어요.　　　　　一邊看電視, 一邊吃餅乾。

길을 걷다, 전화를 하다

→ 길을 **걸으면서** 전화를 해요.　　　　　一邊走路, 一邊講電話。

노래를 부르다, 춤을 추다

→ 노래를 **부르면서** 춤을 춰요.　　　　　一邊唱歌, 一邊跳舞。

공부를 하다, 음악을 듣다

→ 공부를 **하면서** 음악을 들어요.　　　　一邊念書, 一邊聽音樂。

**注意**

由於「－으면서」是表達兩種動作同時進行的語意，必須留意前後句的**主語必須一致**，而且**主語只在前句出現一次**。

**引導和說明**

使用「－을 때」表達**行為或動作出現的時機**，或者敘述**某件事情發生的當下**。

老　師：사람을 처음 만나요. 뭐라고 해요?　　　　第一次和人見面。要說什麼呢？

學習者：인사를 해요.　　　　　　　　　　　　　打招呼。

老　師：네, 사람을 처음 만날 때 인사를 해요.　　　對，第一次和人見面時，要打招呼。

　　　　몸이 아파요. 어떻게 해요?　　　　　　　身體不舒服。怎麼辦？

學習者：병원에 가요. 약을 먹어요.　　　　　　　去醫院。吃藥。

老師：네, 몸이 아플 때 병원에 가요. 약을 먹어요.　對，身體不舒服時去醫院。吃藥。

| 읽다<br>讀 | 읽 + 을 때 | 책을 **읽을 때** 조용히 해요.<br>讀書的時候小聲一點。 |
|---|---|---|
| 가다<br>去 | 가 + ㄹ 때 | 고향에 **갈 때** 비행기를 타요.<br>回家鄉的時候搭飛機。 |

**練習**

1. 以某個動作和行為持續進行，或以各種情況為例，練習說出當下有哪些因應方式。

| 언제<br>何時 | 무엇을 해요?<br>做什麼？ | | |
|---|---|---|---|
| 사람을 만나다<br>和人見面 | 인사를 해요.<br>打招呼 | → | 사람을 **만날 때** 인사를 해요.<br>和人見面時打招呼。 |
| 시간이 있다<br>有時間 | 영화를 봐요.<br>看電影 | → | 시간이 **있을 때** 영화를 봐요.<br>有時間時看電影。 |
| 피곤하다<br>疲倦 | 집에서 쉬다<br>在家休息 | → | **피곤할 때** 집에서 쉬어요.<br>疲倦時在家休息。 |
| 화가 나다<br>生氣 | 음악을 들어요.<br>聽音樂 | → | 화가 **날 때** 음악을 들어요.<br>生氣時聽音樂。 |

2. 熟悉現在式之後，練習加入過去式。

작년에 유럽을 **여행했을 때** 정말 즐거웠어요.　　去年旅行歐洲時，真的很開心。

친구가 전화를 갑자기 **끊었을 때** 기분이 나빴어요.　朋友突然掛掉電話時，心情很差。

3. **當前句為過去式時，後句也必須是過去式**。和身邊的人一起練習問答。

**注意**

「－을 때」和動詞或形容詞結合，表示**行為出現的時間**，也可和名詞結合，寫成「**名詞＋때**」。但只能在<u>放假、休假、生日</u>等**生活常出現的幾種情況才能使用**。

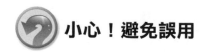

## 小心！避免誤用

### －으려고 하다 打算～

「－으려고 하다」（打算～）用於說話者表達未來想要做某件事的意圖，或敘述某個即將發生的狀況。①是表達說話者的想法，②是表達火車即將出發的狀況。因此「－으려고 하다」（打算～）的主語（動作的主角）可以是人或事物。

① 방학 때 해외여행을 **가려고** 해요 .         放假的時候打算旅行。

② 기차가 지금 **출발하려고** 해요 .         火車現在正要出發。

當動作的主角是人的時候，「－으려고 하다」（打算～）中的「하다」表示「**생각하다 , 마음먹다**」（想、下決心）等心理狀態，也可以表示「**결정하다 , 예정하다**」（決定、預定）等意圖和意向。而當動作的主角為事物時，則並非事物的意圖或意向之意，而是表達事物的變化，說明即將發生某件事情。另外，表示希望的句型「－고 **싶어요**」（想要～）和計畫的句型「－을 **거예요**」（將要～）在意思上具有差異性，需掌握正確語意。

③ 불고기를 먹고 **싶어요** .         想吃烤肉。

④ 불고기를 **먹으려고** 해요 .         打算吃烤肉。

⑤ 불고기를 **먹을 거예요** .         要吃烤肉。

③ 表示想要吃烤肉的希望，但對於吃不吃並不確定，⑤ 是明確表示一定會吃烤肉的計畫，而 ④ 是「**불고기를 먹으려고 생각하다**」（在考慮要吃烤肉），三者具有差異。此外，「－으려고 하다」（打算～）除了現在式之外，可以使用過去式「－으려고 했다」（原本打算～），這時含有「無法實踐原本的意圖」之意。

⑥ 살을 **빼려고** 해요 .         打算減肥。

⑦ 살을 **빼려고** 했어요 .         原本打算減肥。

⑧ 이 책을 다 **읽으려고** 해요 .         打算讀完這本書。

⑨ 이 책을 다 **읽으려고** 했어요 .         原本打算讀完這本書。

⑥ 表示將要減肥的意圖，⑦ 的意思是雖然想減肥，但沒做到。⑧ 表達要讀完整本書的意圖，⑨ 的意思是本來想讀，結果卻沒辦法做到。因此和過去式結合時，主要使用於解釋情況。學習時須注意現在式和過去式在語意上的差異，避免混淆。

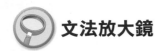**文法放大鏡**

## -은/는데 説明情況

「-은/는데」（**説明情況**）具有好幾種意思，其中之一是在提議或詢問之前<u>先説明背景狀況</u>，<u>或根據某個事實加以説明</u>。

① 지금 비가 **오는데** 다음에 운동할까요?　　現在在下雨，要不要下次再運動？

② 그 식당이 **맛있는데** 그곳으로 갈까요?　　那家餐廳很好吃，要不要去那家？

③ 어제 낙지볶음을 **먹었는데** 정말 매웠어요.　　昨天吃了炒章魚，真的好辣。

④ 이 사람은 제 **동생인데** 회사원이에요.　　這個人是我弟弟，是上班族。

① 是以下次再運動作為提議，説明「**비가 온다**」（下雨）的情況。② 以去那家餐廳為由，先説明「**맛있다**」（好吃）的事實。③ 和① 是敘述炒章魚「**매웠다**」（很辣）和弟弟「**회사원이다**」（是上班族）的事實之前，以前句的內容做説明。「-은/는데」（**説明情況**）是提出某種事實或提議之前，先針對情況和背景進行説明，以避免突兀，並且給予緩衝時間讓對方理解和接受，這種表達方式可以説反映出韓國人的思考模式。學習時不妨利用自身的經驗，用各式各樣的例子反覆練習，熟悉「-은/는데」（**説明情況**）的使用型態。

⑤ 어제 떡볶이를 먹었어요. 맛있었어요.　　昨天吃了炒年糕。很好吃。

→ 어제 떡볶이를 **먹었는데** 맛있었어요.　　昨天吃了炒年糕，很好吃。

⑥ 주말에 놀이공원에 갔어요. 정말 재미있었어요.　　周末去了遊樂園。真好玩。

→ 주말에 놀이공원에 **갔는데** 정말 재미있었어요.　　周末去了遊樂園，真好玩。

⑦ 작년에 중국 여행을 했어요. 아주 좋았어요.　　去年去中國旅行。非常喜歡。

→ 작년에 중국 여행을 **했는데** 아주 좋았어요.　　去年去中國旅行，非常喜歡。

⑤ 先説明「**떡볶이를 먹었다**」（吃了炒年糕）的背景，再説出「**맛있다**」（好吃）的感覺。⑥ 先説明「**놀이공원에 갔다**」（去了遊樂園）的背景，再説出「**재미있었다**」（有趣）的感想。⑦ 先説明「**중국 여행을 했다**」（去了中國旅行），再説出「**아주 좋았다**」（非常喜歡）的心得。像這樣先説明背景事實，再接著説出後續內容，可以説是一種能夠讓對方更容易接受的説話技巧。

除此之外，「-은/는데」（**説明情況**）也具有<u>對照語意</u>，但一開始先學習上述的用法，等到完全熟悉之後，再學習對照語意，比較能夠避免混淆，因此最好按照順序來學習。

 **課堂活動**

## －으려고 하다 －打算

### 訂立旅行計畫

① 활동지를 나눠 주고 자신의 계획을 세우게 합니다.

② 옆 친구에게 질문을 하고 대답을 활동지에 씁니다.

③ 여행 계획에 대하여 발표를 합니다.

〈도움말〉

활동지를 인터뷰지로 사용하거나 한 사람씩 직접 답하고 발표하게 합니다.

## －은／는데 1 －説明情況 1

### 連接兩句話

양쪽의 문장을 읽고 서로 어울리는 두 개의 문장을 하나로 연결합니다.

〈도움말〉

활동지를 복사하여 문장 카드를 각각 잘라 학습자에게 나눠 주고 먼저 짝을 찾아서 하나의 문장으로 연결하는 게임을 해도 좋습니다.

## 同時進行兩個動作

그림을 보고 각각의 상황에서 동시에 동작을 하는 사람들을 찾아서 이야기합니다 .

〈 도움말 〉

두 개의 조로 나누어 어느 조가 빨리 많이 찾아내는지 게임을 합니다 .

........................................................................................

## 敘述物品在何時使用

각각의 사물을 보고 어떤 경우에 사용하는지를 맞춰 봅니다 .

〈 도움말 〉

어떤 사람이 먼저 말하는지 '이름'을 대며 손을 들고 답하게 하여 가장 많이 맞춘 사람이 이깁니다 .

........................................................................................

**教室的某日－授課日誌**

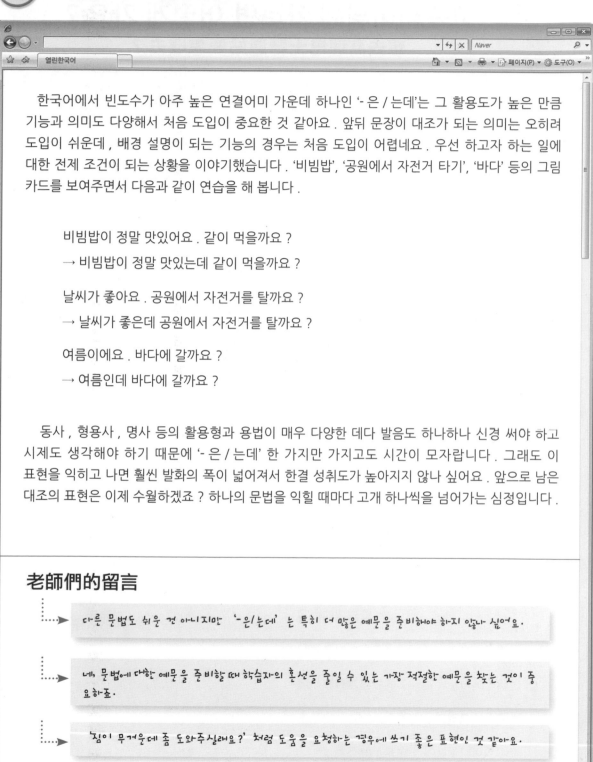

한국어에서 빈도수가 아주 높은 연결어미 가운데 하나인 '- 은 / 는데'는 그 활용도가 높은 만큼 기능과 의미도 다양해서 처음 도입이 중요한 것 같아요 . 앞뒤 문장이 대조가 되는 의미는 오히려 도입이 쉬운데 , 배경 설명이 되는 기능의 경우는 처음 도입이 어렵네요 . 우선 하고자 하는 일에 대한 전제 조건이 되는 상황을 이야기했습니다 . '비빔밥', '공원에서 자전거 타기', '바다' 등의 그림 카드를 보여주면서 다음과 같이 연습을 해 봅니다 .

비빔밥이 정말 맛있어요 . 같이 먹을까요 ?
→ 비빔밥이 정말 맛있는데 같이 먹을까요 ?

날씨가 좋아요 . 공원에서 자전거를 탈까요 ?
→ 날씨가 좋은데 공원에서 자전거를 탈까요 ?

여름이에요 . 바다에 갈까요 ?
→ 여름인데 바다에 갈까요 ?

동사 , 형용사 , 명사 등의 활용형과 용법이 매우 다양한 데다 발음도 하나하나 신경 써야 하고 시제도 생각해야 하기 때문에 '- 은 / 는데' 한 가지만 가지고도 시간이 모자랍니다 . 그래도 이 표현을 익히고 나면 훨씬 발화의 폭이 넓어져서 한결 성취도가 높아지지 않나 싶어요 . 앞으로 남은 대조의 표현은 이제 수월하겠죠 ? 하나의 문법을 익힐 때마다 고개 하나씩을 넘어가는 심정입니다 .

## 老師們的留言

.....▶ 다른 문법도 쉬운 건 아니지만 '-은/는데' 는 특히 더 많은 예문을 준비해야 하지 않나 싶어요 .

.....▶ 네, 문법에 대한 예문을 준비할 때 학습자의 혼선을 줄일 수 있는 가장 적절한 예문을 찾는 것이 중요하죠 .

.....▶ '짐이 무거운데 좀 도와주실래요 ?' 처럼 도움을 요청하는 경우에 쓰기 좋은 표현인 것 같아요 .

## 2-4

# 고속터미널에 가려면 어떻게 가요?

## 想去高速巴士轉運站要怎麼去？

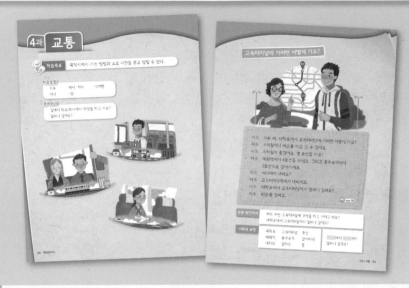

| 學習<br>文法 | - 으로 | 手段／工具 | 에서 까지 | 從～到～ |
|---|---|---|---|---|
| | - 으려면 | 想要～的話 | 이나 | 或、還是 |
| | - 겠 - | （推測）應該 | | |
| 課程<br>目標 | 學會和交通相關的詞彙和表達。<br>學會問距離和所需時間。<br>學會說明到達目的地的方法。 | | | |

 **課程準備**

| | 需確認的內容 | 已準備 | 未準備 |
|---|---|---|---|
| 1 | 說明「－으로」（手段／工具）的含意和用法。 | | |
| 2 | 說明「에서」（從～）的各種意義和作用。 | | |
| 3 | 說明「－으려면」（想要～的話）的意義。 | | |
| 4 | 說明「이나」（或、還是）的意義。 | | |
| 5 | 說明「－겠－」（應該）的含意和用法。 | | |

## 1. 説明「－으로」（手段／工具）的含意和用法

之前學過「－으로」（往）表示朝向的方向或移動目標，但「－으로」（手段／工具）也含有工具、手段、材料、資格的意思，以及表示理由和原因之意。但是最好避免一次學習所有含意，初級階段中先學習方向、移動和工具、手段、材料的含意即可。

| | |
|---|---|
| 이 버스는 학교로 가요. | （方向、移動）這班公車開往學校。 |
| 종이에 연필로 쓰세요. | （工具、手段）請用鉛筆寫在紙上。 |
| 불고기는 쇠고기로 만들어요. | （材料）烤肉用牛肉製作。 |
| 이곳이 아파트 단지로 변했어요. | （變化）這個地方改為公寓大廈。 |
| 회장으로 선출되었습니다. | （資格）當選為董事長。 |
| 갑자기 내린 비로 다리가 물에 잠겼어요. | （理由、原因）橋樑被突如其來的雨淹沒了。 |

## 2. 説明「에서」（從～）的各種意義和作用

之前所學的「에서」（在）是表示動作產生的「場所」，除此之外，「에서」（從～）也具有出發點或起始點，某種行為的根據和根本，以及某種事實的空間背景之意。當「에서」和「까지」一起使用時，表示從出發點到抵達點的距離。

| | |
|---|---|
| 기차가 서울에서 몇 시에 출발했어요? | （出發點）火車幾點從首爾出發的？ |
| 이 버스는 서울에서 부산까지 가요. | （出發點／到達點）這班巴士從首爾開到釜山。 |
| 너를 위하는 뜻에서 충고를 하는 거야. | （根據）我是為你好而提出忠告。 |
| 너는 세상에서 가장 소중한 내 친구야. | （背景）你是世上我最珍惜的朋友。 |

## 3. 説明「－으려면」（想要～的話）的意義

「－으려면」（想要～的話）是為了完成某個動作或到達某種狀態而假設出條件，表達做某件事情的意圖和意向，假定未來將發生的事和產生某種情況，並事先傳達出具體希望。

| | |
|---|---|
| 선생님을 만나려면 내일 오세요. | 想見老師的話，請明天過來。 |
| 비행기가 도착하려면 한 시간이 남았어요. | 飛機要抵達的話，還剩一個小時。 |
| 부자가 되려면 세상에서 가장 큰 부자가 되어야지요. | 要變成有錢人的話，當然要變成世界上最有錢的人。 |

## 4. 説明「이나」（或、還是）的意義

「이나」（或、還是）表示羅列或選擇，用於羅列兩種以上的對象，或表示對於其中一種選擇感到不滿足，但可以退而求其次接受，也可以表示兩者之中無論哪一種都無妨的語意。

## 5. 説明「－겠－」（應該）的含意和用法

「－겠－」（應該～）具有好幾種意思和用途，其中之一是做為推測，也就是針對某種事實，以明顯的根據來判斷可能性。與其類似的文法是「－을 것이다」（也許～），但「－을 것이다」（也許～）的判斷依據比較薄弱而不那麼明確。

| | |
|---|---|
| 내일은 날씨가 맑을 것입니다. | 明天天氣也許是晴天。（判斷根據弱） |
| 내일은 날씨가 맑겠습니다. | 明天天氣應該是晴天。（判斷根據強） |

**文法訣竅**

**引導和說明**

1. 利用交通工具的圖卡，配合學習者可能發生的情況來舉例。

老　　師：○○ 씨 , 무엇을 타고 왔어요 ?　　　○○，你搭什麼來呢？

學習者：버스를 타고 왔어요 .　　　我搭公車來。

老　　師：네 , ○○ 씨는 **버스로** 왔어요 . △△ 씨는요 ?

好，○○是搭公車來。△△你呢？

學習者：저는 지하철을 타고 왔어요 .　　　我搭地鐵來。

老　　師：네 , △△ 씨는 **지하철로** 왔어요 .　　　好，△△是搭地鐵來。

그럼 미국에 무엇으로 가요 ?　　　那麼利用什麼去美國呢？

學習者：미국은 **비행기로** 가요 .　　　搭飛機去美國。

2. 和名詞結合時，名詞最後一個字**有尾音的話加上「으로」，沒有尾音時加上「로」**。而像「**지하철**」（地鐵）**以尾音「　」結尾的名詞也加上「로」**，並加上動詞來練習。

> 손가락**으로** 먹어요 .　　用筷子吃。
> 한국어**로** 말해요 .　　用韓語說話。
> 지하철**로** 가요 .　　搭地鐵去。

**練習**

除了交通工具之外，使用工具或方法為例，不斷反覆練習直到熟悉為止。

밥은 무엇**으로** 먹어요 ?　　　→ 숟가락**으로** 먹어요 .

用什麼吃飯？　　　用湯匙吃。

반찬은 무엇**으로** 먹어요 . ?　　　→ 젓가락**으로** 먹어요 .

用什麼吃小菜？　　　用筷子吃。

종이에 무엇**으로** 글씨를 써요 ?　　→ 볼펜**으로** 써요 .

用什麼在紙上寫字？　　　用原子筆寫。

인터넷 검색은 무엇**으로** 해요 ?　　→ 컴퓨터**로** 해요 .

用什麼來網路搜尋？　　　用電腦搜尋。

부모님과 무엇**으로** 연락해요 ?　　→ 전화**로** 연락해요 .

和父母用什麼聯絡？　　　用電話聯絡。

**注意**

以**尾音「ㄹ」**結尾的名詞也是**加上「로」**。

**引導和說明**

利用學校、公司、家或首爾、釜山,以及韓國、美國等地的照片,來了解時間或距離的**出發點和抵達點**。

老　師:（根據學習者的國籍）한국에 무엇을 타고 왔어요?　搭什麼來到韓國呢?

學習者:비행기를 타고 왔어요.　搭飛機來。

老　師:네, 미국**에서** 한국**까지** 비행기를 타고 왔어요. 몇 시간 걸렸어요?

好,從美國到韓國搭飛機來。花了幾小時?

學習者:10 시간 걸렸어요.　花了 10 小時。

老　師:미국**에서** 한국**까지** 비행기로 10 시간 걸려요.　從美國到韓國搭機花 10 小時。

老　師:학교**에서** 집**까지** 얼마나 걸려요?　從學校到家花多久?

學習者:학교**에서** 집**까지** 버스로 1 시간 걸려요.　從學校到家搭公車花 1 小時。

> 서울**에서** 부산**까지** KTX 로 3 시간 걸려요.
> 從首爾到釜山搭高鐵花 3 小時。
> 서울**에서** 제주도**까지** 비행기로 1 시간 걸려요.
> 從首爾到濟州島搭飛機花 1 小時。

**練習**

利用交通工具,練習表達距離和時間的例句,直到熟練為止。

_____ 에서 _____ 까지 _____ (으) 로 _____ 걸려요.

| 從 | | 到 | | 用 | | 花時間 | |
|---|---|---|---|---|---|---|---|
| 집 | 家 | 회사 | 公司 | 지하철 | 地鐵 | 30 분 | 30 分 |
| 집 | 家 | 학교 | 學校 | 버스 | 公車 | 1 시간 | 1 小時 |
| 집 | 家 | 도서관 | 圖書館 | 걸어서 | 走路 | 10 분 | 10 分 |
| 집 | 家 | 공원 | 公園 | 자전거 | 腳踏車 | 15 분 | 15 分 |
| 서울 | 首爾 | 후쿠오카 | 福岡 | 배 | 船 | 3 시간 | 3 小時 |
| 한국 | 韓國 | 미국 | 美國 | 비행기 | 飛機 | 10 시간 | 10 小時 |

**注意**

避免和之前學過的「**에서**」(**在~**) 混淆,必須正確使用單字和表達方式。

**引導和說明**

1. 藉由煩惱或希望的事情，導入新文法。

老　師：저는 살을 빼고 싶어요. 어떻게 해요?　　我想減肥。該怎麼做？

學習者：운동을 해요. 밥을 조금 먹어요.　　運動。飯吃少一點。

老　師：네, 살을 **빼려면** 운동을 하세요.　　對，想減肥的話，請運動。

　　　　노래를 잘 부르고 싶어요. 어떻게 해요?　　我希望歌唱得好。該怎麼做？

學習者：노래방에서 연습해요.　　在 KTV 練習。

老　師：네, 노래를 잘 **부르려면** 노래방에서 연습하세요.

對，想要歌唱得好的話，請在 KTV 練習。

| 먹다 + 으려면 吃 | 먹으려면 想吃的話 |
|---|---|
| 가다 + 려면 去 | 가려면 想去的話 |
| 만들다 + 려면 製作 | 만들려면 想製作的話 |

**練習**

1. 說出煩惱，並練習以建議的方式來回答。

불고기를 만들고 싶어요.　　想做烤肉。

→ 불고기를 **만들려면** 소고기가 필요해요.　想做烤肉的話，需要牛肉。

한국어를 잘하고 싶어요.　　想要學好韓語。

→ 한국어를 **잘하려면** 한국 친구들과 많이 이야기해 보세요.

想要學好韓語的話，請和韓國朋友們多多對話。

남산에 **가려면** 어떻게 해요?　　想去南山的話該怎麼做？

→ 명동역에 내려서 걸어 올라가세요.　　請在明洞站下車，走上去。

→ 충무로역에 내려서 마을버스로 갈아타세요.　請在忠武路站下車，轉搭社區公車。

2. 也可以和學過的「－**어야 하다**」（**必須～**）一起練習。

_____ (으)려면 _____ 아야 / 어야 해요

　　　　想要～的話　　　　必須～

**注意**

「－**으려면**」（想要～的話）和「－**으면**」（如果～的話）很類似，因此學習時要清楚了解兩者的差異（參考**小心！避免誤用**單元）。

**引導和說明**

1. 利用食物或交通工具等圖卡提出問題，強調不是兩種都選擇，而是**在兩者當中選擇其一**。

老　師：공항에 무엇을 타고 가요? 　　　　　　搭什麼去機場？

學習者：지하철을 타고 가요. 공항버스를 타요. 　搭地鐵回去。搭機場巴士。

老　師：네, 공항에 지하철이나 공항버스를 타고 가요. 　對，搭地鐵或機場巴士去機場。

老　師：지금 무엇이 먹고 싶어요? 　　　　　　現在想吃什麼？

學習者：김밥이 먹고 싶어요. 햄버거가 먹고 싶어요. 　想吃紫菜飯捲。想吃漢堡。

老　師：김밥**이나** 햄버거가 먹고 싶어요. 　　想吃紫菜飯捲或漢堡。

2. 有尾音的名詞加上「**이나**」，無尾音的名詞加上「**나**」，試著寫出正確型態。

> 녹차**나** 커피를 마셔요. 　喝綠茶或咖啡。
> 빵**이나** 과일을 먹어요. 　吃麵包或水果。
> 지하철**이나** 버스를 타요. 　搭地鐵或公車。

**練習**

使用名詞進行選擇或羅列，從兩種以上的對象當中選擇其一。同時列出有尾音和無尾音的名詞，利用「**탈 것**」（搭的）、「**먹을 것**」（吃的）、「**살 것**」（買的）等動詞練習加入名詞。

밥을 먹고 녹차**나** 커피를 마셔요. 　　　　吃完飯之後，喝綠茶或咖啡。

주말에 자전거**나** 인라인스케이트를 타요. 　周末騎腳踏車或溜冰。

생일 때 꽃**이나** 화장품을 선물해요. 　　　生日時送花或化妝品當禮物。

여름휴가 때 산**이나** 바다에 갈 거예요. 　　暑假時要去山上或海邊。

제주도에 배**나** 비행기를 타고 가요. 　　　搭船或飛機去濟州島。

생일 선물로 꽃**이나** 케이크를 사요. 　　　買花或蛋糕當禮物。

**注意**

「**이나**」（**或者、還是**）同時具有其他意義，但起初先學習「**或者**」的意思即可。

**引導和說明**

1. 在氣象預報中經常使用「**－겠－**」（**應該～**）作為推測語氣，這是非常典型的用法，代表**以明確的根據來推測未來的情況**。不妨利用氣象預報的影片或一周天氣圖表，扮演氣象播報員來練習。

| | | |
|---|---|---|
| 老　師： | 내일 날씨는 어때요? | 明天天氣怎麼樣？ |
| 學習者： | 비가 올 거예요. | 也許會下雨。 |
| 老　師： | 네, 내일은 날씨가 흐리고 비가 **오겠습니다**. | |

對，明天天氣是陰天，而且應該會下雨。

2. 利用搬家的圖卡或照片進行練習。

| | | |
|---|---|---|
| 老　師： | 영수 씨는 어제 이사를 했어요. 어때요? | 英秀昨天搬家了。怎麼樣？ |
| 學習者： | 피곤해요. / 힘들어요. | 很累／很辛苦。 |
| 老　師： | 네, 영수 씨는 이사를 해서 **피곤하겠어요**. | 對，英秀因為搬家，一定很累。 |

| 늦다<br>遲到 | 늦**겠어요**<br>會遲到 | 차가 막혀서 늦**겠어요**.<br>因為塞車，應該會遲到。 |
|---|---|---|
| 오다<br>來 | 오**겠어요**<br>會下 | 내일은 비가 오**겠어요**.<br>明天應該會下雨。 |
| 피곤하다<br>累 | 피곤하**겠어요**<br>會累 | 잠을 못 자서 피곤하**겠어요**.<br>因為沒睡好，一定很累。 |

**練習**

詢問別人昨天或周末做過的事情，藉此說出自己的感受和意見。

| | | |
|---|---|---|
| 친구들과 농구를 했어요. 和朋友們打了籃球。 | → | **재미있었겠**어요. 應該很有趣。 |
| 시험공부를 했어요. 準備考試。 | → | **피곤하겠**어요. 一定很累。 |
| 뷔페식당에 갔어요. 去了吃到飽餐廳。 | → | **맛있었겠**어요. 一定很好吃。 |
| 길에서 넘어졌어요. 在路上跌倒了。 | → | **아프겠**어요. 一定很痛。 |
| 부모님이 오셨어요. 父母來了。 | → | **좋겠**어요. 應該很開心。 |
| 아침부터 밥을 못 먹었어요. 從早上到現在都沒吃飯。 | → | **배고프겠**어요. 應該很餓。 |
| 등산을 했어요. 爬了山。 | → | **힘들겠**어요. 一定很辛苦。 |

**注意**

當推測過去發生的事實時，會根據當時的狀態和情況而進行推測，因此仍會使用**現在式**。但是如果加上過去式「**었겠－**」（**那時應該～**），代表不是指現在的情況，而是**推測過去的當下**，這時和現在的情況是不相關的。

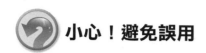

## 小心！避免誤用

### －으로 用～、往～

「－으로」具有好幾種意義，如果不熟悉的話，容易產生混亂，因此有必要整理出不同的意義和作用。

① 수업이 끝나면 **집으로** 가요 .　　　　下課的話回家。

② 한국 사람은 밥을 **숟가락으로** 먹어요 .　韓國人用湯匙吃飯。

③ 제주도는 **비행기로** 가요 .　　　　　搭飛機去濟州島。

④ 두부는 **콩으로** 만들어요 .　　　　　豆腐用黃豆製成。

「－으로」在 ① 中表示方向，② 表示工具，③ 表示手段，④ 表示材料。除此之外，還有「**밤낮으로**」（日日夜夜）、「**아침저녁으로**」（朝朝夕夕）等表示時間範圍的慣用法。

### －으려면 想要～的話

「－으려면」（想要～的話）意思是為了完成某個目的，有意進行必要的條件或某種行為，是表示意圖的「**－으려고**」（打算～），結合表示某種條件或假設的「**－으면**」（如果～的話）之後的縮寫。

① 선생님을 **만나려면** 수업 후에 오세요 .　　想見老師的話，請下課後來。

② 기차가 **도착하려면** 한 시간쯤 걸려요 .　　火車要抵達的話，需花 1 小時左右。

③-1 불고기를 **만들려면** 고기가 필요해요 .　想做烤肉的話，需要肉。

③-2 불고기를 **만들려고 하면** 고기가 필요해요 .　想做烤肉的話，需要肉。

① 意思是為了見老師，必須下課後過來，② 是關於火車抵達的條件，③-1 和 ③-2 是明確表示為了做烤肉所必備的條件（③-1 即 ③-2 的縮寫）。這三個例句都是表示意圖，或為了達到想要的事情或目的，而需要的背景條件。和 ④ 中單純表示假設或條件的「**－으면**」（如果～的話）不同。⑤ 表示為了進大學的必備條件是「**공부를 열심히 해야 한다**」（必須認真念書）。

④ 대학에 **들어가면** 공부를 열심히 할 거예요 .　進大學的話，會認真念書。

⑤ 대학에 **들어가려면** 공부를 열심히 해야 해요 .　想進大學的話，必須認真念書。

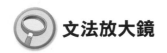
**文法放大鏡**

### ─겠─ 要做～、應該會～

1. 「─겠─」的主語是第一人稱時，與主語是第二人稱或第三人稱時有不同的意思和作用。

① 제가 하겠습니다 .　　　　　　　　　　我來做。

② 1 등을 해서 정말 기쁘겠네요 .　　　　拿了第一名，應該非常開心。

③ 내일은 비가 오겠습니다 .　　　　　　明天應該會下雨。

① 的說話者，即主語是第一人稱，表示主語的意志或決心，② 的主語是第二人稱，因為對方拿了第一名，針對目前狀況而進行推測，認為對方很開心，③ 的主語是第三人稱，表示對未來的推測。當表達主語的意志或意圖時，「─겠─」意思是「要做～」，代表未來將進行某種行為，因此只能和動作動詞結合，無法和形容詞結合。而當第一人稱和形容詞結合的情況，如 ④ 是代表說話者表達自己的意見或感受，則可以使用形容詞。⑤ 意思是如果對方今天過來，說話者會覺得很感謝。

④ 저는 그쪽이 더 좋겠습니다 .　　　　我比較喜歡那邊。

⑤ 오늘 와 주시면 감사하겠습니다 .　　今天能來一趟的話，我會很感激。

2. 下列 ⑥ 和 ⑦ 的主語是第二人稱，可以使用在疑問句，詢問對方的意見或意向。

⑥ 저 좀 도와주시겠어요 ?　　　　　　您可以幫幫我嗎？

⑦ 이것 좀 드시겠어요 ?　　　　　　　您可以吃點這個嗎？

3. 下列句子表示針對說話當時的情況或狀態，進行事前推測，主語是第二人稱或第三人稱。

⑧ 일이 많아서 피곤하시겠어요 .　　　　　工作很多，一定很累。

⑨ 하늘이 흐린 걸 보니까 비가 오겠어요 .　看天空陰陰的，應該會下雨。

⑩ 뉴스를 말씀드리겠습니다 .　　　　　　即將播報新聞。

⑪ 내일은 날씨가 맑겠습니다 .　　　　　　明天天氣晴朗。

⑫ （내가）6 시까지 일을 끝낼 수 있겠어요 .　（我）6 點前應該可以結束工作。

⑧ 是推測對方因為事情多，應該很累，⑨ 是看到天氣陰沉，似乎即將下雨，⑩ 和 ⑪ 是表達未來將發生的事，但是 ⑫ 是針對還沒發生的事，或並沒有發生的事，以第一人稱來推測。

 **課堂活動**

－으로 用

# 敘述工具和方法

· 무엇으로 먹어요 ?＿＿＿＿＿＿ ( 으 ) 로 먹어요 .
· 무엇으로 가요 ?＿＿＿＿＿＿ ( 으 ) 로 가요 .
· 무엇으로 써요 ?＿＿＿＿＿＿ ( 으 ) 로 써요 .
· 무엇으로 연락해요 ?＿＿＿＿＿ ( 으 ) 로 연락해요 .

교통수단 , 연락 수단 등 일상생활에서 필요한 수단이나 방법을 이야기합니다 .

〈 도움말 〉
그림 카드만 주고 두 개의 조를 나누어 먼저 말하기 게임을 해도 좋습니다 .

－으려면 －想要～的話

# 敘述煩惱，給予建議

가 : ＿＿＿＿＿＿＿ ( 으 ) 려면 어떻게 해요 ?
나 : ＿＿＿＿＿＿＿ ( 으 ) 려면＿＿＿＿＿＿＿＿＿＿＿ ( 으 ) 세요 .

① 자신의 고민을 이야기합니다 .
② 친구의 고민을 듣고 조언해 줍니다 .

〈 도움말 〉
교사가 학습자 한 사람씩 돌아가며 질문해도 좋고 두 사람씩 짝을 지어 연습해도 좋습니다 .

# 天氣預報

날씨 관련 어휘를 이용하여 기상캐스터처럼 일기예보를 해 보세요 .

〈 도움말 〉

실제로 기상캐스터의 일기예보 영상을 보여 주고 역할극을 하게 합니다 .

조를 나누어 날씨에 관한 추측을 말하게 합니다 .

# 教室的某日－授課日誌

　오늘은 기상캐스터가 되는 날이네요. 과거 시제의 '-었/았-'과 함께 시제 표현의 쌍두마차라고 할 수 있는 미래 시제 '-겠-'을 공부하는 날입니다. '-겠-'을 도입할 때는 언제나 일기예보밖에 없을까 하는 생각도 들지만, 미래 시제를 표현할 수 있는 '-을 것이다'보다 좀 더 강한 추측이 되는 표현을 설명하기에는 그 이상의 예가 없는 것 같아서 아쉽지만 또 시작합니다. 날씨 관련 어휘나 표현을 알아본 다음, 미리 준비한 일기예보 동영상을 먼저 보여 줍니다. 그리고 알아들은 단어나 문장을 확인하지요.

　무엇을 들었어요? → 구름요, 비. 맑다. 바람요…

　내일은 비가 오겠습니다. 날씨가 맑겠습니다. 날씨가 흐리겠습니다.

　연습이 끝나고 학생들 나라의 날씨에 대해서도 알아보았습니다. 프랑스, 미국, 나이지리아, 영국, 아일랜드, 베트남, 요르단, 스웨덴, 스페인, 몽골, 중국, 일본 등 아주 다양한 나라에서 온 학생들의 국적만큼이나 날씨도 변덕스럽네요. 기온이 40도를 넘는다거나 계절이 우기와 건기로 나뉘는가 하면, 1년에 200일 가까이 비가 오는 등 지구촌의 날씨는 변화무쌍합니다. 그러나 하나의 언어로 이야기하고 있는 교실의 모습을 보면 세계 속의 한국이라는 말처럼 앉아서 지구 한 바퀴를 돌다 온 것처럼 뿌듯하기도 하답니다.

　그룹 활동으로 3, 4개의 모둠으로 나누어 각 모둠마다 빈 종이나 도화지를 한 개씩 준 다음 부모님께, 선생님께, 남편에게, 아내에게 약속을 써 보고 직접 발표하게 했습니다. 재미있는 약속이 많이 나와서 즐거운 웃음과 함께 수업을 마무리했답니다.

## 老師們的留言

　‥‥‥▶　미래의 추측에는 일기예보만 한 예문이 없지요. 정형화되어 가는 듯한 느낌도 있지만요. ^^

　‥‥‥▶　감정 표현 형용사를 제시하고 상대방의 마음을 생각해서 추측해 보게 하는 것도 괜찮은 것 같아요.

　‥‥‥▶　아, 좋은 생각이네요. 다음 수업에 활용해 봐야겠어요. 감사합니다.

# 돌솥비빔밥을 드셔 보세요.

### 2-5

## 請吃看看石鍋拌飯吧！

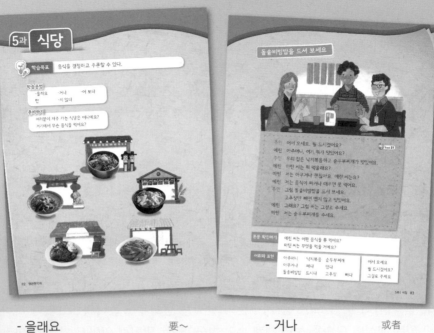

| 學習文法 | - 을래요 | 要～ | - 거나 | 或者 |
|---|---|---|---|---|
| | 만 | 只有、只要 | - 지 않다 | 不、沒～ |
| | - 아 / 어 보다 | （嘗試）做～看看 | | |
| 課程目標 | 學會在餐廳決定菜色並點菜。 學會推薦給別人。 | | | |

 **課程準備**

| | 需確認的內容 | 已準備 | 未準備 |
|---|---|---|---|
| 1 | 説明「－을래요」（要～）的意義和作用。 | | |
| 2 | 説明「－거나」（或者）的意義和時態限制。 | | |
| 3 | 説明「－아／어 보다」（做～看看）用於表達嘗試的含意。 | | |
| 4 | 否定句「－지 않다」（不、沒～）的限制型態。 | | |

## 1. 説明「－을래요」(要～)的意義和作用

　　表達説話者意志和意向的「－을래요」(要～)不只用於説話者本身,也可以使用在詢問對方意向的問句中,因此和表達説話者意志的「－을게요」(我要～)有極大的差異。

| | |
|---|---|
| 저는 순두부찌개를 먹을래요. | 我要吃豆腐鍋。 |
| 어떤 음식으로 하실래요? | 您要吃什麼? |
| 저는 순두부찌개를 먹을게요. | (○)我要吃豆腐鍋。 |
| 어떤 음식으로 하실게요? | (×)您要吃什麼? |

　　「－을게요」(要～)除了用於表達自身意志之外,也可以用在對上位者表明自己會做到某件事的決心,而「－을래요」(要～)是選擇過程中的意見或詢問對方的選擇。

## 2. 説明「－거나」(或者)的意義和時態限制

　　「－거나」(或者～)是指從兩種以上的情況中選擇其一,必須和「－고」(還有)有所區分。「－고」(還有)是包含前後的動作或情況,而「－거나」(或者～)是在前後兩者當中選擇一種。此外,雖然「－거나」(或者～)可以和過去式結合,但無法和未來式的「－겠－」(要～)結合。

| | |
|---|---|
| 휴일에는 음악을 듣거나 영화를 봅니다. | 休假時聽音樂或看電影。 |
| 휴일에는 음악을 듣겠거나 영화를 볼 거예요. | (×)休假要聽音樂或看電影。 |
| 휴일에는 음악을 듣고 영화를 봅니다. | 休假時聽音樂還有看電影。 |

## 3. 説明「－아/어 보다」(做～看看)用於表達試圖的含意

　　通常在一種文法中含有各種意思時,一次學習所有用法容易產生混淆,因此最好分階段學習。之前學過「－아/어 보다」(試過)表示經驗,這裡則表示嘗試和推薦,這時不妨和之前學過的用法一起練習會更有效率。

| | |
|---|---|
| 제주도에 가 봤어요? | (經驗)去過濟州島嗎? |
| 시간이 있으면 꼭 한 번 가 보세요. | (推薦)有時間的話,請務必去看看。 |

## 4. 否定句「－지 않다」(不、沒～)的限制型態

　　「－지 않다」(不、沒～)和動詞、形容詞結合時,單純表示否定或主語沒有做某件事情的意圖,因此「알다、깨닫다」(知道、領悟)等帶有認知語意的動詞,必須使用「－지 못하다」(沒辦法～)作為否定。

# 文法訣竅

教材 86 頁

## －을래요 要～

### 引導和說明

1. 利用餐廳的圖片或照片，模擬在餐廳點菜的情況，以問答形式練習。

老　師：식당에 왔어요. 무엇을 먹을까요? 저는 비빔밥을 먹고 싶어요.

來到餐廳。吃什麼好呢？我想吃拌飯。

學習者：저는 된장찌개를 먹고 싶어요.　我想吃大醬湯。

老　師：네, 저는 비빔밥을 **먹을래요**. 그리고 ○○ 씨는 무엇을 먹을래요?

好，我要吃拌飯。還有（指著學習者）○○你要吃什麼？

學習者：저는 된장찌개를 **먹을래요**.　我要吃大醬湯。

2. 根據有無尾音練習變化形態，並試著讀看看。

| 먹다 吃 | 먹 + 을래요 | 지금 밥을 **먹을래요**. 現在要吃飯。 |
|---|---|---|
| 가다 去 | 가 + ㄹ래요 | 집에 **갈래요**. 要回家。 |

### 練習

通常使用「－을래요」（要～）的情況，也可以使用「－고 싶다」（想要～），但差別是「－을래요」在語氣上比較明確表達出自己的意志。

以表達自己的意見，或詢問對方的意見來練習造句。

오늘 수업 후에 일찍 집에 **갈래요**.　今天下課後我要早點回家。

제가 청소를 **할래요**.　我要打掃。

저는 이 영화를 **볼래요**.　我要看這部電影。

커피를 **마실래요**?　要喝咖啡嗎？

같이 등산을 **갈래요**?　要一起去爬山嗎？

내일 백화점 앞에서 **만날래요**?　明天要在百貨公司前面見面嗎？

### 注意

「－을래요」（要～）雖然表示說話者的意志和意向，但強調點在於**選擇的部分**，因此**和表達說話者意志的「－을게요」（我要～）**有些不同。

**引導和說明**

1. 詢問周末做哪些事情,並試著回答各種情況,以容易理解的例句來導入新文法。

老　師：주말에 무엇을 해요? 周末做什麼?

學習者：청소를 해요. 운동을 해요. 책을 읽어요. 영화를 봐요.

　　　　打掃。運動。讀書。看電影。

老　師：네, 저는 주말에 TV 를 **보거나** 책을 읽어요.

　　　　好,我週末時看電視或讀書。

2. 利用看電視和讀書的圖片,選擇其中一種,強調**只進行一件事或一種情況**。

> 주말에는 집에서 책을 읽어요. 또는 친구를 만나요.
> 周末在家讀書。或者見朋友。
> → 주말에는 집에서 책을 **읽거나** 친구를 만나요.
> 周末在家讀書或見朋友。
> 그 사람의 직업은 **선생님**이거나 공무원일 거예요.
> 那人的職業也許是老師或公務員。

**練習**

1. 「**－거나**」(或者～)是指**在兩種行為或狀況中選擇其中一種**,和**兩種都包含在內的「－고」(還有～)**具有差異,列出例句來做比較。

퇴근 후에 친구를 만나요.　　　　　　　　下班後見朋友。

(또는) 퇴근 후에 영화를 봐요.　　　　　(或者)下班後看電影。

→ 퇴근 후에 친구를 **만나거나** 영화를 봐요.　下班後見朋友或看電影。

퇴근 후에 친구를 만나요.　　　　　　　　下班後見朋友。

(그리고) 퇴근 후에 영화를 봐요.　　　　(還有)下班後看電影。

→ 퇴근 후에 친구를 **만나고** 영화를 봐요.　下班後見朋友還有看電影。

2. 試著說出**周末計畫**。

주말에 뭐 할 거예요?　　　　　　　　　周末要做什麼?

청소를 **하거나** TV 를 볼 거예요.　　　要打掃或看電視。

**注意**

「**－거나**」(或者～)**前面不能和未來式結合**,而是在後面加上未來時態的「**－을 거예요**」(要～)。

**引導和說明**

1. 學習過「－아／어 보다」（試過～）作為**經驗**的意思之後，接著學習作為**嘗試**的意思。先練習學過的例句，再自然導入新句型。表示推薦語氣時，可以加上勸說句型「－으세요」（請～）。

老師：제주도에 **가 봤어요**？　　　　　　　去過濟州島嗎？

學習者：네, **가 봤어요**.　　　　　　　　　　有，有去過。

老師：그럼 말을 **타 봤어요**？　　　　　　　那麼有騎過馬嗎？

學習者：아니요, 못 **타 봤어요**.　　　　　　不，沒有騎過。

老師：그럼 다음에 한번 **타 보세요**.　　　　那麼下次請騎看看。非常有趣。

| 먹다 吃 | 먹 + 어 보다 | 비빔밥을 **먹**어 보세요. 請吃看看拌飯。 |
| 가다 去 | 가 + 보다 | 제주도에 **가** 보세요. 請去濟州島看看。 |

2.「－아／어 보다」**只能和動詞結合**，具有幾種不同的結合型態。

**練習**

1. 說出自己家鄉或國家有名的觀光地，使用「－아／어 보세요」（請試看看）來練習。

중국은 어디가 유명해요？　中國哪裡有名？

자금성이 유명해요. 한번 가 보세요. 정말 멋있어요.

紫禁城很有名。請去看看。真的很壯觀。

무엇이 맛있어요？　什麼好吃呢？

북경오리가 맛있어요. 한번 먹어 보세요. 아주 맛있어요.

北京烤鴨很好吃。請吃看看。非常好吃。

2. 將自己喜歡或想要介紹的事物推薦給朋友。

이 노래를 **들어 보세요**.　　　　　　　請聽看看這首歌。

이 책을 **읽어 보세요**.　　　　　　　　請讀看看這本書。

이 음식을 **먹어 보세요**.　　　　　　　請吃看看這個食物。

**注意**

將體驗過的事物，加上**推薦語氣**，以和朋友對話的形式來練習會更有效率。

| 引導和說明 | 「**만**」（只有、只要）使用在**排除其他部分，表示只選擇一種或限定語意**，因此從兩種以上的事物當中做選擇的情況來練習。 |

老師：이 교실에 한국 사람이 있어요？　　　　　　　　　　這教室裡有韓國人嗎？

學習者：아니요, 없어요.　　　　　　　　　　　　　　　不，沒有。

老師：네, **선생님만** 한국 사람이에요.　　　　　　　　對，只有老師是韓國人。

老師：여기에 한국어 선생님이 있어요？　　　　　　　　這裡有韓語老師嗎？

學習者：아니요, 선생님이 한국어 선생님이에요.　　　　不，老師是韓語老師。

老師：네, **저만** 한국어 선생님이에요.　　　　　　　　對，只有我是韓語老師。

> 에린**만** 러시아 사람이에요. 只有艾琳是俄羅斯人。
> 아침에 우유**만** 마셨어요. 早上只喝了牛奶。

**練習**

1.「**만**」（只有、只要）意思是**幾種事物中只存在一種，或說明唯一的事實**。以例句表達選擇一種東西或只做一件事情，不妨利用照片或各種物品來造問句。

그 **여자만** 키가 커요. 只有那個女生個子高。

이 **사람만** 미국 사람이에요. 只有這個人是美國人。

이 **남자만** 영어 선생님이에요. 只有這個男生是英文老師。

2. 艾琳處在一群男生們當中，以及馬丁處在一群女生們當中時。

**에린 씨만** 여자예요. 只有艾琳是女生

**마틴 씨만** 남자예요. 只有馬丁是男生。

3. 幾個人當中只有馬丁戴眼鏡，以及其他人全都是短髮，只有小真是長髮時。

**마틴만** 안경을 썼어요. 只有馬丁戴眼鏡。

**샤오진만** 머리가 길어요. 只有小真頭髮很長。

**注意**

只能限定一種的「**만**」（只有、只要）不只結合名詞，也可以當作語幹或加上助詞，代表**特別強調某種情況或限定語氣**，這時可以和「**밖에 없다**」（只有）替換使用。

之前學過否定句型「안」（不）和「못」（不能）的差異，**「안」是和外在因素無關，單純表示沒有意願的簡短否定句型，可以寫成較長的否定句型「－지 않다」（不、沒～）**，以「안」為例句來引導練習。

利用喝牛奶和讀書的圖片來進行問答。

| | |
|---|---|
| 老　師：커피를 마셔요? | 喝咖啡嗎？ |
| 學習者：아니요, 안 마셔요. 우유를 마셔요. | 不，不喝。喝牛奶。 |
| 老　師：네, 커피를 **마시지 않아요**. 우유를 마셔요. | 好，不喝咖啡。喝牛奶。 |
| 老　師：음악을 들어요? | 聽音樂嗎？ |
| 學習者：아니요, 음악을 안 들어요. 책을 읽어요. | 不，不聽音樂。讀書。 |
| 老　師：네, 음악을 **듣지 않아요**. 책을 읽어요. | 好，不聽音樂。讀書。 |

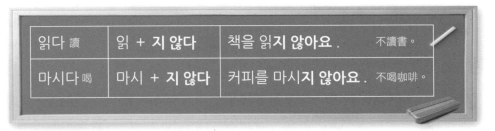

| 읽다 讀 | 읽 + **지 않다** | 책을 **읽지 않아요**. | 不讀書。 |
|---|---|---|---|
| 마시다 喝 | 마시 + **지 않다** | 커피를 마시**지 않아요**. | 不喝咖啡。 |

引導和說明

1. **「－지 않다」**（不、沒～）通常使用在否定事實或表達主語沒有意願，可以使用動詞或形容詞表達否定，而表達過去式時在**「않다」後面加上「－았－」**。

| | |
|---|---|
| 그 여자는 **예쁘지 않아요**. | 那個女生不漂亮。 |
| 영수가 아직 **오지 않아요**. | 英秀還沒來。 |
| 영수가 아직 **오지 않았어요**. | 英秀還沒到。 |

2. 上述例句是以中立立場表達否定，而以下的例句傳達主語**不做某件事的意志，或單純表示否定**。

| | |
|---|---|
| 저는 김치가 매워서 **먹지 않아요**. | 因為泡菜辣，我不吃。 |
| 저는 피곤하면 **일하지 않아요**. | 我疲倦的話不工作。 |
| 저는 지금 배가 **고프지 않아요**. | 我現在肚子不餓。 |

練習

注意

**「있다」**（有、在）的否定是**「없다」**（沒有、不在），而不能使用「있지 않다」，以及**「이다」**（是）的否定是**「아니다」**（不是），而不能使用「이지 않다」。

## －을래요 要～

表達意志和意向的「－을래요」（要～）必須和動詞結合，如 ① 表示說話者的意見，也可以像 ② 一樣在做選擇時，詢問他人的意見。

    ① 저는 김치찌개를 **먹을래요**.         我要吃泡菜鍋。

    ② 커피를 **드실래요**?         您要喝咖啡嗎？

和「－을래요」（要～）類似的句型是「－을게요」（要～），如 ③ 表示說話者的意志，或像 ① 一樣和對方約定好自己會做到某件事，但「－을게요」的主語不能使用第二人稱表達意志或意見。此外，「－을래요」的重點是選擇的意見，而「－을게요」比起選擇，更強調個人的意志。

    ③ 저는 김치찌개를 **먹을게요**.         我要吃泡菜鍋。

    ④ 내일 아침까지 숙제를 **할게요**.         我明天早上前會寫作業。

    ⑤ 저는 불고기를 **먹고 싶어요**.         我想吃烤肉。

    ⑥ 저는 불고기를 **먹을래요**.         我要吃烤肉。

當「－을래요」（要～）用於表達自己的意志時，類似的文法是「－고 싶다」（想要～），⑤ 是對於不確定的情況單純表示期望，⑥ 使用「－을래요」表示明確的選擇，最好清楚掌握兩者的差異。

    ⑦ 제가 청소를 **할래요**.         我要打掃。

    ⑧ 제가 청소를 **할게요**.         我要打掃。

    ⑨ 제가 청소를 **할 거예요**.         我要打掃。

上述例句中，⑦ 表示個人選擇，⑧ 強調個人意志，⑨ 表示個人計畫。然而在實際對話當中，三個句子幾乎沒有顯著差異，可以使用在相同的情況，而如果以格式體表達禮貌語氣時，會使用「제가 청소를 하겠습니다.」（我會打掃）。

站在文法的角度來看，「－을래요」、「－을게요」、「－을 거예요」三者的差異在於主語有人稱限制，⑦「－을래요」和 ⑧「－을게요」的主語必須是第一人稱（「－을래요」的主語可以使用第二人稱的情況是作為疑問句，參考 ②），而 ⑨「－을 거예요」即使不是第一人稱也可以使用。但是當「－을 거예요」的主語不是第一人稱時，通常表示說話者的推測，意思是「也許會～」。

## ―아／어 보다 嘗試

表示經驗或嘗試的文法「―아／어보다」，當以疑問句形式出現時，否定的回答會使用「안 해 보다」（沒試過）或「못 해 보다」（沒能試過）。

　　가：오토바이를 **타 봤어요**？　　　　　　　　騎過機車嗎？

　　나1：아니요, 아직 **안 타 봤어요**.　　　　　沒有，還沒騎過。

　　나2：아니요, 아직 **못 타 봤어요**.　　　　　沒有，還沒能騎過。

以定義來説，「**안**」（沒）表示否定意志，而「**못**」（不能）表示否定能力。但是「안 해 보다」和「못 해 보다」在語意上的差異並不是那麼明顯。如果改成較長的否定句型，나1 是 「**아직 타 보지 않았어요**」（還沒騎過），나2 是「**아직 타 보지 못했어요**」（還沒能騎過）。「還 沒騎過」的意思是也許有過騎車的機會，但因自己的決定而沒有騎，「還沒能騎過」的意思 是雖然想騎，但因為情況或能力影響而沒辦法騎，兩者在語氣上還是有些微差異。

## ―지 않다 不、沒

否定意圖和意志的句型「**안**」（沒）和否定能力的「**못**」（不能）是屬於簡短否定句。使用 長形否定句時，「**안**」寫成「**―지 않다**」，「**못**」寫成「**―지 못하다**」（參考 P248「―지 못하다」）。

　　① 떡볶이를 **안 먹어요**.　　　　　　　　　（否定意志、簡短否定）不吃炒年糕。

　　② 떡볶이를 **먹지 않아요**.　　　　　　　　（否定意志、長形否定）不吃炒年糕。

　　③ 떡볶이를 **못 먹어요**.　　　　　　　　　（否定能力、簡短否定）不能吃炒年糕。

　　④ 떡볶이를 **먹지 못해요**.　　　　　　　　（否定能力、長形否定）不能吃炒年糕。

① 和 ② 表示主語本身不吃的意志，③ 和 ④ 是雖然想吃，但沒辦法吃的能力否定句。但是要 明確傳達上述例句之間的差異是有困難的，一開始學習「**―지 않다**」時，不妨先了解單純作 為否定句的用法。

　　⑤ 토요일에 수업을 **하지 않아요**.　　　　　星期六不上課。

　　⑥ 그 여자는 **예쁘지 않아요**.　　　　　　　那個女生不漂亮。

⑤ 單純表示星期六不上課，⑥ 是指女生不漂亮，這時便不同於能力不足的否定句。

## 課堂活動

### 決定菜單

> · 오늘 점심 / 저녁은 뭘 먹을래요 ?
> · _____로 할래요 / 먹을래요 .

동료나 친구끼리 메뉴를 정하기를 해 봅시다 .
먼저 음식의 종류를 정하고 그 다음에 식당을 선택하여 메뉴를 정하기까지 말해 봅니다 .

〈 도움말 〉
빈 종이나 메모지를 나눠 주고 자신이 먹고 싶은 음식을 적은 다음 , 같은 종류를 적은 사람들끼리 모여서
식당에 가서 음식 주문을 하는 역할극으로 해 봅니다 .

### 推薦練習

① ‘- 아 / 어 보다’를 사용해서 자신이 해 본 일 , 가 본 곳 등에 대한 경험을 말합니다 .
② 옆 사람에게도 같은 경험이 있는지 질문하고 없다면 추천을 해 봅니다 .
③ ‘네 , 아니요’로 답하면 그에 대한 이유와 계획을 들어 봅니다 .

〈 도움말 〉
자신의 경험을 말하고 앞에서 다른 사람에게 추천을 해 봅니다 .

# 介紹國家

① 여러분 나라를 추천해 주세요 .

② 여러분 나라에서 유명한 관광지나 가 볼 만한 곳을 소개해 주세요 .

③ 여러분 나라에서 유명한 음식을 소개해 주세요 .

④ 무엇을 하면 좋은지 추천해 주세요 .

〈 도움말 〉

나라 소개 외에도 자신이 좋아하는 취미나 여행했던 장소 , 특별한 경험 등을 추천해 봅니다 .

전체 학습자의 나라를 모두 소개하고 세계 일주 여행의 코스나 일정을 만들어 보는 활동도 좋습니다 .

## 教室的某日－授課日誌

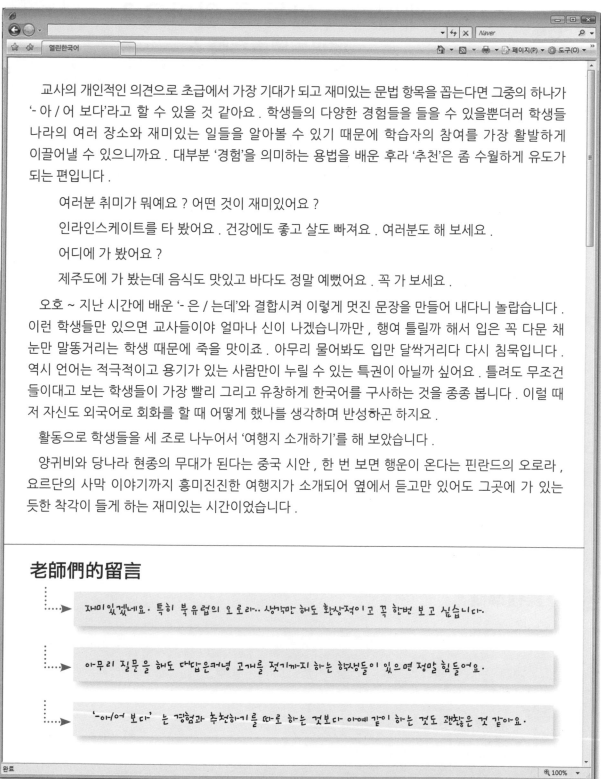

　　교사의 개인적인 의견으로 초급에서 가장 기대가 되고 재미있는 문법 항목을 꼽는다면 그중의 하나가 '- 아 / 어 보다'라고 할 수 있을 것 같아요 . 학생들의 다양한 경험들을 들을 수 있을뿐더러 학생들 나라의 여러 장소와 재미있는 일들을 알아볼 수 있기 때문에 학습자의 참여를 가장 활발하게 이끌어낼 수 있으니까요 . 대부분 '경험'을 의미하는 용법을 배운 후라 '추천'은 좀 수월하게 유도가 되는 편입니다 .

　　여러분 취미가 뭐예요 ? 어떤 것이 재미있어요 ?

　　인라인스케이트를 타 봤어요 . 건강에도 좋고 살도 빠져요 . 여러분도 해 보세요 .

　　어디에 가 봤어요 ?

　　제주도에 가 봤는데 음식도 맛있고 바다도 정말 예뻤어요 . 꼭 가 보세요 .

　　오호 ~ 지난 시간에 배운 '- 은 / 는데'와 결합시켜 이렇게 멋진 문장을 만들어 내다니 놀랍습니다 . 이런 학생들만 있으면 교사들이야 얼마나 신이 나겠습니까만 , 행여 틀릴까 해서 입은 꼭 다문 채 눈만 말똥거리는 학생 때문에 죽을 맛이죠 . 아무리 물어봐도 입만 달싹거리다 다시 침묵입니다 . 역시 언어는 적극적이고 용기가 있는 사람만이 누릴 수 있는 특권이 아닐까 싶어요 . 틀려도 무조건 들이대고 보는 학생들이 가장 빨리 그리고 유창하게 한국어를 구사하는 것을 종종 봅니다 . 이럴 때 저 자신도 외국어로 회화를 할 때 어떻게 했나를 생각하며 반성하곤 하지요 .

　　활동으로 학생들을 세 조로 나누어서 '여행지 소개하기'를 해 보았습니다 .

　　양귀비와 당나라 현종의 무대가 된다는 중국 시안 , 한 번 보면 행운이 온다는 핀란드의 오로라 , 요르단의 사막 이야기까지 흥미진진한 여행지가 소개되어 옆에서 듣고만 있어도 그곳에 가 있는 듯한 착각이 들게 하는 재미있는 시간이었습니다 .

### 老師們的留言

⋯⋯▶ 재미있겠네요 . 특히 북유럽의 오로라.. 생각만 해도 환상적이고 꼭 한번 보고 싶습니다 .

⋯⋯▶ 아무리 질문을 해도 대답은커녕 고개를 젓기까지 하는 학생들이 있으면 정말 힘들어요 .

⋯⋯▶ '- 아/어 보다' 는 경험과 추천하기를 따로 하는 것보다 아예 같이 하는 것도 괜찮은 것 같아요 .

# 케이크도 만들 줄 알아요?
## 你也會做蛋糕嗎?

**2-6**

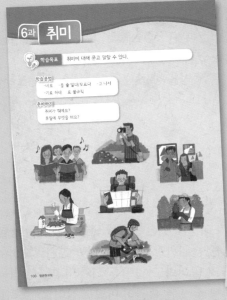

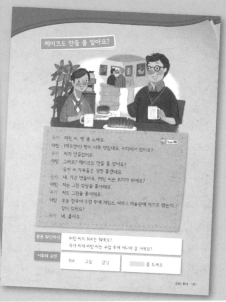

| 學習文法 | | |
|---|---|---|
| - 네요 | ~呢、耶 | - 을 줄 알다 / 모르다 會/不會~ |
| - 고 나서 | 做完~然後 | - 기로 하다　決定~ |
| 르 불규칙 | 르不規則變化 | |

| 課程目標 | 學會問答和興趣有關的內容。<br>學會敍述自身的能力和決心。 |
|---|---|

 **課程準備**

| | 需確認的內容 | 已準備 | 未準備 |
|---|---|---|---|
| 1 | 説明「−을 줄 알다/모르다」（會/不會~）和「−을 수 있다」（會/不會~）的差異。 | | |
| 2 | 了解時間順序各種表達方式之間的差異。 | | |
| 3 | 説明「−기로 하다」（決定~）的意義和用法。 | | |
| 4 | 正確掌握「르 불규칙」（르不規則變化）的文法。 | | |

# 1. 説明「−을 줄 알다／모르다」(會／不會～)和「−을 수 있다」(會／不會～)的差異

表達知道做某件事情的方法「−을 줄 알다」(會～)，以及某件事情的可行性「−을 수 있다」(可以／會～)在實際對話中有時用法相同。

| | |
|---|---|
| 피아노를 **칠 줄 알아요**？ | 會彈鋼琴嗎？ |
| 피아노를 **칠 수 있어요**？ | 會彈鋼琴嗎？ |

上述例句可以在類似的情況下使用，但以下的句子具有明顯的差異。也就是說，「−을 줄 알다」(會～)只能使用在能力或方法，並且不能加上未來式，而相較之下「−을 수 있다」(可以／會～)使用範圍較廣，規則也較自由。

| | |
|---|---|
| 내일 아침 7 시까지 **올 수 있어요**？（○） | 明天早上 7 點前可以來嗎？ |
| 내일 아침 7 시까지 **올 줄 알아요**？（X） | 明天早上 7 點前會來嗎？ |

了解時間順序各種表達方式之間的差異可以表達時間順序的文法包括「−고」(然後)、「−아／어서」(之後)和「−고 나서」(做完～然後)等。而這三種文法具有明顯的差異，「−고 나서」(做完～然後)是單純根據時間先後而出現的行為。

| | |
|---|---|
| 친구를 **만나고** 영화를 봐요 . | 我見朋友，「還有或然後我」看電影。 |
| 친구를 **만나서** 영화를 봐요 . | 我見朋友，「然後我們一起」看電影。 |
| 친구를 **만나고 나서** 영화를 봐요 . | 我見朋友，「見完之後我」看電影。 |

# 2. 説明「−기로 하다」(決定～)的意義和用法

「−기로 하다」(決定～)是説話者對於某件事情的計畫或決心，也可以使用在和他人約定或訂定行程。前者的用法代表「**결심하다**」(決心)，後者代表「**약속하다**」(約定)。

| | |
|---|---|
| 내일부터 운동을 열심히 **하기로 했어요** . | 決定從明天開始努力運動。 |
| 내일부터 운동을 열심히 **하기로 결심했어요** . | 下定決心從明天開始努力運動。 |
| 내일 친구와 바다에 **가기로 했어요** . | 決定明天和朋友去海邊。 |
| 내일 친구와 바다에 **가기로 약속했어요** . | 約好明天和朋友去海邊。 |

# 3. 正確掌握「르 불규칙」(르不規則變化)的文法

「르不規則」是「르＋母音」時，會改為「ㄹㄹ＋母音」，像「**다르다、부르다、모르다**」(不同、唱、不知道)加上語尾時會改為「**달라요、불러요、몰라요**」，但是「**치르다、들르다**」(支付、順便去)加上語尾則是「**치러요、들러요**」，屬於規則用法。像「르」這種具有規則用法的用言稱為「不規則用言」，而像「으」和「ㄹ」是必須產生變化的用言則稱為「脫落用言」(參考 2-2 不規則)。

| | |
|---|---|
| 다르다 - 달라요 - 달라서 - 다르니까 | (不規則) 不同 － 不同 － 因為不同 － 因為不同 |
| 부르다 - 불러요 - 불러서 - 부르니까 | (不規則) 唱 － 唱 － 因為唱 － 因為唱 |
| 치르다 - 치러요 - 치러서 - 치르니까 | (規則) 支付 － 支付 － 因為支付 － 因為支付 |
| 들르다 - 들러요 - 들러서 - 들르니까 | (規則) 順便去 － 順便去 － 因為順便去 － 因為順便去 |

# 文法訣竅

**引導和說明**

舉出某種新得知的事實，或表達感嘆的情況，藉此導入文法。

老師：어머, ○○ 씨, 오늘 넥타이가 정말 **멋지네요**.

噢，○○，今天的領帶很帥氣呢。

學習者：네, 감사합니다.　　　　　　　　　　　　　是，謝謝。

老　師：○○ 씨 발음이 정말 **좋네요**.　　　　　○○的發音真好呀。

　　　　한국어 정말 **잘하네요**.　　　　　　　　韓語說得真好耶。

老　師：오늘 날씨가 어때요 ?　　　　　　　　　今天天氣怎麼樣？

學習者：정말 더워요.　　　　　　　　　　　　　真的很熱。

老　師：네, 정말 **덥네요**.　　　　　　　　　　對，真熱耶。

| 하다 做 | 하 + 네요 | 한국어를 잘하네요. 韓語很好耶。 |
| 좋다 好 | 좋 + 네요 | 발음이 좋네요. 發音很好呢。 |
| 덥다 熱 | 덥 + 네요 | 날씨가 덥네요. 天氣真熱耶。 |

**練習**

利用**感嘆或稱讚**等語氣表達自身的感受。

노래를 잘 **하네요**. / 노래를 잘 **부르네요**.　　　很會唱歌呢。／很會唱歌呢。

시험을 잘 **봤네요**. / 공부를 잘 **하네요**.　　　考試考得很好呢。／很會念書呢。

햄버거를 잘 **먹네요**. / 햄버거를 정말 **좋아하네요**.

漢堡吃得很多呢。／真的很喜歡漢堡呢。

눈이 많이 **왔네요**. / 눈이 많이 **내렸네요**.　　　雪下的很多呢。／雪下的很多呢。

집이 **머네요**. / 집이 학교에서 **머네요**.　　　　家很遠呢。／家離學校很遠呢。

옷이 아주 잘 **어울리네요**.　　　　　　　　　　衣服真適合呢。

머리가 **예쁘네요**.　　　　　　　　　　　　　　髮型真漂亮呢。

남자 친구가 **멋있네요**.　　　　　　　　　　　男友很帥耶。

**注意**

「**좋네요**」（**很好呢**）的發音為 [ **존네요** ]，當非鼻音的**尾音**「ㅎ」後面加上**鼻音**「ㄴ」時，前面的**尾音**「ㅎ」發音會改變為**鼻音**「ㄴ」，須注意像這種發音上的變化。

**引導和說明**

1.「－을 줄 알다／모르다」（會／不會～）是詢問對方是否知道做某件事的方法，**主要用於詢問興趣或能力**。可以利用之前學過的「－을 수 있어요」（會／可以～）來導入新文法。

老　師：한국 노래를 알아요？　　　　　　　　　知道韓語歌嗎？

學習者：네, 알아요.　　　　　　　　　　　　　是，知道。

老　師：한국 노래를 부를 수 있어요？　　　　　會唱韓語歌嗎？

學習者：네, 한국 노래를 부를 수 있어요.　　　會，會唱韓語歌。

老　師：○○ 씨는 한국 노래를 **부를 줄 알아요**.　○○會唱韓語歌。

2. 根據動詞有無尾音，結合型態會有所不同，而像「**만들다**」（製作）一樣以「ㄹ」為尾音的動詞也一併列出來。

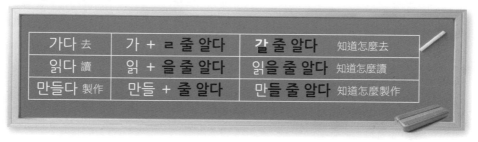

| 가다 去 | 가 ＋ ㄹ 줄 알다 | **갈** 줄 알다　知道怎麼去 |
|---|---|---|
| 읽다 讀 | 읽 ＋ 을 줄 알다 | 읽을 줄 알다　知道怎麼讀 |
| 만들다 製作 | 만들 ＋ 줄 알다 | 만들 줄 알다　知道怎麼製作 |

**練習**

1. 詢問對方會不會做某件事情來練習「－을 줄 알다／모르다」（會／不會～），並且只能結合**動詞**。

한국 음식을 **만들 줄 알아요**？ 會做韓國菜嗎？　네, **만들 줄 알아요**. 會，會做。

악기를 **연주할 줄 알아요**？ 會演奏樂器嗎？　아니요, **연주할 줄 몰라요**. 不，不會演奏。

춤을 **출 줄 알아요**？ 會跳舞嗎？　아니요, **출 줄 몰라요**. 不，不會跳。

외국어를 **할 줄 알아요**？ 會說外語嗎？　네, 외국어를 **할 줄 알아요**. 會，會說外語。

한자를 **읽을 줄 알아요**？ 會讀漢字嗎？　아니요, 읽을 줄 몰라요. 不，不會讀漢字。

매운 음식을 **먹을 줄 알아요**？ 敢吃辣的食物嗎？　네, **먹을 줄 알아요**. 是，敢吃。

2. 試著和身邊的人一起練習，詢問對方自己想知道的事情。

**注意**

和「－을 줄 알다」（會～）類似的文法是「－을 수 있다」（會／可以～），雖然「－을 수 있다」是指某件事情的**可行性**，而「－을 줄 알다／모르다」（會／不會～）表達的是是否知道**做某件事情的方法**，兩者使用上有共通之處，也有不同之處，練習時最好列出不可替換的情況，以避免誤用。

**引導和説明**

1.「－고 나서」（做完～之後）使用在**表達時間先後順序的行為**，只能結合**動詞**。由於兩種行為是按照先後順序進行，可以利用延續發生的狀況來舉例。

老　師：아침에 일어나서 처음으로 무엇을 해요？　起床之後先做什麼？

學習者：세수를 해요.　洗臉。

老　師：그리고 무엇을 해요？　還有做什麼？

學習者：식사를 해요.　吃飯。

老　師：네, 아침에 일어나서 세수를 **하고 나서** 식사를 해요. 그 다음에 뭐해요？
　　　　好，早上起床之後，先洗完臉然後吃飯。接著做什麼？

學習者：식사를 **하고 나서** 회사에 가요. 吃完飯之後去公司。

2. 為了避免和單純羅列行為的「－고」（還有）混淆，以明確表達時間**先後順序的行為**作例句，不妨利用照片或圖卡按照順序練習。

> 수업이 끝**나고 나서** 집에 가요. 下課之後回家。
> 밥을 먹고 **나서** 커피를 마셔요. 吃完飯之後喝咖啡。

**練習**

試著製作一天的行程，按照**先後順序**練習説明。

아침 식사를 **하고 나서** 학교에 갑니다.　早上吃完早餐之後，去學校。

학교에서 공부를 **하고 나서** 식당에 가서 밥을 먹습니다.　在學校唸完書之後，去餐廳吃飯。

밥을 **먹고 나서** 친구들과 커피를 마십니다.　吃完飯之後，和朋友們喝咖啡。

커피를 **마시고 나서** 도서관에서 책을 빌립니다.　喝完咖啡之後，在圖書館借書。

도서관에서 책을 **빌리고 나서** 집으로 갑니다.　在圖書館借完書之後，回家。

집에 **도착하고 나서** 세탁기를 돌립니다.　到家之後，開洗衣機洗衣服。

세탁기를 **돌리고 나서** 컴퓨터로 인터넷 서핑을 합니다.　洗完衣服之後，用電腦上網瀏覽。

인터넷 서핑을 **하고 나서** 잠을 잡니다.　網路瀏覽完之後，睡覺。

**注意**

表達時間先後順序時，也可以使用「－고」（然後）和「－아／어서」（之後），但這兩者都是前句的內容做為後句結果的**原因**。相對來説，「－고 나서」（做完～然後）是**單純表達時間先後順序的行為**。

## 引導和說明

1. 「－기로 하다」（決定～）用於對於某件事情的**決定**，或和他人之間的**約定**。

老　師：수업이 끝나고 나서 커피를 마실까요？ 　　下課之後要不要喝咖啡？

學習者：네, 좋아요. 어디에서 마실까요？ 　　好，在哪裡喝好呢？

老　師：이 근처의 카페에서 **마시기로 해요**. 　　就決定在這附近的咖啡店吧。

老　師：수업할 때 휴대폰을 사용하면 돼요？ 　　上課時可以使用手機嗎？

學習者：아니요, 휴대폰을 사용하면 안 돼요. 　　不行，使用手機的話不行。

老　師：네, 이제부터 교실에서 휴대폰을 **끄기로 해요**. 　　對，現在開始教室裡就來關手機吧。

2. 「－기로 하다」（決定～）只能結合**動詞**，寫出句型加以熟悉。

| 마시다 喝 | 마시＋**기로 하다** | 커피를 마시**기로 해요**.<br>決定喝咖啡。 |
| 끄다 關 | 끄＋**기로 하다** | 휴대폰을 끄**기로 해요**.<br>決定關手機。 |
| 먹다 吃 | 먹＋**기로 하다** | 김밥을 먹**기로 해요**.<br>決定吃紫菜飯捲。 |

## 練習

透過例句練習，表達戒**除某種壞習慣的決心**，或**決定做某件事情的情況和約定**。

술을 마시지 **않기로 했어요**. 　　決定不喝酒。

매일 운동을 **하기로 했어요**. 　　決定每天運動。

내일 어디에서 만날까요？ 　　明天要在哪裡見面？

학교 앞에서 **만나기로 해요**. 　　決定在學校前見吧。

주말에 어떤 영화를 볼까요？ 　　周末要看哪種電影？

한국 영화를 **보기로 해요**. 　　就看韓國電影吧。

## 注意

「－기로 하다」（決定～）中的「하다」（做）根據情況，可以用「**결정하다、결심하다、마음먹다、약속하다**」（決定、決心、下定決心、約定）等單字做替換，但前面所加動詞**不可用過去式**。

## 小心！避免誤用

### −고 나서 做～完之後

雖然「−고 나서」（做完～之後）用於表達根據時間先後順序發生的事情，但前後句之間不具有因果關係，只是單純羅列時間先後順序。

① 밥을 **먹고 나서** 차를 마실까요？　　　吃飽飯之後，要不要一起喝茶？

② 밥을 **먹고** 차를 마실까요？　　　既然吃飽了，要不要一起喝茶？

① 是結束吃飯的行為之後，一起喝茶的意思，② 是因為已經吃過飯，就一起喝茶當作飯後飲料。但是比較以下兩個例句的話，③ 是因為去了學校，就留在那裡念書的語意，因此前後具有明顯的因果關係，但是用 ④ 表達完成去學校的行為之後再念書，則顯得有些不順。因此「−고 나서」（做完～之後）只能使用於單純表達時間先後順序的行為，前後句之間並沒有關聯。

③ 학교에 **가서** 공부를 해요.　　　去學校念書。

④ 학교에 **가고 나서** 공부를 해요.　　　去完學校之後念書。

### −기로 하다 決定～

「−기로 하다」（決定～）加在動詞後面，表達決心或約定，由於表示事情還沒有發生，因此前面的動詞不能加上過去時態「−았／었−」。雖然 ① 有「어제」（昨天）的字眼，但因為實際上是「만나지 못했다」（沒辦法見面），因此無法使用過去式。

① 어제 **만났기로 했**는데 못 만났어요.（×）　昨天決定要見面，但是沒見到。

由於「−기로 하다」（決定～）傳達出動作主語的決定或約定，因此也可以 ② 和 ③ 一樣，將「하다」（做）改寫為「결정하다、약속하다」（決定、約定）。

② 저는 다음 주에 떠나**기로 결정했어요**.　　我決定下周要出發。

③ 7시에 도서관 앞에서 만나**기로 약속했어요**.　　約好 7 點在圖書館前見面。

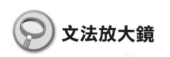

## 文法放大鏡

### ―네요 ～呢、耶

「―네요」（～呢、耶）用來表達說話者對於自身經驗或新得知的事實感到驚訝和感嘆，類似的表達句型是「―군요」（～呢、啊）。

① 불고기가 정말 **맛있네요**.      烤肉真好吃呢。

② 불고기가 정말 **맛있군요**.      烤肉真好吃呢。

以上兩句話沒有太大的差異，是實際對話中經常出現的用法。但是①「―네요」主要表達驚訝或感嘆的情緒，而②「―군요」也可以使用在嘲諷的語意。以下兩句話則明顯具有差異。③給人一種嘲笑的感覺，而④所含有的驚訝語氣較強烈。但是很多時候兩種句型是混合使用，沒有太大的差別。

③ 누군가 했더니 바로 **당신이었군요**.      我還以為是誰呢，原來就是你喔。

④ 누군가 했더니 바로 **당신이었네요**.      我以為是誰呢，原來是你啊。

### ―을 줄 알다／모르다 會／不會～

「―을 줄 알다／모르다」（會／不會～）加在動詞後面，表示是否具備能力或方法，但也可以加在形容詞後面，表示是否知道某種事實或狀態。

① 유카 씨는 한국 음식을 **만들 줄 알아요**.      由夏會做韓國菜。

② 미선 씨는 운전을 **할 줄 몰라요**.      美善不會開車。

③ 그 사람이 돈이 **많을 줄 알았어요**.      我知道他錢很多。

④ 그 여자가 그렇게 **예쁠 줄 몰랐어요**.      我沒想到她那麼漂亮。

①是指做韓國菜的方法或能力，②是不知道開車的方法，或沒有能力，③是表達知道錢很多的事實，④是指不知道漂亮的事實，表達本身推測錯誤。

也可以加上「으로」（以）、「은／는」（主格助詞）、「을／를」（受格助詞）等助詞，寫成像「―을 줄로 알다」（以為～）或「―을 줄을 알다」（就知道～）的型態。下列加上助詞的例句，主要使用在強調本身對某件事實或情況的描述。

⑤ 나는 그 사람이 **떠날 줄로 알았다**.      我以為他出發了。

⑥ 그 사람이 **그럴 줄은 정말 몰랐어요**.      我真沒想到他會那樣。

⑦ 내 동생은 운전을 **할 줄을 몰라요**.      我弟弟就是不會開車。

# 課堂活動

## 詢問能力

> 가 : 한국 노래를 부를 줄 알아요 ?
> 나 : 네 . 부를 줄 알아요 .
> 아니요 . 부를 줄 몰라요 .

옆 사람과 무엇을 할 수 있는지에 관해서 묻고 답합니다 .

< 도움말 >
한 사람씩 앞으로 나와서 자신의 능력을 말하고 질문을 받게 해도 좋습니다 .

---

-고 나서 -做完之後

## 製作泡菜

① 김치찌개의 재료를 말해 봅니다 .
② '- 고 나서'를 사용해서 조리 과정을 이야기합니다 .
③ 궁금한 점을 그때그때 질문을 합니다 .

< 도움말 >
요리 연구가가 방송에서 하는 것처럼 역할극을 해 봐도 좋습니다 .

---

-기로 하다 -決定、説好

## 表達決心／約定

① 나의 결심을 말해 봅니다 .
② 친구와 약속하기를 해 봅니다 .

< 도움말 >
활동지를 복사하여 결심과 약속을 각각 잘라 학습자에게 나눠 주고 완성한 다음 발표하게 합니다 .

**教室的某日－授課日誌**

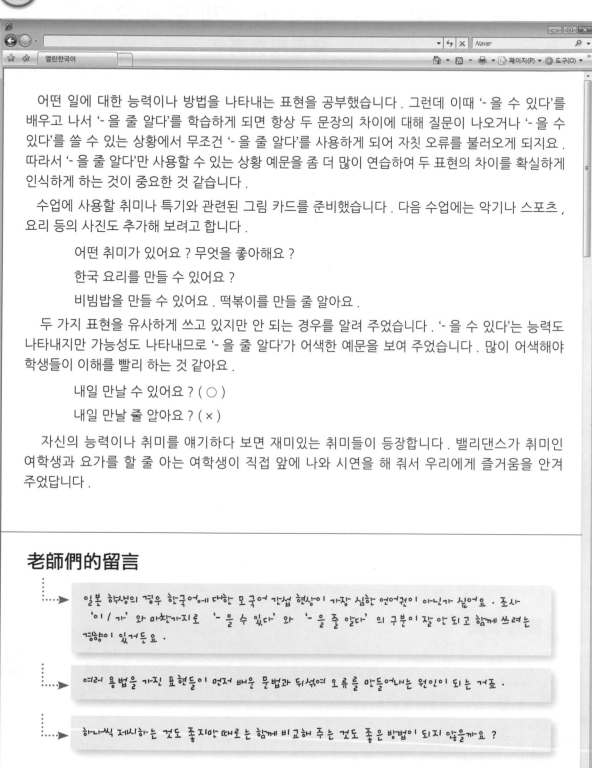

어떤 일에 대한 능력이나 방법을 나타내는 표현을 공부했습니다. 그런데 이때 '- 을 수 있다'를 배우고 나서 '- 을 줄 알다'를 학습하게 되면 항상 두 문장의 차이에 대해 질문이 나오거나 '- 을 수 있다'를 쓸 수 있는 상황에서 무조건 '- 을 줄 알다'를 사용하게 되어 자칫 오류를 불러오게 되지요. 따라서 '- 을 줄 알다'만 사용할 수 있는 상황 예문을 좀 더 많이 연습하여 두 표현의 차이를 확실하게 인식하게 하는 것이 중요한 것 같습니다.

수업에 사용할 취미나 특기와 관련된 그림 카드를 준비했습니다. 다음 수업에는 악기나 스포츠, 요리 등의 사진도 추가해 보려고 합니다.

어떤 취미가 있어요? 무엇을 좋아해요?

한국 요리를 만들 수 있어요?

비빔밥을 만들 수 있어요. 떡볶이를 만들 줄 알아요.

두 가지 표현을 유사하게 쓰고 있지만 안 되는 경우를 알려 주었습니다. '- 을 수 있다'는 능력도 나타내지만 가능성도 나타내므로 '- 을 줄 알다'가 어색한 예문을 보여 주었습니다. 많이 어색해야 학생들이 이해를 빨리 하는 것 같아요.

내일 만날 수 있어요? ( ○ )

내일 만날 줄 알아요? ( × )

자신의 능력이나 취미를 얘기하다 보면 재미있는 취미들이 등장합니다. 밸리댄스가 취미인 여학생과 요가를 할 줄 아는 여학생이 직접 앞에 나와 시연을 해 줘서 우리에게 즐거움을 안겨 주었답니다.

## 老師們的留言

일본 학생의 경우 한국어에 대한 모국어 간섭 현상이 가장 심한 언어권이 아닌가 싶어요. 조사 '이 / 가' 와 마찬가지로 '- 을 수 있다' 와 '- 을 줄 알다' 의 구분이 잘 안 되고 함께 쓰려는 경향이 있거든요.

여러 용법을 가진 표현들이 먼저 배운 문법과 뒤섞여 오류를 만들어내는 원인이 되는 거죠.

하나씩 제시하는 것도 좋지만 때로는 함께 비교해 주는 것도 좋은 방법이 되지 않을까요?

# 어머님 연세가 어떻게 되세요 ?

## 您母親貴庚 ?

2-7

| 學習文法 | 의 ~ | 的 | - 으시 - | 敬語 |
|---|---|---|---|---|
| | 에게서 / 한테서 | 從、由~ | 에게 / 한테 | 給、向~ |

| 課程目標 | 學會介紹家人。<br>學會使用敬語。 |
|---|---|

## 課程準備

| | 需確認的內容 | 已準備 | 未準備 |
|---|---|---|---|
| 1 | 説明「의」（～的）的所有含意和作用。 | | |
| 2 | 説明所有「높임말」（敬語）相關的型態和意義。 | | |
| 3 | 正確掌握「에게（서）／한테（서）」（給、向／從、由）所表示的動作方向。 | | |

## 1. 説明「의」（～的）的所有含意和作用

「의」（～的）加在名詞或助詞後面，用來修飾後面的名詞，本身具有幾種意思。

| | | | |
|---|---|---|---|
| 나의 고향 | （我的故鄉） | → | 所屬、所有 |
| 문제의 해결 | （問題的解決） | → | 目標、對象 |
| 최상의 선택 | （最佳的選擇） | → | 屬性、限定 |
| 월급의 반 | （月薪的一半） | → | 部分、關係 |
| 마음의 창 | （心靈之窗） | → | 比喻的對象 |
| 부모님과의 약속 | （與父母的約定） | → | 象徵意義 |

## 2. 説明所有「높임말」（敬語）相關的型態和意義

大部分敬語是使用「－으시－」（敬語），但也有某些單字屬於特殊情況。

話：**말**（普通語）－ **말씀**（敬語），人：**사람**（普通語）－ **분**（敬語），
用餐：**식사**（普通語）－ **진지**（敬語），年齡：**나이**（普通語）－ **연세**（敬語），
家：**집**（普通語）－ **댁**（敬語）
給：**주다**（普通語）－ **드리다**（敬語）
吃／喝：**먹다**，**마시다**（普通語）－ **드시다**（敬語）
睡覺：**자다**（普通語）－ **주무시다**（敬語）
不舒服：**아프다**（普通語）－ **아프시다／편찮으시다**（敬語）

## 3. 正確掌握「에게（서）／한테（서）」（給、向／從、由）所表示的動作方向

「에게（서）／한테（서）」（給、向／從、由）表示某種行為的接受對象和給予方向，或表示目的「給、向」，但也可以是給予一方的「從、由」，為了避免混淆，一開始最好循序漸進地學習。「에게」通常可以替換成「한테」，敬語表達則改為「께」。

| | |
|---|---|
| 동생에게／한테 선물을 주었어요. | 送給弟弟禮物。 |
| 동생에게／한테 선물을 받았어요. | 從弟弟那收到禮物。 |
| 동생에게서／한테서 선물을 받았어요. | 從弟弟那收到禮物。 |
| | |
| 친구에게／한테 책을 주었어요. | 給朋友書。 |
| 친구에게／한테 책을 받았어요. | 從朋友那拿到書。 |
| 친구에게서／한테서 책을 받았어요. | 從朋友那拿到書。 |
| 부모님께 편지를 드렸어요. | 給父母信。 |

「나에게／저에게、너에게」（給我、給你）可以縮寫為「내게／제게、네게」（給我、給你）。

| | |
|---|---|
| **나에게** 주세요. - **내게** 주세요. | 請給我。 |
| **저에게** 주세요. - **제게** 주세요. | 請給我。 |
| **너에게** 줄게. - **네게** 줄게. | 給你。 |

## 文法訣竅

**引導和說明**

1. 拿出物品，練習説看看是屬於誰的東西。

老　師：이것은 **제** 가방이에요 . 이것은 누구**의** 책이에요 ？

　　　　　這是我的包包。這是誰的書？

學習者：○○ 씨**의** 책이에요 .    是○○的書。

老　師：이것은 뭐예요 ？ 누구의 책이에요 ？    這是什麼？是誰的書？

學習者：_____ **의** _____ 이에요／예요 .    是 _____ 的 _____ 。

2. 至少拿出十種以上的物品或圖卡，反覆進行練習，了解屬於誰或屬於哪部分，也可以用在介紹家人。

할아버지**의** 안경 　　 爺爺的眼鏡
어머니**의** 구두 　　 媽媽的鞋子
아버지**의** 아버지 　　 爸爸的爸爸
동생**의** 여자 친구 　　 弟弟的女朋友

**練習**

加上「**이 , 그 , 저**」（**這、那、那**）的指示語一起練習會更有效率。不妨多多利用身邊常見的生活必需品來舉例。

이것은 저**의** 휴대폰이에요 .      這是我的手機。
그것은 선생님**의** 책이에요 .      那是老師的書。
저것은 미나 씨**의** 가방이에요 .      那是美娜的包包。

이분이 저**의** 아버지예요 .      這位是我的爸爸。
저분이 저**의** 선생님이에요 .      那位是我的老師。

**注意**

韓語中表示所有或所屬的「**의 ～的**」經常會省略，而「**나의**」（**我的**）會合併為「**내**」，「**저의**」（**我的**）會合併為「**제**」。

**引導和說明**

1. 看著家族照片或年長者的照片，導入新文法。

　　老　師：이 사람이 누구일까요？這個人是誰？

　　學習者：선생님의 할머니예요？是老師的奶奶嗎？

　　老　師：네, 맞아요. 저의 할머니세요. 할머니는 지금 안 계세요.

　　　　　　對，沒錯。是我的奶奶。奶奶現在不在。

　　　　　　작년에 **돌아가셨어요**. 去年過世了。

　　　　　　이**분**은 저의 아버지**세요**. 연세가 일흔이세요. 這位是我的爸爸。年齡是七十歲。

2. **敬語同時會使用許多單字和表達型態**，最好從熟悉的人開始練習較易理解。

| 普通 | 敬語 | 敬語 |
|---|---|---|
| 가다 去 | 가**시**다 去 | 어머니께서 시장에 **가셨어요**.<br>媽媽去了市場。 |
| 읽다 讀 | 읽**으시**다 讀 | 선생님께서 책을 **읽으셨어요**.<br>老師讀了書。 |
| 먹다 吃 | **드시**다 吃 | 할머니께서 진지를 **드셨어요**.<br>奶奶用過餐。 |

**練習**

拿出各種人物的圖卡，**敘述句型態會根據動作主語而改變**，反覆進行練習。等到熟悉之後，進一步介紹自己的家人。

　　동생이 밥을 먹어요. 　　　　　　　　弟弟（妹妹）吃飯。

　　할머니**께서** 진지를 **드세요**. 　　　　奶奶用餐。

　　언니가 가요. 　　　　　　　　　　　姊姊去。

　　어머니**께서** **주무세요**. 　　　　　　媽媽就寢。

　　친구가 운동을 해요. 　　　　　　　　朋友運動。

　　선생님**께서** 운동을 **하세요**. 　　　　老師運動。

　　저의 아버지는 선생님이**세요**. 　　　我的爸爸是老師。

　　올해 예순이**세요**. 　　　　　　　　今年六十歲。

**注意**

**命令句或指示句**所使用的「－으세요」（請～），和**敘述句**的敬語「－으세요」是不同用途，需要注意兩者差異。

**引導和說明**

1. 使用「**에게（서）／한테（서）**」（給、向／從、由）時，必須了解「**주다**」（給予）、「**받다**」（接受）的主體和客體之間動作進行的方向，不妨以「**선물**」（禮物）做為內容來引導會更有成效。

老　師：여러분은 어떤 선물을 받아 봤어요 ?　各位收過什麼禮物？

學習者：꽃을 받아 봤어요 .　我收過花。

老　師：꽃을 누가 주었어요 ?　誰給妳的呢？

學習者：남자 친구가 주었어요 .　男朋友給的。

老　師：네 , ○○ 씨는 남자 친구**에게서** 꽃을 받았어요 .　好，○○從男朋友那收到花。

　　　　그리고 어떤 선물을 주었어요 ?　然後送了什麼禮物？

學習者：책 선물을 주었어요 .　送了書當禮物。

老　師：아 , ○○ 씨는 남자 친구**에게** 책을 주었어요 .　啊，○○送了男朋友書。

2. 以圖畫方式或文字標示出方向，了解給予和接受東西的主體。

> 친구**에게** 선물을 주었어요 .　　送了朋友禮物。
> 선생님**께** 꽃을 드렸어요 .　　送了老師花。
> 친구**에게서** 선물을 받았어요 .　從朋友那收到禮物。
> 선생님**에게서** 꽃을 받았어요 .　從老師那收到花。

**練習**

可利用圖片練習，確實了解**動作進行的方向性**，或使用指揮棒也是不錯的方法。

나（我）　　　　주다（給予）　　　　　　친구（朋友）／동생（弟弟）
나（我）　　　　드리다（給予）　　　　　선생님（老師）／부모님（父母）

나는 친구**에게**（**한테**）선물을 주었어요 . 我送了朋友禮物。

나는 선생님**께** 선물을 드렸어요 . 我送了老師禮物。

나（我）　　　　받다（接受）　　　　　　친구（朋友）
나（我）　　　　받다（接受）　　　　　　선생님（老師）

나는 친구**에게서**（**한테서**）선물을 받았어요 .　我從朋友那收到禮物。

나는 선생님**에게서**（**한테서**）선물을 받았어요 .　我從老師那收到禮物。

**注意**

由於當句子的主語省略時，「**에게／한테**」前面的名詞可能是**給予的主體**，也可能是**接受的對象**，因此要注意避免混淆。

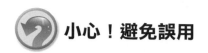 **小心！避免誤用**

## 의 ～的

1.「의」（～的）加在名詞和名詞之間或助詞後面，用於修飾後面的名詞，主要表達所有或所屬，但詳細區分的話，意思上具有差異。① 是指包包屬於我，② 是將要解決的問題做為目標或對象，③ 是指許多學習者當中的一份子，前後具有參與部分的關係，④ 是最佳選擇，前者作為後者名詞的限定定義，⑤ 是前後做為比喻的對象，⑥ 是承接助詞的意思，修飾後面的名詞。像 ①②③ 一樣，帶有所屬、目標、參與部份意思的情況，「의」（～的）可以省略，但 ④⑤⑥ 則不可省略，這一點需要特別注意。

① 나**의** 가방 我的包包　　　　　　　　（所屬、所有）

② 문제**의** 해결 問題的解決　　　　　　　（目標、對象）

③ 학생**의** 일부 學習者的一部份　　　　　（部分、關係）

④ 최상**의** 선택 最佳的選擇　　　　　　　（屬性、限定）

⑤ 행운**의** 열쇠 幸運的鑰匙　　　　　　　（比喻的對象）

⑥ 부모님과**의** 약속 與父母的約定　　　　（意義特性）

2. 當「의」（～的）像 ① 一樣用於表示所有或所屬意義時，通常會省略，「나의 책」（我的書）會省略成「내 책」，「너의 동생」（你的弟弟／妹妹）會省略成「네 동생」。像這樣「의」具有非常多元化和複雜的意思和作用，因此在初級學習階段時，最好先了解像 ① 一樣，表示所有或所屬之意即可，等到熟悉之後，再進入下一個階段，學習其他用法。

3.「의」在發音上也是容易讓人覺得困難的部分，名詞「의사」（醫生）或「회의」（會議）是根據「의」在單字中的位置而有不同的發音（單字首發音為 [ 의 ]，非單字首發音為 [ 이 ]），而當「의」作為助詞來使用時，會發音成 [ 에 ]。

나**의** 어머니 [ 나**에** 어머니 ]　　　　　我的媽媽

할아버지**의** 안경 [ 할아버지**에** 안경 ]　　爺爺的眼鏡

행운**의** 열쇠 [ 행운**에** 열쇠 ]　　　　　幸運的鑰匙

부모남과**의** 약속 [ 부모님과**에** 약속 ]　　與父母的約定

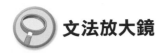

# 文法放大鏡

## 높임법 敬語規則

韓語中很重要的特點「**높임법**」（**敬語規則**）對學習者來説，是感到相當困難的部分之一。在一開始學習的時候，有必要清楚了解彼此之間的關係。韓語的敬語規則可以分為三大類，像① 是尊敬句子主語的「**主體敬語**」，② 是尊敬動作對象的「**客體敬語**」，而 ③ 是在對話當中尊敬聽者的「**對象敬語**」。

① 아버지**께서** 책을 읽**으세요** .　　　　爸爸讀書。

② 어제 어머니**께** 선물을 **드렸어요** .　　　昨天送了禮物給媽媽。

③ 보통 휴일에는 뭐 하**세요** ?　　　　通常假日的時候做什麼？

但是對於母語中沒有敬語表達的人來說，韓語必須根據狀況來使用的敬語會令人感到相當困難，因此學習時最好先從最容易理解的「**나이**」（**年齡**）和「**직위**」（**職位**）來熟悉敬語的使用方式。三種敬語規則中，最常使用的是主體尊敬，使用結合動詞和形容詞的「**—으시—**」，現在式時態在動詞和形容詞加上「**—으세요**」語尾，過去式時態加上「**—으셨어요**」語尾，未來式時態加上「**—으실 거예요**」語尾。而有一類單字是不同於這種規則的方式，需要特別改寫，必須另外列出來練習。

| 친구 , 동생 , 누나 , 형 , 나<br>朋友、弟弟、妹妹、姊姊、哥哥、我 | 부모님 , 할머니 , 할아버지 , 선생님<br>父母、奶奶、爺爺、老師 |
|---|---|
| 이 / 가 主格助詞 | 께서 主格助詞 |
| 은 / 는은 / 는 主格助詞 | 께서는 主格助詞 |
| 에게 (한테) 給、向 | 께 給、向 |
| | |
| 이다 是 | 이시다 是 |
| 먹다 吃 | 드시다 吃 |
| 죽다 死掉 | 돌아가시다 過世 |
| 자다 睡覺 | 주무시다 就寢 |
| 주다 給予 | 드리다 獻給 |
| 마시다 喝 | 드시다 吃 |
| 아프다 不舒服 | 편찮으시다 不舒服 |

由於**客體敬語**的種類並不多，最好將日常生活中經常使用的「**뵙다**」（**拜訪**）和「**말씀드리다**」（**告知**）等單字學習起來。

 **課堂活動**

# 媽媽和我

'나'와 '어머니'일 때 사용하는 표현을 써 보세요.
한 사람씩 나와서 발표를 합니다.

< 도움말 >
옆 사람과 질문하고 대답하기를 합니다. 서로의 역할을 정해서 해도 좋습니다.

# 表達方式的改變

예사 표현을 높임 표현으로 바꿔서 써 봅니다.

< 도움말 >
활동지를 나눠 주거나 칠판에 써서 학습자가 앞에 나와 직접 써 보게 하는 것도 좋습니다.

# 介紹家人

학습자의 가족사진을 가져오게 하거나 가상의 사진으로 소개를 합니다.
말하는 사람보다 어린 경우와 나이가 많은 경우를 각각 연습합니다.

< 도움말 >
한 사람씩 나와서 소개를 하거나 학습자를 가족으로 가상하여 나눈 다음 역할극으로 해도 좋습니다.

## 에게 ( 서 )／한테 ( 서 )1 給／向 1

### 收送禮物

·_____에게 ( 한테 ) _____을／를 주었어요 .
·_____에게서 ( 한테서 ) _____을／를 받았어요 .

물건이나 선물을 주고받은 상황을 이야기해 봅니다 .
상대방의 입장으로 바꿔서 이야기합니다 .

< 도움말 >
자신이 받거나 주었던 선물에 대해서 말해 봅니다 .

## 에게 ( 서 )／한테 ( 서 )2 給／向 2

### 收送禮物

그림을 보고 누가 누구에게 선물을 받았는지 말해 봅니다 .
양쪽의 입장을 바꿔서 다시 말해 봅니다 .

< 도움말 >
서로의 물건을 주고받으면서 '화살표 막대' 등을 사용해서 정확하게 방향성을 제시해 주면 좋습니다 .

# 教室的某日－授課日誌

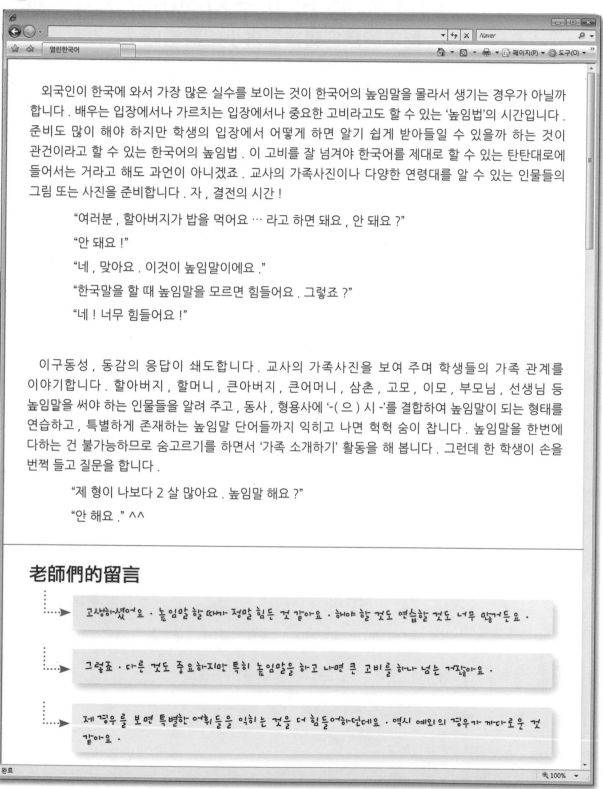

외국인이 한국에 와서 가장 많은 실수를 보이는 것이 한국어의 높임말을 몰라서 생기는 경우가 아닐까 합니다. 배우는 입장에서나 가르치는 입장에서나 중요한 고비라고도 할 수 있는 '높임법'의 시간입니다. 준비도 많이 해야 하지만 학생의 입장에서 어떻게 하면 알기 쉽게 받아들일 수 있을까 하는 것이 관건이라고 할 수 있는 한국어의 높임법. 이 고비를 잘 넘겨야 한국어를 제대로 할 수 있는 탄탄대로에 들어서는 거라고 해도 과언이 아니겠죠. 교사의 가족사진이나 다양한 연령대를 알 수 있는 인물들의 그림 또는 사진을 준비합니다. 자, 결전의 시간!

"여러분, 할아버지가 밥을 먹어요 … 라고 하면 돼요, 안 돼요?"

"안 돼요!"

"네, 맞아요. 이것이 높임말이에요."

"한국말을 할 때 높임말을 모르면 힘들어요. 그렇죠?"

"네! 너무 힘들어요!"

이구동성, 동감의 응답이 쇄도합니다. 교사의 가족사진을 보여 주며 학생들의 가족 관계를 이야기합니다. 할아버지, 할머니, 큰아버지, 큰어머니, 삼촌, 고모, 이모, 부모님, 선생님 등 높임말을 써야 하는 인물들을 알려 주고, 동사, 형용사에 '-(으) 시-'를 결합하여 높임말이 되는 형태를 연습하고, 특별하게 존재하는 높임말 단어들까지 익히고 나면 헉헉 숨이 찹니다. 높임말을 한번에 다하는 건 불가능하므로 숨고르기를 하면서 '가족 소개하기' 활동을 해 봅니다. 그런데 한 학생이 손을 번쩍 들고 질문을 합니다.

"제 형이 나보다 2살 많아요. 높임말 해요?"

"안 해요." ^^

## 老師們的留言

> 고생하셨어요. 높임말 할 때가 정말 힘든 것 같아요. 해야 할 것도 연습할 것도 너무 많거든요.

> 그렇죠. 다른 것도 중요하지만 특히 높임말을 하고 나면 큰 고비를 하나 넘는 거잖아요.

> 제 경우를 보면 특별한 어휘들을 익히는 것을 더 힘들어하던데요. 역시 예외의 경우가 까다로운 것 같아요.

# 2-8

# 에린 씨 좀 바꿔 주시겠어요?
## 能不能請您轉接愛琳小姐聽電話?

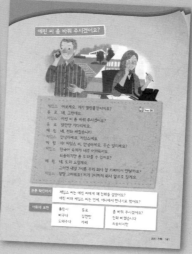

| 學習<br>文法 | - 지요? | ~吧? | - 아 / 어 주다 | 幫忙~ |
|---|---|---|---|---|
| | - 아 / 어 주시겠어요? | 可以幫忙~嗎? | - 아 / 어 드릴게요 | 我幫您~ |
| | 접속부사 | 接續副詞 | | |
| 課程<br>目標 | 學會打電話和請求別人。<br>學會點菜和取消。<br>學會確認和說明。 | | | |

 **課程準備**

| | 需確認的內容 | 已準備 | 未準備 |
|---|---|---|---|
| **1** | 正確掌握「－지요」（～吧?）「－아／어요」（非格式體語尾）的差異。 | | |
| **2** | 說明「－아／어 주다」（幫忙～）在陳述句和疑問句中的差異。 | | |
| **3** | 說明「－을게요」（我會～）的人稱限制。 | | |
| **4** | 說明慎重請求和拜託的表達方式。 | | |
| **5** | 了解各種接續副詞的意義和作用。 | | |

## 1. 正確掌握「一지요」（～吧？）「一아／어요」（非格式體語尾）的差異

　　從敘述句、疑問句、命令句和勸誘句來看，「一지요」（～吧？）和「一아／어요」（～嗎？）在寫法上相同，但語意上是有差異的。「一아／어요」是說話者本身或對方，<u>兩者當中的一人對於未知的事實或新資訊加以陳述</u>，或提出疑問，而「一지요？」是在說話者和對方都已知的前提之下，為了再次確認而加以陳述或詢問。

| | |
|---|---|
| 오늘 날씨가 **더워요**? | 今天天氣熱嗎？ |
| 오늘 날씨가 **덥지요**? | 今天天氣熱吧？ |
| 비빔밥이 **맛있어요**? | 拌飯好吃嗎？ |
| 비빔밥이 **맛있지요**? | 拌飯好吃吧？ |

## 2. 説明「一아／어 주다」（幫忙～）在陳述句和疑問句中的差異

　　「一아／어 주다」（幫忙～）在陳述句中以說話者的立場來說話時，表示對他人「도움을 주다」（給予幫忙），但是使用「一아／어 주세요」（請幫忙～）是表示命令或請求。而「一아／어 줄까요？」（需要～嗎？）是說話者先提出幫忙的意願，並徵求對方的同意。而如果使用尊待語「一아／어 주시겠습니까？」（可以拜託您～嗎？），表示說話者非常慎重地向對方提出請求。

| | |
|---|---|
| 창문을 **열어 줍니다**. | 我幫忙開窗戶。 |
| 창문을 **열어 주세요**. | 請你幫忙開窗戶。 |
| 창문을 **열어 줄까요**? | 需要我幫忙開窗戶嗎？ |
| 창문을 **열어 주시겠습니까**? | 可以拜託您開窗戶嗎？ |

## 3. 説明「一을게요」（我會～）的人稱限制

　　「一을게요」（我會～）使用在表達說話者的選擇、意志和約定，主語只能是「나」（我）或「우리／저희」（我們），同時不能作為疑問句使用。

| | |
|---|---|
| 앞으로 공부를 열심히 **할게요**. | 以後我會認真念書。 |
| 저는 햄버거를 **먹을게요**. | 我要吃漢堡。 |
| 영수 씨는 내일 여행을 **갈게요**. （×） | 英秀明天去旅行。 |
| 내일 여행을 **갈게요**? （×） | 明天要去旅行嗎？ |

## 4. 説明慎重請求和拜託的表達方式

　　當提出請求和拜託時，延用「一아／어 주다」（幫忙～）的句型，以更為慎重的形式「一아／어 주시겠어요？」（可以幫忙～嗎？）和「一아／어 드릴게요」（我幫您～）來表達。

| | | |
|---|---|---|
| 창문을 **열어 주세요**. | → | 창문을 **열어 주시겠어요**? |
| 請幫我開窗戶。 | | 可以請您幫忙開窗戶嗎？ |
| 네, **열어 줄게요**. | → | 네, **열어 드릴게요**. |
| 好，我幫你開。 | | 好，我幫您開。 |

## 5. 了解各種接續副詞的意義和作用

　　整理出「그런데（可是／那）、그렇지만（可是）、그러니까（所以）、그래서（所以）、그리고（而且）、그래도（即使～也）、그러면（那麼）」各自具備的意義和作用之後，也要了解哪些具有相同意義，可以替換使用。

# 文法訣竅

**引導和說明**

1. 利用包包或書等已知的物品，以**問句形式**來詢問，加強語氣來幫助理解。

| 老　師：이 가방은 ○○ 씨의 가방**이지요**？ | 這是○○的包包吧？ |
| 學習者：네, 맞아요. | 對，沒錯。 |
| 老　師：이 책은 ○○ 씨의 책**이지요**？ | 這是○○的書對吧？ |
| 學習者：네, 맞아요. | 對，沒錯。 |
| 老　師：이것은 누구의 지갑이에요？ | 這是誰的皮夾呢？ |
| 學習者：그것은 △△ 씨의 지갑이에요. | 那是△△的皮夾。 |

2. 動詞和形容詞接「**－지요**」，名詞末字有尾音接「**이지요**」，無尾音接「**지요**」。

| 가다 去 | 가 + **지요** | 내일 학교에 가**지요**？<br>明天去學校吧？ |
| 맵다 辣 | 맵 + **지요** | 김치찌개가 맵**지요**？<br>泡菜鍋很辣吧？ |
| 가방 包包 | 가방 + **이지요** | 이것은 새 가방**이지요**？<br>這是新包包吧？ |
| 노트 筆記本 | 노트 + **지요** | 이것은 ○○ 씨 노트**지요**？<br>這是○○的筆記本吧？ |

**練習**

使用「**－지요？**」（～吧？）來詢問時，肯定的回答可使用「**네, 맞아요.**」（對，沒錯。）或「**네, 그래요.**」（對，是的。）也可以重複使用問句中的句子作為回答。

| 한국의 수도는 서울**이지요**？ | 韓國的首都是首爾吧？ |
| →네, 맞아요. 한국의 수도는 서울이에요. | 對，沒錯。韓國的首都是首爾。 |
| 한라산은 제주도에 있**지요**？ | 漢拏山在濟州島吧？ |
| →네, 맞아요. | 對，沒錯。 |
| 여기가 남산**이지요**？ | 這裡是南山吧？ |
| →네, 남산이에요. | 對，是南山。 |
| 김 선생님 댁**이지요**？ | 是金老師的家吧？ |
| →네, 그래요. | 對，是的。 |

**注意**

「**－지요？**」（～吧？）的縮寫形式為「**－죠？**」（～吧？），同時須明確了解「**－지요**」（～吧？）和「**－아／어요**」（～嗎？）的差異，以避免混淆。

**引導和說明**

1. 模擬**指示或拜託**的情況，導入新文法。利用開門和關門的狀況來練習。

| 老　師：○○ 씨 , 문을 좀 **닫아 주세요** . | ○○，請幫忙關門。 |
|---|---|
| 學習者：네 , 알겠어요 . | 好，我知道了。 |
| 老　師：○○ 씨 , 책을 **읽어 주세요** . | ○○，請幫忙讀書。 |
| 學習者：네 . | 好。 |
| 老　師：○○ 씨 , 볼펜 좀 **빌려 주세요** . | ○○，請借一下原子筆。 |
| 學習者：네 , 여기 있어요 . | 好，在這裡。 |

2. 「－아／어 주다」（**幫忙～**）的寫法會根據**動詞形式**而有所變化。

| 닫다 關 | 닫 + 아 주다 | 문을 닫아 주세요 . 請幫忙關門。 |
|---|---|---|
| 읽다 讀 | 읽 + 어 주다 | 책을 읽어 주세요 . 請幫忙讀書。 |
| 하다 做 | 해 + 주다 | 전화해 주세요 . 請打電話給我。 |

**練習**

普通**敘述句**中，當說話者作為動作的主體時，意思是說話者為對方「**어떤 도움을 주다**」（給予某種幫助），若是**命令句**則表示「**도움을 요청하다**」（請求幫忙），最好透過各種例句來練習，熟悉其中的差異。

| 내가 다른 사람에게 **도움을 주다**<br>給予別人幫助 | 내가 다른 사람에게 **도움을 요청하다**<br>向別人請求幫助 |
|---|---|
| 사진을 **찍어 주었다** .<br>幫忙照相。 | 사진을 **찍어 주세요** .<br>請幫忙照相。 |
| 숙제를 **도와주었다** .<br>幫忙作業。 | 숙제를 **도와주세요** .<br>請幫我作業。 |
| 전화번호를 **가르쳐 주었다** .<br>告知電話號碼。 | 전화번호를 **가르쳐 주세요** .<br>請告訴我電話號碼。 |
| 창문을 **열어 주었다** .<br>幫忙開窗戶。 | 창문을 **열어 주세요** .<br>請幫忙開窗戶。 |
| 가방을 **들어 주었다** .<br>幫忙提包包。 | 가방을 **들어 주세요** .<br>請幫忙提包包。 |

**注意**

「－아／어 주다」（**幫忙～**）在**陳述句**、**命令句**、**勸誘句**中動作的主體是不同的，必須明確了解**給予幫助的動作主體是誰**，才能正確掌握語意。

**引導和説明**

1. 透過**勸誘、提議或選擇**的情況來導入新文法。不妨利用幾張食物照片，從中進行選擇。

老　師：무엇을 먹을까요？ 저는 비빔밥을 **먹을게요** . 吃什麼好呢？我要吃拌飯。

學習者：저는 불고기를 **먹을게요** . 我要吃烤肉。

老　師：식사를 하고 나서 제가 커피를 **살게요** . 用完餐之後我買咖啡請客。

學習者：감사합니다 . 謝謝。

2. 試著用上課時需要**遵守的事項**來做約定。

老　師：교실에서 어떻게 해요？ 教室裡應該做哪些事呢？

學習者：공부를 열심히 해요 . 조용히 해요 . 대답을 잘 해요 .
認真念書。保持安靜。積極回答。

老　師：네 , 우리 약속해요 . 이렇게 말할 수 있어요 . 好，我們來約定。可以這麼説。

공부를 열심히 **할게요** . 조용히 **할게요** . 대답을 잘 **할게요** .
我會認真念書。我會保持安靜。我會積極回答。

| 먹다 吃 | 먹 + 을게요 | 저는 비빔밥을 먹을게요 .<br>我要吃拌飯。 |
| 사다 買 | 사 + 게요 | 제가 커피를 살게요 .<br>我買咖啡請客。 |

**練習**

説話者表達**做某件事情的意志，或給予對方承諾**，以各種狀況來進行練習。

제가 청소를 **할게요** . 我來打掃。

저는 먼저 **갈게요** . 我要先走。

다음에는 제가 **살게요** . 下次我來請客。

저는 커피를 **마실게요** . 我要喝咖啡。

이제부터 늦지 **않을게요** . 從現在開始我不會遲到。

수업 중에 휴대폰을 사용하지 **않을게요** . 上課中我不使用手機。

**注意**

「－을게요」（我會～）是説話者作為主語，因此**不能使用第二人稱**，而發音上須發為 [ **을께요** ] ，但寫法上仍然使用「**－을게요**」，同時**不能作為疑問句**。

1. 以**慎重向對方提出請求或拜託**的情況來導入新文法。

　　老　　師：여러분은 다른 사람에게 부탁할 때 어떻게 말해요？

　　　　　　　各位拜託別人時該說什麼呢？

　　學習者：'해 주세요.' 하고 말해요.　說「請幫我」。

　　老　　師：우리 배웠어요. 이번에는 높임말로 해요.　我們學過了。這次用敬語來說。

　　　　　**'해 주시겠어요？'** **'네, 해 드릴게요.'** 하세요.

　　　　　　　請說「可以幫忙嗎？」「好，我幫您。」

　　老　　師：'－아／어 주세요.' 의 높임말은 **'－아／어 주시겠어요？'**예요.

　　　　　　　「請幫我」的敬語是「可以幫忙嗎？」。

　　　　　대답은 **'해 드릴게요.'**로 말할 수 있어요.　回答可以說「我幫您」。

　　　　　○○ 씨 볼펜 좀 **빌려 주시겠어요？**　○○可以麻煩借我原子筆嗎？

　　學習者：네, **빌려 드릴게요.**　好，我借您。

2. 這兩組句型只能結合**動詞**，以及隨著動詞型態而有所變化。

| | | |
|---|---|---|
| 읽다 讀 | 읽 ＋ 어 주다 | 읽어 주시겠어요？<br>可以幫我讀嗎？ |
| 닫다 關 | 닫 ＋ 아 주다 | 닫아 주시겠어요？<br>可以幫我關嗎？ |
| 하다 做 | 해 ＋ 주다 | 해 주시겠어요？<br>可以幫我做嗎？ |

慎重請託時，根據情況加上「**실례지만, 죄송하지만, 좀**」（打擾一下、不好意思、麻煩一下）等來練習。最好和「**드릴게요**」（我幫您）的回答一起練習。

　　죄송하지만 사진 좀 **찍어 주시겠어요？**　不好意思，可以麻煩幫我拍照嗎？

　　네, **찍어 드릴게요.**　好，我幫您拍。

　　죄송하지만 이 책 좀 **찾아 주시겠어요？**　不好意思，可以麻煩幫我找這本書嗎？

　　네, **찾아 드릴게요.**　好，我幫您找。

**注意**

「**－아／어 주다**」（幫忙～）當中「주다」（給予）的敬語是「**드리다**」（獻給），請求或拜託別人時須注意避免出現「－아／어 드리겠어요？」的誤用。

**引導和說明**

1. 利用單字卡，同時使用**接續副詞**來連結兩個句子。

老　師：과자가 먹고 싶어요 . 빵도 먹고 싶어요 . 我想吃餅乾。也想吃麵包。
　　　　 두 문장을 연결해 보세요 . 試著連看看兩個句子。

學習者：과자가 먹고 싶고 빵도 먹고 싶어요 . 想吃餅乾，也想吃麵包。

老　師：요리를 했어요 . 맛이 없어요 . 어떻게 연결해요 ? 做了菜。不好吃。怎麼連接呢？

學習者：요리를 했는데 맛이 없어요 . 做了菜，可是不好吃。

老　師：네 , 요리를 했어요 . **그런데** 맛이 없어요 . 對，做了菜。可是不好吃。

2. 使用前面學過的連結語幹連接兩個句子之後，再用相關的接續副詞來連接。

| 그런데 可是、那 | 그렇지만 可是 | 그러니까 所以 |
| 그래서 所以 | 그리고 而且 | 그래도 即使也 |
| 그러면 那麼 | | |

**練習**

根據連結語幹「－은/는데（說明情況），－지만（可是），－으니까（所以），－아/어서（所以），－아/어도（即使也），－으면（的話）」的意思，以可替換的接續副詞來連接兩個句子。

제가 요리를 했어요 . **그런데/그렇지만** 맛이 없어요 . 我做了菜。可是不好吃。

모두 3 만 원이에요 . **그런데** 카드로 계산하실 거예요 ? 總共 3 萬元。那您要刷卡嗎？

수업을 시작할 거예요 . **그러니까** 의자에 앉으세요 . 因為要開始上課了。所以請就座。

집이 아주 크고 좋아요 . **그래서** 비싸요 . 房子又大又好。所以很貴。

여수는 바다가 아름다워요 . **그리고** 음식도 맛있어요 . 麗水海邊很美。而且食物也好吃。

열심히 공부를 했어요 . **그래도** 성적이 오르지 않아요 . 很認真念書。即使如此成績也沒有起色。

학생증을 보여 주세요 . **그러면** 책을 빌릴 수 있어요 . 請出示學習者證。那麼就可以借書。

**注意**

同樣的句子有時可以使用不同的接續副詞，如果一次列出所有用法容易造成混淆，最好依照學習者的進度來衡量並選擇例句。

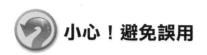

## 小心！避免誤用

### －아／어 주다　幫忙～

「－아／어 주다」（幫忙～）是對別人或對自己做出某種行為，主要使用在給予幫助。但是主體根據情況會有所不同，必須特別注意。

① 마틴 씨가 제 가방을 **들어 주었어요** .　　　　　馬丁幫我提包包。
② 문 좀 **열어 주세요** .　　　　　　　　　　　　麻煩幫我開門。
③ 전화를 **바꿔 줄까요** ?　　　　　　　　　　　需要為你轉接嗎？

　①是別人為了我提包包，②是我請求別人的幫助，③是我向別人做出某種行為。但是③的接受對象如果是上位者時，最好將「주다」（給予）改為敬語「드리다」（獻給）。而②的請求對象如果是長輩或上司，或表示慎重地拜託時，必須使用「주시겠어요 ?」（可以請您～嗎？）。

④ 전화를 **바꿔 드릴까요** ?　　　　　　　　　　需要為您轉接嗎？
⑤ 문 좀 **열어 주시겠어요** ? ( 문 좀 **열어 주시겠습니까** ? ) 可以請您幫忙開門嗎？

　當「－아／어 주다」（幫忙～）使用在自己給予別人某個物品或幫忙某件事情時，動詞就只能使用「주다」（給予）。

⑥ 동생에게 용돈을 **주었어요** .　　　　　　　　我給了弟弟（妹妹）零用錢。
⑦ 친구에게 선물을 **주었어요** .　　　　　　　　我送了朋友禮物。

### －을게요　我會～

「－을게요」（我會～）是針對某種事實，表達自己的意志或意見，也可以使用在表達決心和承諾，因此主語必須是第一人稱「나」（我）或包括自己的複數，也就是「우리」（我們）或「저희」（我們）。

① 내일부터 지각하지 **않을게요** .　　　　　　　我明天開始不會遲到。
② 제가 점심을 **살게요** .　　　　　　　　　　　我來請中餐。
③ 우리가 **갈게요** .　　　　　　　　　　　　　我們會去。
④ 우리가 **가겠습니다** .　　　　　　　　　　　我們會去。

　①是主語許下不遲到的承諾，②是表達中餐請客的意見，③是「우리」（我們）會去的約定或意志，也可以像④一樣使用敬語「－겠습니다」（會～）。（注意：「－을게요」不能作為疑問句使用）。

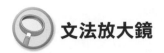

## 文法放大鏡

### －지요? 〜吧?

「－지요?」（〜吧?）加在句子的語尾，用來陳述已知的事實，或詢問以做確認，也可以作為命令句和勸誘句。使用在疑問句時，是認為聽者也已知某種事實，為了確認而加以詢問，發音時語尾的語調需要上揚。

① 오늘 날씨가 정말 **덥지요**?（↗）　　　　今天天氣真的很熱吧?

② 내일이 **시험이지요**?（↗）　　　　　　明天有考試吧?

③ 오래 전부터 저는 역사에 관심이 **많았지요**.　　早在很久之前我就對歷史很有興趣。

④ 제가 그럴 거라고 **말했었지요**.　　　　我早說過會那樣子吧。

以普通敘述句來說，① 和 ② 是在認為對方已知的前提之下，提出某種事實，③ 和 ④ 是說話者陳述自己的感覺或想法。

「－지요?」（〜吧?）也可以和動詞結合，作為命令句或勸誘句，或者提議和請求的敘述句，這時為了表示慎重，經常加上「－으시－」（敬語）來使用。

⑤ 저쪽으로 **가시지요**.　　　　　　　（命令）請移駕到那裡。

⑥ 내일 식사라도 같이 **하시지요**.　　　（勸誘）明天一起吃個飯吧。

⑦ 제 책이라도 **보시지요**.　　　　　　（提議）就看我的書吧。

⑧ 이것 좀 **도와주시지요**.　　　　　　（請求）請幫我這個忙。

乍看之下，「－지요」和經常使用的語尾「－아／어요」很類似，但具有幾種差異。⑨ 中的「－아／어요」是陳述新資訊或新事實，但 ⑩ 中的「－지요」是陳述談話雙方或其中一方已知的事實，或作為確認時使用。

⑨ 내일 여행 **가세요**?　　　　　　　明天要旅行嗎?

⑩ 내일 여행 **가지요**?　　　　　　　明天要旅行吧?

然而使用在命令句時，⑪ 的「－아／어요」比 ⑫ 的「－지요」在語氣上稍微更強烈一點。

⑪ 밖에서 **기다리세요**.　　　　　　　請在外面等。

⑫ 밖에서 **기다리시지요**.　　　　　　請在外面等吧。

## 課堂活動

### ー아／어 주다 1 ー幫忙 1

## 請幫幫我！

이사를 해요 .
숙제가 어려워요 .
몸이 아파요 .
짐이 많아요 .

어떻게 도와주면 좋을지 이야기해 봅시다 .

### ー아／어 주다 2 ー幫忙 2

## 請求 · 拜託

· _____아 / 어 주세요 .
· _____아 / 어 주시겠어요 ?

① 상황 카드를 보고 위의 표현으로 요청이나 부탁을 합니다 .
② 한 사람씩 카드를 주고 각자의 상황을 이야기하거나 전체를 주고 돌아가며 말하기를 합니다 .
③ 다른 상황을 이야기해 봅니다 .

< 도움말 >
한 사람씩 손을 들어 자신이 부탁하거나 요청하고 싶은 일을 이야기하게 합니다 .

# 我承諾會做到的事情！

·부모님께 - 열심히 공부해서 선생님이 될게요 .
·선생님께 - 앞으로 지각하지 않을게요 .
·아내에게 / 남편에게 - 더 많이 사랑할게요 .

부모님이나 선생님 또는 아내나 남편에게 약속하는 표현을 써 봅니다 .

< 도움말 >
학습자들을 부모님 또는 선생님 , 부부로 가정하여 역할극을 하며 실제로 약속하는 표현을 해 봅니다 .

# 連結句子

그런데    그렇지만    그러니까    그래서    그리고    그래도    그러면

위에 제시된 접속부사를 보고 두 문장을 연결하세요 .
하나의 상황에 여러 가지 접속부사가 가능하기도 합니다 .

· 내일은 일요일이에요 . **그런데 / 그렇지만 / 그래도** 일을 해요 .
· 날씨가 더워요 . **그래서 / 그러니까** 에어컨을 켜요 .

< 도움말 >
'- 아 / 어서'와 '- 으니까'를 쓸 수 있는 상황과 쓸 수 없는 상황을 구별할 수 있도록 연습합니다 .

## 教室的某日－授課日誌

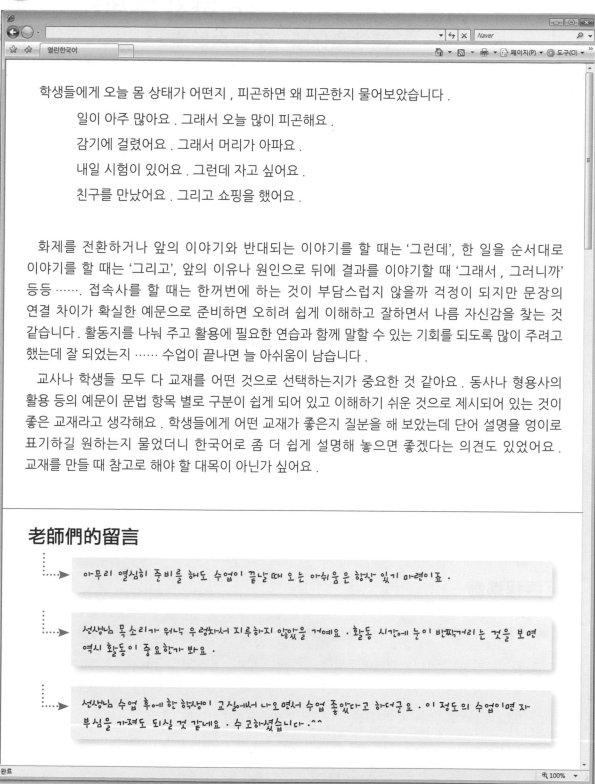

학생들에게 오늘 몸 상태가 어떤지 , 피곤하면 왜 피곤한지 물어보았습니다 .

일이 아주 많아요 . 그래서 오늘 많이 피곤해요 .

감기에 걸렸어요 . 그래서 머리가 아파요 .

내일 시험이 있어요 . 그런데 자고 싶어요 .

친구를 만났어요 . 그리고 쇼핑을 했어요 .

화제를 전환하거나 앞의 이야기와 반대되는 이야기를 할 때는 '그런데', 한 일을 순서대로 이야기를 할 때는 '그리고', 앞의 이유나 원인으로 뒤에 결과를 이야기할 때 '그래서 , 그러니까' 등등 …… . 접속사를 할 때는 한꺼번에 하는 것이 부담스럽지 않을까 걱정이 되지만 문장의 연결 차이가 확실한 예문으로 준비하면 오히려 쉽게 이해하고 잘하면서 나름 자신감을 찾는 것 같습니다 . 활동지를 나눠 주고 활용에 필요한 연습과 함께 말할 수 있는 기회를 되도록 많이 주려고 했는데 잘 되었는지 …… 수업이 끝나면 늘 아쉬움이 남습니다 .

교사나 학생들 모두 다 교재를 어떤 것으로 선택하는지가 중요한 것 같아요 . 동사나 형용사의 활용 등의 예문이 문법 항목 별로 구분이 쉽게 되어 있고 이해하기 쉬운 것으로 제시되어 있는 것이 좋은 교재라고 생각해요 . 학생들에게 어떤 교재가 좋은지 질문을 해 보았는데 단어 설명을 엉이로 표기하길 원하는지 물었더니 한국어로 좀 더 쉽게 설명해 놓으면 좋겠다는 의견도 있었어요 . 교재를 만들 때 참고로 해야 할 대목이 아닌가 싶어요 .

## 老師們的留言

아무리 열심히 준비를 해도 수업이 끝날때 오는 아쉬움은 항상 있기 마련이죠 .

선생님 목소리가 워낙 우렁차서 지루하지 않았을 거예요 . 활동 시간에 눈이 반짝거리는 것을 보면 역시 활동이 중요한가 봐요 .

선생님 수업 후에 한 학생이 교실에서 나오면서 수업 좋았다고 하더군요 . 이 정도의 수업이면 자부심을 가져도 되실 것 같네요 . 수고하셨습니다 . ^^

## 3-1

# 따뜻하게 하시고 무리하지 마세요.
## 請注意保暖，不要太勉強。

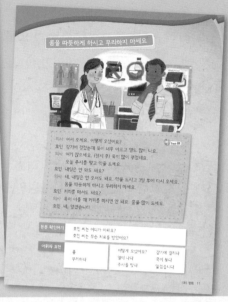

| 學習<br>文法 | | | |
|---|---|---|---|
| - 아 / 어도 되다 | 可以~ | - 으면 안 되다 | 不可以~ |
| - 지 마세요 | 請勿~ | - 게 | ~地（副詞化） |
| ㅅ불규칙 | ㅅ不規則 | | |

| 課程<br>目標 | 學會說明疾病和症狀。<br>學會徵求同意或給予許可。<br>學會表達禁止。 |
|---|---|

 **課程準備**

| | 需確認的內容 | 已準備 | 未準備 |
|---|---|---|---|
| 1 | 表達許可和禁止的「－아／어도 되다」（可以）和「－으면 안 되다」（不可以）。 | | |
| 2 | 說明禁止命令句「－지 마세요」（請勿～）的意義和使用型態。 | | |
| 3 | 說明「－게」（～得）的意義和使用情況。 | | |
| 4 | 正確掌握「불규칙」（不規則）的種類和使用型態。 | | |

## 1. 許可和禁止的「-아/어도 되다」（可以）和「-으면 안 되다」（不可以）

表達讓步和許可的「-아/어도 되다」（可以～）作為疑問句時，可以和表達禁止的「-으면 안 되다」（不可以～）一起使用，因為對話時需要雙方都表示意見。這裡的「되다」（可以）可以替換為「괜찮다」（沒關係），讓使用範圍更廣。

가 : 여기에서 담배를 **피워도 돼요** ? / **괜찮아요** ?     這裡可以抽菸嗎？／沒關係嗎？
나 : 아니요, 여기에서 담배를 **피우면 안 돼요**.     不，這裡不能抽菸。
      네, 여기에서 담배를 **피워도 돼요**.     可以，這裡可以抽菸。

## 2. 説明禁止命令句「-지 마세요」（請勿～）的意義和使用型態

可以和禁止表達「-으면 안 되다」（不可以～）一起使用的「-지 말다」（不要～），不能作為敘述句或疑問句，只能用於命令句或勸誘句，由於表達上能以表示慎重的敬語或不帶尊敬的半語來表達，為了避免誤用，最好一開始便學習「-지 마세요」（請勿～）的句型。學過「-으면 안 되다」（不可以～）之後，再學習和它相關的「-지 마세요」（請勿～）來練習造句。

여기에서 담배를 **피우지 마세요**.     這裡請勿吸菸。（敬語）
여기에서 담배를 **피우지 마십시오**.     這裡請勿吸菸。（敬語）
여기에서 담배를 **피우지 마**.     不要在這裡抽菸。（半語）

## 3. 説明「-게」（～得）的意義和使用情況

「-게」（～得）和形容詞或動詞結合，對於後面連接的名詞加以限定或表示程度，也可以表達目的或理由。但是結合形容詞和結合動詞時，意思和作用並不相同，需要特別注意。① 和形容詞結合成為「예쁘게」（漂亮地）時，表示剪髮的程度，詞性上屬於副詞，即使在句中省略不使用，句子仍然可以成立。② 和動詞結合時，做為後句保持安靜的目的和理由，這時可以替換為「-도록」（達到～）也不影響句子意思。

① 머리를 **예쁘게** 잘라 주세요.     頭髮請幫我剪漂亮一點。
② 아이가 **자게** 조용히 하세요.     請安靜一點讓小孩睡覺。

## 4. 正確掌握「ㅅ 불규칙」（ㅅ 不規則）的種類和使用型態

所謂「불규칙」（不規則）的概念是相對於規則的用法，包括**尾音「ㅅ」脫落的用言**和「ㅅ」**不脫落的規則用言**。但是如果一次列出所有用言，可能會造成學習上的困擾，因此最好先熟悉不規則用言之後，再和規則用言做比較，是較適切的學習方式。（參考 2-2 單元的不規則變化）

낫다 - 나으니까 - 나아서 - 나아요 - 나았어요
（痊癒）（因為痊癒）（因為痊癒）（＋語尾）（＋過去式）

짓다 - 지으니까 - 지어서 - 지어요 - 지었어요
（建造）（因為建造）（因為建造）（＋語尾）（＋過去式）

웃다 - 웃으니까 - 웃어서 - 웃어요 - 웃었어요
（笑）（因為笑）（因為笑）（＋語尾）（＋過去式）

씻다 - 씻으니까 - 씻어서 - 씻어요 - 씻었어요
（洗）（因為洗）（因為洗）（＋語尾）（＋過去式）

# 文法訣竅

**引導和說明**

1.「－아／어도 되다」（可以～）在實際情況中是**以疑問句形式徵求許可和同意**，可以利用教室裡的狀況作為例句來引導學習。

老　師：교실에서 물을 마셔요. 괜찮아요 ?　在教室裡喝水。沒關係嗎？

學習者：네 , 괜찮아요 .　是，沒關係。

老　師：네 , 교실에서 물을 **마셔도 돼요** .　好，在教室裡可以喝水。

老　師：도서관에서 책을 읽어요 . 어때요 ?　在圖書館裡讀書。怎麼樣？

學習者：네 , 좋아요 .　是，可以。

老　師：네 , 도서관에서 책을 **읽어도 돼요** .　對，在圖書館裡可以讀書。

2.「－아／어도 되다」（可以～）會根據動詞語幹的型態而改變，將變化列出來，口說練習句子。

| 먹다 吃 | **먹**어도 | 음식을 **먹**어도 돼요 ?<br>可以吃東西嗎？ |
|---|---|---|
| 가다 去 | **가도** | 지금 화장실에 **가도** 돼요 ?<br>現在可以去洗手間嗎？ |
| 하다 做 | **해도** | 노래를 **해도** 돼요 ?<br>可以唱歌嗎？ |

**練習**

1. 針對徵求許可的疑問句，練習以**肯定的方式**回答。

창문을 **열어도 돼요** ? 네 , 창문을 **여세요** .　可以開窗戶嗎？可以，請開窗戶。

음악을 **들어도 돼요** ? 네 , 음악을 **들으세요** .　可以聽音樂嗎？可以，請聽音樂。

노래를 **불러도 돼요** ? 네 , 노래를 **부르세요** .　可以唱歌嗎？可以，請唱歌。

사진을 **찍어도 돼요** ? 네 , 사진을 **찍으세요** .　可以拍照嗎？可以，請拍照。

2. 也可以使用和疑問句相同的「－아／어도 되다」（可以～），以及「－으세요」（請～）做為許可的回答。

질문을 **해도 돼요** ? 네 , 질문을 **해도 돼요** .　可以問問題嗎？可以，可以問問題。

화장실에 **가도 돼요** ? 네 , 화장실에 **가도 돼요** .　可以去洗手間嗎？可以，可以去洗手間。

**注意**

「되다」（可以）可以替換為「**좋다**」（**好**），意思相同。

**引導和說明**

1. 針對是否許可的詢問，使用「－으면 안 되다」（不可以～）表達禁止的回覆，透過例句導入新文法。利用抽菸的圖片或香菸的照片來詢問。

| | | |
|---|---|---|
| 老　師：교실에서 담배를 **피워도 돼요？** | 可以在教室抽菸嗎？ |
| 學習者：아니요，**안 돼요．** | 不，不可以。 |
| 老　師：교실에서 담배를 **피우면 안 돼요．** | 不可以在教室抽菸。 |
| 　　　　수업 시간에 **잠을 자도 돼요？** | 上課時間可以睡覺嗎？ |
| 學習者：아니요，잠을 **자면 안 돼요．** | 不，不可以睡覺。 |

2. 將動詞語幹有尾音和無尾音時的型態列表出來。

| 먹다 吃 | 먹으면 | 음식을 **먹으면 안 돼요．**<br>不可以吃東西。 |
|---|---|---|
| 가다 去 | 가면 | 지금 화장실에 **가면 안 돼요．**<br>現在不可以去洗手間。 |
| 하다 做 | 하면 | 전화를 **하면 안 돼요．**<br>不可以打電話。 |

**練習**

1. 練習場所和各種狀況的禁止表達。

| | |
|---|---|
| 도서관에서 큰 소리로 **말하면 안 돼요．** | 不可以在圖書館大聲喧嘩。 |
| 극장에서 전화를 **하면 안 돼요．** | 不可以在電影院打電話。 |
| 박물관에서 사진을 **찍으면 안 돼요．** | 不可以在博物館拍照。 |
| 공원에서 쓰레기를 **버리면 안 돼요．** | 不可以在公園丟棄垃圾。 |
| 수업에 **늦으면 안 돼요．** | 不可以上課遲到。 |
| 산에서 담배를 **피우면 안 돼요．** | 不可以在山上抽菸。 |

2. 利用<u>立牌標語</u>來熟悉禁止表達。

수영 금지 禁止游泳 　－　 이곳에서 수영을 **하면 안 돼요．** 此處不可以游泳。
촬영 금지 禁止攝影 　－ 이곳에서 사진을 **찍으면 안 돼요．** 此處不可以拍照。
무단 횡단 금지 禁止橫越馬路 － 이곳에서 길을 **건너면 안 돼요．** 此處不可以穿越馬路。

**注意**

像「**열다**」（開）和「**만들다**」（製作）等語幹以「ㄹ」結尾的單字，後面不須加上「으」，而直接使用「**열면**」（開的話）、「**만들면**」（製作的話），必須特別注意。

準備交通指示牌或禁止標語的圖片，以問答的方式，先複習之前學過的「－으면 안 되다」（不可以～）之後，再導入新文法「－지 마세요」（請勿～）。

**引導和説明**

老　師：이건 뭐예요? 這是什麼？

學習者：담배를 **피우면 안 돼요**. 不可以抽菸。

老　師：네, 맞아요. '담배를 **피우지 마세요**.' 이렇게 말해요.
　　　　　對，沒錯。「請勿抽菸。」要這樣説。

　　　　　교실에서 음식을 먹어도 돼요? 可以在教室裡吃東西嗎？

學習者：아니요, 음식을 **먹으면 안 돼요**. 不行，不可以吃東西。

老　師：네, 음식을 **먹지 마세요**. 對，請勿飲食。

| 먹다 吃 | 교실에서 음식을 **먹지 마세요**.<br>請勿在教室裡吃東西。 |
| 하다 做 | 교실에서 전화를 **하지 마세요**.<br>請勿在教室裡打電話。 |

**練習**

1. 利用標語，練習**禁止句型**。

수영 금지　　　禁止游泳　　　－ 이곳에서 수영을 **하지 마세요**. 禁止游泳

촬영 금지　　　禁止攝影　　　－ 이곳에서 사진을 **찍지 마세요**. 此處請勿拍照。

무단 횡단 금지 禁止橫越馬路 － 이곳에서 길을 **건너지 마세요**. 此處請勿穿越馬路。


2. 依據狀況，再次練習**禁止的事項**。

도서관에서 큰 소리로 **말하지 마세요**.　　　　請勿在圖書館裡大聲喧嘩。

극장에서 전화를 **하지 마세요**.　　　　　　　請勿在電影院裡打電話。

박물관에서 사진을 **찍지 마세요**.　　　　　　請勿在博物館裡拍照。

공원에서 쓰레기를 **버리지 마세요**.　　　　　請勿將垃圾丟棄在公園。

수업에 **늦지 마세요**.　　　　　　　　　　　上課請勿遲到。

산에서 담배를 **피우지 마세요**.　　　　　　　請勿在山上抽菸。


**注意**

表達禁止的「－지 마세요」（請勿～），其基本原型為「－지 말다」（勿～），而在實際生活中，前句比後句更常用，最好能夠多加熟悉。

**引導和説明**

1. 「─게」（～得）加在**形容詞**後面，表示**程度或方式**，用來修飾敘述句。

| | |
|---|---|
| 老　師：여러분, 점심을 먹었어요? | 各位吃午飯了嗎？ |
| 學習者：네, 먹었어요. | 是，吃過了。 |
| 老　師：어땠어요? | 覺得怎麼樣？ |
| 學習者：맛있어요. | 很好吃。 |
| 老　師：아, **맛있게** 먹었어요? | 啊，吃得津津有味嗎？ |
| 學習者：네, **맛있게** 먹었어요. | 對，吃得津津有味。 |

2. 「─게」（～得）加在某種**動作或行為前面**時，可以表達行為的**程度**。

> **맛있게** 먹었어요. 吃得津津有味。
> **깨끗하게** 청소를 했어요. 打掃得乾乾淨淨。
> **싸게** 샀어요. 買得便宜。

**練習**

「─게」（～得）即使在句子中省略不用，句子仍然可以成立，而「─게」的位置屬於**副詞**。

| | | | |
|---|---|---|---|
| 방을 | **깨끗하게** | 청소했어요. | 房間打掃得很乾淨。 |
| 문제를 | **쉽게** | 풀었어요. | 輕易地解開問題。 |
| 머리를 | **짧게** | 잘랐어요. | 頭髮剪得很短。 |
| 점심을 | **맛있게** | 먹었어요. | 中餐吃得津津有味。 |
| 가방을 | **싸게** | 샀어요. | 包包買得便宜。 |

**注意**

「─게」（～得）可以與**形容詞和動詞**結合。與**形容詞**結合時，表示**程度或方式**，在句子中省略也不會影響句子的成立。當和**動詞**結合，表示**目的或理由**時，就不能夠省略。最好一開始先學習結合形容詞的表達用法。

**引導和說明**

1. 利用「ㅅ**불규칙**」（ㅅ**不規則**）的單字卡，學習「**ㅅ**」**的脫落變化**。

老　師：저는 주말에 감기에 걸려서 아팠어요 .　我週末時因為感冒，很不舒服。

學習者：선생님 , 괜찮아요 ?　老師，還好嗎？

老　師：네 , 이제 **나았어요** . 여러분도 감기 조심하세요 .

是，現在已經痊癒了。各位也請小心感冒。

여러분은 커피에 설탕을 넣어요 ?　各位喝咖啡會放砂糖嗎？

學習者：아니요 , 저는 설탕을 안 넣고 마셔요 .　不，我不加砂糖喝。

老　師：저는 설탕을 넣고 **저어서** 마셔요 .　我加砂糖攪拌來喝。

| 낫다 痊癒 | 낫고 痊癒而 | 나으니까 因為痊癒 | 나아서 因為痊癒 | 나아요 語尾 |
| 짓다 建造 | 짓고 建造而 | 지으니까 因為建造 | 지어서 因為建造 | 지어요 語尾 |
| 젓다 攪拌 | 젓고 攪拌而 | 저으니까 因為攪拌 | 저어서 因為攪拌 | 저어요 語尾 |

**練習**

先學習**不規則的「ㅅ」**單字，等到熟練之後，再學習**規則的「ㅅ」**單字，了解不規則和規則的變化。

| 짓다 | 建造 | — | 이 건물은 3 년 전에 **지었어요** . | 這棟建築是 3 年前蓋的。 |
| 젓다 | 攪拌 | — | 설탕을 넣고 잘 **저어서** 마셔요 . | 放入砂糖之後，充分攪拌來喝。 |
| 낫다 | 痊癒 | — | 이제 병이 다 **나았어요** . | 現在病全都好了。 |
| 웃다 | 笑 | — | 예쁘게 **웃으세요** . | 請美美地笑。 |
| 벗다 | 脱 | — | 신발을 **벗으세요** . | 請脱鞋。 |
| 씻다 | 洗 | — | 밥을 먹기 전에 손을 **씻어요** . | 吃飯前洗手。 |

**注意**

「**웃다**」（笑）、「**씻다**」（洗）、「**벗다**」（脱）、「**빗다**」（梳）的「**ㅅ**」是不須脫落的**規則動詞**，但是一開始最好避免同時學習規則和不規則的用法，先熟悉**不規則**的用法之後，再學習規則用法。

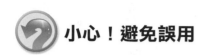

## 「－아／어도 되다」（可以～）和「－으면 안 되다」（不可以～）

「－아／어도 되다」（可以～）結合動詞或形容詞，用來表達許可，可以像①一樣作為肯定句，或像②一樣作為疑問句。

① 이곳에서 음식을 **먹어도 돼요／좋아요／괜찮아요**.　　　這裡可以吃東西。

② 여기에서 담배를 **피워도 돼요**？　　　　　　　　　　　這裡可以抽菸嗎？

作為疑問句，而當回答是肯定的時候，使用「－어도 되다」（可以～），否定時使用「－으면 안 되다」（不可以～）。這裡的「－으면 안 되다」（不可以～）像③是針對某種條件或狀況表示不可以的禁止或限制語意，而也可以像④一樣，用來作為滿足某種動作或狀態的條件。

③ 이곳에서 술을 **마시면 안 돼요**.　　　　　　　　　　　這裡不能喝酒。

④ 수업 중이니까 전화를 **하면 안 돼요**.　　　　　　　　　因為在上課，不能使用電話。

## －지 마세요 請勿～

與前面提過的禁止表達「－으면 안 되다」（不可以～）有同樣意思的是「－지 말다」（勿～）。但是「－지 말다」（勿～）只能像①和②使用在命令句或勸誘句，不能用作敘述句或疑問句。

① 술을 **마시지 마세요**.　　　　　　　　　　　　　　　　請勿喝酒。

　 술을 **마시지 마십시오**.　　　　　　　　　　　　　　　請您不要喝酒。

　 술을 **마시지 마**.　　　　　　　　　　　　　　　　　　別喝酒。

② 담배를 **피우지 맙시다**.　　　　　　　　　　　　　　　我們別抽菸吧。

③ 술을 **마시지 말았어요**.（╳）　　　　　　　　　　　　不要喝了酒。

④ 담배를 **피우지 말았어요**？（╳）　　　　　　　　　　不要抽了菸嗎？

①是要求別人不要喝酒的命令句，表達更慎重的語氣時可以使用「**술을 마시지 마십시오**」（請您勿喝酒）。使用半語（無尊敬）表達是「**술을 마시지 마**」（別喝酒），而如果使用「**술을 마시지 마요**」（不要喝酒）會給人比較委婉柔和的感覺。②是要大家一起不要抽菸的勸誘句，但是像③和④使用在敘述句或疑問句則是錯誤用法。

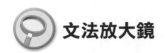

## －게 ～得

「－게」（～得）結合部分動詞和形容詞，具有副詞的功能，用來修飾後面的敘述句，可以表示程度或方式，也可以表達後句情況的目的或結果。由於「－게」屬於副詞，在句中省略時，句子仍然成立。

① 방이 **깨끗하게** 청소했어요．　　　　　　房間打掃得很乾淨。

② 머리를 **짧게** 잘랐어요．　　　　　　　　頭髮剪得很短。

③ 저는 음식을 조금 **맵게** 해 주세요．　　　我的食物請弄辣一點。

④ 조금 **크게** 말해 주세요．　　　　　　　請稍微說大聲一點。

① 是說話者打掃房間時，達到「**깨끗하게**」（乾淨得）程度或方式，② 表示剪頭髮的程度。兩句都是第一人稱的敘述句。③ 是準備食物的標準和程度，④ 是請求對方說話音量大聲一點。也可以表達後句的行為目的或結果。

⑤ 지나갈 수 **있게** 길을 비켜 주세요．　　　請讓路讓人可以通過。

⑥ 뒤에서도 **들리게** 큰 소리로 말해 주세요．　請大聲說話讓後面也能聽見。

⑦ 넘어지지 **않게** 조심하세요．　　　　　請小心不要跌倒。

⑤ 表示讓路行為的目的和理由，⑥ 是要求大聲說話的原因，⑦ 是叫人小心的目的或理由。這時「－게」（～得）可以和大部分的動詞結合，也可以像下面的句子一樣，和「－도록」（達到～）替換。

⑤-1 지나갈 수 **있도록** 길을 비켜 주세요．　　請讓路讓人可以通過。

⑥-1 뒤에서도 **들리도록** 큰 소리로 말해 주세요．　請大聲說話讓後面也能聽見。

⑦-1 넘어지지 **않도록** 조심하세요．　　　　請小心不要跌倒。

「－게」（～得）可以和部分形容詞結合，表示某種想法，後面通常使用「**생각하다**」（覺得）、「**여기다**」（認為）等動詞。

⑧ 그 사람을 **나쁘게** 생각하지 마세요．　　不要把他想得太壞。

⑨ 그 아이를 **귀엽게** 여기고 있어요．　　　認為那孩子很可愛。

⑧ 是拜託不要把那個人當作壞人，⑨ 表示覺得那個孩子很可愛。

## 課堂活動

**－아／어도 되다／－으면 안 되다 1 －可以／不可以 1**

### 熟悉禮儀

① 식사 예절
② 직장 예절
③ 방문 예절
④ 공공 예절

< 도움말 >

이밖에도 예절이나 에티켓이 필요한 상황이나 장소에 대해 이야기를 해 봅니다 .

**－아／어도 되다／－으면 안 되다 2 －可以／不可以 2**

### 這個場合應該怎麼做呢？

> 학교에서
> 집에서
> 공원에서
> 박물관에서
> 산에서

< 도움말 >

동작이 행해질 수 있는 다양한 장소를 학생들에게 물어보고 답하게 합니다 .

# 練習看標示語

교통 표지판
금지 표지판
주의 표지판

< 도움말 >

교사가 표지판을 보여 주고 먼저 많이 답하는 사람이 이기는 게임을 해도 좋습니다 .

# 禁止的事項

역할극 하기

① 학교에서는 선생님으로
② 극장에서는 안내 직원으로
③ 지하철에서는 연장자나 직원으로

< 도움말 >

각각의 역할을 맡아서 상황극을 꾸며 보아도 좋습니다 .

'왕 게임' 으로 아랫사람에게 명령을 하는 상황을 만들어 봅니다 .

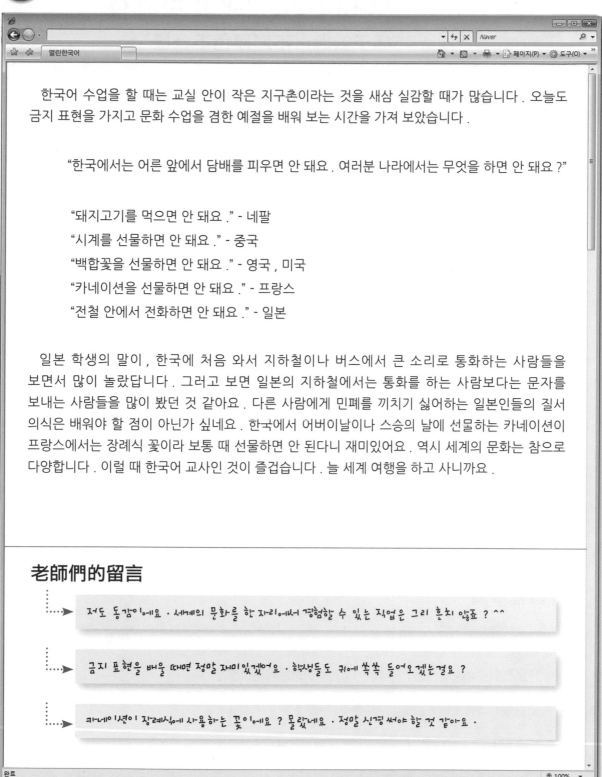

한국어 수업을 할 때는 교실 안이 작은 지구촌이라는 것을 새삼 실감할 때가 많습니다. 오늘도 금지 표현을 가지고 문화 수업을 겸한 예절을 배워 보는 시간을 가져 보았습니다.

"한국에서는 어른 앞에서 담배를 피우면 안 돼요. 여러분 나라에서는 무엇을 하면 안 돼요?"

"돼지고기를 먹으면 안 돼요." - 네팔
"시계를 선물하면 안 돼요." - 중국
"백합꽃을 선물하면 안 돼요." - 영국, 미국
"카네이션을 선물하면 안 돼요." - 프랑스
"전철 안에서 전화하면 안 돼요." - 일본

일본 학생의 말이, 한국에 처음 와서 지하철이나 버스에서 큰 소리로 통화하는 사람들을 보면서 많이 놀랐답니다. 그러고 보면 일본의 지하철에서는 통화를 하는 사람보다는 문자를 보내는 사람들을 많이 봤던 것 같아요. 다른 사람에게 민폐를 끼치기 싫어하는 일본인들의 질서 의식은 배워야 할 점이 아닌가 싶네요. 한국에서 어버이날이나 스승의 날에 선물하는 카네이션이 프랑스에서는 장례식 꽃이라 보통 때 선물하면 안 된다니 재미있어요. 역시 세계의 문화는 참으로 다양합니다. 이럴 때 한국어 교사인 것이 즐겁습니다. 늘 세계 여행을 하고 사니까요.

## 老師們的留言

저도 동감이에요. 세계의 문화를 한 자리에서 경험할 수 있는 직업은 그리 흔치 않죠? ^^

금지 표현을 배울 때면 정말 재미있겠어요. 학생들도 귀에 쏙쏙 들어오겠는걸요?

카네이션이 장례식에 사용하는 꽃이에요? 몰랐네요. 정말 신경 써야 할 것 같아요.

# 3-2

## 모양은 비슷한데 색이 달라요.
### 樣子很像，不過顏色不一樣

| 學習文法 | - 은 / 는데 | 可是（對照） | - 은 / ㄴ | ～的 |
|---|---|---|---|---|
| | ㅎ 불규칙 | ㅎ 不規則 | 어떤 + 名詞 | 怎樣的～ |

| 課程目標 | 學會敘述狀況和修飾的表達句型。<br>學會表達對照和比較語意。 |
|---|---|

 **課程準備**

| | 需確認的內容 | 已準備 | 未準備 |
|---|---|---|---|
| 1 | 說明對照語意「－은／는데」（可是）的用法和結合型態。 | | |
| 2 | 說明形容詞「冠形詞形」的型態變化。 | | |
| 3 | 說明「ㅎ 불규칙 」（ㅎ 不規則）的種類和運用型態。 | | |
| 4 | 疑問詞「어떤」（怎樣的～）的意義和正確用法。 | | |

## 1. 說明對照語意「-은/는데」(可是)的用法和結合型態

　　「-은/는데」主要針對後面想說的內容先行說明情況，表達環境和背景，也可以使用在前後對照的情況，意思是「**可是**」，這時會有更強調後句內容的感覺，這時可以和「**-지만**」(可是)做替換。下面 ① 強調即使時間很多，卻沒有念書，② 和 ③ 都是表達哥哥個子很高，可是弟弟很矮的前後相反內容，具有相同的意思。

　　　　① 시간이 **많았는데** 시험공부를 안 했어요 .　　時間很多，可是沒唸書準備考試。
　　　　② 형은 키가 **큰데** 동생은 키가 작아요 .　　　哥哥個子高，可是弟弟個子矮。
　　　　③ 형은 키가 **크지만** 동생은 키가 작아요 .　　哥哥個子高，可是弟弟個子矮。

## 2. 說明形容詞「冠形詞形」的型態變化

　　「-은/ㄴ」(〜的) 用來修飾後面的名詞，屬於形容詞的現在式「冠形詞形」，當形容詞原型有尾音時加上「**-은**」，沒有尾音時加上「**-ㄴ**」，而包含「**-있다**」(有) 和「**-없다**」(沒有) 的形容詞則加上「**-는**」。另外，屬於「**ㅂ불규칙**」(ㅂ不規則) 的形容詞，尾音「ㅂ」會脫落，並且和「**우**」結合，成為「**-운**」。

　　　　요즘 **짧은** 치마를 자주 입어요 .　　　　　　(짧다 短) 最近常穿短裙。
　　　　우리 반에서 키가 가장 **큰** 사람은 요한 씨예요 .　(키가 크다 個子高) 我們班個子最高的人是有翰。
　　　　**재미있는** 영화가 있어요 ?　　　　　　　　　(재미있다 有趣) 有有趣的電影嗎？
　　　　**매운** 음식을 좋아해요 .　　　　　　　　　　(맵다 辣) 我喜歡辣的食物。

## 3. 說明「ㅎ 불규칙」(ㅎ不規則) 的種類和運用型態

　　當同樣類型的單字分為規則和不規則兩種情況時，可以一次學習兩種用法，但是最好先學習不規則的用法，等到熟悉之後，再和規則用法做比較。「**ㅎ불규칙**」(ㅎ不規則) 的單字有很多是表達顏色的詞彙，學過形容詞「冠形詞形」之後，再和「**ㅎ불규칙**」(ㅎ不規則) 的單字結合使用會很有成效 (參考 2-2 文法放大鏡)。

　　　　하늘이 파랗다　天空藍　→　파란 하늘　藍色的天空
　　　　가방이 까맣다　包包黑　→　까만 가방　黑色的包包
　　　　눈이 하얗다　　白雪白　→　하얀 눈　　白色的雪

## 4. 疑問詞「어떤」(怎樣的〜) 的意義和正確用法

　　當詢問人或事物的特性、內容、狀態、特點如何時，會使用「**어떤**」(怎樣的〜) 來表達，和它類似的是「**무슨**」(什麼的)。但「**무슨**」(什麼的) 是針對不知道的事情、對象或東西做詢問時使用，選擇的範圍相對較廣，而「**어떤**」(怎樣的〜) 的選擇範圍則較受限制。從以下的例句可以看出兩者差異。

　　　　**어떤** 영화를 좋아하세요 ? (○)　　　　　你喜歡怎樣的電影？
　　　　**무슨** 영화를 좋아하세요 ? (○)　　　　　你喜歡什麼電影？
　　　　이 중에서 **어떤** 것으로 드실래요 ? (○)　　這些當中你要吃什麼 (口味) 的？
　　　　이 중에서 **무슨** 것으로 드실래요 ? (×)　　這些當中你要吃什麼 (東西) 的？

## －은／는데 可是（對照）

**引導和說明**

1. 當**前後內容相反**時，可使用「**－은／는데**」，試著用兩個形容詞連結句子。

老　師：○○ 씨는 키가 커요. △△ 씨는 어때요？○○個子高。△△怎麼樣呢？

學習者：△△ 씨는 키가 작아요. △△個子矮。

老　師：네, ○○ 씨는 키가 **큰데** △△ 씨는 키가 작아요. 好, ○○個子高,但△△個子矮。

　　　　오늘은 날씨가 흐려요. 어제는 어땠어요？今天天氣陰天。昨天怎麼樣？

學習者：날씨가 좋았어요. 맑았어요. 天氣很好。很晴朗。

老　師：네, 어제는 날씨가 **좋았는데** 오늘은 흐려요. 好, 昨天天氣很好,可是今天陰天。

2. 將**有尾音的形容詞、動詞和名詞**列出來，加上變化形態並舉例。

| 먹다 吃 | **먹**는데 | 김치는 잘 **먹**는데 떡볶이는 잘 못 먹어요.<br>很能吃泡菜,可是不太敢吃辣炒年糕。 |
|---|---|---|
| 적다 少 | **적**은데 | 평일에는 사람이 **적**은데 주말에는 많아요.<br>平常人很少,可是周末很多。 |
| 크다 大 | **큰**데 | 형은 키가 **큰**데 동생은 작아요.<br>哥哥個子高,可是弟弟矮。 |
| 주말 周末 | 인데 | 주말인데 회사에 가요.<br>是周末,可是去公司。 |

**練習**

1. 利用**對照語意的形容詞**反覆練習。

많다, 적다 多, 少 → 어제는 학생이 **많았는데** 오늘은 적어요. 昨天學習者多,可是今天少。

덥다, 춥다 熱, 冷 → 여름에는 **더운데** 겨울에는 추워요. 夏天時很熱,可是冬天時很冷。

넓다, 좁다 寬, 窄 → 학교 운동장은 **넓은데** 제 방은 좁아요. 學校運動場很寬,可是我的房間很窄。

밝다, 어둡다 亮, 暗 → 낮에는 **밝은데** 밤에는 어두워요. 白天時很亮,可是晚上時很暗。

얇다, 두껍다 薄, 厚 → 공책은 **얇은데** 사전은 두꺼워요. 筆記本薄,可是字典厚。

맛있다, 맛없다 好吃, 難吃 → 찌개는 **맛있는데** 국은 맛없어요. 鍋很好吃,可是湯難吃。

2. 熟悉使用語意相反的形容詞來造句之後，再練習以**對照的動詞**來造句。

밥을 많이 **먹었는데** 또 먹고 싶어요. 　　　　　吃了很多飯,可是又想吃。

공부를 열심히 **했는데** 시험을 잘 못 봤어요. 　　　很認真念書,可是考不好。

**注意**

前句動詞**以子音結尾**時加上「**－는데**」，但是必須注意子音在發音上的變化現象（**먹는데**[멍는데]、**입는데**[임는데]、**했는데**[핸는데] 等）。

| 引導和說明 | |
|---|---|

描述持有的物品或服裝，導入新文法「一은／ㄴ」（～的）。

老　師：○○ 씨 머리가 어때요？ ○○的頭髮是怎樣的呢？

學習者：길어요. 很長。

老　師：네 , 머리가 **긴** 사람이 ○○ 씨예요. 好，頭髮長的人是○○。

○○ 씨는 **긴** 머리와 **짧은** 머리 어느 쪽이 더 좋아요？

○○喜歡長髮還是短髮呢？

學習者：저는 **짧은** 머리가 좋아요. 我喜歡短髮。

2. **有尾音**時加上「一은」，**無尾音**時加上「一ㄴ」，而「**어렵다**」（困難）、「**쉽다**」（簡單）等屬於「**ㅂ불규칙**」（ㅂ不規則）的形容詞會和「**우**」結合使用。

| 짧다 短 | **짧은** 短的 | 짧은 치마를 자주 입어요. 常穿短裙。 |
|---|---|---|
| 크다 大 | **큰** 大的 | 한국에서 가장 큰 섬이에요. 是韓國最大的島嶼。 |
| 어렵다 難 | **어려운** 難的 | 어려운 문제예요. 是困難的問題。 |
| 재미있다 有趣 | **재미있는** 有趣的 | 재미있는 영화를 보고 싶어요. 想看有趣的電影。 |

| 練習 | |
|---|---|

練習造各種例句，直到熟悉運用型態。

| 머리가 길다 | 頭髮長 | → | 긴 머리 | 長髮 |
|---|---|---|---|---|
| 머리가 짧다 | 頭髮短 | → | 짧은 머리 | 短髮 |
| 키가 크다 | 個子高 | → | 큰 키 | 高個子 |
| 키가 작다 | 個子矮 | → | 작은 키 | 矮個子 |
| 산이 높다 | 山很高 | → | 높은 산 | 高的山 |
| 산이 낮다 | 山很矮 | → | 낮은 산 | 矮的山 |
| 여름이 덥다 | 夏天熱 | → | 더운 여름 | 熱的夏天 |
| 겨울이 춥다 | 冬天冷 | → | 추운 겨울 | 冷的冬天 |

| 注意 | |
|---|---|

「**좋아하다**」（喜歡）看起來像形容詞，所以常會誤用寫成「**좋아한**」（喜歡的），但是必須注意它其實是**動詞**。

**引導和說明**

1. 準備不同顏色的紙張，一一教導學習者顏色的名稱，不妨結合之前學過的**形容詞「冠形詞形」**來做複習。

老　師：이건 무슨 색이에요 ? 這是什麼顏色？

學習者：**파란색**이에요 . 是藍色。

老　師：파랗다 藍 — **파라니까** 因為藍 — **파래요** 藍色

　　　　하얗다 白 — **하야니까** 因為白 — **하얘요** 白色

　　　　노랗다 黃 — **노라니까** 因為黃 — **노래요** 黃色

2. 列出單字，註明何時「ㅎ」**脫落**，以及「ㅎ」脫落並在原處**結合「ㅐ」或「ㅐ」**的情況。

| 하얗다 白 | **하얀 눈**<br>白色的雪 | 눈이 하얘요 . 雪是白色。 |
|---|---|---|
| 파랗다 藍 | **파란 하늘**<br>藍色的天空 | 하늘이 파래요 . 天空是藍色。 |

**練習**

1. 除了顏色形容詞之外，也一同練習「**이렇다**」（這樣）、「**그렇다**」（那樣）等變化。

노랗다 黃色 → **노란** 우산이에요 . 是黃色的雨傘。

파랗다 藍色 → 하늘이 **파래요** . 天空是藍色。

빨갛다 紅色 → **빨간** 구두를 샀어요 . 買了紅色的鞋子。

까맣다 黑色 → **까만** 가방은 제 거예요 . 黑色的包包是我的。

하얗다 白色 → 눈이 **하얘요** . 雪是白色。

이렇다 這樣 — **이러니까** 因為這樣 — **이래요** 是這樣

그렇다 那樣 — **그러니까** 因為那樣 — **그래요** 是那樣

2. 從之前學過的單字中，舉出屬於**規則**的情況，和**不規則**做比較。

좋다 好 — **좋으니까** 因為好 — **좋아요** 很好

**注意**

注意原型語幹的**母音以「ㅑ」作結**時，改為「ㅐ」，以「ㅏ」或「ㅓ」作結時，改為「ㅐ」的型態變化。

**引導和說明**

1. 設定**選擇的情況**，進行問答。可以稍微強調「**어떤**」（怎樣的～）的用法，讓學習者能夠充分掌握其意義。

老　師：저는 코미디 영화를 좋아해요. 我喜歡喜劇的電影。

　　　　○○ 씨는 **어떤** 영화를 좋아하세요？○○你喜歡怎樣的電影？

學習者：저도 코미디 영화를 좋아해요. 我也喜歡喜劇電影。

老　師：여기 비빔밥과 불고기가 있어요. **어떤** 음식을 먹고 싶어요？

　　　　這裡有拌飯和烤肉。你想吃哪一種食物？

學習者：불고기를 먹고 싶어요. 我想吃烤肉。

> **어떤** 영화를 좋아해요？ → 재미있는 영화를 좋아해요.
> 喜歡怎樣的電影？ 喜歡有趣的電影。
>
> **어떤** 음식을 좋아해요？ → 매운 음식을 좋아해요.
> 喜歡怎樣的食物？ 喜歡辣的食物。
>
> **어떤** 노래를 좋아해요？ → 빠른 노래를 좋아해요.
> 喜歡怎樣的音樂？ 喜歡快節奏的音樂。

**練習**

練習和身邊的人進行問答。

**어떤** 영화를 보고 싶어요？            想看怎樣的電影？

→　애니메이션 영화를 보고 싶어요.     想看動畫電影。

**어떤** 사람이 좋아요？             喜歡怎樣的人？

→　키가 큰 사람이 좋아요.         喜歡個子高的人。

**어떤** 집에서 살고 싶어요？         想住怎樣的房子？

→　넓은 집에서 살고 싶어요.       想住寬廣的房子。

**注意**

注意常用的「**어떤**」（怎樣的～）和「**무슨**」（什麼的～）差異。

## 小心！避免誤用

### －은／ㄴ ～的

「－은／ㄴ」（～的）是以「冠形詞形」表示形容詞現在式的語幹，通常作用是將後面的名詞屬性予以具體化，或在表達狀態時使用。

① 운동장에 사람들이 **많이** 있습니다．　　　　　　運動場人很多。

② 운동장에 **많은** 사람들이 있습니다．　　　　　　運動場有很多人。

① 中的「**많이**」（大量地）屬於副詞，修飾「**있습니다**」（有）的敘述語，而 ② 用「**많다**」（多）的形容詞修飾後面的名詞「**사람들이**」（人們），屬於冠形語。但是學生很容易在學習形容詞的現在式之後，容易出現像 ③ 一樣加上過去式的錯誤用法，而正確的形容詞過去式型態是完全不同的，必須使用「－던」或「－았／었던」（原本～的），這個部分需要另外學習。但是「－았／었던」（原本～的）還具有別的意義，在學習時需要格外注意。

③ 어제 **많았은** 사람들이 오늘은 별로 없습니다．（×）　昨天原本有很多的人，今天不怎麼多。

④ 어제 **많았던** 사람들이 오늘은 별로 없습니다．（○）　昨天原本有很多的人，今天不怎麼多。

### 「어떤」과「무슨」「怎樣的」和「什麼的」

表達某件事情或物品的狀態和特性時所使用的「**어떤**」（怎樣的），經常會和「**무슨**」（什麼的）混用，但其實兩者在語意上是有差異的。

① **어떤** 음식을 좋아하세요？　　　　　　你喜歡怎樣的食物？

② **무슨** 음식을 좋아하세요？　　　　　　你喜歡什麼食物？

③ 그 사람은 **어떤** 사람이에요？　　　　　那個人是怎樣的人？（○）

④ 그 사람은 **무슨** 사람이에요？　　　　　那個人是什麼的人？（×）

① 和 ② 都是針對喜歡的食物做詢問，兩句皆可使用，但是 ③ 是針對人的外貌或個性等特徵做詢問，如果像 ④ 使用「**무슨**」（什麼的）就是一種誤用。「**어떤**」（怎樣的）的範圍比較受到限制，使用在詢問某件事情的選擇或特點時。以下例句能夠更了解其中差異。

⑤ 비빔밥과 불고기 중에서 어떤 것으로 먹을까요？（○）　拌飯和烤肉當中，要吃哪一種？

⑥ 비빔밥과 불고기 중에는 무슨 것으로 먹을까요？（×）　拌飯和烤肉當中，要吃什麼的東西？

⑦ 이 중에서 어떤 게 마음에 드세요？（○）　　　　　　這當中你喜歡哪一個東西？

⑧ 이 중에서 무슨 게 마음에 드세요？（×）　　　　　　這當中你喜歡什麼的東西？

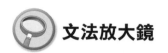 **文法放大鏡**

## －은／는데 説明情況、可是（對照）

「－은／는데」是在闡述內容前，先説明並表達背景，用法非常廣泛，一開始若列出所有意義，可能會造成混淆，最好能依序學習。「－은／는데」（可是）用於表達對照語意時，意思是前後句的內容相反，或不符預期，但結合形容詞和動詞時，形態上有所不同，最好先使用具有對照或相反語意的形容詞和名詞來練習造句，等到確實熟練後，再使用動詞來練習。

① 영희 씨는 **날씬한데** 영희 씨 동생은 뚱뚱해요 . 英熙很苗條，可是英熙的妹妹胖胖的。

② 에린 씨는 러시아 **사람인데** 유카 씨는 일본 사람이에요 . 艾琳是俄羅斯人，而由夏是日本人。

① 是呈現和英熙的苗條相反，妹妹胖胖的事實，② 説明艾琳是俄羅斯人，由夏是日本人，呈現前後不同的內容。「－은／는데」結合動詞時，作用不是前後對等的對照，而是闡述和預想不同的狀況。通常為了表達後句的內容，會先説出前句的情況，有更強調後句的感覺。

③ 공부를 많이 **했는데** 시험을 잘 못 봤어요 . 念了很多書，考試卻沒考好。

④ 점심을 많이 **먹었는데** 배가 고파요 . 中餐吃了很多，但肚子餓。

⑤ 점심을 많이 **먹었지만** 배가 고파요 . 中餐吃了很多，但肚子餓。

③、④ 兩句表示前面可預期的狀況卻出現相反的結果。通常對照句型中，像 ⑤ 一樣使用「－지만」（可是）意思上並沒有差異。以下整理出「－은／는데」結合動詞、形容詞、名詞的情況，以及加上過去式和現在式的型態變化。

| 動詞 | 現在 | - 는데 | 나는 회사에 **가는데** 동생은 학교에 가요 . <br> 我去公司，而弟弟去學校。 |
| | 過去 | - 았 / 었는데 | 아침에는 빵을 **먹었는데** 점심에는 밥을 먹어요 . <br> 早上吃了麵包，中午吃飯。 <br><br> 언니는 회사에 **갔는데** 동생은 학교에 갔어요 . <br> 姐姐去了公司，妹妹去了學校。 |
| 形容詞 | 現在 | -( 으 ) 데 | 영수는 키가 **큰데** 동생은 키가 작아요 . <br> 英修個子高，可是弟弟個子矮。 <br><br> 나는 책이 **많은데** 동생은 장난감이 많아요 . <br> 我書很多，而妹妹玩具很多。 |
| | 過去 | - 았 / 었는데 | 어제는 **더웠는데** 오늘은 추워요 . <br> 昨天熱，可是今天冷。 <br><br> 어렸을 때는 키가 **작았는데** 지금은 커요 . <br> 小時候我的個子矮，可是現在高。 |
| 名詞 | 現在 | 인데 | 유카는 **주부인데** 지수는 학생이에요 . <br> 由夏是主婦，而智秀是學生。 |
| | 過去 | 이었 / 였는데 | 전에는 **서점이었는데** 지금은 식당이에요 . <br> 以前是書店，而現在是餐廳。 |

## 課堂活動

### 練習敍述相反的情況

반대되는 상황이나 특징을 말해 봅니다 .

나는 키가 큰데 동생은 키가 작아요 .

< 도움말 >
양쪽의 카드를 각각 나눠 주고 서로 짝을 찾게 하거나 문장을 만들어 보게 합니다 .

---

-은/ㄴ -形容詞的冠形詞 ( 很~的 )

### 賓果遊戲

① 형용사와 명사를 연결하여 빙고판에 써 넣습니다 .
② 가로나 세로 또는 대각선으로 먼저 다섯 칸을 만드는 사람이 이깁니다 .

< 도움말 >
형용사와 어울리지 않는 명사를 쓰면 틀립니다 .

---

어떤 什麼樣的

### 尋找走失的孩子

아이를 잃어버렸어요 !

잃어버린 아이의 인상착의에 대해 물어봅니다 .

< 도움말 >
아이를 찾는 광고문을 미리 채워 넣어서 말하게 하거나 직접 쓰게 한 다음 묻고 답하기를 합니다 .

## 教室的某日－授課日誌

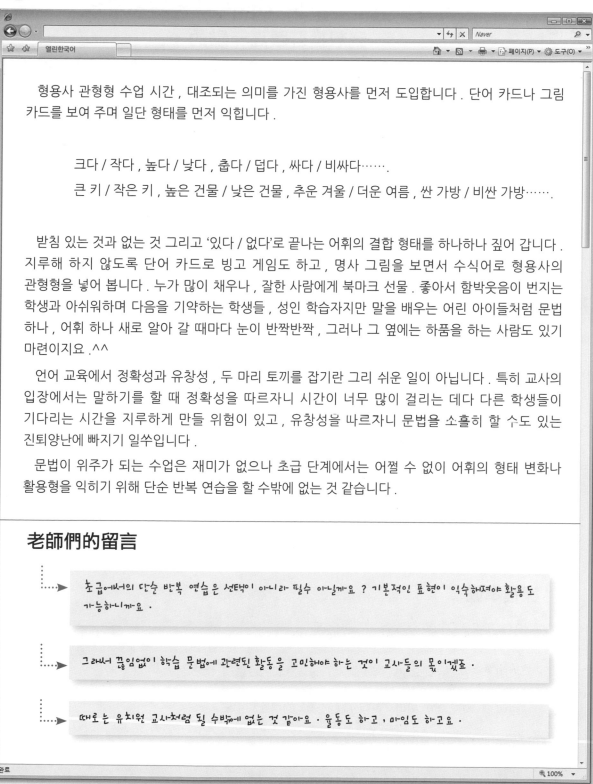

형용사 관형형 수업 시간 , 대조되는 의미를 가진 형용사를 먼저 도입합니다 . 단어 카드나 그림 카드를 보여 주며 일단 형태를 먼저 익힙니다 .

크다 / 작다 , 높다 / 낮다 , 춥다 / 덥다 , 싸다 / 비싸다……

큰 키 / 작은 키 , 높은 건물 / 낮은 건물 , 추운 겨울 / 더운 여름 , 싼 가방 / 비싼 가방……

받침 있는 것과 없는 것 그리고 '있다 / 없다'로 끝나는 어휘의 결합 형태를 하나하나 짚어 갑니다 . 지루해 하지 않도록 단어 카드로 빙고 게임도 하고 , 명사 그림을 보면서 수식어로 형용사의 관형형을 넣어 봅니다 . 누가 많이 채우나 , 잘한 사람에게 북마크 선물 . 좋아서 함박웃음이 번지는 학생과 아쉬워하며 다음을 기약하는 학생들 , 성인 학습자지만 말을 배우는 어린 아이들처럼 문법 하나 , 어휘 하나 새로 알아 갈 때마다 눈이 반짝반짝 , 그러나 그 옆에는 하품을 하는 사람도 있기 마련이지요 .^^

언어 교육에서 정확성과 유창성 , 두 마리 토끼를 잡기란 그리 쉬운 일이 아닙니다 . 특히 교사의 입장에서는 말하기를 할 때 정확성을 따르자니 시간이 너무 많이 걸리는 데다 다른 학생들이 기다리는 시간을 지루하게 만들 위험이 있고 , 유창성을 따르자니 문법을 소홀히 할 수도 있는 진퇴양난에 빠지기 일쑤입니다 .

문법이 위주가 되는 수업은 재미가 없으나 초급 단계에서는 어쩔 수 없이 어휘의 형태 변화나 활용형을 익히기 위해 단순 반복 연습을 할 수밖에 없는 것 같습니다 .

## 老師們的留言

초급에서의 단순 반복 연습은 선택이 아니라 필수 아닐까요 ? 기본적인 표현이 익숙해져야 활용도 가능하니까요 .

그래서 끊임없이 학습 문법에 관련된 활동을 고민해야 하는 것이 교사들의 몫이겠죠 .

때로는 유치원 교사처럼 될 수밖에 없는 것 같아요 . 율동도 하고 , 마임도 하고요 .

# 3-3

## 조금 높은 걸로 바꾸고 싶은데요
### 我想換鞋跟高一點的。

| 學習文法 | | | |
|---|---|---|---|
| - 은 / 는데요 | 感嘆語尾 | - 아 / 어야 되다 / 하다 | 必須～ |
| - 아 / 어 보이다 | 看起來～ | - 아 / 어 드릴까요 ? | 需要為您～嗎 ? |

| 課程目標 | 學會詢問意見和説明情況。 |
|---|---|
| | 學會表達義務、條件和正當性。 |
| | 學會判斷情況並表達情緒。 |
| | 學會慎重徵求允許。 |

 ## 課程準備

| | 需確認的內容 | 已準備 | 未準備 |
|---|---|---|---|
| 1 | 説明「－은／는데요」（感嘆語尾）的含意和結合型態。 | | |
| 2 | 説明「－아／어야 되다／하다」（必須）的用途和用法。 | | |
| 3 | 説明「－아／어 보이다」（看起來）的用途和意義。 | | |
| 4 | 説明「－아／어 주다」（幫忙做）的敬語和疑問句用法。 | | |

## 1. 說明「-은/는데요」(感嘆語尾)的含意和結合型態

　　「-은/는데요」(感嘆語尾)使用在對於某種狀況或事實感到感嘆和驚訝,也可以使用在傳達自身的情況,屬於終結語尾,但是和型態類似的「-은/는데」具有差異。

　　① 한국어를 정말 **잘하시는데요** .　　　　你的韓語真的很好呢。
　　② 저는 내일 할 일이 **많은데요** .　　　　我明天的工作很多唷。

　　① 是對於對方的韓語能力感到敬佩,② 傳達出自己明天有很多事情要忙的情況。① 雖然不是疑問句,但通常語尾的音調會稍微上揚。像 ② 說明完情況之後,通常會觀察對方的反應,或等待對方回應。

## 2. 說明「-아/어야 되다/하다」(必須)的用途和用法

　　「-아/어야 되다/하다」(必須)用於說明做某件事情的必要條件或正當性,其中「되다」(成為)和「하다」(做)可以互相替換,意思相同。

　　해외여행을 하려면 여권이 **있어야 돼요** . / **해요** .　　想去海外旅行的話,必須有護照。
　　건강을 지키려면 운동을 **해야 돼요** . / **해요** .　　想保持健康的話,必須運動。

　　本來「되다」(成為)具有被動性意義,而「하다」(做)是主動性意義,兩者原本有所差異,但實際情況中「해야 되다」和「해야 하다」(必須做)可以交互替換使用,沒有特別差異,只是口語中經常使用「되다」(成為),文章中經常使用「하다」(做)。

## 3. 說明「-아/어 보이다」(看起來)的用途和意義

　　「-아/어 보이다」(看起來)和形容詞結合時,是針對眼前所見的某種狀況,傳達自己的預測或意見,當和動詞結合時,語意完全不同。

　　① 그 옷을 입으니까 **날씬해 보여요** .　　　　因為穿上那件衣服,看起來很苗條。
　　② 그 신발을 신으니까 키가 **커 보여요** .　　　　因為穿了那鞋子,個子看起來高。
　　③ 그 사람은 계속 손을 **흔들어 보였어요** .　　那個人不斷向人揮舞著手。

　　① 和 ② 結合形容詞「날씬하다」(苗條)、「크다」(大),表示對方看起來的樣子, 而 ③ 結合動詞「손을 흔들다」(揮手)是做出某種動作給別人看見的意思。

## 4. 說明「-아/어 주다」(幫忙做)的敬語和疑問句用法

　　「-아/어 주다」(為人做～)表示為別人做出某種行為,敬語表達為「-아/어 드리다」(為人效勞～),如果當疑問句使用,表示說話者自願為別人做某件事,詢問是否允許的慎重表達。

　　(제가) 짐을 **들어 드릴까요** ?　　　　需要(我來)幫您提行李嗎?
　　(제가) 문을 **열어 드릴까요** ?　　　　需要(我來)幫您開門嗎?

 **文法訣竅**

**引導和說明**

「－은／는데요」（感嘆語尾）使用在對於對方的行為或某種狀況**感到感嘆或驚訝**，可以用在稱讚別人的情況。

老　師：○○ 씨 , 오늘 옷이 아주 **멋있는데요** . ( ↗ )　　○○，妳今天衣服真好看耶。

學習者：감사합니다 .　　謝謝。

老　師：네 , 칭찬을 할 때 이렇게 말해요 . 그리고 뒤를 올려요 .

　　　　好，稱讚的時候可以這麼說。還有最後語調要上揚。

　　　　그럼 저는 어때요 ?　　那麼我怎麼樣呢？

學習者：선생님도 예쁜데요 . ( ↗ )　　老師也漂亮呢。

老　師：네 , 정말 감사합니다 .　　好，真的很謝謝妳。

> 바트 씨는 한국어를 잘하시**는데요** . 巴特先生韓語說得真好呢。
> 오늘 아주 **예쁜**데요 . 今天非常漂亮耶。
> 오늘 날씨가 너무 **더운데요** . 今天天氣太熱了啊。

**練習**

試著使用「－은／는데요」（感嘆語尾）的話來稱讚朋友，同時帶有**等待對方的反應或回答之意**，也可以連同回答一起練習。

머리가 아주 **예쁜데요** .　　　　　　　　頭髮真漂亮呢。

감사합니다 .　　　　　　　　　　　　　　謝謝你。

오늘 넥타이가 정말 **멋있는데요** .　　　　今天領帶真的很好看耶。

고맙습니다 .　　　　　　　　　　　　　　謝謝你。

원피스가 잘 **어울리는데요** .　　　　　　洋裝很適合妳喔。

그래요 ? 고마워요 .　　　　　　　　　　真的嗎？謝謝你。

**注意**

「－은／는데요」（感嘆語尾）雖然**語尾音調會稍微上揚**，但並非作為疑問句，而是屬於**感嘆句型**。而且作為**連結語幹和終結語尾**時，意思完全不同，必須了解兩者差異，反覆練習直到熟練為止。

**引導和説明**

1.「一아／어야 되다／하다」（必須）用於表達某種狀況下的**必備條件或義務**。

老　師：한국에서 집 안에 들어갈 때 신발을 신어도 돼요？
在韓國可以穿鞋進去家裡嗎？

學習者：아니요 , 신발은 벗어요 . 不，要脫鞋子。

老　師：네 , 맞아요 . 신발을 **벗어야 돼요** . 對，沒錯。必須脫鞋子。

處음 만나면 반말을 해도 돼요？初次見面可以説半語嗎？

學習者：아니요 , 반말을 하면 안 돼요 . 不，不能説半語。

老　師：네 , 한국에서는 처음 만났을 때 반말을 하면 안 돼요 . 존댓말을 해야 해요 .
對，在韓國初次見面時不能説半語。必須説敬語。

2. 根據結合不同的**母音**，形態會跟著改變，以列表來造例句，「**되다**」（成為）和「**하다**」（做）可以替換使用。

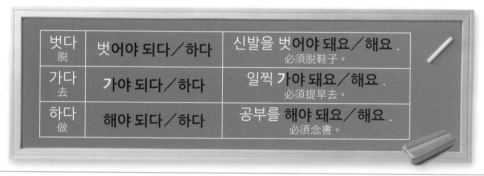

| 벗다<br>脫 | **벗어야 되다／하다** | 신발을 벗**어야 돼요／해요** .<br>必須脱鞋子。 |
| --- | --- | --- |
| 가다<br>去 | **가야 되다／하다** | 일찍 **가야 돼요／해요** .<br>必須提早去。 |
| 하다<br>做 | **해야 되다／하다** | 공부를 **해야 돼요／해요** .<br>必須念書。 |

**練習**

使用想要做某件事情的意圖「一으려면」（想要的話），練習表達為了達成某件事情所必備的**義務或條件**。

운전을 하려면 운전면허증이 **있어야 돼요** .　想開車的話，必須有駕照。

해외여행을 하려면 여권이 **있어야 돼요** .　想去海外旅行的話，必須有護照。

결혼을 하려면 사랑하는 사람이 **있어야 돼요** .　想要結婚的話，必須有深愛的人。

다이어트를 하려면 운동을 **해야 돼요** .　想要減肥的話，必須運動。

농구선수가 되려면 키가 **커야 돼요** .　想當籃球選手的話，身高必須高才行。

한국에서 취직을 하려면 한국어를 **잘해야 돼요** .　想在韓國找工作的話，韓語必須説得好。

**注意**

「一아／어야 되다／하다」（必須）所表達的是**義務或條件**，但根據狀況有可能會造成失禮，因此須注意使用上的受限情況，在實際運用時避免失誤。

**引導和說明**

1. 利用形容詞圖卡或食物照片等，提供可以預測的資料，詢問感想。

（拿出一張忙碌工作者的照片）

老　師：이 사람은 지금 뭐해요？ 這個人現在做什麼呢？

學習者：일해요. 工作。

老　師：어때요？ 怎麼樣呢？

學習者：바빠요. ／힘들어요. 很忙／很辛苦。

老　師：네, 이 사람을 보고 생각해요. 잘 모를 때 이렇게 말해요.

好，看著這個人想想看。不知道時可以這麼說。

**바빠 보여요**. ／힘들어 보여요. 看起來很忙。／看起來很累。

2. 「－아／어 보이다」（看起來）會根據**形容詞語幹**的不同而有所變化，以列表方式並用紅筆標示加以強調，完成例句。

| 바쁘다 忙碌 | 바빠 보이다 看起來忙碌 | 많이 바빠 보여요. 看起來非常忙碌。 |
| 힘들다 辛苦 | 힘들어 보이다 看起來辛苦 | 정말 힘들어 보여요. 真的看起來很辛苦。 |
| 피곤하다 累 | 피곤해 보이다 看起來累 | 너무 피곤해 보여요. 看起來超累。 |

**練習**

利用各種表情的人像圖卡，或稱讚身邊的人，以此做練習。

| 아프다 | 不舒服 | → | **아파 보여요**. | 看起來不舒服。 |
| 눈이 나쁘다 | 眼睛不好 | → | 눈이 **나빠 보여요**. | 眼睛看起來不好。 |
| 멋있다 | 帥 | → | **멋있어 보여요**. | 看起來很帥。 |
| 슬프다 | 難過 | → | **슬퍼 보여요**. | 看起來難過。 |
| 기쁘다 | 開心 | → | **기뻐 보여요**. | 看起來開心。 |
| 예쁘다 | 漂亮 | → | **예뻐 보여요**. | 看起來漂亮。 |
| 키가 크다 | 個子高 | → | 키가 **커 보여요**. | 個子看起來高。 |
| 행복하다 | 幸福 | → | **행복해 보여요**. | 看起來很幸福。 |

**注意**

**動詞加上「－아／어 보이다」**時，意思是**「對人做某種動作」**，和結合**形容詞**時的**「看起來」**意思不同。

1.「－아／어 드릴까요？」（**需要幫您～嗎？**）利用需要幫忙的狀況圖卡，以問答方式導入新文法（參考 2-8「－아／어 주다」單元）。

老　　師：할머니가 짐이 많아요 . 어떻게 할까요？ 奶奶行李很多。該怎麼做呢？

學習者：할머니를 도와줘요 . 幫忙奶奶。

老　　師：네 , **도와 드려요** . 어떻게 **도와 드려요** ？ 對，幫忙奶奶。該怎麼幫忙呢？

學習者：짐을 **들어 드려요** . 幫忙拿行李。

老　　師：짐을 **들어 드릴까요** ？ 이렇게 먼저 물어봐요 . 要不要幫您拿行李？先這樣問看看。

　　　　 친구나 동생에게는 **도와줄까요** ？ 이렇게 말해요 .

　　　　 對朋友或弟弟妹妹說要幫你嗎？要這樣說。

　　　　 할머니나 나이 많은 분에게는 **도와 드릴까요** ？ 對奶奶或年紀大的人說需要幫您嗎？

　　　　 이렇게 하면 돼요 . 這樣說就好。

引導和說明

| 찾아 주다 | 찾아 드리다 | 책을 찾아 드릴까요？ |
|---|---|---|
| 幫你找 | 幫您找 | 需要幫您找書嗎？ |
| 들어 주다 | 들어 드리다 | 가방을 들어 드릴까요？ |
| 幫你拿 | 幫您拿 | 需要幫您拿包包嗎？ |
| 교환해 주다 | 교환해 드리다 | 옷을 교환해 드릴까요？ |
| 幫你換 | 幫您換 | 需要幫您換件衣服嗎？ |

利用「－아／어 주다」（**幫忙**），以敬語表達「－아／어 드릴까요？」（**需要幫您～嗎？**）來練習（**參考 2-8 單元**）。

| 전화 **바꿔 주다** | → | **바꿔 드리다** | → | **바꿔 드릴까요？** | 需要幫您找人聽嗎？ |
|---|---|---|---|---|---|
| 불을 **켜 주다** | → | **켜 드리다** | → | **켜 드릴까요？** | 需要幫您開嗎？ |
| 창문을 **열어 주다** | → | **열어 드리다** | → | **열어 드릴까요？** | 需要幫您開嗎？ |
| 사진을 **찍어 주다** | → | **찍어 드리다** | → | **찍어 드릴까요？** | 需要幫您拍嗎？ |
| 책을 **읽어 주다** | → | **읽어 드리다** | → | **읽어 드릴까요？** | 需要幫您讀嗎？ |
| 가방을 **들어 주다** | → | **들어 드리다** | → | **들어 드릴까요？** | 需要幫您拿嗎？ |
| 사전을 **빌려 주다** | → | **빌려 드리다** | → | **빌려 드릴까요？** | 需要借您嗎？ |
| 책을 **찾아 주다** | → | **찾아 드리다** | → | **찾아 드릴까요？** | 需要幫您找嗎？ |

**練習**

**注意**　像「**볼펜을 주다**」（給原子筆）中的「**주다**」（給），和「**－아／어 주다**」（幫忙）不同，只是**單純「주다」**（給）的意思。

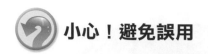
## 小心！避免誤用

### ─아／어야 되다／하다 必須

為了達到某件事情所必需的條件或義務，使用「─아／어야 되다／하다」（必須）來表達，可以結合動詞或形容詞。這時「되다」（成為）和「하다」（做）可以替換使用，而原本「되다」（成為）帶有被動性意義，「하다」（做）帶有主動性意義，實際對話當中則沒有分別，都可以使用。

① 내일 학교에 8 시까지 **가야 돼요** .　　　　明天 8 點前必須到學校。

② 내일 학교에 8 시까지 **가야 해요** .　　　　明天 8 點前必須到學校。

但是仔細分析 ① 和 ② 句時，② 比 ① 給人較強烈的主動性感覺，如果以口語中最常使用的「되다」（成為）來看，現代韓國人的口語習慣比較偏向被動式語氣。

### ─아／어 보이다 看起來

看到某種狀況或狀態時，推敲之後使用「─아／어 보이다」（看起來）來表達感想，和推測目前狀態的「─은／는／을 것 같다」（好像）語意相近，以下兩句意思上沒有太大的差別。這時也可以和「─게 보이다」（顯得）替換使用，語意相同。

① 많이 피곤해 **보여요** .　　　　　　　看起來很累。

② 많이 피곤한 **것 같아요** .　　　　　　好像很累。

③ 많이 피곤하게 **보여요** .　　　　　　顯得很累。

①-1 많이 피곤해 **보이**는데 좀 쉬세요 .　　看起來很累，請休息一下。

②-2 많이 피곤한 **것 같은**데 좀 쉬세요 .　　好像很累，請休息一下。

③-3 많이 피곤하게 **보이**는데 좀 쉬세요 .　顯得很累，請休息一下。

以上三種句型的不同之處是，「─은／는／을 것 같다」（好像）可以結合動詞或形容詞使用，作用和語意沒有差別。但是「─아／어 보이다」（看起來）只能和形容詞結合，如果結合動詞，意思完全不同。

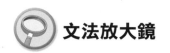 

## ─은／는데요 説明情況

之前學過的「─은／는데」是説明某種情況的背景，或表達對照語意，也可以用於詢問對方對於某種行為的意見。而作為終結語尾的「─은／는데요」（**感嘆語尾**）具有不同意義，學習時需要格外注意。作為終結語尾時，意思是對於某種狀況或對方感到感嘆和驚訝，這時通常語尾音調會上揚。

  ① 오늘 아주 **멋있는데요**．（↗）    今天非常帥耶。

  ② 한국어를 정말 **잘하시는데요**．（↗）  韓語真的很好呢。

  ① 매운 음식을 아주 잘 **드시는데요**．（↗） 很會吃辣的食物呢。

「─은／는데요」（**感嘆語尾**）經常用於稱讚的情況，① 是看對方的樣子，稱讚很帥，② 是聽對方説韓語之後，感到驚訝和感嘆，③ 是看到對方吃辣的樣子，覺得佩服。由於這種句型含有等待回應的語氣，因此最好以謝謝作為回答。即使不是用在佩服或稱讚對方，當「─은／는데요」作為終結語尾時，意思是針對現況予以説明，並期待對方給予某種回應。

  ④ 저는 학생**인데요**．       我是學生。

  ⑤ 저는 오늘 할 일이 **많은데요**．   我今天要做的事很多。

  ⑥ 선생님이 안 **계신데요**．     老師不在。

④ 是説話者表達自己目前是學生的身分，⑤ 是説話者説明忙碌的情況，⑥ 是説明老師現在不在的狀況。

除此之外，如果使用「─은／는데」作為終結語尾時，可以作為疑問句，這時是詢問對方自己想知道的事。

  ⑦ 오늘 어떤 영화를 **보는데요**？   今天要看怎樣的電影？

  ⑧ 저녁에 어디에서 **만나는데요**？   晚上要在哪裡見面？

⑦ 是好奇對方要看哪種電影，⑧ 是詢問見面的場所，然而也可以像 ⑨ 一樣，並沒有期待對方給予回應或回答，只是單純在自言自語。

  ⑨ 나는 이게 **좋은데**．      我覺得這個好。

 **課堂活動**

**-아／어야 되다／하다 -必須**

## 這個情況該怎麼辦？

> 다이어트를 하려고 해요 .
> 해외여행을 하려고 해요 .
> 결혼을 하려고 해요 .
> 이사를 하려고 해요 .

위의 목적을 이루기 위해서는 어떤 것이 필요한지 이야기해 봅니다 .

< 도움말 >
여러 모둠으로 만들어 각각의 미션을 주고 거기에 필요한 일들을 발표하게 합니다 .

**-아／어 보이다 -看起來**

## 推測練習

주어진 단어들을 이용하여 그림 카드를 보고 추측해 봅니다 .

< 도움말 >
한 가지 상황에서 반대 상황을 추측하거나 말하게 해도 좋습니다 .

**-아／어 드릴까요 ? -需要我幫忙嗎 ?**

## 應該怎麼幫忙呢？

역할극 하기

> 가방을 들어 줄까요 ?
> 책을 찾아 드릴까요 ?

상황별 , 연령별 표현의 차이를 익힙니다 .

< 도움말 >
대상에 따라 다르게 표현하는 것을 연습합니다 .

# 教室的某日－授課日誌

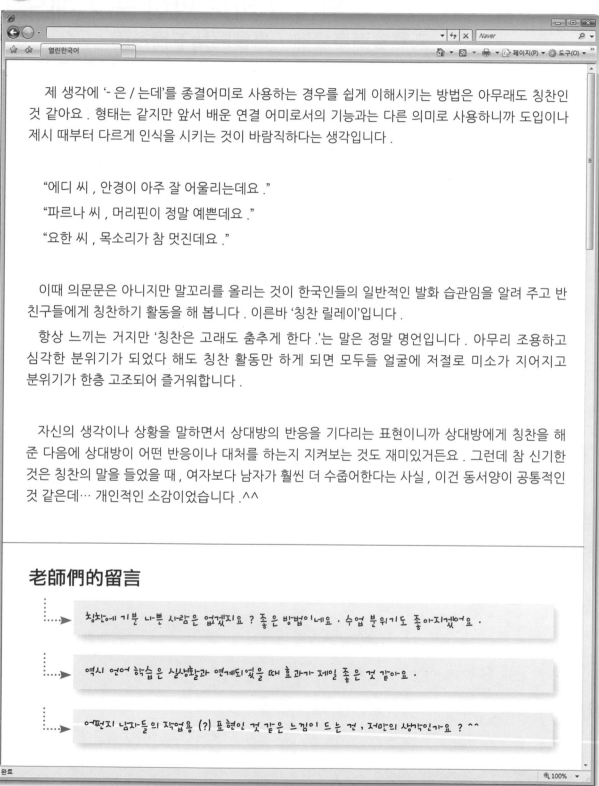

열린한국어

　제 생각에 '-은/는데'를 종결어미로 사용하는 경우를 쉽게 이해시키는 방법은 아무래도 칭찬인 것 같아요. 형태는 같지만 앞서 배운 연결 어미로서의 기능과는 다른 의미로 사용하니까 도입이나 제시 때부터 다르게 인식을 시키는 것이 바람직하다는 생각입니다.

　　"에디 씨, 안경이 아주 잘 어울리는데요."
　　"파르나 씨, 머리핀이 정말 예쁜데요."
　　"요한 씨, 목소리가 참 멋진데요."

　이때 의문문은 아니지만 말꼬리를 올리는 것이 한국인들의 일반적인 발화 습관임을 알려 주고 반 친구들에게 칭찬하기 활동을 해 봅니다. 이른바 '칭찬 릴레이'입니다.

　항상 느끼는 거지만 '칭찬은 고래도 춤추게 한다.'는 말은 정말 명언입니다. 아무리 조용하고 심각한 분위기가 되었다 해도 칭찬 활동만 하게 되면 모두들 얼굴에 저절로 미소가 지어지고 분위기가 한층 고조되어 즐거워합니다.

　자신의 생각이나 상황을 말하면서 상대방의 반응을 기다리는 표현이니까 상대방에게 칭찬을 해 준 다음에 상대방이 어떤 반응이나 대처를 하는지 지켜보는 것도 재미있거든요. 그런데 참 신기한 것은 칭찬의 말을 들었을 때, 여자보다 남자가 훨씬 더 수줍어한다는 사실, 이건 동서양이 공통적인 것 같은데… 개인적인 소감이었습니다. ^^

## 老師們的留言

> 칭찬에 기분 나쁜 사람은 없겠지요? 좋은 방법이네요. 수업 분위기도 좋아지겠어요.

> 역시 언어 학습은 실생활과 연계되었을 때 효과가 제일 좋은 것 같아요.

> 어쩐지 남자들의 작업용 (?) 표현인 것 같은 느낌이 드는 건, 저만의 생각인가요? ^^

완료　　　　100%

# 3-4 날씨가 점점 더워지고 비도 많이 올 거예요
## 天氣會漸漸變熱，也會開始下很多雨

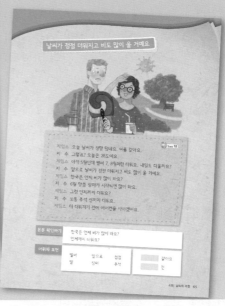

| | 學習文法 | | |
|---|---|---|---|
| **學習文法** | 처럼 / 같이 | 像～ | - 아 / 어야겠어요　得～ |
| | - 아 / 어 지다 | 變得～ | - 기 전에　　　　～之前 |
| | - 을까요? / (아마) - 을 거예요 | | 會～嗎? (也許) 會～ |

| **課程目標** | 學會比喻和推測。<br>學會敍述狀態變化。<br>學會表達時間的前後狀況。 |
|---|---|

## 📖 課程準備

| | 需確認的內容 | 已準備 | 未準備 |
|---|---|---|---|
| 1 | 說明「—아／어야겠어요」（得～）的含意和寫法。 | | |
| 2 | 說明「—아／어 지다」（變得～）的意義和型態。 | | |
| 3 | 說明「—기 전에」（～之前）的意義和限制情況。 | | |
| 4 | 區分「—을 거예요」的意義。 | | |

## 1. 説明「－아/어야겠어요」(得～)的含意和寫法

表達某件事不做不行的句型「－아/어야 하다」(必須～)和表達意志和意向的「－겠－」(要～)結合之後，成為「－아/어야겠어요」(得～)，和它類似的句型有「－을 거예요」(要～)和「－려고 해요」(打算～)，但是「－아/어야겠어요」(得～) <u>更強烈表達出個人的意志</u>。

살이 너무 쪄서 걱정이에요.　　　　　살을 **빼야겠어요**. 得減肥了。
變太胖了很擔心。　　　　　　　　　　살을 **뺄 거예요**. 要減肥。
　　　　　　　　　　　　　　　　　　살을 **빼려고 해요**. 打算減肥。

## 2. 説明「－아/어 지다」(變得～)的意義和型態

「－아/어 지다」(變得～)和形容詞結合時，表達狀況或狀態的變化。<u>結合動詞來表達狀況或狀態變化時，使用「－게 되다」(變得～)，結合名詞時使用「－이/가 되다」(成為～)</u>。

어렸을 때보다 키가 **커졌어요**. (形容詞)個子變得比小時候高。
처음에는 김치를 못 먹었는데 지금은 잘 **먹게 되었어요**. (動詞)一開始不敢吃泡菜，現在變得很會吃。
대학에 합격을 해서 대학생**이 되었어요**. (名詞)大學及格了，成為大學生。

和動詞結合時，也可以做為<u>被動句</u>，是主動句的對應句型。

불을 껐어요.　　　　　　　　　　　　　　　　(主動)關燈。
불이 **꺼졌어요**.　　　　　　　　　　　　　　(被動)關燈。

## 3. 説明「－기 전에」(～之前)的意義和限制情況

表達時間先後順序的行為「－고 나서」(做完～之後)，其相反句型是「－기 전에」(～之前)，表達比後句的行為<u>更早發生的行動</u>，由於只能結合動詞，很容易產生像例句中結合形容詞的誤用。這時應該先改為<u>動詞型</u>「－어지다」(變得～)，才能結合「－기 전에」(～之前)使用。

날씨가 **춥기 전에** 코트를 사야겠어요. (×)　　　天氣冷之前得買外套。
날씨가 **추워지기 전에** 코트를 사야겠어요. (○)　天氣變冷之前得買外套。
물건이 **없기 전에** 빨리 가세요. (×)　　　　　東西沒有之前趕快去。
물건이 **없어지기 전에** 빨리 가세요. (○)　　　東西一掃而盡之前趕快去。

## 4. 區分「－을 거예요」的意義

① 的「－을 거예요」(要～)表達要做某件事情的意志，② 的「－을 거예요」(會～)是針對某種<u>事實或狀況加以推測或預期</u>，但是最好避免一次列出兩種用法，先熟悉其中一種語意之後，再學習第二種語意。

① 저녁에 친구를 **만날 거예요**.　　　　　　晚上要見朋友。
② 그 친구는 이번에 꼭 **합격할 거예요**.　　　那個朋友這次一定會及格。

**文法訣竅**

| 引導 和 說明 | 利用相似的臉孔或物品照片，和外表像人形的人蔘照片、漂亮的女生照片等，導入新文法。 |
|---|---|

利用相似的臉孔或物品照片，和外表像人形的人蔘照片、漂亮的女生照片等，導入新文法。

**引導 和 說明**

老　師：이것은 인삼이에요 . 무엇 같아요 ? 這是人蔘。像什麼呢？

學習者：사람 같아요 . 像人。

老　師：네 , 인삼은 **사람같이** 생겼어요 . **사람처럼** 생겼어요 .

對，人蔘長得像人一樣。人蔘長得像人一樣。

같은 말이에요 . 是一樣的話。

○○ 씨는 한국어를 잘해요 . ○○韓語說得很好。

한국 **사람같이** 한국말을 잘해요 . 像韓國人一樣韓語說得很好。

學習者：○○ 씨는 **배우같이** 멋있어요 . ○○像演員一樣漂亮。

> 사람**같이** 생겼어요 . 사람**처럼** 생겼어요 . 長得像人。
> 가수**같이** 노래를 잘해요 . 가수**처럼** 노래를 잘해요 .
> 像歌手一樣很會唱歌。
> 한국 사람**같이** 한국말을 잘해요 . 한국 사람**처럼** 한국말을 잘해요 .
> 像韓國人一樣韓語說得很好。

**練習**

練習用比喻方式造句。

오늘은 여름**같이** ( **처럼** ) 더워요 . 今天像夏天一樣熱。

오늘은 겨울**같이** ( **처럼** ) 추워요 . 今天像冬天一樣冷。

내 친구는 **영화배우같이** ( **처럼** ) 예뻐요 . 我朋友像電影演員一樣漂亮。

내 동생은 **가수같이** ( **처럼** ) 노래를 잘해요 . 我妹妹像歌手一樣會唱歌。

○○ 씨는 농구 **선수같이** ( **처럼** ) 키가 커요 . ○○個子像籃球選手一樣高。

○○ 씨는 **코미디언같이** ( **처럼** ) 재미있어요 . ○○像喜劇演員一樣有趣。

○○ 씨는 **아나운서같이** ( **처럼** ) 목소리가 좋아요 . ○○聲音像播音員一樣好聽。

**注意**

雖然「**처럼／같이**」（像～）的「**같이**」（像～）型態類似於等同「**함께**」的副詞「**같이**」（一起），但副詞「**같이**」（一起）屬於獨立的單字，寫法必須空一格，「**처럼／같이**」（像～）屬於助詞，必須在名詞後面連著寫而不能空格。

| 引導<br>和<br>説明 | 1. 從即將要做的事情開始説起，導入新文法。 |
|---|---|

1. 從即將要做的事情開始説起，導入新文法。

老　師：배가 아파요. 수업이 끝나면 밥을 **먹어야겠어요**.　肚子餓了。下課之後得吃飯。
　　　　여러분은 수업이 끝나면 무엇을 할 거예요?　各位下課之後要做什麼呢？
學習者：서점에 갈 거예요.　要去書店。
老　師：서점에 왜 가요?　為什麼去書店？
學習者：책을 사러 가요.　去買書。
老　師：그럼 이렇게 말할 수 있어요.　那麼可以這樣説。
　　　　수업이 끝나면 책을 사러 서점에 **가야겠어요**.　下課之後得去書店買書。

2. 「－**아／어야겠어요**」（得～）不只是單純的計畫，而是**強調本身的意志**。

| 만나다 見面 | 저녁에 친구를 만나**야겠어요**. 晚上得見朋友。 |
|---|---|
| 먹다 吃 | 수업이 끝나면 밥을 먹**어야겠어요**. 下課之後得吃飯。 |
| 청소하다 打掃 | 주말에 대청소를 **해야겠어요**. 周末得大掃除。 |

先説明必須做某種行為的理由，再**表達個人意志**。

날씨가 너무 더워요. 天氣太熱了。　　　→ 에어컨을 **켜야겠어요**.　　　得開冷氣。
머리가 많이 아파요. 頭非常痛。　　　→ 약을 **먹어야겠어요**.　　　得吃藥。
숙제가 너무 어려워요. 作業太困難了。→ 선생님께 **물어봐야겠어요**.　得問問老師。
방이 너무 어두워요. 房間太暗了。　　→ 불을 **켜야겠어요**.　　　　　得開燈。
소화가 안 돼요. 消化不良。　　　　　→ 소화제를 **먹어야겠어요**.　得吃腸胃藥。
다음 주에 어려운 시험이 있어요.　　→ 공부를 열심히 **해야겠어요**.
下週有很難的考試。　　　　　　　　　　得認真念書。
친구와 싸웠어요. 和朋友吵架了。　　　→ 내가 먼저 사과를 **해야겠어요**. 我得先道歉。

**注意**　和表示未來計劃或預定的「－**을 거예요**」（要～）相比，「－**아／어야겠어요**」（得～）
**語氣更加強烈，意志更堅定**（一定得做的狀況），最好利用大量的例句反覆練習。

## 引導和説明

1. 利用過去的照片，或隨著時間流逝而**改變樣貌**的圖片，導入新文法。

老　師：이 사진을 보면 어떻게 달라요 ? 看這張照片，哪裡不一樣？

學習者：지금이 더 예뻐요 . / 키가 더 커요 . 現在更漂亮。／個子更高。

老　師：네, 지금이 더 **예뻐졌어요** . / 키가 더 **커졌어요** . 對，現在變得更漂亮。／個子變得更高。
　　　　전에는 살이 쪘어요. 지금은 날씬해요. **날씬해졌어요**. 以前很胖。現在苗條。變苗條了。

老　師：여러분은 한국에 처음 왔을 때와 지금이 뭐가 **달라졌어요** ?
　　　　各位起初來到韓國時，和現在變得有什麼不同？

學習者：처음에 김치를 못 먹었는데 지금은 잘 먹어요 . 一開始不敢吃泡菜，現在很喜歡吃。

老　師：네 , 김치가 **좋아졌어요** ./ 매운 음식이 **좋아졌어요** .
　　　　對，變得喜歡泡菜。／變得喜歡辣的食物。

2. 列出「－아／어 지다」（**變得～**）和**形容詞結合**的變化並造句。

| 짧다 短 | 짧**아지다** 變短 | 머리가 짧**아졌어요** . 頭髮變短了 |
| 크다 大 | **커지다** 變高 | 키가 **커졌어요** . 個子變高了。 |
| 따뜻하다 溫暖 | 따뜻**해지다** 溫暖 | 날씨가 따뜻**해졌어요** . 天氣變溫暖了。 |

## 練習

100 年前和現在變得有什麼不一樣，試著想看看並練習口説。

| **100 年前** | **現在** | | **表達** |
|---|---|---|---|
| 사람이 적다 人少 | 사람이 많다 人多 | → | 사람이 **많아졌어요** . 人變多了。 |
| 건물이 적다 建築物少 | 건물이 많다 建築物多 | → | 건물이 **많아졌어요** . 建築物變多了。 |
| 조용하다 安靜 | 시끄럽다 吵雜 | → | **시끄러워졌어요** . 變吵雜了。 |
| 거리가 한가하다 街道悠閒 | 거리가 복잡하다 街道擁擠 | → | 거리가 **복잡해졌어요** . 街道變擁擠了。 |
| 교통이 불편하다 交通不便 | 교통이 편리하다 交通方便 | → | 교통이 **편리해졌어요** . 交通變方便了。 |

## 注意

和過去比較來表達改變的事實，如果和**動詞結合**時，使用「－게 되다」（**變得～**），和**名詞結合**時，使用「이／가 되다」（**成為～**）。

**引導和説明**

1. 説出做某件事情或行為的順序，試著敘述從早到晚的日常生活。

老　師：아침에 일어나서 가장 먼저 무엇을 해요？　　　早上起床之後最先做什麼？

學習者：운동을 해요 . / 이를 닦고 세수를 해요 .　　　運動。/ 刷牙還有洗臉。

老　師：세수를 **하기 전에** 운동을 해요 .　　　洗臉之前運動。

　　　　세수를 하고 나서 무엇을 해요？　　　洗完臉之後做什麼呢？

學習者：아침을 먹어요 . / 회사에 가요 . / 학교에 가요 .　　　吃早餐。/ 去公司。/ 去學校。

老　師：아침을 **먹기 전에** 세수를 해요 .　　　吃早餐之前洗臉。

　　　　저녁에는 무엇을 해요？　　　晚上做什麼呢？

學習者：친구를 만나요 . / 집에 가요 . / 영화를 봐요 .　　　見朋友。/ 回家。/ 看電影。

將每天所做的事情按照順序説明，熟悉「**－기 전에**」（～之前）的用法。

> 아침을 먹기 전에 세수를 해요 . 吃早餐之前洗臉。
> 잠을 자기 전에 TV 를 봐요 . 睡覺之前看電視。
> 약을 먹기 전에 밥을 먹어요 . 吃藥之前吃飯。

**練習**

練習敘述做某種行為之前先做的動作。

| 영화를 보다 | ← | 저녁을 먹다 | － | 영화를 **보기 전에** 저녁을 먹어요 . |
| 看電影 | | 吃晚餐 | | 看電影之前吃晚餐。 |
| 영화를 보다 | ← | 표를 끊다 | － | 영화를 **보기 전에** 표를 끊어요 . |
| 看電影 | | 買票 | | 看電影之前買票。 |
| 식사를 하다 | ← | 손을 씻다 | － | **식사하기 전에** 손을 씻어요 . |
| 用餐 | | 洗手 | | 用餐之前洗手。 |
| 잠을 자다 | ← | 샤워를 하다 | － | 잠을 **자기 전에** 샤워를 해요 . |
| 睡覺 | | 洗澡 | | 睡覺之前洗澡。 |
| 잠을 자다 | ← | 음악을 듣다 | － | 잠을 **자기 전에** 음악을 들어요 . |
| 睡覺 | | 聽音樂 | | 睡覺之前聽音樂。 |

**注意**

注意「**－기 전에**」（～之前）前面不能結合過去式「**－았／었－**」（～之前），如果要表達時態，必須加在**後面的語尾**。

**引導和說明**

1. 利用教室裡的狀況，使用**推測或預期**的例句，假設有人還沒有到的話，可以這樣造句來導入新文法。

老　　師：오늘 누가 아직 안 왔어요？ 今天誰還沒來呢？

學習者：○○ 씨가 아직 안 왔어요. ○○還沒來。

老　　師：○○ 씨가 오늘 수업에 **올까요？** ○○今天會來上課嗎？

學習者：결석을 한 번도 안 했으니까 **올 거예요**. 因為一次都沒有缺席過，也許會來。

老　　師：네, 못 온다는 연락이 없었으니까（아마）**올 거예요**.

　　　　　　對，他沒有連絡說不能來，所以（也許）會來。

| 재미있다 有趣 | 사람들이 많이 보니까 재미있을 거예요.<br>因為很多人看，也許很有趣。 |
| 피다 盛開 | 날씨가 따뜻해지면 꽃이 필 거예요.<br>天氣變暖和的話，也許會開花。 |
| 오다 來 | 온다고 했으니까 꼭 올 거예요.<br>因為說要來，應該一定會來。 |

2. 和帶有**茫然推測和預期語氣**的「－을 것 같아요」（好像會～）比起來，「－을 거예요」（會～）是**更有把握的預期**，因此前面會加上**根據或理由**。

**練習**

從通常**有把握的預期狀況**中，舉出根據和理由，練習造句。

열심히 공부하다／꼭 합격하다　　→　열심히 공부했으니까 꼭 **합격할 거예요**.

認真念書　　　　　　一定及格　　　　　因為認真念書，應該一定會及格。

봄이 오다／꽃이 피다　　→　봄이 오면 꽃이 **필 거예요**.

春天來臨　　開花　　　　　　春天來臨的話，應該會開花。

시험이 끝나다／시간이 많다　　→　시험이 끝났으니까 시간이 **많을 거예요**.

考試結束　　　時間多　　　　　因為考試結束了，時間應該很多。

좋은 사람이다／좋은 부모가 되다　→　좋은 사람이니까 좋은 부모가 **될 거예요**.

是好人　　　　　成為好的父母　　　因為是好人，會成為好的父母。

**注意**

表達**推測或預期**的句型有「－겠－」（會～）和「－을 것 같아요」（好像會～），而「－겠－」（會～）是根據**本身主觀的判斷**來推測，「－을 것 같아요」（好像會～）則是**茫然未知的推測**。由於不是那麼容易理解，最好反覆以大量例句做練習。

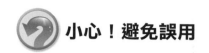 

## －아／어 지다 變得

「－아／어 지다」（變得～）和形容詞結合，表達逐漸變化成某種狀態或情況，也就是將形容詞以動詞型來表達。

① 살을 빼니까 더 **예뻐졌어요**.         減肥所以變得更漂亮。
② 운동을 하니까 **건강해졌어요**.       運動所以變得健康。
③ 술을 마셔서 얼굴이 **빨개졌어요**.     喝酒所以臉變紅了。
④ 어른이 되니까 키가 **커졌어요**.      長大成人所以個子變高了。

①、②、③ 表達減肥、運動、喝酒之後的變化狀態，④ 是因為長大成人而變高。類似的文法以動詞來表達的話是「－게 되다」（變得～），如 ⑤ 和 ⑥。而當「－아／어 지다」使用在像 ⑦ 和 ⑧ 的例句時，指的不是狀態變化，而是被動產生某種行為，或是自動形成某種狀態，這時和先前的語意有所差異，需特別注意。

⑤ 매운 음식을 **먹게 되었어요**.       變得能吃辣的食物。
⑥ 쓰기 연습을 많이 해서 이제 잘 **쓰게 되었어요**.   做了很多寫作練習，現在變得很會寫。
⑦ 불이 **켜졌어요**.                 燈亮了。
⑧ 어머니의 사랑이 **느껴졌어요**.      感受到母親的愛。

## －기 전에 之前

「－기 전에」（～之前）用於表達某種行為之前的動作，須和動詞結合，有時會容易出現結合形容詞的誤用。

날씨가 **춥기 전에** 김장을 해야겠어요. ( × )     天氣冷之前得做過冬泡菜。
날씨가 **추워지기 전에** 김장을 해야겠어요. ( ○ )   天氣變冷之前得做過冬泡菜。

這時必須將形容詞和「－아／어지다」結合，表達狀態的變化，也就是將形容詞改成動詞形來運用。

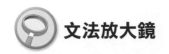

## 文法放大鏡

### ―을 거예요 ( 추측 ) 會 ( 推測 )

當表達未來式的句型「―을 거예요」，用於表達「추측」（推測）意思時，大部分主語不是第一人稱。有時為了強調推測語意，會加上「아마」（也許），或為了強調自己的推測，會加上「꼭」（一定）的副詞語。此外，推測句的「―을 거예요」（會）可以結合時態，為了避免產生誤用，學習時不妨一併加入時間的表達。

① 제임스 씨는 결석을 안 하니까 ( 아마 ) 올 거예요 . 詹姆士不缺席的，（也許）會來。

② 지수는 매일 도서관에서 열심히 공부했으니까 꼭 합격할 거예요 .

　　智秀每天在圖書館用功念書，一定會及格的。

③ ( 아마 ) 지금 오고 있을 거예요 . （也許）現在正在路上。

① 表達詹姆士是不缺席的人，推測他今天也會來。② 是看到智秀每天認真念書，對自己的推測有一定的把握，因此加上「꼭」（一定）。③ 針對現在而不是未來的情況加上自己的預測，使用「지금」（現在）表達對方正在來的路上。

針對某種事實或狀況予以推測的句型還有「―을 것 같아요」（好像）和「―겠―」（應該會），其中推測語意最為薄弱的是「―을 것 같아요」（好像），「―겠―」（應該會）是根據說話者本身的標準和主觀性判斷來表達預期或推測，而「―을 거예요」（會）是以普遍而客觀性的根據來做推測。

④ 내일은 비가 올 것 같아요 .　　　　　　　明天好像會下雨。（茫然推測）

⑤ 내일은 비가 오겠어요 .　　　　　　　　　明天應該會下雨。（以自己的標準和判斷推測）

⑥ 내일은 비가 올 거예요 .　　　　　　　　　明天會下雨。（以客觀普遍的根據推測）

以上 ④、⑤、⑥ 的語意會根據說話者而有所不同，很難確實區分差異，學習時最好以各種句型的特點來造例句。

⑦ 이 버튼을 눌러 보세요 . 그럼 물이 나올 거예요 .　請按下這個按鈕。那麼水就會出來。

⑧ 이 버튼을 눌러 보세요 . 그럼 물이 나오겠어요 .　請按下這個按鈕。那麼水就會出來。

如果比較以上兩個句子，可以明確知道其差異。「버튼을 누르면 물이 나온다」（按下按鈕水流出來）是以客觀而普遍的根據所做的推測，而不屬於主觀的判斷，因此 ⑦ 才是正確的句子，⑧ 是錯誤用法。

**課堂活動**

## 敘述四季的計畫

봄 ·여름 ·가을 ·겨울

각 계절의 모습을 보면서 무엇을 할 것인지 계획을 이야기해 봅니다 .

날씨가 따뜻하니까 소풍을 가야겠어요 .
날씨가 더우니까 에어컨을 사야겠어요 .
단풍을 보러 산에 가야겠어요 .
눈이 오면 눈사람을 만들어야겠어요 .

< 도움말 >
학습자의 계획을 말해도 좋고 일반적인 경우를 이야기해도 좋습니다 .

## 比較過去和現在的不同

① 자신의 예전 사진을 보고 현재와 어디가 달라졌는지 말해 봅니다 .
② 유명 연예인의 예전과 지금의 모습을 보며 말해 봅니다 .
③ 도시의 변화된 사진이나 자료를 보면서 이야기해 봅니다 .

< 도움말 >
동작이 행해질 수 있는 다양한 장소를 학생들에게 물어보고 답하게 합니다 .

# 了解前後狀況

무엇을 어떻게 해요 ?

떡볶이를 만들어요 .

파티를 해요 .

여행을 해요 .

< 도움말 >

모둠을 만들어서 각각의 상황을 주고 일의 순서를 말하게 하는 것도 좋습니다 .

**教室的某日－授課日誌**

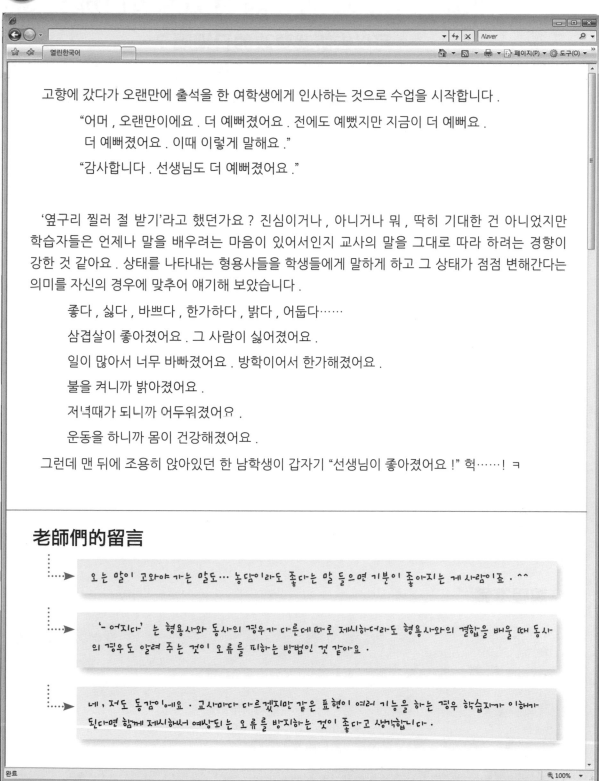

고향에 갔다가 오랜만에 출석을 한 여학생에게 인사하는 것으로 수업을 시작합니다.

"어머, 오랜만이에요. 더 예뻐졌어요. 전에도 예뻤지만 지금이 더 예뻐요. 더 예뻐졌어요. 이때 이렇게 말해요."

"감사합니다. 선생님도 더 예뻐졌어요."

'옆구리 찔러 절 받기'라고 했던가요? 진심이거나, 아니거나 뭐, 딱히 기대한 건 아니었지만 학습자들은 언제나 말을 배우려는 마음이 있어서인지 교사의 말을 그대로 따라 하려는 경향이 강한 것 같아요. 상태를 나타내는 형용사들을 학생들에게 말하게 하고 그 상태가 점점 변해간다는 의미를 자신의 경우에 맞추어 얘기해 보았습니다.

좋다, 싫다, 바쁘다, 한가하다, 밝다, 어둡다……

삼겹살이 좋아졌어요. 그 사람이 싫어졌어요.

일이 많아서 너무 바빠졌어요. 방학이어서 한가해졌어요.

불을 켜니까 밝아졌어요.

저녁때가 되니까 어두워졌어요.

운동을 하니까 몸이 건강해졌어요.

그런데 맨 뒤에 조용히 앉아있던 한 남학생이 갑자기 "선생님이 좋아졌어요!" 헉……! ㅋ

## 老師們的留言

> 오는 말이 고와야 가는 말도… 농담이라도 좋다는 말 들으면 기분이 좋아지는 게 사람이죠. ^^

> '-어지다'는 형용사와 동사의 경우가 다른데 때로 제시하더라도 형용사와의 결합을 배울 때 동사의 경우도 알려 주는 것이 오류를 피하는 방법인 것 같아요.

> 네, 저도 동감이에요. 교사마다 다르겠지만 같은 표현이 여러 기능을 하는 경우 학습자가 이해가 된다면 함께 제시해서 예상되는 오류를 방지하는 것이 좋다고 생각합니다.

# 3-5 바꾸실 날짜를 말씀해 주시겠습니까?
## 可以告訴我要改的日期嗎？

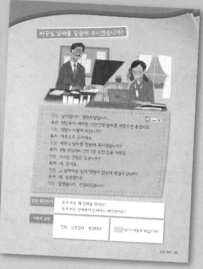

| 學習文法 | | | |
|---|---|---|---|
| - 았 / 었으면 좋겠다 | 真希望～ | - 은 / 는 / 을 | 動詞冠形詞型 |
| - 습니다 / 습니까 ? | 格式體語尾 | 밖에 | 只有～ |

| 課程目標 | |
|---|---|
| | 學會表達希望事項。 |
| | 學會過去式、現在式、未來式的動詞冠形詞型。 |
| | 學會格式體語尾。 |
| | 學會預約和變更。 |

 **課程準備**

| | 需確認的內容 | 已準備 | 未準備 |
|---|---|---|---|
| 1 | 說明「－았／었으면 좋겠다」（真希望～）的時態結合型態和意義。 | | |
| 2 | 說明動詞冠形詞型「－은／는／을」的時態差別和活用型態。 | | |
| 3 | 說明「－습니다」（格式體語尾）的使用方式。 | | |
| 4 | 說明「밖에」（只有～）的意義和結合條件。 | | |

## 1. 説明「-았/었으면 좋겠다」(真希望～)的時態結合型態和意義

　　「-았/었으면 좋겠다」(真希望～)是結合假設條件的語幹「-으면」(如果)和「좋겠다」(多好)，並加上動詞、形容詞、名詞＋이다(是)之後，表達說話者的希望和期待，而這裡的先行語結合過去式「-았/었-」是表達出不同於現實情況的希望。

　　　　① 노래를 **잘하면** 좋겠어요 .　　　　　希望會唱歌。
　　　　② 노래를 **잘했으면** 좋겠어요 .　　　　真希望很會唱歌。

　　① 單純表達很會唱歌的希望，② 帶有更為強調語氣，表示現實中歌唱得不好，但是希望能唱得好。

## 2. 説明動詞冠形詞型「-은/는/을」的時態差別和活用型態

　　結合動詞的冠形詞型，過去時態為「-은」，現在時態為「-는」，未來時態為「-을」，用以修飾名詞。然而與不規則動詞結合時，寫法等活用型態相當複雜，學習時最好分門別類，一一熟悉用法。

　　　　어제 **먹은** 음식은 불고기예요 .　　　　（過去）昨天吃的食物是烤肉。
　　　　지금 **먹는** 음식은 비빔밥이에요 .　　　（現在）現在吃的食物是拌飯。
　　　　내일 **먹을** 음식은 김치찌개예요 .　　　（未來）明天要吃的食物是泡菜鍋。

## 3. 説明「-습니다」(格式體語尾)的使用方式

　　「-습니다」(格式體語尾)比「-아/어요」(非格式體語尾)更能提高對對方的尊敬，大多用於非親近關係，如初次見面或正式場合、服務等關係，傳達慎重而正式的語意。在一般對話當中，男生比女生更常使用「-습니다」(格式體語尾)，相較於「-아/어요」(非格式體語尾)帶有溫和親切的感覺，「-습니다」(格式體語尾)給人感覺較為生硬。

　　　　오늘 회사에 **가요** .　　　　　今天去公司。
　　　　오늘 회사에 **갔어요** .　　　　今天去了公司。
　　　　오늘 회사에 **갑니다** .　　　　今天去公司。
　　　　오늘 회사에 **갔습니다** .　　　今天去了公司。
　　　　저는 **학생이에요** .　　　　　我是學生。
　　　　저는 **학생입니다** .　　　　　我是學生。

## 4. 説明「밖에」(只有～)的意義和結合條件

　　表達沒有其他可能性和選擇的「밖에」(只有～)，後面一定要加上「없다、아니다」(沒有、不是)等否定句。類似的句型有「만」(只有)和「뿐」(只有)。

　　　　이 교실에서 한국 사람은 **저밖에** 없어요 .　　這教室裡只有我是韓國人。
　　　　지갑에 돈이 만 **원밖에** 안 남았어요 .　　皮夾裡錢只剩一萬元。
　　　　지갑에 돈이 만 **원만** 남았어요 .　　　皮夾裡錢只剩一萬元。
　　　　지갑에 돈이 만 **원뿐**이에요 .　　　　皮夾裡錢只有一萬元。

## 文法訣竅

| 引導和說明 | 詢問是否有**不同於現實狀況的期待**，導入新文法「−았／었으면 좋겠다」（真希望～）。 |
|---|---|

詢問是否有**不同於現實狀況的期待**，導入新文法「−았／었으면 좋겠다」（真希望～）。

老　　師：여러분은 지금이 좋아요？　　　　各位對現在滿意嗎？

저는 노래를 **잘했으면 좋겠어요**.　　我真希望很會唱歌。

여러분은 **어땠으면 좋겠어요**？　　各位希望怎麼樣呢？

學習者：한국어를 **잘했으면 좋겠어요**.　　真希望韓語說得好。

돈이 **많았으면 좋겠어요**.　　真希望有很多錢。

| 가다 去 | **갔으면 좋겠다** 希望去 | 주말에 여행을 **갔으면 좋겠어요**. 真希望周末去旅行。 |
|---|---|---|
| 크다 大 | **컸으면 좋겠다** 希望高 | 키가 **컸으면 좋겠어요**. 真希望個子高。 |
| 하다 做 | **했으면 좋겠다** 希望做 | 샤워를 **했으면 좋겠어요**. 真希望洗個澡。 |

**練習**

練習表達**與現有狀況不同的期待**。

| 目前 | 希望事項 |
|---|---|
| 한국어를 잘 못해요. 韓語不好。 | 한국어를 **잘했으면 좋겠어요**. 真希望韓語說得好。 |
| 키가 작아요. 個子矮。 | 키가 **컸으면 좋겠어요**. 真希望個子高。 |
| 노래를 못해요. 不會唱歌。 | 노래를 **잘했으면 좋겠어요**. 真希望很會唱歌。 |
| 여름이어서 너무 더워요. 夏天太熱。 | **겨울이었으면 좋겠어요**. 真希望是冬天。 |
| 집이 너무 좁아요. 房子太狹窄。 | 집이 **넓었으면 좋겠어요**. 真希望房子很寬敞。 |
| 비행기를 못 타 봤어요. 沒搭過飛機。 | 비행기를 타 **봤으면 좋겠어요**. 真希望能搭飛機。 |

**注意**

表達說話者希望的「−으면 좋겠다」（希望～）單純表達對未來的期待，如果結合「−았／었−」，表示**懷抱著與現實不同的夢想**。

**引導和説明**

1. 準備動詞卡片，練習敘述**目前的狀況**。

老　　師：여러분은 한국 드라마를 좋아하세요 ? 各位喜歡韓劇嗎？

學習者：네 , 좋아해요 . 'ＯＯ' 를 봐요 . 是，喜歡。我看「ＯＯ」。

老　　師：제가 요즘 **보는** 드라마는 'ＯＯ' 인데 아주 재미있어요 .
　　　　　　我最近看的電視劇是「ＯＯ」，非常有趣。

學習者：저도 보았어요 . 재미있어요 . 我也看過。很有趣。

老　　師：동사에 '**ー는**' 이 되면 현재의 일이에요 . 動詞加上「ー는」，就是表示現在的事情。
　　　　　　요즘 어떤 일을 해요 ? 이야기해 볼까요 ? 最近做什麼樣的事情呢？要不要說看看？

2. 動詞無論是否有尾音，一律加上「**ー는**」（做～的）作為**現在式**。

| 듣다 聽 | 듣는<br>聽的 | 지금 듣는 노래는 한국 노래예요 .<br>現在聽的歌曲是韓國歌曲。 |
|---|---|---|
| 만나다 見面 | 만나는<br>見的 | 지금 만나는 사람은 제 친구예요 .<br>現在見的人是我的朋友。 |
| 좋아하다 喜歡 | 좋아하는<br>喜歡的 | 제가 좋아하는 음식은 불고기예요 .<br>我喜歡的食物是烤肉。 |

**練習**

練習表達**目前的動作**。

| **動詞** | | | **動作** | |
|---|---|---|---|---|
| 먹다 | 吃 | → | 지금 **먹는 음식**은 떡볶이예요 . | 現在吃的食物是烤肉。 |
| 읽다 | 讀 | → | 지금 **읽는 책**은 영어책이에요 . | 現在讀的書是英文書。 |
| 가다 | 去 | → | 지금 **가는 곳**은 도서관이에요 . | 現在去的地方是圖書館。 |
| 듣다 | 聽 | → | 지금 **듣는 음악**은 재즈예요 . | 現在聽的音樂是爵士樂。 |
| 보다 | 看 | → | 지금 **보는 프로그램**은 드라마예요 . | 現在看的節目是電視劇。 |
| 만나다 | 見面 | → | 지금 **만나는 사람**은 동생이에요 . | 現在見的人是弟弟（妹妹）。 |

**注意**

雖然「**ー는**」（做～的）加在**動詞**後面，作為現在式來修飾名詞，但「**있다**」（有）、「**없다**」（沒有）相關的形容詞也會使用「**ー는**」。

（例如：**맛있는【**好吃的**】**、**맛없는【**難吃的**】**、**재미있는【**有趣的**】**、**재미없는【**無趣的**】**）

引導和說明

1. 準備動詞圖卡，敘述**過去發生的事情或狀況**，導入新文法「－은」（做過～的）。

老　師：어제 뭐 했어요？ 昨天做了什麼？

學習者：친구를 만나서 영화를 봤어요. 見朋友之後一起看了電影。

老　師：어제 **본** 영화는 재미있었어요？ 昨天看的電影有趣嗎？

學習者：네, 한국 영화인데 아주 재미있었어요. 是，是韓國電影，非常有趣。

老　師：어제 **만난** 친구는 어떤 친구예요？ 昨天見的朋友是怎樣的朋友？

學習者：대학교 친구예요. 是大學朋友。

老　師：네, 그렇군요. 동사에 '－은'을 쓰면 과거의 일을 말해요.
喔，原來如此。動詞加上「－은」的話，可以敘述過去的事。

2. 「－은」（做過～的）會隨著是否屬於**不規則動詞**，以及**有無尾音**而改變型態，以例句來說明。

| 듣다<br>聽 | 들은<br>聽過的 | 어제 들은 노래는 한국 노래였어요.<br>昨天聽的歌曲是韓國歌。 |
| 만나다<br>見面 | 만난<br>見面的 | 어제 만난 사람은 제 동생이었어요.<br>昨天見的人是我弟。 |
| 좋아하다<br>喜歡 | 좋아한<br>喜歡的 | 제가 예전에 좋아한 음식이었어요.<br>是我以前喜歡的食物。 |

練習

敘述過去曾經發生過的事情，在**名詞前面**加上**動詞冠形詞**「－은」（做過～的）來修飾，並加以強調。

**動詞**

먹다　吃　→　어제 **먹은** 떡볶이는 매웠어요.　　昨天吃的炒年糕很辣。

읽다　讀　→　어제 **읽은** 책은 소설책이었어요.　　昨天讀的書是小說。

가다　去　→　어제 **간** 식당이 깨끗했어요.　　昨天去的餐廳很乾淨。

듣다　聽　→　어제 **들은** 노래가 좋았어요.　　昨天聽的歌曲很不錯。

보다　看　→　어제 **본** 드라마가 슬펐어요.　　昨天看的電視劇很悲傷。

사다　買　→　지난 주말에 **산** 옷을 입었어요.　　穿了上周末買的衣服。

만나다　見面　→　어제 **만난** 사람은 선생님이었어요.　　昨天見的人是老師。

注意　如果**形容詞**加上冠形詞「－은」（很～的），則表示**現在式時態**。

**引導和說明**

1. 利用動詞卡片，練習敘述**未來要做的或還沒有發生的事情**。

老　　師：주말에 뭐 할 거예요? 周末要做什麼？

學習者：여행을 갈 거예요. 要去旅行。

老　　師：여행을 **갈 곳**은 어디예요? 要去旅行的地方是哪裡？

學習者：제주도예요. 是濟州島。

老　　師：같이 여행을 **갈 사람**은 누구예요? 要一起旅行的人是誰？

學習者：혼자 여행을 하려고 해요. 我想獨自旅行。

老　　師：와, 멋있어요. 哇，好率性。

　　　　　동사에 'ㅡ을'을 쓰면 미래의 일을 말해요. 動詞加上「ㅡ을」可以敘述未來的事情。

2. 「ㅡ을」（**要～的**）會隨著動詞是否有**尾音**而改變結合型態。

| 읽다<br>讀 | 읽을 책<br>要讀的書 | 휴가 때 읽을 책을 사러 가요.<br>去買休假時要讀的書。 |
|---|---|---|
| 가다<br>去 | **갈 곳 나**<br>要去的地方 | 휴가 때 **갈** 곳은 제주도예요.<br>休假時要去的地方是濟州島。 |
| 결혼하다<br>結婚 | 결혼할 사람<br>要結婚的人 | 제가 결혼할 사람이에요.<br>是我要結婚的人。 |

**練習**

利用動詞卡片，練習敘述**還沒發生的事情或計畫**。

읽다　　讀　→　이번 주말에 **읽을** 책이에요. 是這個周末要讀的書。

가다　　去　→　다음 주에 **갈** 곳은 부산이에요. 下周要去的地方是釜山。

듣다　　聽　→　휴가 때 **들을** CD 를 살 거예요. 我要買休假時要聽的 CD。

보다　　看　→　저녁에 **볼** 영화표를 예매했어요. 買了晚上要看的電影票。

먹다　　吃　→　내일 아침에 **먹을** 빵을 샀어요. 買了明天要吃的麵包。

출발하다　出發　→　이제 **출발할** 시간이에요. 現在是該出發的時間。

**注意**

「ㅡ을」（**要～的**）可以結合**動詞、形容詞**，以及「**이다（是）、아니다（不是）**」表達未來時態。

## 引導和說明

1. 根據場合，使用不同於一般口語的**格式體語尾**做敘述。

老　師：뉴스나 일기예보를 들어 봤어요？ 有聽過新聞或天氣預報嗎？

學習者：네, 들어 봤어요. 有，有聽過。

老　師：이렇게 말해요. 뉴스를 말씀드리겠습니다. 會這樣説。即將為您播報新聞。

　　　　또 비행기에서 승무원이 어떻게 말해요？ 還有飛機上空服員是怎麼説呢？

學習者：어서 오**십시오**./ 무엇을 드시겠습니까？ 歡迎搭乘。/ 您要喝什麼呢？

老　師：네, 높임말을 해요. 對，使用敬語。

　　　　회사에서는 '해요'가 아니고'**합니다**'로 말해요.

　　　　公司裡不使用「해요」，而是使用「합니다」來説話。

2. 寫出動詞、形容詞、名詞的「**해요**」（非格式體語尾）和「**합니다**」（格式體語尾）句子，根據有無**尾音**來改變結合型態。

> 밥을 먹어요. – 밥을 먹**습니다**. 吃飯。
> 동생이 예뻐요. – 동생이 예**쁩니다**. 妹妹漂亮。
> 여기는 한국이에요. – 여기는 한국**입니다**. 這裡是韓國。

## 練習

練習基本原型和「**－아 / 어요**」（非格式體語尾）、「**－습니다**」（格式體語尾）。

| | | |
|---|---|---|
| 가다 去 | 가요 | 갑니다 |
| 읽다 讀 | 읽어요 | 읽습니다 |
| 배우다 學習 | 배워요 | 배웁니다 |
| 만들다 製作 | 만들어요 | 만듭니다 |
| 크다 大 | 커요 | 큽니다 |
| 많다 多 | 많아요 | 많습니다 |
| 먹다 吃 | 먹어요 | 먹습니다 |
| 재미있다 有趣 | 재미있어요 | 재미있습니다 |
| 회사원 上班族 | 회사원이에요 | 회사원입니다 |
| 주부 主婦 | 주부예요 | 주부입니다 |

## 注意

「**만들다**（製作）、**살다**（居住）、**울다**（哭）」等動詞結合「－습니다」（格式體語尾）時，尾音「**ㄹ**」脫落，寫成「**만듭니다、삽니다、웁니다**」，須特別注意。

| | |
|---|---|
| 引導<br>和<br>説明 | 1. 敘述**不具可能性**或**沒有其他選擇**的情況。<br><br>　老　師：이 교실에 한국어 선생님이 몇 명 있어요? 這教室裡韓語老師有幾名呢？<br><br>　學習者：선생님 한 사람이에요. 老師是一名。<br><br>　老　師：네, 맞아요. 한국어 선생님은 한 사람밖에 없어요.<br><br>　　　　　對，沒錯，韓語老師只有一人。<br><br>　　　　여기 한국 사람은 한 사람**밖에** 없어요. 這裡韓國人只有一人。<br><br>　　　　하나만 있을 때 이렇게 말해요. 只有一個的時候，可以這麼説。<br><br>방이 하나**밖에** 없어요. 房間只有一間。<br>돈이 천 원**밖에** 없어요. 錢只有一千元。<br>한국 사람이 한 사람**밖에** 없어요. 韓國人只有一人。<br><br>2. 錢包裡面只有一千元時，可以這樣表達。<br><br>　老　師：지갑에 돈이 천 원**만** 있어요. 錢包裡只有一千元。<br><br>　　　　지갑에 돈이 천 원**밖에** 없어요. 같은 말이에요.<br><br>　　　　錢包裡只有一千元。是一樣的説法。<br><br>　　　　'**밖에**' 뒤에는 '**없다, 아니다**' 같은 말을 써야 해요.<br><br>　　　　「밖에」後面必須使用「沒有、不是」之類的字詞。 |

| | |
|---|---|
| 練習 | 練習使用「**만 있다**」（只有〜）和「**밖에 없다**」（只有〜）來造例句。<br><br>「**만 있다**」只有　　　　　「**밖에 없다**」只有<br><br>방이 한 개**만** 있어요.　　　방이 한 개**밖에** 없어요.　　房間只有一間。<br>돈이 만 원**만** 있어요.　　　돈이 만 원**밖에** 없어요.　　錢只有一萬元。<br>영화표가 한 장**만** 있어요.　영화표가 한 장**밖에** 없어요.　電影票只有一張。<br>휴가가 하루**만** 남았어요.　휴가가 하루**밖에** 안 남았어요. 假期只剩一天。<br>학생이 한 사람**만** 왔어요.　학생이 한 사람**밖에** 안 왔어요. 學生只來了一人。 |

| | |
|---|---|
| 注意 | 助詞「**밖에**」（只有〜）只能用於**否定句**，而「**만**」（只有〜）可以用於**肯定句****和否定句**（參考「文法放大鏡」單元）。 |

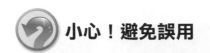

## 小心！避免誤用

### －습니다／습니까？ 格式體語尾

**格式體語尾**主要在正式場合或提高對對方的尊敬時使用，在動詞、形容詞、「이다」（是）的語幹後面結合「 - (스) ㅂ니다」。

언제 오셨**습니까** ? - 어제 왔**습니다** .      您何時來的？－昨天來的。

오늘 기분이 아주 **좋습니다** .      今天心情非常好。

우리 밥 먹으러 **갑시다** .      我們去吃飯吧。

雖然勸誘句當中需使用「－(으)ㅂ시다」（一起～吧），但如果對上位者使用的話，可能會造成失禮，學習時必須特別注意。這種格式體的表達方式通常在公司或面對顧客的服務業等場合中使用，最好列舉出實際狀況，了解其中差異。

### 動詞的冠形詞型

**冠形詞型**加在名詞前面，用以修飾名詞，使意思更加明確。**動詞的冠形詞型**根據時態不同而有所差異，表達目前的行為或狀況時使用「－는」，表達過去的事情或行為時使用「－은」，而表達未來即將發生的事情或狀況時使用「－을」。

지금 **읽는** 책은 '사랑'입니다 .'      現在讀的書是「愛」。

어제 **읽은** 책은 소설책이에요 .      昨天讀的書是小説。

내일 **읽을** 책은 뭐예요 ?      明天要讀的書是什麼？

지금 **보는** 드라마 제목이 뭐예요 ?      現在看的電視劇名是什麼？

어제 **본** 영화가 정말 재미있어요 .      昨天看的電影真有趣。

내일 **볼** 영화표를 예매했어요 .      買了明天要看的電影票。

現在式時態無論動詞有無尾音，一律加上「－는」，而「－은/을」是當動詞沒有尾音時加上「－ㄴ/ㄹ」，必須注意結合型態的變化。如果「－는」以「ㄱ, ㄷ, ㅂ, ㅅ, ㅈ, ㅊ, ㅍ, ㅎ」尾音作結時，發音上需要特別注意。「**먹는[멍는]、묻는[문는]、입는[임는]、웃는[운는]、맞는[만는]、찾는[찬는]、갚는[감는]、놓는[논는]**」（吃、問、穿、笑、適合、找、償還、放置）發音各自有不同的變化，需要反覆練習。

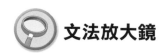

## 文法放大鏡

### －았／었으면 좋겠다 真希望～

條件或假設句型「－으면」（～的話）和「－았／었－」（過去式時態）結合之後，表達出更強烈的假設語氣，因此用於說話者渴望某件事情或因為無法達成而感到可惜。像 ① 一樣只使用「－으면」（～的話），表示單純的假設，②「－었으면」表示迫切期待不同於現況的其他情況。③ 使用「－을 텐데」，並將語尾的發音拉長，用於強調現況並非如此，懷抱惋惜的心情「그랬으면 좋겠다」（真希望能那樣）。

① 돈이 **많으면** 좋겠어요.      希望有很多錢。

② 돈이 **많았으면** 좋겠어요.      真希望有很多錢。

③ 돈이 **많았으면** 좋았을 텐데…….      如果有很多錢的話，該有多好。

### 밖에 只有～

「밖에」（只有～）用於表達沒有其他的選擇，或沒有其他可能性和方法，對象可以是人事物，後面一定要加上否定的內容。

① 책장에 책이 한 권**밖에** 없어요.      書櫃上只有一本書。

② 음식이 조금**밖에** 안 남았어요.      食物只剩下一點。

③ 교실에 학생이 한 사람**밖에** 안 왔어요.      教室裡學習者只來了一名。

① 是指書只有一本，② 是剩下的食物只有一點點，③ 是教室裡學習者只有一名。類似的文法有「만」（只有）和「뿐」（只有）。「만」可以使用在肯定句和否定句，「뿐」會加上「뿐이다」來使用。

④ 책이 한 권**만** 있어요.      書只有一本。

⑤ 책이 한 권**만** 없어요.      書只缺一本。

⑥ 책이 한 권**뿐**이에요.      書只有一本。

④ 是書只有一本，其他就沒有了，⑤ 是其他的書都有，只缺一本，和 ④ 的語意相反。⑥ 和 ④ 是相同意思，表示書只有一本。

 **課堂活動**

## 表達希望

한국어를 잘했으면 좋겠어요 .

지금의 상황을 보고 앞으로 했으면 하는 일이나 희망을 말해 봅니다 .

< 도움말 >
두 조로 나누어 한 쪽은 현재의 상황 카드를 , 다른 한 쪽은 희망 사항을 말하게 합니다 .

## 表達過去、現在、未來

어제 읽은 책이에요 .
지금 읽는 책이에요 .
내일 읽을 책이에요 .

시제 표현 어휘와 동사 그리고 명사를 시제에 맞게 연결합니다 .

< 도움말 >
각각의 범주별 어휘 카드를 나눠 주고 서로 맞는 짝을 찾아 문장을 완성하는 게임을 합니다 .

## 問答練習

한국 음식을 만들 수 있습니까 ?

옆 친구에게 궁금한 것을 물어 봅니다 .

< 도움말 >
활동지를 항목별로 잘라서 질문 항목을 한 가지씩 뽑아서 대답하는 것도 좋습니다 .

**教室的某日－授課日誌**

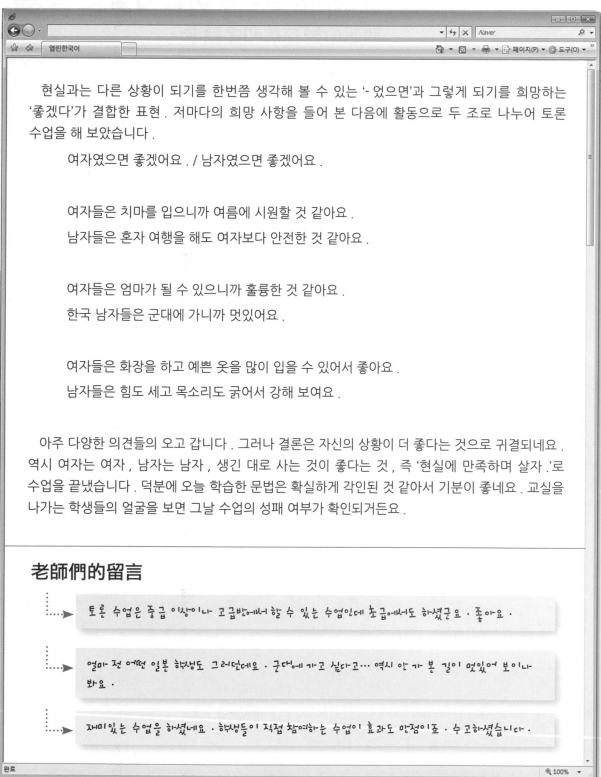

현실과는 다른 상황이 되기를 한번쯤 생각해 볼 수 있는 '-었으면'과 그렇게 되기를 희망하는 '좋겠다'가 결합한 표현. 저마다의 희망 사항을 들어 본 다음에 활동으로 두 조로 나누어 토론 수업을 해 보았습니다.

여자였으면 좋겠어요. / 남자였으면 좋겠어요.

여자들은 치마를 입으니까 여름에 시원할 것 같아요.
남자들은 혼자 여행을 해도 여자보다 안전한 것 같아요.

여자들은 엄마가 될 수 있으니까 훌륭한 것 같아요.
한국 남자들은 군대에 가니까 멋있어요.

여자들은 화장을 하고 예쁜 옷을 많이 입을 수 있어서 좋아요.
남자들은 힘도 세고 목소리도 굵어서 강해 보여요.

아주 다양한 의견들의 오고 갑니다. 그러나 결론은 자신의 상황이 더 좋다는 것으로 귀결되네요. 역시 여자는 여자, 남자는 남자, 생긴 대로 사는 것이 좋다는 것, 즉 '현실에 만족하며 살자.'로 수업을 끝냈습니다. 덕분에 오늘 학습한 문법은 확실하게 각인된 것 같아서 기분이 좋네요. 교실을 나가는 학생들의 얼굴을 보면 그날 수업의 성패 여부가 확인되거든요.

## 老師們的留言

> 토론 수업은 중급 이상이나 고급반에서 할 수 있는 수업인데 초급에서도 하셨군요. 좋아요.

> 얼마 전 어떤 일본 학생도 그러던데요. 군대에 가고 싶다고… 역시 안 가 본 길이 멋있어 보이나 봐요.

> 재미있는 수업을 하셨네요. 학생들이 직접 참여하는 수업이 효과도 만점이죠. 수고하셨습니다.

| 3-6 | **통장하고 체크카드를 만들려고요** <br> 我想申辦存摺和金融卡。 |

| | | | |
|---|---|---|---|
| **學習文法** | - 으려고    打算～ | - 은 후에    ～之後 | |
| | - 아 / 어도    ～也要 | - 지 못하다    不能、無法～ | |
| | 이든지    無論是 | | |
| **課程目標** | 學會銀行相關的詞彙和表達。<br>學會表達時間。<br>學會表達意圖和意向。 | | |

 ## 課程準備

| | 需確認的內容 | 已準備 | 未準備 |
|---|---|---|---|
| 1 | 說明「－으려고」（打算～）的作用和用途。 | | |
| 2 | 說明「－은 후에」（～之後）的意義。 | | |
| 3 | 說明和疑問詞結合的「이든지」（無論是）的意義和結合型態。 | | |
| 4 | 區分「－아／어도」（～也要）的用途。 | | |
| 5 | 「－지 못하다」（不能、無法～）的意義和限制。 | | |

## 1. 説明「－으려고」（打算～）的作用和用途

「－으려고」（打算～）表達説話者想要做某種行為的意向和意見，前面結合動詞。雖然「－으려고」（打算～）作為連結語幹，但也可以省略後面的句子，作為終結語尾。前後的主語必須是同一人。

| | |
|---|---|
| 가 : 어디에 가요 ? | 為什麼去銀行？ |
| 나 : 돈을 좀 찾**으려고** 은행에 가요 . | 去銀行打算領錢。 |
| 가 : 은행에 왜 갔어요 ? | 為什麼去了銀行？ |
| 나 : 돈을 좀 찾**으려고요** . | 打算領錢。 |

## 2. 説明「－은 후에」（～之後）的意義

「－은 후에」（～之後）和「－기 전에」（～之前）都是用於表達時間先後的行為，可以和「－은 후에」（～之後）替換使用的句型有「－은 다음에」（～之後）、「－은 뒤에」（～之後）、「－고 나서」（～之後）。學習時不妨以簡單易懂，具有時間先後順序的情況作為例句，導入文法。

| | |
|---|---|
| 손을 씻**은 후에** 밥을 먹습니다 . | 洗手之後吃飯。 |
| 밥을 먹**기 전에** 손을 씻습니다 . | 吃飯之前洗手。 |

## 3. 説明和疑問詞結合的「이든지」（無論是）的意義和結合型態

「이든지」（無論是）是從數種選項當中選擇一項，但選擇哪一種都可以，結合「**언제、어디、누구、얼마**」（何時、哪裡、誰、多少）等疑問詞，代表無論「**시간、장소、사람、양**」（時間、地點、人、量）是什麼都沒關係。如果結合動詞和形容詞時，通常使用「**－든지 －든지**」（無論～還是～），表示兩種選項當中不管選擇哪一種都可以。

| | |
|---|---|
| 언제**든지** 좋으니까 전화를 주세요 . | 無論何時都好，請打電話給我。 |
| 커피**든지** 녹차**든지** 상관없어요 . | 無論咖啡還是綠茶都可以。 |

## 4. 區分「－아／어도」（～也要）的用途

當出現可預期的或不同於期待的其他狀況時，使用「－아／어도」（～也要）來表達，可以結合動詞和形容詞，而與名詞結合時，比起「이어도」，通常更常使用「**이라도**」（是～也要）。

| | |
|---|---|
| 몸이 **아파도** 학교에 가요 . | 即使身體不舒服，也要去學校。 |
| 아무리 **바빠도** 아침은 꼭 먹어요 . | 即使再忙，也一定要吃早餐。 |
| 한국인**이라도** 한국어 문법은 어려워요 . | 即使是韓國人，也覺得韓語文法很難。 |

## 5. 「－지 못하다」（不能、無法～）的意義和限制

「－지 못하다」（不能、無法～）使用於想做某件事情卻無法做到的狀況，或者能力不足，與否定能力的文法「**못**」（不能、無法）類似，但不同於否定意志的文法「**안**」（不～）和「**－지 않다**」（不～）。「－지 못하다」（不能、無法～）不能使用於形容詞、命令句和勸誘句。

**文法訣竅**

| | |
|---|---|
| **引導和說明** | 1. 詢問**某種行為的意向或目的**，導入新文法。 |

1. 詢問**某種行為的意向或目的**，導入新文法。

| | | |
|---|---|---|
| 老　師：한국어를 왜 배워요？ | 為什麼學韓語？ |
| 學習者：한국에서 일하고 싶어요. | 想在韓國工作。 |
| 老　師：한국에서 일하**려고** 왔어요？ | 打算在韓國工作而來的嗎？ |
| 學習者：네. | 對。 |
| 老　師：대사관에 왜 가요？ | 為什麼去大使館？ |
| 學習者：비자를 받으러 가요. | 去拿護照。 |
| 老　師：비자를 받**으려고** 대사관에 가요？ | 打算拿護照而去大使館嗎？ |

2. 「－으려고（요）」（打算～）根據**動詞有無尾音**而改變結合型態。

| | | |
|---|---|---|
| 먹다<br>吃 | 먹**으려고**<br>打算吃 | 점심을 먹**으려고** 식당에 가요.<br>打算吃飯而去餐廳。 |
| 하다<br>做 | 하**려고**<br>打算做 | 환전을 하**려고** 은행에 가요.<br>打算換錢而去銀行。 |

**練習**

練習敘述**某種行為的目的和意圖**。

| **目的** | | | **行為** |
|---|---|---|---|
| 차를 사다<br>買車 | 돈을 모으다<br>存錢 | → | 차를 사**려고** 돈을 모아요.<br>打算買車而存錢。 |
| 살을 빼다<br>減肥 | 운동을 시작하다<br>開始運動 | → | 살을 빼**려고** 운동을 시작해요.<br>打算減肥而開始運動。 |
| 불고기를 만들다<br>做烤肉 | 고기를 사다<br>買肉 | → | 불고기를 만들**려고** 고기를 사요.<br>打算做烤肉而買肉。 |
| 여행을 가다<br>去旅行 | 아르바이트를 하다<br>打工 | → | 여행을 가**려고** 아르바이트를 해요.<br>打算去旅行而打工。 |

**注意**

雖然「－으려고」（打算～）和表達目的和意圖的「－으러」（為了～）類似，但「－으러」（為了～）只能結合「가다、오다」（去、來）等移動的動詞，表達直接性目的，而「－으려고」（打算～）可以結合**所有的動詞**，兩者具有差異。

**引導和說明**

1. 設定行為的**先後順序**情況，導入新文法。

| 老　師：수업이 끝나면 뭐 할 거예요? | 下課的話要做什麼? |
|---|---|

老　師：수업이 끝나면 뭐 할 거예요?　　　　　　　下課的話要做什麼?

學習者：식사를 할 거예요.　　　　　　　　　　　　要吃飯。

老　師：수업이 **끝난 후에** 식사를 해요?　　　　　下課之後要吃飯嗎?
　　　　식사를 **한 후에** 뭐 해요?　　　　　　　吃完飯之後做什麼?

學習者：식사를 **한 후에** 집에 가요.　　　　　　　吃完飯之後回家。

老　師：먼저 하는 행동은 '－기 전에'를 배웠어요.　先做的行為「－기 전에」已經學過了。
　　　　그럼 집에 가기 전에 뭐 해요?　　　　　　那麼回家之前做什麼呢?

學習者：집에 가기 전에 식사를 해요.　　　　　　　回家之前先吃飯。

老　師：네, 맞아요. 잘했어요.　　　　　　　　　　對,沒錯。很好。

| 먹다<br>吃 | 먹은 후에<br>吃完之後 | 밥을 먹은 후에 커피를 마셔요.<br>吃完飯之後喝咖啡。 |
|---|---|---|
| 만나다<br>見面 | 만난 후에<br>見面之後 | 친구를 만난 후에 은행에 가요.<br>見朋友之後去銀行。 |

**練習**

1. 以**時間先後順序**的狀況來做練習。

손을 씻다　　　　→　밥을 먹다　　：손을 **씻은 후에** 밥을 먹어요.
洗手　　　　　　　　　吃飯　　　　　洗手之後吃飯。

운동을 하다　　　→　샤워를 하다：운동을 **한 후에** 샤워를 해요.
運動　　　　　　　　　洗澡　　　　　運動之後洗澡。

물이 끓다　　　　→　라면을 넣다：물이 **끓은 후에** 라면을 넣어요.
水滾　　　　　　　　　放拉麵　　　　水滾之後放拉麵。

2. 試著以**前後主語不同**的情況來造句。

사람들이 모두 **내린 후에** 타세요.　　　　　　　　請等人們都下車之後再上車。

손님이 **들어온 후에** 문을 닫아 주세요.　　　　　　客人進來之後請關門。

수업이 **끝난 후에** 전화해 주세요.　　　　　　　　下課之後請打電話給我。

**注意**

表達之後的行為也可以使用「－은 다음에」(～之後)或「－은 뒤에」(～之後),一般口語中最常使用的是「－은 다음에」(～之後)。學習時以時間先後的行為和容易了解的狀況作例句,更能夠幫助理解。

**引導和説明**

1. 以「**언제、어디、누구、얼마、무엇**」（何時、哪裡、誰、多少、什麼）等疑問詞為例，導入新文法。

老　師：여러분은 싫어하는 음식이 있어요？各位有討厭的食物嗎？

　　　　저는 다 잘 먹어요. **무엇이든지** 잘 먹어요. 我都吃。無論什麼都吃。

學習者：저는 고기를 싫어해요. 我討厭肉。

老　師：어디로 여행을 가고 싶어요？想去哪裡旅行呢？

여행은 **어디든지** 좋아요. 여러분은 어때요？無論哪裡旅行都好。各位怎麼樣呢？

> 물건 - **무엇이든지（뭐든지）** 物品 – 無論什麼（省略用法）
> 장소 - **어디든지** 地點 – 無論哪裡
> 사람 - **누구든지** 人 – 無論誰
> 시간 - **언제든지** 時間 – 無論何時
> 양 - **얼마든지** 量 – 無論多少

**練習**

假設某種狀況，使用「**언제든지、어디든지、누구든지、얼마든지、무엇이든지（뭐든지）**」（無論何時、無論哪裡、無論誰、無論多少、無論什麼）來表達哪一種選擇都可以。

무엇을 먹고 싶어요？　　　→　　**무엇이든지（뭐든지）** 좋아요.

想吃什麼？　　　　　　　　　　　什麼都好。

무엇을 잘해요？　　　　　→　　**뭐든지** 잘해요.

擅長什麼？　　　　　　　　　　　什麼都很拿手。

어디를 가고 싶어요？　　　→　　**어디든지** 가고 싶어요.

想去哪裡旅行？　　　　　　　　　哪裡都想去。

여자도 할 수 있어요　　　→　　**누구든지** 할 수 있어요.

女生也可以做得到嗎？　　　　　　誰都做得到。

언제 전화할까요？　　　　→　　**언제든지** 전화하세요.

什麼時候打電話呢？　　　　　　　隨時都可以打電話。

조금 더 먹어도 돼요？　　→　　**언마든지** 드세요.

可以再多吃一點嗎？　　　　　　　吃多少都可以。

**注意**

「**이든지**」（無論是）和**疑問詞**結合，表示無論選擇什麼都可以。通常和**名詞**結合時，以「**（이）든지（이）든지**」（無論～還是～）的型態來使用，這時意思是從兩者當中選擇一種，最好另外用例句來學習。

**引導和說明**

以無論前句的行為或狀態如何，**都要做後句的事情**為例，導入新文法。

老　　師：여러분은 비가 오면 학교에 안 가요 ? <small>各位下雨的話不去學校嗎？</small>

學習者：아니요 , 학교에 가요 . <small>不，會去學校。</small>

老　　師：네 , 비가 **와도** 학교에 가야 해요 . <small>對，下雨也得去學校。</small>

　　　　　 몸이 아플 때는 어때요 ? <small>身體不舒服時怎麼樣呢？</small>

學習者：학교에 안 가요 . **/ 아파도** 학교에 가요 . <small>不去學校。/ 不舒服也要去學校。</small>

老　　師：네 , 이럴 때 '**－어도**' 를 쓸 수 있어요 . <small>對，這時可以使用「～也要」。</small>

　　　　　 밥을 많이 먹었어요 . 그래도 또 먹고 싶어요 . <small>吃了很多飯。還是又想吃。</small>

　　　　　 밥을 많이 **먹어도** 또 먹고 싶어요 . <small>吃了很多飯。也還是想吃。</small>

　　　　　 많이 피곤해요 . 그래도 회사에 가요 . <small>很累。還是去公司。</small>

　　　　　 **피곤해도** 회사에 가요 . <small>很累也要去公司。</small>

| 입다<br><small>穿</small> | 입**어도**<br><small>穿也</small> | (아무리) 옷을 많이 입**어도** 추워요 .<br><small>（即使）衣服穿再多還是冷。</small> |
|---|---|---|
| 많다<br><small>多</small> | 많**아도**<br><small>多也</small> | 돈이 많**아도** 행복하지 않아요 .<br><small>錢很多還是不快樂。</small> |
| 피곤하다<br><small>累</small> | 피곤**해도**<br><small>累也</small> | 아무리 피곤**해도** 가야 해요 .<br><small>即使再累還是得去。</small> |

**練習**

當後句**沒有出現前句所期待的狀況**時，或者**出現與期待不符的情況**時，使用「**－아／어도**」（～也要）。以「**그래도**」（還是）接續的例句來練習，加上「**아무리**」（即使）會有更強調的感覺。

바쁘다 / 그래도 아침을 먹다 .　　　　　<small>忙碌／還是吃早餐</small>

→ 아무리 **바빠도** 아침을 먹어요 .　　　<small>即使忙碌還是要吃早餐。</small>

비가 오다 / 그래도 여행을 떠나다 .　　　<small>下雨／還是出發旅行。</small>

→ 비가 **와도** 여행을 떠나요 .　　　　　<small>下雨還是出發旅行。</small>

약을 먹다 / 그래도 아프다 .　　　　　　<small>吃藥／還是不舒服</small>

→ 약을 **먹어도** 아파요 .　　　　　　　<small>吃藥還是不舒服。</small>

**注意**

若了解接續副詞「**그래도**」（還是）的含意，可以幫助了解「**－아／어도**」（～也要）的句型，如果不懂，也可先舉出「**－아／어서**」（因為）、「**－으니까**」（因為）等表示理由和原因的句子，之後舉出不符合期待的結果，較能幫助理解。

**引導和說明**

以**能力不足或不如預期**的狀況為例，導入新文法。

老　師：길이 막히면 차가 빨리 갈 수 있어요? 路上塞車的話，車子可以快速前進嗎?

學習者：아니요, 빨리 못 가요. 不，不能快速前進。

老　師：네, 맞아요. 길이 막히면 차가 빨리 갈 수 없어요.
對，沒錯。路上塞車的話，車子不能快速前進。

차가 빨리 가**지 못해요**. 車子無法快速前進。

그럼 사람은 공기가 없으면 살 수 있어요? 那麼人沒有空氣的話，可以活嗎?

學習者：아니요, 공기가 없으면 살 수 없어요. 살**지 못해요**.
不，沒有空氣的話不能活。沒辦法活。

---

차가 빨리 가지 못해요. 車子無法快速前進。

공기가 없으면 살지 못해요. 沒有空氣的話沒辦法活。

---

**練習**

練習敘述**做不到某件事情，或執行上有困難**的情況。

밖이 시끄러워서 음악 소리를 들을 수 없어요. 　外面很吵，不能聽見音樂。

→ 밖이 시끄러워서 음악 소리를 듣**지 못해요**. 　外面很吵，沒辦法聽見音樂。

시험이 어려워서 문제를 풀 수 없어요. 　考試很難，不能解題。

→ 시험이 어려워서 문제를 풀**지 못해요**. 　考試很難，無法解題。

열쇠가 없어서 집에 들어갈 수 없어요. 　沒有鑰匙，不能進家門。

→ 열쇠가 없어서 집에 들어가**지 못해요**. 　沒有鑰匙，沒辦法進家門。

소화가 안 돼서 밥을 먹을 수 없어요. 　消化不良，不能吃飯。

→ 소화가 안 돼서 밥을 먹**지 못해요**. 　消化不良，沒辦法吃飯。

비가 많이 와서 운동을 할 수 없어요. 　下大雨，不能運動。

→ 비가 많이 와서 운동을 하**지 못해요**. 　下大雨，無法運動。

일이 많아서 쉴 수가 없어요. 　事情很多，不能休息。

→ 일이 많아서 쉬**지 못해요**. 　事情很多，無法休息。

---

**注意**

「－지 못하다」（不能、無法～）表達想做卻做不到的事，也就是**能力的否定**，而具有能力卻沒有去做的意願，則使用「－지 않다」（不～）。

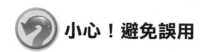

## 小心！避免誤用

### 지 못하다 不能、無法～

「－지 못하다」（不能、無法～）用以表達某件事情的能力不足，或當情況無法照所想的完成時，與雖然有能力卻沒有意願的否定句「－지 않다」（不～）成為對比。「－지 못하다」（不能、無法～）也可以用來拒絕對方的勸說和提議，這時比「－지 않다」（不～）更加尊敬對方，成為較委婉的拒絕方法（參考 P148 文法「－지 않다」）。

① 감기에 걸려서 학교에 가지 **못했어요**.　　　　因為感冒，無法去學校。

② 감기에 걸려서 학교에 가지 **않았어요**.　　　　因為感冒，不去學校。

① 表示雖然想去學校，但因為感冒的關係，沒辦法去。② 是指雖然可以去學校，但因為個人意志而沒有去。

③ 죄송하지만 먹지 **못하겠어요**.　　　　　　不好意思，我沒辦法吃。

④ 죄송하지만 먹지 **않겠어요**.　　　　　　　不好意思，我不吃。

③ 針對對方的勸說，表示出於某種原因而無法吃。④ 表示本身不喜歡所以不吃，但這種回答方式可能會造成對方的不悅，較不適合作為拒絕的表達。

「－지 못하다」（不能、無法～）與說話者本身的能力有關，原則上無法結合形容詞使用，但像 ⑤ 一樣有例外的情形，可以和「좋다、편하다、만족하다、옳다」（好、便利、滿意、正確）等部分的形容詞結合，表示無法達到那種狀態，這時可以像 ⑥ 一樣和「－지 않다」（不～）替換使用，意思沒有差別。

⑤ 어머니께서 편찮으셔서 마음이 **편하지 못해요**.　　母親身體不適，心情無法安寧。

⑥ 어머니께서 편찮으셔서 마음이 **편하지 않아요**.　　母親身體不適，心情不安寧。

雖然「－지 못하다」（不能、無法～）可以做為敘述句或疑問句，但無法使用於命令句和勸誘句，也不能像 ⑦ 一樣，與能力或意圖無關的被動句中使用。

⑦ 밖이 시끄러워서 소리가 잘 **들리지 못해요**. （×）　外面很吵，聲音沒辦法聽清楚。

⑧ 밖이 시끄러워서 소리가 잘 **들리지 않아요**. （○）　外面很吵，聲音沒聽清楚。

文法放大鏡

## －으려고（요）打算～

「－으려고（요）」（打算～）用於表達某種行為的意圖或即將發生的事情，前後句的主語必須一致，當表達即將發生的事情時，主語大多是事物。以人作為主語時，可以表達具有意圖或不具有意圖。

① 여행을 가려고 열심히 아르바이트를 해요 .　　　打算去旅行而努力打工。

② 영수가 금방 나가려고 옷을 입어요 .　　　英秀穿衣服馬上要出門。

③ 기차가 곧 출발하려고 해요 .　　　火車即將出發。

① 是主語為了去旅行而打工，② 描述英秀即將出門的瞬間，③ 表達火車即將出發的狀態。像 ① 表達主語的意圖時，可以針對對方的提問，以終結語尾而非連結語幹的形式來使用。

가 : 왜 이렇게 열심히 일을 해요 ?　　　為什麼這麼努力工作？

나 : 여행을 가려고요 .　　　打算去旅行。

## －아／어도 ～也要

前句的理由和原因並沒有出現預期的結果，而出現與期待衝突的狀況時，使用「－아／어도」（～也要）。獨立的兩個句子通常使用「그래도」（還是要）作為接續副詞以承接上一句。

① 몸이 많이 아파요 . 그래도 회사에 가야 돼요 .　　　身體很不舒服。還是得去公司。

② 몸이 많이 아파도 회사에 가야 해요 .　　　身體很不舒服也得去公司。

上述的 ① 和 ② 的情況是必須去公司，與身體不舒服時通常會休息的期待不符。學習時為了更容易理解，舉出如 ③ 前句所期待的理想結果，以及如 ④ 與期待衝突的句子，並且加以比較，也是不錯的方法。

③ 밥을 많이 먹어서 배가 불러요 .　　　飯吃很多，所以肚子很飽。

④ 밥을 많이 먹어도 배가 고파요 .　　　飯吃很多，還是肚子餓。

③ 是飯吃很多的話，肚子當然會很飽，而 ④ 肚子餓的前提卻是「밥을 많이 먹다」（吃很多飯），出現與期待不符的情況。

 **課堂活動**

## －으려고（요）－打算（語尾）

# 在銀行／郵局／圖書館

> 통장을 만들려고요 .
> 환전을 하려고요 .
> 책을 빌리려고요 .
> 소포를 부치려고요 .

각각의 장소에서 할 수 있는 목적이나 하고 싶은 일을 말해 봅니다 .

< 도움말 >

두 사람이 한 조를 이루어 한 사람은 직원 , 다른 한 사람은 고객이나 서비스를 받는 쪽이 되어 역할극을 해 봅니다 .

.................................................................................

## －은 후에 －做～之後

# 練習動作的順序

> 떡볶이를 만들어요 .
> 파티를 해요 .
> 여행을 가요 .

시제 표현 어휘와 동사 , 그리고 명사를 시제에 맞게 연결합니다 .

< 도움말 >

각각의 범주별 어휘 카드를 나눠 주고 서로 맞는 짝을 찾아 문장을 완성하는 게임을 합니다 .

.................................................................................

# 即使如此也要做

밥을 많이 먹어도 또 먹고 싶어요 .

예상 밖의 행동을 말해 봅니다 .

< 도움말 >

당연한 상황을 나타내는 '- 아 / 어서'와 '- 으니까'의 문장을 만들고 그것과 어긋나는 기대 밖의
상황을 연습해 봅니다 .

**教室的某日－授課日誌**

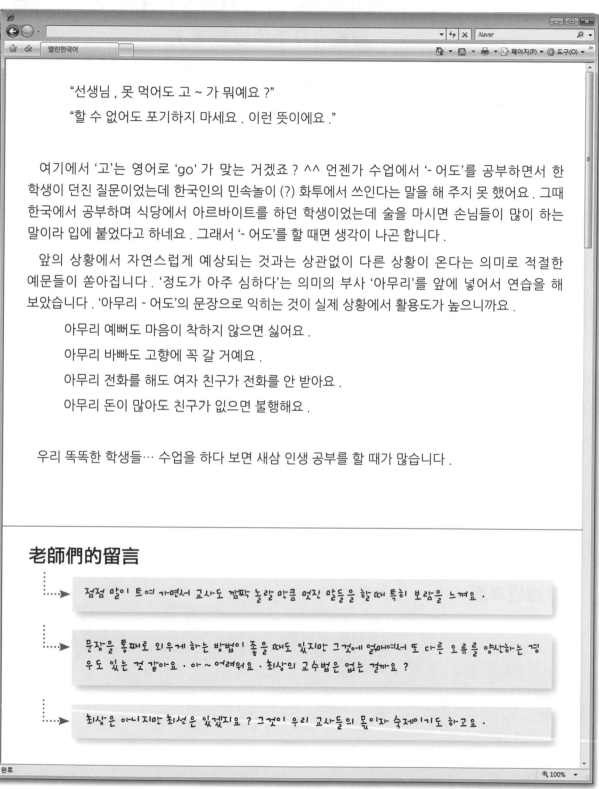

"선생님 , 못 먹어도 고 ~ 가 뭐예요 ?"

"할 수 없어도 포기하지 마세요 . 이런 뜻이에요 ."

여기에서 '고'는 영어로 'go' 가 맞는 거겠죠 ? ^^ 언젠가 수업에서 '- 어도'를 공부하면서 한 학생이 던진 질문이었는데 한국인의 민속놀이 (?) 화투에서 쓰인다는 말을 해 주지 못 했어요 . 그때 한국에서 공부하며 식당에서 아르바이트를 하던 학생이었는데 술을 마시면 손님들이 많이 하는 말이라 입에 붙었다고 하네요 . 그래서 '- 어도'를 할 때면 생각이 나곤 합니다 .

앞의 상황에서 자연스럽게 예상되는 것과는 상관없이 다른 상황이 온다는 의미로 적절한 예문들이 쏟아집니다 . '정도가 아주 심하다'는 의미의 부사 '아무리'를 앞에 넣어서 연습을 해 보았습니다 . '아무리 - 어도'의 문장으로 익히는 것이 실제 상황에서 활용도가 높으니까요 .

아무리 예뻐도 마음이 착하지 않으면 싫어요 .

아무리 바빠도 고향에 꼭 갈 거예요 .

아무리 전화를 해도 여자 친구가 전화를 안 받아요 .

아무리 돈이 많아도 친구가 없으면 불행해요 .

우리 똑똑한 학생들… 수업을 하다 보면 새삼 인생 공부를 할 때가 많습니다 .

## 老師們的留言

점점 말이 트여 가면서 교사도 깜짝 놀랄 만큼 멋진 말들을 할때 특히 보람을 느껴요 .

문장을 통째로 외우게 하는 방법이 좋을 때도 있지만 그것에 얽매여서 또 다른 오류를 양산하는 경우도 있는 것 같아요 . 아 ~ 어려워요 . 최상의 교수법은 없는 걸까요 ?

최상은 아니지만 최선은 있겠지요 ? 그것이 우리 교사들의 몫이자 숙제이기도 하고요 .

# 아르바이트를 한 적이 있어요?
## 曾經有打工的經驗嗎?

**3-7**

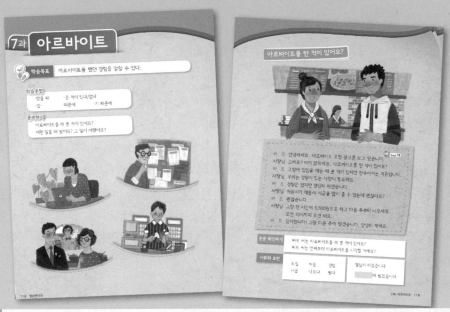

| 學習<br>文法 | - 았 / 었을 때 | ～時候 | - 기 때문에 | 因為 |
|---|---|---|---|---|
| | - 겠 - | 會～（意志） | 명사 때문에 | 名詞＋因為 |
| | - 은 적이 있다 / 없다 | 曾經／不曾～ | | |

| 課程<br>目標 | 學會表達比喻和推測。<br>學會敘述狀態變化。<br>學會表達時間的前後狀況。 |
|---|---|

 **課程準備**

| | 需確認的內容 | 已準備 | 未準備 |
|---|---|---|---|
| 1 | 説明「－았／었을 때」（～時候）的時態和結合型態。 | | |
| 2 | 説明「－은 적이 있다」（曾經～）和「－아／어 봤어요」（做過～）的差異。 | | |
| 3 | 區分「－겠－」（會～）的意義和用途。 | | |
| 4 | 了解「때문에」和「－기 때문에」（因為）的意義和限制用法。 | | |

## 1. 説明「-았/었을 때」(～時候) 的時態和結合型態

　　「-았/었을 때」(～時候) 表示過去的經驗和狀況所產生的時機，前句和後句的時態必須相同。後句必須表達出時態，而前句無論是哪種時態，經常都和後句的時態一致。然而一開始學習時，前句和後句最好先以相同的時態作為例句。

　　　　일본에서 공부**할 때** 친구의 도움을 받았어요. 　　　在日本唸書的時候，獲得了朋友的幫助。

　　　　일본에서 공부**했을 때** 친구의 도움을 받았어요. 　　在日本唸書的時候，獲得了朋友的幫助。

## 2. 説明「-은 적이 있다」(曾經～) 和「-아/어 봤어요」(做過～) 的差異

　　用以表達某件事的經驗「-은 적이 있다/없다」(曾經/不曾～) 和動詞結合，可以和「-아/어 보다」(做過～) 替換。但是當表達更具體的經驗時，會使用「-아/어 보다」(做過～)。如果以「언제」(何時)、「누구」(誰)、「어디」(哪裡) 等疑問詞作詢問時，通常不使用「-은 적이 있다」(曾經～)，因此造句時需要加以注意。

　　　　제주도에 **가 본 적이 있어요**?（○）　　　　曾經去過濟州島嗎？

　　　　언제 **가 본 적이 있어요**?（×）　　　　　　何時曾去過濟州島嗎？

　　　　언제 **가 봤어요**?（○）　　　　　　　　　何時去過呢？

　　　　누구와 **가 본 적이 있어요**?（×）　　　　　曾經和誰去過嗎？

　　　　누구와 **가 봤어요**?（○）　　　　　　　　和誰去過呢？

## 3. 區分「-겠-」(會～) 的意義和用途

　　表達未來時態的「-겠-」具有數種意義和用途，與其一次學習所有意義，最好熟悉單一用途之後，再學習其他用法。之前學過「-겠-」作為推測的用法，現在接著學習表達個人意志和意圖的用法。而「-겠-」也可作為詢問對方意向的慣用表達，經常用作招呼用語，因此必須確實了解個別的用法，才能減少誤用。

　　　　다음 주부터 장마가 **시작되겠습니다**. 　　　　（推測）下周開始會進入雨季。

　　　　내일부터 지각을 하지 **않겠습니다**. 　　　　（意志）明天起我不會遲到。

　　　　무엇을 **드시겠습니까**? 　　　　　　　　　（對方的意向）您要吃些什麼呢？

　　　　학교에 **다녀오겠습니다**. 　　　　　　　　（慣用表達）我出門去學校了。

## 4. 了解「때문에」和「-기 때문에」(因為) 的意義和限制用法

　　表示原因和理由的連結語幹「때문에」和「-기 때문에」(因為)，主要使用於否定情況或説明藉口，但也可以使用在肯定句中，最好以大量的例句做説明。而「때문에」和「-기 때문에」(因為) 不能用於命令句和勸誘句，為了避免誤用，最好事先加以註明。學習時的重點是以簡單易懂的多樣例句和假設情況來造例句。

# 文法訣竅

**引導和說明**

敘述過去**某個時刻曾經發生的某件事**，導入新文法。

老　師：여러분은 언제 처음 한국에 왔어요？各位何時第一次來到韓國？

學習者：1 년 전에 한국에 왔어요．1 年前來到韓國。

老　師：한국에 처음 **왔을 때** 어땠어요？初次來韓國的時候怎麼樣？

學習者：한국어를 몰라서 힘들었어요．因為不懂韓語，很辛苦。

老　師：이렇게 말해요．那就這麼說。

'한국에 처음 **왔을 때** 한국어를 몰라서 힘들었어요．'

「初次來到韓國的時候，因為不懂韓語，很辛苦。」

처음 한국 음식을 **먹었을 때** 어땠어요？初次吃韓國菜的時候怎麼樣？

學習者：너무 매워서 눈물이 났어요．太辣而流了眼淚。

老　師：처음 김치를 **먹었을 때** 너무 매워서 눈물이 났어요．

初次吃泡菜的時候，太辣而流了眼淚。

| 받다<br>收 | 받았을 때<br>收到的時候 | 편지를 받았을 때 정말 행복했어요．<br>收到信的時候，真的很快樂。 |
|---|---|---|
| 입다<br>穿 | 입었을 때<br>穿的時候 | 한복을 입었을 때 기분이 좋았어요．<br>穿韓服的時候，心情很好。 |
| 하다<br>做 | 했을 때<br>做的時候 | 한국에 도착했을 때 너무 더웠어요．<br>到達韓國的時候，非常熱。 |

**練習**

練習敘述**某件事情發生的當下**。

**언제 何時→어땠어요？怎麼樣？**

어제 백화점에 가다 / 친구를 만났어요．昨天去百貨公司 / 遇到朋友

→ 어제 백화점에 **갔을 때** 친구를 만났어요．昨天去百貨公司的時候，遇見朋友。

놀이기구를 처음 타다 / 무서웠어요．初次搭遊樂設施 / 很害怕

→ 놀이기구를 처음 **탔을 때** 무서웠어요．初次搭遊樂設施的時候，很害怕。

시험에 합격하다 / 정말 기뻤어요．考試及格 / 真的很開心

→ 시험에 **합격했을 때** 정말 기뻤어요．考試及格的時候，真的很開心。

**注意**

通常「－았／었을 때」**前後句時態相同**，但即使後句使用過去式時態，前句有時也可使用**現在式「－을 때」**。初學時，最好先以**相同時態的前後句**作為例句。

**引導和説明**

1. 詢問對方**過去的經驗或曾經做過的事情**，導入新文法。

老　　師：한국에서 여행을 해 봤어요? 有在韓國旅行過嗎?

　　　　　한국에서 여행을 **해 본 적이 있어요**? 曾經在韓國旅行過嗎?

學習者：네, 부산에 가 봤어요. 有, 去過釜山。

老　　師：부산에 **가 본 적이 있어요**? 그때 뭐 했어요? 曾經去過釜山嗎?那時做了什麼?

學習者：해운대에 가서 수영도 하고 파전도 먹었어요. 去海雲台游泳, 也吃了蔥煎餅。

老　　師：그래요? 파전도 **먹은 적이 있어요**? 맛이 어땠어요?

　　　　　　是嗎?也吃過蔥煎餅?味道怎麼樣?

學習者：정말 맛있었어요. 真的很好吃。

2. 「－은 적이 있다」（曾經～）根據**動詞有無尾音**而改變結合型態。

| 먹다<br>吃 | **먹은 적이 있다**<br>曾經吃過 | 파전을 **먹은 적이 있어요**.<br>曾經吃過蔥煎餅。 |
| 가다<br>去 | **간 적이 있다**<br>曾經去過 | 부산에 **간 적이 있어요**.<br>曾經去過釜山。 |

**練習**

以問答方式敘述**過去的經驗和做過的事情**。

놀이공원에 **가 본 적이 있어요**? 曾經去過遊樂園嗎?

네, **가 본 적이 있어요**. / 아니요, **가 본 적이 없어요**. 有, 曾經去過。/ 不, 不曾去過。

한국 친구와 **사귄 적이 있어요**? 曾經交過韓國朋友嗎?

네, **사귄 적이 있어요**. / 아니요, **사귄 적이 없어요**. 有, 曾經交過。/ 不, 不曾交過。

한국 사람을 **도와준 적이 있어요**? 曾經幫助過韓國人嗎?

네, **도와준 적이 있어요**. / 아니요, **도와준 적이 없어요**. 有, 曾經幫助過。/ 不, 不曾幫助過。

돈을 **잃어버린 적이 있어요**? 曾經遺失過錢嗎?

네, **잃어버린 적이 있어요**. / 아니요, **잃어버린 적이 없어요**.

有, 曾經遺失過錢。/ 不, 不曾遺失過錢。

**注意**

日常生活中經常進行的行為並不使用「－은 적이 있다」（曾經～）。

**引導 和 說明**

1. 列出新年**決心或計畫**（戒菸、念書等），導入新文法。

老　　師：여러분은 새해가 되면 어떤 계획을 해요？各位到了新年有什麼新計畫？

學習者：담배를 끊어요 . 戒菸。

술을 조금 마셔요 . 少喝點酒。

한국어 공부를 열심히 해요 . 認真學習韓語。

老　　師：네 , 좋아요 . 그럴 때 다른 사람에게 이렇게 말해요 .

好，很好。這時可以對別人這麼說。

올해부터 담배를 **끊겠습니다** . 今年開始我要戒菸。

술을 조금 **마시겠습니다** . 我會少喝點酒。

한국어 공부를 열심히 **하겠습니다** . 我會認真學習韓語。

2. 列出例句，將「－겠－」（會～）用紅字標示出來。

숙제를 열심히 하겠습니다 . 我會認真寫作業。
아침에 일찍 일어나겠습니다 . 我早上會早一點起床。
다음부터 늦지 않겠습니다 . 下次開始我不會遲到。

**練習**

練習詢問會**做到某件事情的意志和未來計畫**。

가：내일도 늦을 거예요？明天也會遲到嗎？

나：내일부터 지각을 **하지 않겠습니다** . 我明天開始不會遲到。

가：오늘 교실 청소를 할 거예요 . 같이 도와주실 수 있어요？

今天要打掃教室。可以一起幫忙嗎？

나：네 , 제가 **도와드리겠습니다** . 好，我會幫忙

가：오늘 점심은 제가 살 거예요 . 今天中餐我請客。

나：그럼 제가 커피를 **사겠습니다** . 那麼我來請咖啡。

가：어떤 것으로 **드시겠습니까？** 您要用什麼餐呢？

나：저는 비빔밥을 **먹겠습니다** . 我要吃拌飯。

**注意**

「**잘 먹겠습니다、다녀오겠습니다、처음 뵙겠습니다**」（**我開動了、我出門了、幸會**）等招呼用語所使用的「**－겠－**」（**會～**）屬於固定的慣用表達。

**引導和說明**

1. 以陳述**理由和原因**的狀況為例，導入新文法。

> 老　師：어제 비가 와서 운동을 못 했어요. 昨天因為下雨，不能運動。
>
> **비 때문에** 운동을 못 했어요. 여러분은 이런 적 있어요?
>
> 因為雨的關係，不能運動。各位有過這種經驗嗎？
>
> 學習者：비가 와서 차가 막혔어요. 因為下雨而塞車。
>
> 老　師：네, **비 때문에** 차가 막혔어요. 好，因為雨的關係而塞車。
>
> 지금도 비가 와요. 現在也下雨。
>
> **비가 오기 때문에** 날씨가 추워요. 因為下雨的關係，天氣冷。

2. 列出「때문에」（因為）和**動詞、形容詞、名詞**結合的型態。

| 오다<br>來 | 오기 때문에<br>因為下 | 눈이 오기 때문에 길이 미끄러워요.<br>因為下雪的關係，路很滑。 |
|---|---|---|
| 아프다<br>不舒服 | 아프기 때문에<br>因為不舒服 | 아프기 때문에 학교에 갈 수 없어요.<br>因為不舒服，不能去學校。 |
| 남자＋이다<br>是男生 | 남자이기 때문에<br>因為是男生 | 남자이기 때문에 아기를 낳을 수 없어요.<br>因為是男生，沒辦法生小孩。 |

**練習**

練習敘述**不能做某件事情的理由**，以及對於**所發生事情的領悟**。

| | |
|---|---|
| 일 **때문에** 휴가를 못 가요. | 因為工作不能休假。 |
| 감기 **때문에** 회사를 쉬어요. | 因為感冒不能上班。 |
| 아이 **때문에** 휴직을 했어요. | 因為孩子而留職停薪。 |
| 시험 **때문에** 친구를 못 만나요. | 因為考試不能見朋友。 |
| 일이 바쁘**기 때문에** 고향에 못 가요. | 因為工作忙碌不能回家鄉。 |
| 돈이 없**기 때문에** 여행을 못 가요. | 因為沒錢不能旅行。 |
| 주말이**기 때문에** 은행이 문을 닫았어요. | 因為是周末銀行關門。 |
| 외국인이**기 때문에** 한국어를 잘 못해요. | 因為是外國人韓語不好。 |

**注意**

「때문에」（因為）主要用於**表達不能做某件事情的理由和原因**，但是也可以作為**肯定句**，最好準備各種例句來練習，同時注意**不能使用在命令句和勸誘句**。

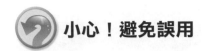

## 小心！避免誤用

### －았／었을 때」 ～時候

「－을 때」（～時候）和「－았／었을 때」（～時候）的時態明顯不同，當後句的時態為過去式時，前句也必須使用過去式。但是即使後句使用過去式，前句也會使用「－을 때」（～時候），這時代表的意義可能相同，也可能不同。因此當初次學習時，一開始前句和後句以相同的時態做例句，能夠減少誤用。

① 밥을 **먹을 때** 숟가락으로 먹어요 .　　　　吃飯的時候用湯匙。

② 밥을 **먹을 때** 숟가락으로 먹었어요 .　　　吃飯的時候用湯匙吃的。

③ 유럽에 **갈 때** 선생님을 만났어요 .　　　　去歐洲的時候見到老師。

④ 유럽에 **갔을 때** 선생님을 만났어요 .　　　去到歐洲的時候，見到老師。

① 表示吃飯的時候用湯匙吃，是單純的敘述句，② 後句加入過去式，意思是已經使用湯匙吃過了。③ 和 ④ 的後句都是過去式，因此前句也都是敘述過去的事情，但兩者在語意上有著明顯差異。③ 是指去歐洲的路上或前往歐洲的期間見到了老師，而 ④ 是指已經去到歐洲，在那段時間中見到了老師，也就是過去完結的狀況。因此當「가다／오다」（去／來）等表示地點和方向的移動動詞加上「－을 때」（～時候）時，時間是「도중」（途中）和「동안（期間）」的現在進行式，如果和「－았／었을 때」（～時候）結合時，表示已經完成的狀況。

### －은 적이 있어요 曾經～ 和 －아／어 봤어요 做過～

「－은 적이 있어요」（曾經～）和「－아／어 봤어요」（做過～）兩者都用來表達過去體驗過的事實，但存在著些微差異。「－은 적이 있어요」（曾經～）表達單純的經驗或一次性的經驗，但針對經驗具體做詢問和回答時，會使用「－아／어 봤어요」（做過～）。而當回答沒有經驗時，和「안」（沒～）比起來，應該使用「못」（沒能～）語氣會更自然。

제주도에 가 본 적이 **있어요** ？ 네 , **가 본 적이 있어요** .　曾經去過濟州島嗎？有，曾經去過。

언제 **가 봤어요** ？ 지난 달에 **가 봤어요** .　　　　　　何時去過？上個月去過。

누구와 **가 봤어요** ？ 친구와 **가 봤어요** .　　　　　　　和誰去過？和朋友去過。

제주도에 **가 봤어요** ？ 아니요 , **못 가 봤어요** .　　　　去過濟州島嗎？不，沒能去過。

上述的句子中，「－아／어 봤어요」（做過～）可以使用在最近或較久遠的過去，但「－은 적이 있다」（曾經～）使用在最近的過去會感覺不太自然，因此造句時需要特別留意。

## 文法放大鏡

### ー겠ー 意志

「ー겠ー」（意志）用於表達推測或想做某事的意圖和意志，指的都是還沒有發生的事情，因此會和表達未來語意的句型一起使用。

① 내일은 아침부터 비가 **오겠습니다**. （推測）明天會從早上開始下雨。

② 한국어 공부를 열심히 **하겠습니다**. （意志）我會認真學習韓語。

③ 내일 제가 **다녀오겠습니다**. （意志）我明天會去一趟。

① 是推測明天應該會下雨，② 表達以後計畫會認真學習韓語的意志，③ 說話者表達明天行動的意圖，全都具有未來時態的語意。除此之外，「**처음 뵙겠습니다、잘 부탁드리겠습니다、다녀오겠습니다、잘 먹겠습니다**」（幸會、萬事拜託了、我要出門了、我要開動了）等招呼用語也會使用「ー겠ー」，這時比較難用上述例句的意思來加以定義，因此可以說是慣用的固定表達。

### 명사 때문에 名詞＋因為 ／ ー기 때문에 因為

「**때문에**」（因為）用於表達某件事情的理由和原因，主要用作否定句，但也可以使用在肯定句。「**때문에**」（因為）可以直接和名詞結合，也可以和動詞、形容詞、名詞＋이다（是）結合，具有相同的意義。此外，也可以加上時態。

① 일 **때문에** 휴가를 못 가요. 因為工作，不能去度假。

② 일하**기 때문에** 휴가를 못 가요. 因為在工作，不能去度假。

③ 일이 **바쁘기 때문에** 휴가를 못 가요. 因為工作忙碌，不能去度假。

④ 아이 **때문에** 회사를 그만 두었어요. 因為小孩，從公司辭職了。

⑤ 술을 많이 **마셨기 때문에** 아침에 늦잠을 잤어요. 因為喝了很多酒，早上睡過頭。

⑥ 그때는 **학생이었기 때문에** 결혼을 못 했어요. 那時因為是學生，不能結婚。

⑦ 학생**이기 때문에** 할인을 받을 수 있어요. 因為是學生，可以打折。

① ～ ⑥ 以否定語意作為理由，⑦ 因為是學生而能獲得折扣的肯定語意。但是「**때문에**」（因為）無法使用於下列 ⑧ 的命令句和 ⑨ 的勸誘句，必須特別注意。

⑧ 눈이 **오기 때문에** 지하철을 타세요. ( × ) 因為下雪，請搭地鐵。

⑨ 영화표가 **생겼기 때문에** 같이 보러 갑시다. ( × ) 因為有了電影票，一起去看吧。

 **課堂活動**

## ─았／었을 때 ─的時候（過去式）

### 那時候覺得怎麼樣？

어떤 일이 일어났을 때 어땠는지 말해 봅니다 .

< 도움말 >
교사가 학습자 전체에게 물어보고 한 사람씩 답을 하게 합니다 .
활동지를 각자 나눠 주고 해당 사항이 있는 학습자에게 발표를 하게 합니다 .

## ─은 적이 있다／없다 ─曾經／不曾

### 經驗的問答練習

가 : 자전거 여행을 한 적이 있어요 ?
나 : 네 , 자전거 여행을 한 적이 있어요 .
　　　아니요 , 한 적이 없어요 .

① 각 질문에 자신의 경험 유무를 표시합니다 .
② 옆 친구에게 질문하여 몇 개나 같은 경험을 했는지 알아본 다음 가장 많은 경험을 함께 한 조를 앞으로
　 나오게 하여 발표를 합니다 .
< 도움말 >
같은 경험을 많이 한 사람들을 앞으로 나오게 하여 각자의 경험 이야기를 만들어 봅니다 .

## ─겠─ 2 ─一定會 2

### 約定

· 부모님과 약속하기
· 선생님과 약속하기
· 여자 / 남자 친구와 약속하기

< 도움말 >
학습자를 실제로 부모님이나 선생님으로 가정하고 그 앞에서 직접 서약이나 약속하기를 합니다 .

**教室的某日－授課日誌**

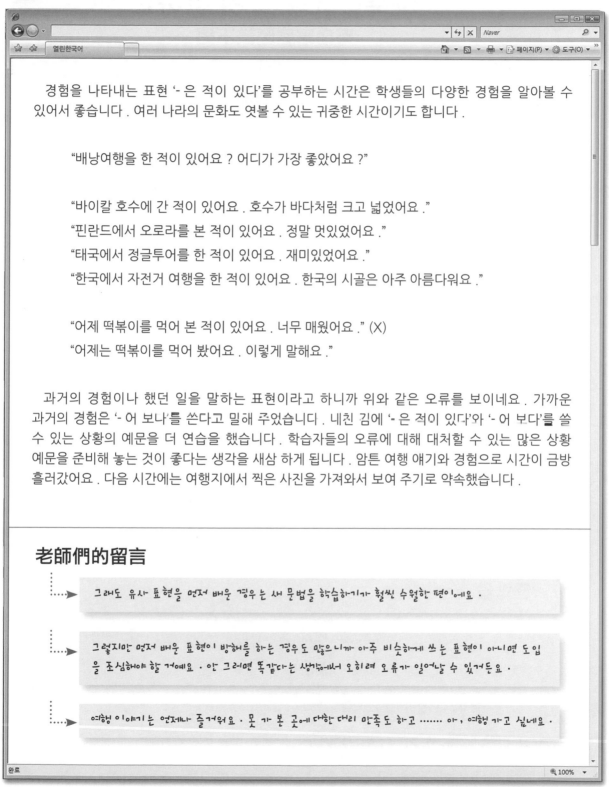

경험을 나타내는 표현 '- 은 적이 있다'를 공부하는 시간은 학생들의 다양한 경험을 알아볼 수 있어서 좋습니다 . 여러 나라의 문화도 엿볼 수 있는 귀중한 시간이기도 합니다 .

"배낭여행을 한 적이 있어요 ? 어디가 가장 좋았어요 ?"

"바이칼 호수에 간 적이 있어요 . 호수가 바다처럼 크고 넓었어요 ."
"핀란드에서 오로라를 본 적이 있어요 . 정말 멋있었어요 ."
"태국에서 정글투어를 한 적이 있어요 . 재미있었어요 ."
"한국에서 자전거 여행을 한 적이 있어요 . 한국의 시골은 아주 아름다워요 ."

"어제 떡볶이를 먹어 본 적이 있어요 . 너무 매웠어요 ." (X)
"어제는 떡볶이를 먹어 봤어요 . 이렇게 말해요 ."

과거의 경험이나 했던 일을 말하는 표현이라고 하니까 위와 같은 오류를 보이네요 . 가까운 과거의 경험은 '- 어 보다'를 쓴다고 말해 주었습니다 . 네친 김에 '- 은 적이 있다'와 '- 어 보다'를 쓸 수 있는 상황의 예문을 더 연습을 했습니다 . 학습자들의 오류에 대해 대처할 수 있는 많은 상황 예문을 준비해 놓는 것이 좋다는 생각을 새삼 하게 됩니다 . 암튼 여행 얘기와 경험으로 시간이 금방 흘러갔어요 . 다음 시간에는 여행지에서 찍은 사진을 가져와서 보여 주기로 약속했습니다 .

## 老師們的留言

그래도 유사 표현을 먼저 배운 경우는 새 문법을 학습하기가 훨씬 수월한 편이에요 .

그렇지만 먼저 배운 표현이 방해를 하는 경우도 있으니까 아주 비슷하게 쓰는 표현이 아니면 도입을 조심해야 할 거에요 . 안 그러면 똑같다는 생각에서 오히려 오류가 일어날 수 있거든요 .

여행 이야기는 언제나 즐거워요 . 못 가 본 곳에 대한 대리 만족도 하고 ....... 아 , 여행 가고 싶네요 .

# 3-8

# 하숙집이 좋을 것 같아요
## 寄宿家庭應該不錯

| 學習<br>文法 | - 고 있다 | 正在 | - 은 지 (시간) 이 / 가 되다 | 做～已經 |
|---|---|---|---|---|
| | - 기 | 名詞形詞尾 | - 은 / 는 / 을 것 같다 | 好像～ |

| 課程<br>目標 | 學會現在進行式和已經過的時間。<br>學會敘述條件和希望事項。<br>學會推測。 |
|---|---|

 **課程準備**

| | 需確認的內容 | 已準備 | 未準備 |
|---|---|---|---|
| 1 | 説明並區分「－고 있다」（正在～）的含意。 | | |
| 2 | 説明「－은 지（시간）이／가 되다」（做～已經）的意義。 | | |
| 3 | 説明名詞形詞尾「－기」的意義和用法。 | | |
| 4 | 説明「－은／는／을 것 같다」（好像～）的時態運用和結合型態。 | | |

## 1. 説明並區分「-고 있다」(正在~) 的含意

「-고 있다」(正在~) 和動詞結合，意思是目前進行中，也可以表達持續而反覆的接續動作，或者動作已完結狀態下的持續情況。為了幫助理解，與其一次混合所有意思，不如將相同種類的狀況予以分類來學習更好。

| | |
|---|---|
| 지금 책을 읽고 있어요. | (動作的進行) 現在正在讀書。 |
| 매일 운동을 하고 있어요. | (動作的反覆) 每天都運動。 |
| 바지를 입고 있어요. | (動作的進行或動作完結後持續) 穿著褲子。 |

## 2. 説明「-은 지 (시간) 이／가 되다」(做~已經) 的意義

「-은 지 (시간) 이／가 되다」(做~已經) 用以表達發生某件事情之後經過多少時間，「-은 지」(做~經過) 後面一定要加上和時間相關的詞彙。而表達動作先後順序的「-은 후에」(做~之後) 和「-은 다음에」(做~之後)，後面加的是做其他事情的句子，兩者具有差異。

| | |
|---|---|
| 배운 지 1 년이 됐어요. | 學韓語已經 1 年了。 |
| 한국어를 배운 후에 한국 회사에 취직했어요. | 學韓語之後在韓國公司上班。 |
| 한국어를 배운 다음에 일본어도 배울 거예요. | 學韓語之後也要學日語。 |

## 3. 説明名詞形詞尾「-기」的意義和用法

「-기」(名詞形詞尾) 結合動詞和形容詞，像名詞一樣，扮演句中的主語或目的語角色，可以加上助詞或省略助詞。而如果「-기」(名詞形詞尾) 當作終結形語尾時，可以做為便條筆記、俗語或告知訊息等。類似的名詞形詞尾「-음」使用在具有強烈事實性的詞彙，如「알다、알리다、확실하다、알려지다、밝혀지다、주장하다、보고하다」(知道、告知、確定、流傳、證明、主張、報告) 等。而「-기」和「-음」各自結合的詞彙不同，需要格外注意。

| | |
|---|---|
| 오늘 공부하기가 싫어요. | 今天不想念書。 |
| 집이 멀어서 학교에 가기가 힘들어요. | 家很遠，去學校很辛苦。 |
| 누워서 떡 먹기 / 식은 죽 먹기 | 易如反掌 (躺著吃年糕 / 吃涼粥) |

## 4. 説明「-은／는／을 것 같다」(好像~) 的時態運用和結合型態

表達推測語意的「-은／는／을 것 같다」(好像~) 和修飾名詞的冠形詞型在結合形態和文法上是相同的。「-은／는／을 것 같다」(好像~) 分為過去、現在、未來時態，結合包括動詞、形容詞、名詞。下列句子和動詞結合，使用「-는 것 같다」(好像在~) 來推測目前的情況，也會根據情況交替使用「-을 것 같다」(也許~)。

| | |
|---|---|
| 지금 밖에 비가 오는 것 같아요. | 現在外面好像在下雨。 |
| 지금쯤 북쪽에는 눈이 올 것 같아요. | 這時候北方也許在下雪。 |

**文法訣竅**

| | |
|---|---|
| | **−고 있다 正在～** |

為了表達**某個動作正在進行**中，以教室情況為例，列出「**수업을 하다、춤을 추다、노래를 부르다**」（上課、跳舞、唱歌）來導入新文法。

老　　師：여러분, 우리는 지금 무엇을 **하고 있어요**? 各位，我們現在正在做什麼呢？

學習者：수업을 **하고 있어요**. 正在上課。

老　　師：네, 좋아요. 선생님은 지금 무엇을 **하고 있어요**?

　　　　　對，很好。老師現在正在做什麼呢？（跳舞動作）

**引導**
**和**
**説明**

學習者：춤을 **추고 있어요**. 正在跳舞。

老　　師：네, 맞아요. 저는 지금 책을 **보고 있어요**.

　　　　　對，沒錯。（看書動作）我現在正在看書。

> 수업을 **하**고 있어요. 正在上課。
> 춤을 **추**고 있어요. 正在跳舞。
> 노래를 **부르**고 있어요. 正在唱歌。

運用「**이를 닦고 있어요**」（正在刷牙）、「**운전을 하고 있어요**」（正在開車）等內容，練習「**−고 있어요**」（正在～）的例句，也可以描述身上穿的服裝。

| | |
|---|---|
| 모자를 **쓰고 있어요**. | 戴著帽子。 |
| 안경을 **쓰고 있어요**. | 戴著眼鏡。 |
| 치마를 **입고 있어요**. | 穿著裙子。 |
| 구두를 **신고 있어요**. | 穿著皮鞋。 |
| 양말을 **신고 있어요**. | 穿著襪子。 |
| 가방을 **들고 있어요**. | 提著包包。 |
| 귀걸이（목걸이）를 **하고 있어요**. | 戴著耳環（項鍊）。 |
| 시계를 **차고 있어요**. | 戴著手錶。 |
| 가방을 **메고 있어요**. | 背著包包。 |

**練習**

**注意**　「**−고 있다**」（**正在～**）使用在描述穿著時，表示**動作的進行**，或動作完成之後的**持續狀態**，具有兩種意思。

1. 詢問**某件事情開始之後所經過的時間**，導入新文法。

引導
和
說明

　　老　師：○○ 씨 한국에 언제 왔어요?　　　　　　　　○○何時來到韓國？

　　學習者：작년에 왔어요.　　　　　　　　　　　　　　去年來的。

　　老　師：○○ 씨는 한국에 **온 지** 1 년이 됐어요.　　○○來韓國 1 年了。

　　老　師：△△ 씨는 한국어를 **공부한 지** 얼마나 됐어요?　△△學韓語多久了？

　　學習者：1 년 됐어요.　　　　　　　　　　　　　　　1 年了。

　　老　師：결혼을 **한 지** 얼마나 됐어요?　　　　　　結婚多久了？

　　學習者：결혼을 **한 지** 2 년 됐어요.　　　　　　　結婚 2 年了。

2.「－은 지」（做～經過）根據**動詞有無尾音**而有不同的結合形態。

| 먹다<br>吃 | 먹은 지<br>吃了有 | 고향 음식을 먹**은 지** 1 년 됐어요.<br>上次吃到家鄉菜是 1 年前了。 |
|---|---|---|
| 오다<br>來 | **온 지**<br>來了有 | 한국에 **온 지** 6 개월 됐어요.<br>來到韓國 6 個月了。 |

練習

和朋友一起練習看看。

　　가：한국에 **온 지** 얼마나 됐어요?　　　　　　　　來韓國多久了？
　　나：한국에 **온 지** 1 년이 됐어요.　　　　　　　　來韓國 1 年了。

　　가：안경을 **쓴 지** 얼마나 됐어요?　　　　　　　　戴眼鏡多久了？
　　나：10 년이 됐어요.　　　　　　　　　　　　　　　10 年了。

　　가：미용실에 **간 지** 얼마나 됐어요?　　　　　　　上次去髮廊是什麼時候？
　　나：2 개월 됐어요.　　　　　　　　　　　　　　　已經 2 個月了。

　　가：남자（여자）친구를 **만난 지** 얼마나 됐어요?　男友（女友）交往多久了？
　　나：3 년 됐어요.　　　　　　　　　　　　　　　　3 年了。

注意

「－은 지」（做～經過）和疑問句型「－은지」（是否～）不同，寫法上**必須注意要空格**。

## 引導和説明

1. 準備使用動詞來表達的興趣圖卡或圖片，導入新文法。

老　師：여러분 , 독서가 무슨 뜻이에요 ? 各位，讀書是什麼意思呢？

學習者：책을 읽는 것이에요 . 是閱讀書籍的意思。

老　師：네 , 맞아요 . 저는 책 **읽기**가 취미예요 . 여러분은 취미가 뭐예요 ?

對，沒錯。我的興趣是閱讀書籍。各位的興趣是什麼呢？

學習者：저는 사진 **찍기**를 좋아해요 . 我喜歡拍照。

　　　　저는 **운동하기**가 취미예요 . 我喜歡運動。

2. 利用興趣圖卡，寫出「**책을 읽다、운동을 하다、사진을 찍다、음악을 듣다**」（**讀書、運動、拍照、聽音樂**）等動詞，再結合「**－기**」（**名詞形詞尾**）。

| 책을 읽다 | → | **책 읽기** | 讀書 |
| 운동을 하다 | → | **운동하기** | 運動 |
| 사진을 찍다 | → | **사진 찍기** | 拍照 |
| 음악을 듣다 | → | **음악 듣기** | 聽音樂 |

## 練習

練習説出興趣。

| 케이크 **만들기** | 做蛋糕 |
| 도자기 **만들기** | 捏陶 |
| 강아지 **키우기** | 養小狗 |
| 인라인 스케이트 **타기** | 溜冰 |

試著寫出休假計畫。

| 집 안 **대청소하기** | 家裡大掃除 |
| 여행 계획 **세우기** | 訂立旅遊計畫 |
| 기차표 **예매하기** | 預購火車票 |
| 숙소 **예약하기** | 預約住處 |
| 고양이 **부탁하기** | 託養小貓 |

## 注意

和「**－기**」（**名詞形詞尾**）類似的「**－음**」（**名詞形詞尾**）使用在**已知的事情或已經發生的事實**，具有強烈的事實性，因此兩者所結合的詞彙不同，需要加以區分。

**引導和說明**

1. 利用圖卡（生氣的人、傷心的人、疲倦的人），導入新文法。

老　師：이 사람은 **어떤 것** 같아요?      覺得這個人怎麼樣？

學習者：피곤해 보여요.      看起來很累。

老　師：왜 **피곤한 것** 같아요?      覺得為什麼很累？

學習者：야근을 **한 것** 같아요. **아픈 것** 같아요.      好像熬夜加班。好像不舒服。

2. 以食物照片或美味的蛋糕為例，導入新文法。

老　師：이 음식을 알아요? 먹어 봤어요?      知道這個食物嗎？吃過嗎？

學習者：아니요, 못（안）먹어 봤어요.      不，沒能（沒）吃過。

老　師：**어떤 것** 같아요? **맛있을 것** 같아요?      覺得怎麼樣？好像很好吃嗎？

學習者：네, **맛있을 것** 같아요.      對，好像很好吃。

老　師：네, 좋아요. 안 먹어 봐서 모르겠지만 **맛있을 것** 같아요.

好，很好。因為沒吃過不知道，但好像很好吃。

| 먹다<br>吃 | 먹는 것 같다 | 미나 씨는 매운 음식을 잘 먹는 것 같아요.<br>美娜好像很會吃辣的食物。 |
|---|---|---|
| 아프다<br>不舒服 | 아픈 것 같다 | 바트 씨가 아픈 것 같아요.<br>巴特好像不舒服。 |
| 명사＋이다<br>名詞＋是 | 인 것 같다 | 에린 씨는 미국 사람인 것 같아요.<br>艾琳好像是美國人。 |

**練習**

練習推測**現在**、**過去**、**未來**的狀況。

（動詞）지금 누가 케이크를 **먹는** 것 같아요. （現在）現在好像有人在吃蛋糕。

누가 케이크를 다 **먹은 것** 같아요. （過去）好像有人把蛋糕吃光。

내일 동생이 다 **먹을 것** 같아요. （未來）明天我弟好像會把蛋糕吃光。

（形容詞）영희가 **바쁜** 것 같아요. （現在）英熙好像很忙碌。

제임스 씨가 지난주에 많이 **바쁜** 것 같았어요. （過去）詹姆士上週好像非常忙碌。

내일은 더 **바쁠** 것 같아요. （未來）明天好像會更忙碌。

（名詞）사진을 보니 제주도**인 것** 같아요. （現在）看照片好像是濟州島。

제 생각에 그곳이 유적지**인 것** 같았어요. （過去）我覺得那個地方好像是古蹟。

저분이 선생님**일 것** 같아요. （推測）那位應該是老師。

**注意**

形容詞和名詞的過去式還有「－았／었던」（曾經～的）和「－（이）었던」（原**本是**～），意思皆不盡相同，不需一次列出，在後句敘述語加過去時態表達即可。

名詞加「－일 것 같다」（**應該是**～），比起未來式語意，**推測語氣更強烈**。

 **小心！避免誤用**

### −기 名詞形詞尾

**名詞形詞尾「−기」和「−음」**皆能結合**動詞、形容詞、「이다」**（是）、**「아니다」**（不是），使詞性變成名詞，作為主語或目的語的角色。雖然兩者功用類似，但各自適合的詞彙不同，為了避免誤用，最好大量練習例句。

① 남자 친구가 바빠서 **만나기**가 어려워요 .（○）　　男友很忙，很難見面。

② 남자 친구가 바빠서 **만남**이 어려워요 .（×）　　男友很忙，很難見面。

③ 내일부터 **휴가임**을 알립니다 .（○）　　　　　明天開始休假。

④ 내일부터 **휴가이기**를 알립니다 .（×）　　　　明天開始休假。

從上面的例句來看，**「−음」**主要使用在傳達一般的事實，如已經發生的事情或已經知道的事實等，因此適合**「알리다、틀림없다、분명하다、판단하다、보고하다、밝혀지다」**（告知、無庸置疑、肯定、判斷、報告、證明）等具有強烈事實性語氣的詞彙。

### −은／는／을 것 같다 好像～

**「−은／는／을 것 같다」**（好像～）用於推測，表示說話者雖然對於某件事沒有百分之百的確定，但是可以推定和預期。動詞、形容詞、名詞都可使用，結合型態和名詞的冠形詞形相同。一開始學習時，最好將動詞、形容詞、名詞分類，或將時態的結合型態分別列出，再有系統地一一學習。而現在、過去、未來時態所代表的意義並不是非常分明，有可能會隨著情況、狀態而改變意思，也可以在說話者委婉表達自己的意見時使用。學習時需要注意各種意義。

① 미나 씨는 책을 좋아하**는 것 같아요** .　　美娜好像很喜歡書。

② 이곳은 음식이 맛있**는 것 같아요** .　　這地方的菜好像很好吃。

① 是由說話者看來，感覺美娜很喜歡書。② 是說話者吃到食物之後，認為好吃的意見，但不是非常確定。

③ 이 노래는 인기가 많**을 것 같아요** .　　這首歌應該很受歡迎。

④ 이 노래는 인기가 많**은 것 같아요** .　　這首歌好像很受歡迎。

③ 是說話者聽到歌曲之後，傳達自己的想法，④ 是出於某種根據而推定的說法。但是這種句型使用在說話者委婉表達自己的意見，或表達不是很有把握的語氣，因此須注意不要過度使用。

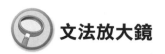

## 文法放大鏡

### －고 있다 正在～

「－고 있다」（正在～）表達某個動作或狀況正在進行中，但不是所有的動詞都能夠結合，而且根據動詞可能具有<u>雙重意思</u>，學習時必須特別注意。此外，即使不使用「－고 있다」（正在～），將動詞直接結合「－아／어요」也可以表達動作目前進行中，學習時不妨加上正在進行的動作來幫助理解。

① 지금 영화를 보고 있어요 .　　　　　　　　　　現在正在看電影。

② 지금 옷을 입고 있어요 .　　　　　　　　　　現在正在穿衣服。

③ 영희는 짧은 치마를 입고 있어요 .　　　　　　英熙穿著短裙。

① 是目前正在看電影的情況，② 是現在正穿上衣服，兩句都是動作的進行，③ 是描述英熙的服裝是身穿短裙。當「－고 있다」（正在～）使用在「입다、신다、쓰다」（**穿衣服、穿鞋襪、戴**）等和服裝相關的動詞時，根據情況可能是正在穿戴，或者<u>穿戴完成後並且持續之意</u>。

④ 영희는 지금 일어나고 있어요 .（×）　　　　英熙現在正起床。

⑤ 수미는 지금 앉고 있어요 .（×）　　　　　　秀美現在正坐著。

像④「**일어나다、눕다**」（起床、躺下）等馬上結束而無法持續進行的動作，需使用「**일어나요、누워요**」，而不能使用「－고 있다」（正在～）。相反的動作，像⑤「**앉다、서다**」（坐、站立）動作瞬間完成而維持在那種狀態的動詞也不能使用，而必須使用「**앉아 있다、서 있다**」（坐著、站著）。

⑥ 영희 씨는 결혼하고 있어요 .　　　　　　　　英熙正結婚。

⑦ 영희 씨는 결혼했어요 .　　　　　　　　　　英熙結婚了。

「**결혼하다**」（結婚）可能會像⑥一樣產生誤用，如果加上「**지금**」（**現在**）等具有時間意義的副詞，可以代表正在舉行婚禮，但如果像⑦一樣，意思是已婚身分，就不能使用「－고 있다」（正在～）。像⑧使用過去式「－고 있었다」（**當時正在**）意思是在過去某段時間中所進行過的動作，如果單純表示過去發生的事情，則必須像⑨一樣使用終結語尾。

⑧ 그때 나는 미국에서 살고 있었어요 .　　　　當時我正住在美國。

⑨ 10 년 전에는 미국에서 살았어요 .　　　　　10 年前我住過美國。

**課堂活動**

**－고 있다 －正在**

# 正在做什麼呢？

> 가 : 수지는 무엇을 하고 있어요 ?
> 나 : 책을 읽고 있어요 .

어떤 일을 하고 있는지 묻고 답해 보세요 .

**－은 지 ( 시간 ) 이／가 되다 －經過了 ( 時間 )**

# 經過了多久呢？

한국에 산 지 1 년이 됐어요 .

① 각 질문에 자신의 상황을 이야기합니다 .
② 옆 친구나 반 친구들에게 물어보고 활동지에 답을 써 봅니다 .

**－기 名詞形詞尾**

# 練習寫記事

이사 , 결혼 , 집들이 등 각 상황에서 필요한 일들을 메모합니다 .

< 도움말 >
취미나 계획표 등 제시된 상황 외에도 수업에서 별도로 정하여 활동을 해도 좋습니다 .

**－은／는／을 것 같다 －好像、似乎**

# 推測情況

그림 카드를 보고 상황을 추측해 봅시다 .

< 도움말 >
제시된 어휘 외에도 여러 가지 다른 상황을 생각해 봅니다 .

## 教室的某日－授課日誌

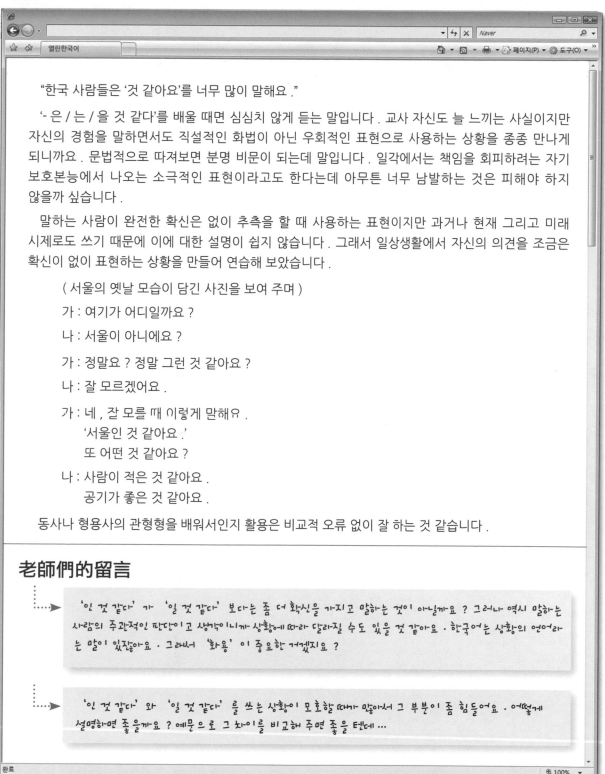

"한국 사람들은 '것 같아요'를 너무 많이 말해요."

'- 은 / 는 / 을 것 같다'를 배울 때면 심심치 않게 듣는 말입니다. 교사 자신도 늘 느끼는 사실이지만 자신의 경험을 말하면서도 직설적인 화법이 아닌 우회적인 표현으로 사용하는 상황을 종종 만나게 되니까요. 문법적으로 따져보면 분명 비문이 되는데 말입니다. 일각에서는 책임을 회피하려는 자기 보호본능에서 나오는 소극적인 표현이라고도 한다는데 아무튼 너무 남발하는 것은 피해야 하지 않을까 싶습니다.

말하는 사람이 완전한 확신은 없이 추측을 할 때 사용하는 표현이지만 과거나 현재 그리고 미래 시제로도 쓰기 때문에 이에 대한 설명이 쉽지 않습니다. 그래서 일상생활에서 자신의 의견을 조금은 확신이 없이 표현하는 상황을 만들어 연습해 보았습니다.

( 서울의 옛날 모습이 담긴 사진을 보여 주며 )

가 : 여기가 어디일까요?

나 : 서울이 아니에요?

가 : 정말요? 정말 그런 것 같아요?

나 : 잘 모르겠어요.

가 : 네, 잘 모를 때 이렇게 말해요.
　　'서울인 것 같아요.'
　　또 어떤 것 같아요?

나 : 사람이 적은 것 같아요.
　　공기가 좋은 것 같아요.

동사나 형용사의 관형형을 배워서인지 활용은 비교적 오류 없이 잘 하는 것 같습니다.

## 老師們的留言

　'인 것 같다' 가 '일 것 같다' 보다는 좀 더 확신을 가지고 말하는 것이 아닐까요? 그러나 역시 말하는 사람의 주관적인 판단이고 생각이니까 상황에 따라 달라질 수도 있을 것 같아요. 한국어는 상황의 언어라는 말이 있잖아요. 그래서 '화용' 이 중요한 거겠지요?

　'인 것 같다' 와 '일 것 같다' 를 쓰는 상황이 모호할 때가 많아서 그 부분이 좀 힘들어요. 어떻게 설명하면 좋을까요? 예문으로 그 차이를 비교해 주면 좋을 텐데 ...